北京大學《儒藏》編纂與研究中心 編

《儒藏》精華編選刊

思辨録輯要

〔清〕陸世儀 撰

景海峰 校點

U0371180

北京大學出版社
PEKING UNIVERSITY PRESS

圖書在版編目(CIP)數據

思辨録輯要 /（清）陸世儀撰；北京大學《儒藏》編纂與研究中心編. --北京：北京大學出版社，2025.1. --（《儒藏》精華編選刊）. --ISBN 978-7-301-35989-1

Ⅰ. I264.9

中國國家版本館CIP數據核字第2025XL4384號

書　　名	思辨録輯要 SIBIANLU JIYAO
著作責任者	〔清〕陸世儀 撰 景海峰 校點 北京大學《儒藏》編纂與研究中心 編
策劃統籌	馬辛民
責任編輯	周　粟
標準書號	ISBN 978-7-301-35989-1
出版發行	北京大學出版社
地　　址	北京市海淀區成府路205號　100871
網　　址	http://www.pup.cn　新浪微博：@北京大學出版社
電子郵箱	編輯部 dj@pup.cn　總編室 zpup@pup.cn
電　　話	郵購部 010-62752015　發行部 010-62750672 編輯部 010-62756694
印 刷 者	三河市北燕印裝有限公司
經 銷 者	新華書店
	650毫米×980毫米　16開本　28.25印張　295千字
	2025年1月第1版　2025年1月第1次印刷
定　　價	120.00元

校點説明

陸世儀，字道威，號桴亭，江蘇太倉人。生於明萬曆三十九年（一六一一），卒於清康熙十一年（一六七二）。門人私謚尊道，又曰文潛。桴亭生當明清鼎革之際，平生於地方民生、民治尤爲關切，多所論議擘畫，瘁盡心力，非袖手之儒生。他少喜養生之學，師從趙自新讀經，又習武、研究兵陣，後轉入性理，專究聖賢一路。有相約往訪劉宗周問學之議，未果，引爲憾事。後與蕺山弟子葉静遠、史子虚等有論學往來。亦曾因歸莊之介，與鄉鄰顧炎武彼此傾慕，擬相訪，但失之交臂，未能晤面。五十歲後曾應高攀龍之子彙旃邀請，赴東林書院講學，亦曾過毗陵（今南京）論《易》，從學之弟子雖然不少，但正像全祖望所説，在清初諸儒中，「桴亭先生少知者」（《鮚埼亭集》卷二八《陸桴亭先生傳》）。他的學問，一方面得益於友朋切磋，另一方面靠親身實踐。從丁丑（一六三七）起，有「西軒之約」，與陳瑚（言夏）、盛敬（聖傳）、江士韶（虞九）等結社修習，致力於「遷善改過」、「明體達用」之學的探究，逐漸形成以「太倉四君子」爲核心的桴亭學派。又特重經世致用，處事往往能身體力行，貫諸實際，故於王學末流之弊多有指陳痛貶，被目爲清初扭轉學風、由心學向理學過渡的關鍵人物，因之與陸隴其齊名，但其開闊的學術氣象又遠過之。桴亭的主要著作，除了《思辨録輯要》之外，尚有《論學酬答》、《格致編》、《性善圖説》、《宗祭禮》、《八陣發明》、《治鄉三約》及文集、詩集等，約五六十種。光緒、宣統年間，唐受祺編《陸桴亭先生遺書二十二種》（又名《陸子遺書》），收録其大部分著作。

《思辨録輯要》是陸世儀的代表作，爲語録、筆記之結集，書名取《中庸》「慎思之，明辨之」之意。據江士韶、盛敬等序言，是書爲桴亭自崇禎年間至順治初年，「俯而讀，仰而思，有見則疾書，以自識其所得」的成果。因屬隨筆劄記，原無倫次，亦少分類，漫爲四十餘卷，名《思辨録》。後經江士韶、盛敬等人的整理删减和分類編排，才形成了前後集十四類三十五卷的結構和規模，因是删存，故名爲「輯要」。陸氏門人毛師柱又增輯三類爲續集，但其書無存，僅有《發凡增》之目傳世。大約在順、康之間（一六六一年前後），陸世儀於江西安義縣衙做幕僚，由安義令毛如石（天麒）捐助授梓，《思辨録輯要》有了初刻本，但僅收入前集二十二卷，是爲安義本。此本今已無傳。後又有宋犖刻本，其情不詳（參應寶時跋）。康熙四十八年（一七〇九），江蘇巡撫張伯行爲表彰地方名賢，將《思辨録輯要》重訂行世，删略序文等，不分前、後集，通爲三十五卷，此即正誼堂本。正誼堂本在乾隆年間被采進收入

《四庫全書》而略有更動。道光十七年（一八三七），安徽督學沈維鐈將太倉王寶仁收藏的安義本校定重刊，略有删正，總爲二十二卷，是爲重刊安義本。同治五年（一八六六），福州正誼書局據正誼堂本刊刻《正誼堂全書》，但只收入前二十二卷。光緒三年（一八七七），江蘇書局以重刊安義本爲據，對正誼堂本作了全面修訂，删其重出者，加注於有錯雜可疑處，成江蘇書局本。是本分前、後集，共三十五卷，在一定程度上恢復了江、盛整理時的舊貌；又將正誼堂本、重刊安義本兩本細加對勘，删去重複，對文字錯漏處亦有所更正，故較爲完善，當爲今存《思辨録輯要》最好的本子。

此次整理校點即以江蘇書局本爲底本，校以正誼堂本和重刊安義本，並參校影印文淵閣《四庫全書》本（簡稱「四庫本」）。所收各本之序、跋，雖時序錯雜，但整理時一依底本原貌。毛師柱之《發凡增》有録無書，一仍其舊。全書重新編定了目録，置於書前。校點者水平有限，錯誤在所難免，祈望讀者批評指正。

校點者　景海峰

先儒陸子從祀文廟録

三品銜候選知府前廣西柳州府知府孫壽祺，道銜分發山東候補知府錢彝銘，運同銜候選知州俞爾梅，四品銜候補國子監學正汪承慶，五品銜前浙江温州府通判李慶杓，孝廉方正就職直隸州州判葉裕仁，五品封職前貴州候補按察司照磨金政藻，五品銜分發廣東大挑知縣王炳如，同知銜分發補用知縣楊欽弼，知州銜候選州同王景曾，候補國子監學正童蘊輝，五品銜候選知縣分發試用教諭錢鼒銘，揀選知縣王汝騏、徐洽義、柴文杰，大挑教職顧渥霖，四項統選教職李國榮，内閣中書銜就職教諭姚埔，五品銜舉人陸宗雲、蔣銘燕，兼襲雲騎尉世職舉人楊欽琦，舉人邵慶英、陸宗源、李國棠、徐應台、倪維高、陸彦珍、王祖畬、聞福增，五品銜候選訓導王瀛、張曾望、陸繼祖，内閣中書銜儘先選用教職繆朝荃，光禄寺署正銜試用訓導胡廷琮，試用訓導陸榮詔，候選訓導張鍊，候選鹽運司知事楊禧孫，候選刑部司獄沈大源，恩貢生王寶樹、王敬義、楊行簡，拔貢生唐天逵、吴從庚，歲貢生殷瑞玉、孔傳綬，附貢生畢長源、王維驎、龔煐、沈廷桂、錢溯潢，候選府庫大使黄慶祺，候選從九黄慶瀛、朱錦采，廪生吴曾英、聞福圻、陸厚基、朱作標、武麐仁、顧福謙、張書笏、李以烇、徐敦穆，增生王澄，附生顧師軾、凌錫祺、陸增美、陸樹芝、吴守元，六品銜監生錢欽德，監生沈嘉澍呈，爲鄉先賢闡明聖學論孚，例合籲請轉詳會奏從祀文廟，以彰潛德而興風教事。竊查禮部奏定章程，廟廷祀典至鉅，嗣後應以闡明聖學、傳授道統爲斷，不得濫請從祀，並不准援案。如爲文廟中必應從祀之先賢先儒，方准該督撫會同學政，詳加攷覈，奏明請旨，並將其人生平、著述、事蹟送部查覈，不得僅據空言，率行陳請等因，通行遵照在案。紳等謹考本州鄉先賢陸世儀，字道威，學者稱桴亭先生。自少即篤志聖賢，心體躬行，其學以居敬窮理爲本，而推極於體國經野。凡天官、地理、禮樂、河渠，以至用兵行陣之法，口區手畫，燦若列眉。窮居授徒，隱然負開濟之重。嘗講學於錫山東林書院，説《易》於毘陵大儒祠，設教於雲陽、黄塘。聞風親炙者皆感動奮發。道明德立，繼往開來，論者推爲建州以來第一人。凡所論述，皆有功於世道人心。著書四十餘種，其彰彰在人耳目者，《思辨録》三十五卷，尤爲海内所推崇。恭讀高宗純皇帝《欽定四庫全書總目》曰：「世儀之學，主於敦守禮法，不虚談誠敬之旨；主於施行實政，不空爲心性之功。於近代講學諸家，最爲篤實。其言皆深切著明，足砭虚憍之弊。」是其篤實醇粹，久邀聖明洞鑒。又案前御史陸清獻公隴其序《思辨録》曰：「其教人，先小學，而後大學，以立志居敬爲本，聖經八條目爲程，然後漸進於天人之微，旁及於百家之言。其先後次序，悉洛、閩之遺法。」前禮部尚書張清恪公伯行稱其「所稱思辨者，不外於六經四子、周程張朱之旨，而補苴張皇，不遺餘力，時可以佐佑六經四子、周程張朱之所未及」。又曰：「陸子以吾道爲己任，抗顔設教，力矯時趨，黜華崇實，一惟考亭之規矩是遵。接踵曩哲，沾被後賢。」前大學士陳文恭公宏謀於《五種遺規》中採録頗多，稱其「專力於格致誠正，而推暨於修齊治平，天德王道，無所不貫。言則平正而無奇，理實切當而不易」。翰林院庶吉士全祖望《文集》稱其「立言醇粹，俟百世而不惑」。山東巡撫陸公燿《切問齋文鈔》、雲貴總督賀公長齡《皇朝經世文編》，於公之論説並經採録。本朝二百餘年，海内真儒，咸推二陸先生暨張楊園先生履祥爲正宗。二陸者，平湖陸隴其、太倉陸世儀。今隴其、履祥均蒙從祀文廟，而世儀闡明聖學，躬行實踐，既爲先儒所交推，其敦守禮法，於近代講學諸家最爲篤實，又見於《欽定四庫全書總目》，定論煌煌，永垂法守，允宜從祀文廟，以昭聖朝崇儒重道之盛典。且與奏定章程均相符合，迥非僅據空言、率行呈請者可比。爲此，開具著述、事蹟及《思辨録》前後集、《桴亭文鈔》、《雜著》各一部，聯名籲請。伏乞大公祖大人鑒覈俯賜，詳請會奏。表前賢而勵後學，伸公論以慰人心，實爲德便。上呈。

同治十三年三月　　日。

事蹟册

計開

一　公姓陸氏，諱世儀，字道威，號桴亭，學者稱爲桴亭先生。明南直隸太倉州人。萬曆三十九年七月三十日生。❶ 崇禎六年補蘇州府學諸生。國朝康熙十一年正月二十日卒，年六十有二。

一　公生而天資卓絶，年十二，父命題「百鳥朝鳳圖」，應聲而出。有「一聲叫徹虞廷日，四海鴟鴞不敢啼」之句，識者知其不凡。錢忠介公肅樂守太倉時，一見公，即知他日必以魁儒名世。

一　公七歲時，知母氏因産已而亡，矢長齋以報。年十三，親戚見其體質羸弱，勸之茹葷，乃哀號大慟而止。

❶ 「曆」，原避清乾隆帝弘曆諱作「歷」，今回改。下同，不一一出校。

復補行心喪三年，又行忌日悲哀禮。父病癱瘓，口爲餔食，厠牏必親滌，侍卧起者幾五載。父殁，勺漿不入口者三日，擗踊哭泣，寢苫枕甴，上膳必親。三年内不入内寢，不與宴會，著居喪日記以自警。及丁恩撫母之憂，公適遠館他方，聞訃徒跣，匍匐兩晝夜，目不交睫，身觸露霧，馳五百里。居喪哀毁，茹素飦粥，人皆歎爲難能。

一　公年十六時，父訓之曰：「汝今年十六，當思先聖志學何年，讀聖賢書所學何事。」公於是始知志之當立，研窮體驗，所學日進。一日恍然曰：「敬天者，敬吾之心也，敬吾之心如敬天，則天人可合一矣。」於是設《考德録》，即日書敬、不敬於册，以考驗進退。既以所考猶疏，乃更爲一法，以一日之中十分爲率，敬一則怠九，怠一則敬九，時刻點檢。公既自修嚴密，復與同里陳瑚、盛敬、江士韶互相切磋，以九日誦讀，一日講貫，討論古聖賢正心、誠意、修己、治人之道。其課程記法，又以《大學》八條目爲格，日書敬、怠於下，以驗理欲之消長、工夫之進退。

一　前明天、崇之際，東南社事方興，四方知名之士，擔簦負笈，脂車秣馬，奔走於壇坫之下者，殆無虚日。有聞公等篤志好學，咸欲招之，皆堅謝不應。或以危言悚公，亦不爲動也。或以公有匡濟才，上姓名於當事，公以親老固辭而止。

一　公閉户潛修，不求人知。久之，信從者衆，乃講學於里中，立講學全規。曰考德、課業、講論、記誦、經義、治事、問答、游詠，凡八科，更立約法十章、齋戒條十則、紀事法十則，學者皆畏敬奉行，多所造就。或問：宗旨所在？答曰：實無宗旨，只真心學聖賢便是。晚年講學於澄江，講《易》於毘陵大儒祠，講高、顧大旨於東林書院，信從者益衆。北直、閩、浙等省，名儒宿學，或往復質難，或扁舟造訪，無不傾心誠服。

一　江陰邢杏江，年八十有一，長公年以倍，生平不欺暗室，學以居敬窮理爲本。讀公論學書，衝雨扶掖，投刺稱門弟子，堅欲下拜，公辭之甚力。邢謂：「生平自誓，當吾世而有程、朱，雖耄必拜受業，爲天下倡。」卻之不得，卒定師弟子之稱。崑山陳凱侯長公二十餘歲，耄而好學，亦負笈恐後。人皆謂「董蘿石之拜王陽明，不能專美於前」云。

一　崇禎之初，天下已多故。公言：「今之所當學者，正不止六藝，如天文、地理、河渠、兵法之類，皆切於用世，不可不講。俗儒不知内聖外王之學，徒高談性命，無補於世，所以來迂拙之誚。」於是諸凡實學，悉心講貫，如横槊舞劍、彎弓弄刀之屬，無不習也。嘗縱論古今用兵得失，謂：「蔡西山、李筌、王慈湖輩，諸圖説徒務飾觀，惟戚繼光《鴛鴦陣法》稍得古人遺意。」故於諸家圖説之後，各附論正，成《八陣發明》一書。凡坐而言者，必求可以起而行，此其一端也。

一　公於桑梓之利弊，民生之休戚，知無不爲。崇禎辛巳大饑，人相食，約同志爲同善會，日聚銀米拯飢民，全活無算。復作《常平權法》、《救荒五議》，上之當時。甲申大旱，民病於漕，乃商之邑紳張采言，於户部得改折十分之三。丁酉積潦稽天，太湖水溢，與邑人顧士連商銷圩開挑之法，佐知州白登明疏濬劉河，于役之日，合境響應，萬丈之河，成於旬日。吴困賦役，公作《浮糧疏考》上之，得蠲荒税，緩預征，維時官紳士民莫不重公之德。故凡公所建白，皆敬信奉行。

一　里人毛如石作宰安義，敦請公偕行。既至任，則明政刑、正風俗、鋤奸宄，政聲卓著，公相助之力居多。

公未親民社，而擘畫謀猷已可概見。

一　張公能鱗視學三吴，以周、程、張、朱五子語録數百卷，學者窮年觀之，皓首而不得其指歸，欲頒示學宫，聘公輯其精要。又命教官載書籍、備餼廩，躬齎至公門。公率門弟子擷五子之精而輯之，語録、類要皆有序論，發凡、緒言，或問共百餘條，復爲正學篇，以示學者。書凡三百餘卷，删存六十卷。張公深敬服，以「五世真儒」額旌其門，並欲將所著《思辨録》刊布學宫，會去官未果。

一　吴淞、婁江久塞，撫吴者爲馬公祐，條議疏濬，題捐帑金十四萬，檄公董其事。公實左右之。既成，馬公重公學行，具書幣聘公入幕。公遇江南利弊，知無不言，言無不盡。

一　公體用兼全，其學具見所著《思辨録》中。此外，講《易》武進，著《性善圖説》，發明以周子《太極圖》。又著《月道》、《分野》、《雲漢升沈》《山河兩戒圖説》，❶以啓後學之仰觀俯察。慨世俗禮廢，爲斟酌古今，分五宗以祭，作《宗祭禮》，以立敬宗收族之本。

一　公平生爲學，惟務躬行，不以著書立言爲急。苟有論著，皆身心性命、體國經野之務，出於不得已而始作。已刻者，《思辨録》前後集三十五卷，《論學酬答》四卷，《宗祭禮》四卷，《儒宗理要》六十卷，《治鄉三約》、《桑梓五防》、《支更説》、《制科議》各一卷，古文一卷，《性善圖説》、《庚子東林講義》、《雲漢升沈》《山河兩戒分野圖説》、《月行九道》等圖。其未刻者，《易説初編》四卷，《詩鑑》六卷，《書鑑》一卷，《春秋討論》

❶「雲」，原作「河」，今據《陸桴亭先生遺書·分野説》後附《雲漢升沈圖》改。

二卷，《四書講》四卷，《八陣發明》六卷，《治通》一卷，《城守輯略》一卷，《性理纂要》四卷，《道統上下論》一卷，《常平權法》、《婁江議二十法》、《漕兑議》、《續漕兑議》、《喪中雜録》、《講學全規》、《節韻幼儀》、《婁江圖説》、《淘河建閘決排諸議》各一卷，《浮糧考》、《漕贈説》、《漕議八款》共一卷，《續論學酬答》四卷，《講學紀事》二卷，《剛齋日記》五卷，詩、文稿各十卷。

一　公卒之日，同學親友及門下士皆至，哀聲達里門，遠近官長，四方會弔之士，充塞道路，莫不同聲傷悼。因援古人私謚之例，相與議曰：先生之學，貫徹三才，内聖外王，足以當之。然終老丘園，潛德弗耀。在《易・乾》之初九曰「潛龍勿用」，傳曰「遯世无悶，樂則行之，憂則違之，確乎其不可拔」。先生之德行，庶幾似之，遂謚曰文潛先生。康熙朝崇祀太倉鄉賢祠。

江蘇太倉直隷州知州爲鄉先賢闡明聖學論孚例合籲請會奏從祀文廟，以彰潛德而興風教事。同治十三年三月十二日，據紳士孫壽祺等稟稱云云等情，並呈著述事蹟及《思辨録》前後集、《桴亭文鈔》、《雜著》各一部到州。據此，該江蘇太倉直隷州知州吴承潞核看得鄉先賢陸世儀，學務真知，功歸實踐，守程朱之正軌，居敬爲宗，闡孔孟之遺經，言皆有本，闢異端而不争門户，談治道而淹貫古今。至其遇值明夷、志甘肥遯，負救時之經濟，動念生民；作衛道之干城，有功聖學。昔崇枌社，久已列祀於黌宫；近比楊園，允合升歆於殿廡。兹據該紳士等具呈前來，卑州覆查無異，合將呈到《思辨録》前後集一部，《桴亭文鈔》、《雜著》各一部，造具事蹟清册，加看具文通詳，仰祈憲臺鑒核會奏，實爲德便。除詳某憲外，爲此備由具詳，伏乞照詳施行，須至申者。

詳 撫臬 督藩 學巡 憲

同治十三年三月　　日。

江蘇巡撫臣張　　奏，爲先儒闡明聖學，望實交孚，據情籲請從祀文廟，以洽人心而光鉅典，恭摺仰祈聖鑒事。竊據江蘇太倉州紳士孫壽祺等呈，稱本州先儒陸世儀篤志聖賢，紹承絶學，海内稱爲桴亭先生。其學以居敬窮理爲宗，躬行實踐爲教，體用兼賅，本末條貫。其所著述四十餘種，粹然一出於正。内《思辨録》三十五卷，尤畢生精詣所在，採入《四庫全書》。恭讀高宗純皇帝《欽定總目提要》有曰：「世儀之學，主於敦守禮法，不虛談誠敬之旨；主於施行實政，不空爲心性之功。於近代講學諸家，最爲篤實。其言深切著明，足砭虛憍之弊。」聖明定斷，業已隱括千秋。厥後理學名臣，如御史陸隴其、尚書張伯行，均稱世儀講學次序一遵洛、閩遺法，其思精切而不浮，其辨詳密而不紊，能於六經四子、周程張朱之旨，補苴張皇，而時佐佑其所未及。大學士陳宏謀蒐輯《五種遺規》，摭録尤多，以爲天德王道無所不貫。綜按諸家序説，其反經衛道，闡明聖學，核與咸豐十年奏定從祀章程，一一相符。爲合開具事蹟清册，呈送遺書各種，聯名籲請具奏。由太倉直隸州知州吴承潞，並經署蘇藩司應寶時，核明無異，具詳前來。臣查陸世儀當明季異學争鳴之日，堅苦深造，獨闢榛蕪，隱然以繼往開來自任。生平願學朱子，研之精而守之力，用是承學之士，黜浮崇實，正道昌明，至今垂教百年。當日廓清擔荷之功，論者咸謂與平湖陸隴其、桐鄉張履祥同爲昭代真儒，允宜配祀宫牆，維持世教。除遺書清册，照例咨部查核外，相應據情請旨，俯准將江蘇太倉州先儒陸世儀從祀孔子廟廷，以昭聖朝崇儒重道之盛。是否有當，謹會同兩江總督臣李　　恭摺具奏。伏乞皇上聖鑒，敕部議復施行。再，江蘇學政篆務現係臣暫行兼護，是未會銜，合併陳明。謹奏。同治十三年四月二十六日具奏。五月十六日奉旨，禮部議奏。欽此。

禮部謹會奏，爲遵照奏准章程敬謹會議具奏事。同治十三年五月十六日，内閣抄出江蘇巡撫張樹聲奏請將先儒陸世儀從祀文廟一摺。奉旨，禮部議奏。欽此。欽遵到部。據原奏，内稱「先儒陸世儀，江蘇太倉州人，篤志聖賢，紹承絶學，海内稱爲桴亭先生。其學以居敬窮理爲宗，躬行實踐爲教，體用兼賅，本末條貫。凡所著述四十餘種，粹然一出於正。内《思辨録》三十五卷，尤畢生精詣所在，採入《欽定四庫全書》。厥後理學名臣，如御史陸隴其、尚書張伯行，均稱世儀講學次序一遵洛、閩之遺法，其思精切而不浮，其辨詳密而不紊，實能於六經四子諸書、周程張朱之旨，補苴張皇，而時佐佑其所未及。論者咸謂與平湖陸隴其、桐鄉張履祥同爲昭代真儒，以之配祀宫牆，允爲不愧」等語。臣等查同治二年六月禮部奏准祔饗廟廷祀典至鉅。咸豐十年閏三月，大學士軍機大臣遵旨議定，嗣後從祀文廟，應以闡明聖學、傳授道統爲斷。其忠義激烈者，入祀昭忠祠；言行端方者，入祀鄉賢祠；以道事君、澤及民庶者，入祀名宦祠。概不得濫請從祀文廟，以示區别。特恐各省官紳，未能深悉歷次所奉諭旨，紛紛陳請從祀，殊非慎重之道。應請飭下各直省督撫學政，恪遵十年定章，不得濫請從祀文廟，並不准援案。如爲文廟中必應從祀之先賢先儒，方准該督撫會同學政，詳加考核，奏明請旨。並將其欽定書籍中引用若干條，論贊若干條；先儒書籍中引用若干條，論贊若干條，一併詳細造册送部。不得僅據空言，率行陳請。均請飭下大學士、九卿、國子監會同禮部議奏等因在案。今據該撫奏稱，請將先儒陸世儀從祀文廟，並將所著《思辨録》、《文鈔》、《雜著》咨送前來。查《欽定四庫全書總目》，内載「《思辨録輯要》三十五卷，國朝陸世儀撰。世儀，號桴亭，太倉人。《江南通志》列志《儒林傳》中。是書乃其札記師友問答及平生聞見而成。凡分小學、大學、立志、居敬、格致、誠正、修齊、治平、天道、人道、諸儒、異學、經史、子籍十四門。世儀之學，主於敦守禮法，不虚談誠敬之旨；主於施行實政，不空爲心性之功。於近代講學諸家，最爲篤實。故其言曰：『天下無講學之人，此世道之衰；天下皆講學之人，亦世道之衰。』又曰：『今所當學者，正不止六藝，如天文、地理、河渠、兵法之類，皆切於用世，不可不講。俗儒不知内聖外王之學，徒高談性命，無補於世，所以來迂拙之誚也。』其言皆深切著明，足砭虚憍之病」等語。是其《思辨録輯要》一書，業經採入《欽定四庫全書》，早邀聖明定斷。至《文鈔》、《雜著》，均能體道立言，深合於闡明聖學、羽翼經傳之旨。臣等公同核議，以之祔祀廟廷，允爲不愧。其位次，應在西廡黄道周之次。所有臣等會議緣由是否有當，伏乞訓示遵行。再，此摺係禮部主稿，合併聲明。爲此，謹奏請旨。光緒元年二月十五日奏。本日奉旨，依議。欽此。

序

文字興而天地之道明，文字盛而聖賢之道晦。奚以明之？天地之道，陰陽而已矣。陰陽無形，非行生何由見陰陽？聖賢之道，仁義而已矣。仁義無象，非著述何由覩仁義？則文字之所係，豈不重哉！結繩以降，太昊始之，皇、農諸聖人繼之，而集諸聖之大成者，爰有孔子。漢、唐以降，濂溪始之，關、洛諸大儒繼之，而集諸儒之大成者，爰有朱子。開闢以迄今，此兩大文字者，或在三代，或在後世，其時雖異，其道則同。故曰文字興而天地之道明也。然而群言淆亂，莫知折衷，其溺於詞章、牽於訓詁者，勿論矣。自禪玄之學盛，而二氏標榜，於是異學與正學争。自心宗之學盛，而三教合一，於是儒者與儒者争。浸淫至於末季，所推儒門巨擘，大約爲異端立赤幟耳。開闢以迄於今，此兩怪文字者，或樹敵門外，或操戈室中，其旨似異，其害實同。故曰文字盛而聖賢之道晦也。夫言之而足以明吾道，則病乎其不言也；言之而反足以晦吾道，又病乎其言之也。立言之得失，係斯道之存亡，嗚呼，豈不重哉！吾友桴亭之有《思辨録》與《思辨録》之有「輯要」，寒谿述之詳矣，予不復贅。獨是桴亭之爲此書，無間寒暑，無間窮達，無間治亂，蓋十二年如一日。殆予所謂言之而足以明吾道，而惟恐其不言者與？則繼朱子而集大成者，桴亭何多讓焉？予又何敢爲桴亭諱焉？嗚呼！此心同也，此理同也。桴亭言之，而天下萬世之人誦之習之，或從而歌舞詠歎之，以爲是桴亭之功。桴亭言之，而天下萬世之人疑之沮之，或從而訕笑詬厲之，以爲是桴亭之罪，而皆無容心也。道存與存，道亡與亡，聽之天而已矣。庶幾藏之名山，傳之其人，以俟天下萬世之知桴亭而能讀是書者。同學弟藥園江士韶拜序。

序

士生斯世而欲言學，豈不難哉！ 功利之習浸淫於人心，根深蒂固而不可拔；幸而能自拔於功利矣，則或溺於記誦詞章，終身竭蹶，而適長其浮薄驕吝之氣；幸而又不溺於是而有志於道矣，則佛、老之徒又從而惑之，舍三代以來聖賢相傳之道，而欲求所謂虛無寂滅者，求之愈力，去道愈遠；幸而不惑於佛、老而歸於儒矣，而儒者之道復分途各驅，宋之洛、閩，金谿，明之河津、餘干、新會、姚江，同師孔孟，同講仁義，其辨在豪釐之間，而其流至於相去懸絶，若方圓、冰炭之不同。學者未嘗辨其同異，晰其疑似，浮慕乎學之名而用力焉，其不舍坦途而趨荒徑者幾希矣。於此有人焉，以身示之，且別白而告之，其有功於世何如也。余家居時，聞太倉陸桴亭先生之學，而未獲親炙。及承乏嘉定，去先生之鄉咫尺，而先生已成古人。乃訪其遺書，得所謂《思辨録》者。其辨同異、晰疑似，一準於程朱。其於金谿、新會、姚江，雖未嘗力排深拒，而深知其流弊之禍世。其教人先小學而後大學，以立志、居敬爲本，而以聖經之「八條目」爲程，然後漸進於天人之微，旁及於百家之言。其先後次序，悉洛、閩之遺法也。雖未熟識其生平，然考其發於言而著於書者，可謂有道之士矣。蓋先生自言二十七歲即志於斯學，心體躬行，未嘗敢懈，則所以能成就如此者，亦非一日之故也。嗚呼！ 處功利浸淫之日而能自振拔，又不溺於詞章記誦，又不惑於佛、老，又不惑於儒之近佛、老者，而卓然自立，豈不難哉！ 先生之子諱巓正者，請余敘其書。余不敏，雖於先儒異同之間嘗聞其大略，然明不足以察理，勇不足以衛道，優游歲月，將汩没之是懼，何能敘先生之書哉！姑記其仰慕於先生者如此。尚當盡求先生之書而訪於其良友高弟以琢磨焉，其庶幾乎！平湖陸隴其稼書氏序。

序

余既編輯濂、洛、關、閩之書以示學者，而於古今著述之家有一言之幾於道者，皆欲表而出之，以爲羽翼。爰得桴亭陸子《思辨録》一編，愛翫不釋手，乃重訂以行於世。而爲之序曰：内聖外王之道，燦著於六經，折衷於四子，而發揮闡繹於周、程、張、朱五夫子之緒言，至矣盡矣，不可以復加矣。後之著書立説者，非淺陋卑近，則淪於空虚，入於邪異，師心自用，畔道離經，謂之不知而作可也。故有志聖賢之學者，惟取六經、四子，與夫周、程、張、朱五夫子之緒言，虚心學問，俛焉日有孳孳。而著書立説，不惟不可，亦不必也。雖然，《中庸》言「博學」、「審問」，而即繼以「慎思」、「明辨」者，蓋思之欲其慎，然後體之於身者，精切而不浮；辨之欲其明，然後措之於事者，詳密而不紊。斯能收學問之功，以爲篤行之地。此陸子《思辨録》之所爲作也。陸子隱居講學，無當世之責任，而内聖外王之道，存之不忘於心，談之不離於口。其所思辨者，不外於六經四子、周程張朱之旨。而補苴張皇，不遺餘力，時可以佐佑六經四子、周程張朱之旨之所未及，筆之於書。其思精切而不浮也，其辨詳密而不紊也。六經四子、周程張朱之書，譬則《神農本草》、《黄帝内經》、長沙、河間、東垣、丹溪諸大家之奥博精深也，得陸子爲之，别其温凉升降之品，指其臟腑經絡之微，釋其處方用藥、君臣佐使之宜，而又自出妙心慧眼，審運氣之不齊，酌方土之各異，務使用之者可以砭膏肓而起痿廢。則陸子之爲人心世道計者，至深遠矣，豈與夫師心自用、畔道離經、漫欲著書立説者比哉！或以陸子爲朱子後一人，則余不敢知。然其於内聖外王之道，六經四子、周程張朱之書，思之辨之，既已有素，不可謂非正學之干城也。且既以「思辨」名書，則既以陸子一人之思辨，發天下後世學者之思辨，亦何不可之有？故序而刻之。康熙四十八年己丑仲冬儀封後學張伯行書於榕城之正誼堂。

序

《思辨録》，吾友桴亭陸子言道之書也。桴亭性通明，氣識高遠，其於聖人之道，蓋童年已篤好之，出乎天性，非有先生長者耳提而面命之也。予遇桴亭年十五，桴亭少予一歲，一見即相得甚歡。當其少時，言動之間輒則古昔，厭薄聲華，不耽舉子業，好讀書，喜談大義。與予同事者三年。厥後，予罹家厄，流離播徙，相去稍遠。而桴亭學益進，交益廣，復時時念予，思成就之。至崇禎丙子，始與陳子確庵、江子藥園有講學之舉，予復得朝夕焉。時大道久息，絶學初興，慮驚世駭俗，深用韜祕。煢煢四人，促膝連牀，晦明風雨，或横經論難，或即事窮理，反覆辨析，要歸于是。甚有商確未定，徹夜忘寢，質明而後斷，或未斷而復辨者。蓋桴亭開闢、確庵精敏、藥園懇到，予屏息聽之，未嘗不心開目明，聞所未聞也。既而同志漸多，設規立約，日以充拓。歲時旬月，皆有常會，每會之期，必講貫終日。凡身心性命之奥，天文、地理、河渠、兵法之學，太極、陰陽、鬼神之祕，儒釋之辨，經史百家之賾，無不根究本末、要於中正。講論之樂，嘗恨古人不及見之。退則仿先儒讀書記之法，各有所録。旬日不記，即互相糾虔，以爲學問進退之别。兹桴亭《思辨録》，皆十二年間左右簡編，俯而讀，仰而思，有見則疾書，以自識其所得也。桴亭於體用之書無所不窺，於體用之學無所不貫，其所著述充笥滿篋，《思辨録》特其一耳。然其人其學，亦足以見大凡矣。今戊子春，桴亭授書里中，以古道教後學，登其門者日盛。每月朔日，考德問業，課文習禮，蓋彬彬乎有安定之風焉。藥園長君與余兒子，皆竊追隨於其後，因相與共論。少年力薄，未暇博覽，況師門正學，尤當詳究，則《思辨》一書，正今日之津筏也。但其間所紀，皆因年隨筆，未有倫次，藥園乃纂輯精要，類分而書之。以小學、大學、立志、居敬、格致、誠正、修齊、治平爲一集，凡若干卷。又天人、儒釋、經史爲一集，亦若干卷。予不敏，不敢怠惰，實用佐成焉。夫三代而下所以無善治者，本於無人才；三代而下所以無人才者，本於無善教。今桴亭之爲書者若彼，而藥園之輯之者若此。凡及門之士，讀其前集，則凡所謂身心之奥，天文、地理、河渠、兵法之學，在是矣。讀其後集，則凡所謂太極、陰陽之祕，儒釋之辨，經史百家之賾，在是矣。其事半，其功倍，諸子亦何憚而不學哉！雖然，竊有願焉，桴亭之爲是書，非僅欲以示及門諸君也，即予與藥園之共輯是書，亦非僅欲以示及門諸君暨予等之子弟也。孔子没，微言絶，天下而有能讀是書者，吾黨之所敬求也。其尚知桴亭之心及予與藥園之心哉！同學盛敬聖傳譔。

序

聖學之不同于流俗者，其在思與辨乎？《中庸》於「博學」、「審問」之後，繼以「慎思」、「明辨」，此由小學入大學，用功之次第也。蓋小學先行後知，故首孝弟而終以學文；大學先知後行，故首格致而終以治平。然則思辨之功，非由學文而格致之事乎？夫人内而身心意知，外而家國天下，皆物也。不思與辨，則物無由格，而知無以致矣。《中庸》之語，所以與《大學》相爲表裏也。太倉陸桴亭先生，嘗與陳確庵、盛聖傳、江藥園諸君子日有程，月有會，互相講求聖賢之學。其生平著述甚多，皆有裨於世道人心。而《思辨録》一書，論學尤備，乃先生從讀書處事之中，隨時精察，實有所得而筆之於書者。陳確庵嘗取其粹語著之於先生之傳矣。而盛、江諸君子，分門別類，删爲《輯要》，前後二集刊之。今世所傳，惟儀封張氏刊本。余寶此有年，而原板久佚，願讀者無從購求。今春從六安司訓王君寶仁處得覩舊刻完本，因爲校定重刊，并删其複見數條，即王君所校也。予前此嘗刊陳確庵《聖學入門書》，亦與此書相印證。學者果有志于聖賢之道，從此二書求之，自有以見夫異學、曲學、僞學之非，亦何至墮于冥行而惑于歧趨也哉！道光十有七年丁酉九秋安徽督學使者檇李沈維鐈謹序。

序

君子著書以傳道，道不備而傳書，書傳道未傳也。夫道何昉乎？是太極之所以生天、生地、生人物，而聖人之所以參天地、育萬物、起化於一心者也。其原至遠，其理至微，其體用至正而至大。千聖百王傳之孔子，孔子備千聖百王之傳，後有作者，不可及也已。然其後賴曾子、子思、孟子傳之，又賴周、程、張、朱四五君子傳之。得一傳之之人，則聖道明；久之而不得一傳之之人，則聖道明而復晦。故天下不可無傳人也。自朱子迄今，五百餘年矣，其間非無人，但傳之而適以叛之者有之，傳道而不能盡道之分量者有之。吾謂非明睿之資不足以見遠，非廣博之學不足以窮微，非有折衷諸子百家之識力不足以崇正而闢邪，非有損益唐虞三代之才幹不足以抑小而務大。今桴亭先生著述甚富，而微言奧義，尤炳著於《思辨録》一書。有無遠不屆之聰明，無微不究之學力，又存之極其正，推之盡其大，直接「危微精一」之心傳，宏開起弊扶衰之道統。其天人性命之際，不過諸儒所已言。至於純粹透徹，使智愚皆暢然各得者，非諸儒之所能言也。其井田、封建等制，初非大儒所不能言。至於晝一變通，使古今皆可確見施行者，即大儒鮮有能言之者矣。天生桴亭，是曾子以下六七子之靈之所憑依，以光大吾孔子之傳者也。是書行，吾知叛道者有所畏而不敢，不能盡道者有所企而思奮矣。晉陵同學弟馬負圖肇易氏拜序。

《思辨録輯要》發凡

《思辨録》，吾友桴亭陸子自紀所得之書。其體大約如薛文清之《讀書録》、胡敬齋之《居業録》、顧涇陽之《小心齋劄記》。皆逐年隨筆，有得即書，無所倫次，自丁丑迄庚子，凡四十餘卷矣。同志之友及後學之士，多樂得而讀之。而或病其浩汗，倉卒之間，莫得首尾。予因與聖傳、言夏擬仿《近思録》體，摘其要者，分類編輯，以便同志觀覽及後學程式。顧《近思》所分之類多屬未該，恐有挂漏，乃與兩兄商，别爲分類，計一十有四。而所分類中，復有當以類相從者，乃更分爲前後二集以統之。庶本末具舉，觀者瞭然，因爲發凡，如左：

前　集

學者入德之門，斷當以《大學》爲主，此古人一定之成法。分類之精，莫精於此，舍此而别起間架，挂一漏萬，皆非善於分類者也。予故於前集一以「八條目」次序爲主，而先之小學以端其始，次之大學以定其規，又次之立志、居敬以立其本。蓋一因古人之成法，未嘗以意爲創造也。

小學類

明善之要在復初心，作聖之功先端蒙養。昔朱子憫《小學》之亡，特爲裒輯經傳，補其闕失，誠以學問之基必由此而立也。吾黨誰無身心，誰無子弟，果行育德之道可不講乎？輯小學類第一。

大學類

爲學之道，必先定其規模而後從事。三代之後百家煩興，輓近以來日深功利，苟非灼見大道望的而趨，保無岐路之悲、素絲之染乎？輯大學類第二。其若語近學校者，則别入治平；語解書義者，則仍入經籍。各以類附，庶不相淆。

立志類

趨向之正，定乎規模；信好之微，存乎心志。苟大道在望，日勉强從事，而所志不存，以之入道，未可卜也。《大學》曰「知止而后有定」，則知大學之後，志之定向尤所最急。輯立志第三。餘如尊師取友，此亦立志後之急務，可以輔翼吾志者也，故并附。

居敬類

先儒有言：心爲身之主，敬又爲心之主。故言學而不本於心，非學也；言心而不本於敬，非心也。不本於心則泛濫而入支離，不本於敬則放曠而流隱怪。將欲爲大學之道，而入手茫無主宰，吾恐學者有望洋之嘆也。雖《思辨録》中不言宗旨，而精神所注，宗旨具存。輯居敬第四。其若「窮理」二字，則本屬格致，然昔人每有並提而論者，則亦不妨并入。又入門宗旨，先儒所得各有不同，偶有論説，今悉採附。其餘如論辨先儒學術者，則仍入後集諸儒類。

格致類

《大學》次序，朱子雖分「八條目」，然義類相從，實皆連貫。況分别門類，無取煩多，義有可合，概歸并省。今擬「八條目」約而爲四，亦從簡之一法也。朱子有言：格物致知只是一事，非今日格物，明日致知。則知格致二者，原不可過爲分析。輯格致第五。

誠正類

心與意，俱爲本體，所分者，動静之殊。誠與正，總屬工夫，所異者，偏全之别。合之，則論説可以互見；斷之，則意議不無牽拘。其如「慎獨」、「求放心」、「已發未發」，皆誠正之屬也，故悉彙入。輯誠正第六。

修齊類

身爲立教之主，家爲式化之原。故顔子「克己」，必準諸視、聽、言、動；《周官》法度，一本於《關雎》、《麟趾》。身以開一家之治，家以驗一身之德，二者相須而實相貫也。輯修齊第七。至於懲忿窒慾，則修身以内之事；待人接物，則齊家以後之事，亦皆編入，以便觀省。若《宗祭禮》等，别有成書，此不具録。

治平類

國者，家之推；天下者，國之推。故孔子言「王道本於鄉」，而孟子亦云「天下之本在國」。雖一方之與四海，大小不同致，然而用人行政，其理一也。輯治平第八。至若封建、郡縣，古今之時勢既殊，開創守成、因革之權衡亦異，皆儒者所當討論，豈後學所可闕遺！桴亭《録》中原有兩種，謹釐爲二，各自成帙。其若《治通》、《治鄉三約》、《甲申臆議》、《八陣發明》、《城守要略》等類，别有成書，此不具録。

後集

《繫辭傳》云「窮理盡性以至於命」，學而至於格致誠正、修齊治平，天德王道無餘事矣。故語聖賢之極則，則曰合天；語帝王之極則，則曰配天。配天、合天，至命之謂也。至命之功不越盡性，盡性之功不越窮理，則知學者欲爲内聖外王之學，亦終身窮理而已。大自天人性命之微，細自典籍文章之末，内而吾道之異同，外而百家之紛賾，皆學者所當究心也。故予于後集，以天人之道居其首，以經史之事居其終，而諸儒、異學之屬，亦皆以類次焉。蓋能盡乎此，然後可以謂之窮理；能窮理，乃能盡性；能盡性，乃能至命。庶幾學問之極功、聖人之能事也矣。讀是書者，尚盡心焉。

天道類

《近思録》所分之類，以道體爲首，而先之以太極，蓋以太極爲斯道之原本也。然太極爲斯道之原本，而實格致之極功。爲學而不知太極，則學問終無指歸。爲學而先言太極，則入門或驚浩瀚。故予于前集，一依「八條目」次序，而太極諸説，則以之爲後集之首，而天文、地理、幽明、死生、鬼神之屬，皆以類附焉。輯天道第九。

人道類

周子《太極圖説》，所以明「易有太極」也，而其中有曰：「定之以中正仁義，而主静立人極。」人極之名，何昉乎？昉乎周子也。蓋天之與人本屬一理，不明乎天無以爲人，不明乎人無以知天。而能發天人合一之微者，莫若周子。故太極之後，次以人極。而凡心性仁義之屬，雖大概已見前編，然前編多屬操修，此編多釋名義，彼此不妨互見。若夫一貫，則人道之極功也，故以一貫終焉。輯人道第十。

諸儒類

道自孔孟以前不必言矣，孔孟以後，則各具聖人之一體而稱儒。是故及門之列，已分四科；傳道之倫，各成狂狷。儒之不得不小有異同者，亦其分量之各至也。漢儒多爲注疏，唐儒多爲文章，宋儒始尊理學而又多各立門户。或一源而異派，或殊途而同歸，凡師尊吾孔孟者，皆儒也。撮其論正之言，以觀離合之妙。輯諸儒第十一。其若《先儒語録集成》、《明儒語録集成》等，有正集、次集、廣集、别集。别有成書，此不具録。

異學類

周秦以上，道德一，風俗同；周秦以下，百家興，繁言起。故異端之始，始於周秦，而周秦之後，則日異而月新者也。自莊、列敢於叛道，申、韓更號刑名，浸淫而爲楊、墨，變换而爲佛、老，光天化日之下，千聖相傳正脈至此而四分五裂矣。然從來論者，或過爲距闢而不得其中，或漫爲指摘而不知其要。獨桴亭議歸平允，理析根源。萃集中前後之語以觀，則從來紛雜之言自辨。輯異學類第十二。

經子類

六經、四子，皆經也。百家雜説，皆子也。經之所載，可爲典要，故曰經。子之所載，各自專家，故曰子。典要者，可爲法，則學士之所尊稱。專家者，互有短長，大雅之所不道。然非手經繙閲、目經覩記，豈能免冒昧之譏乎？不有折衷，孰爲分晰？輯經子第十三。其若《四書問答》及《禮衡》、《易窺》、《詩鑑》、《書鑑》、《春秋討論》之類，有成書者，此不具録。

史籍類

史者，記事之書；籍者，文辭而已矣。然上下今古，固必俟歷代之簡編，而發揮道妙，尤必藉宗工之規矩。故讀史而不能自出手眼，則爲矮人觀場；讀籍而不知崇尚大雅，則入小家蹊徑。萃其叢論，以示後學，亦問塗於已經也。輯史籍第十四。而論詩、論文之屬，亦類附焉。其若《讀史筆記》之類，有成書者，此不具録。

同學弟江士韶虞九氏謹識於映石山房。

《思辨録輯要》發凡增

書文類

古人有言：文以足志。故文者，所以載道也。自世儒尚風雲月露之詞，每致離經叛道。若能羽翼經傳、揚搉風雅，方懼「言之無文，行之不遠」。《思辨録》中，止載格言，不録文字。師杜以爲書文所以載道，未未可略也。因搜先生文集中講義及論學問經術之書，輯書文第十五。若序記之文，自有文集，此不復載。

詩歌類

《書》有之：「詩言志，歌永言，律和聲。」故詩者，樂之屬也。古人禮樂，未嘗斯須去身，今世禮樂之教已亡，存者詩耳。自漢、唐之音既播，而「三百」之旨衰，非論格律則尚氣體，而「興觀群怨」之意無矣。先生平日論詩，專以「興觀群怨」爲主，取詞命意，每在漢、唐之上。兹集惟取談道論學及與同學往復如《伊川擊壤》之類者，以見吟風弄月之意。輯詩歌第十六。欲觀其全，有詩集在。

雜説類

《易》有之：「若夫雜物撰德，辨是與非，則非其中爻不備。」又曰：「恒雜而不厭。」又曰：「言天下之至賾而不可亂也。」夫紛紜錯雜之中，細微委瑣之末，皆有至道存焉。孔子不棄《滄浪之歌》，豈可謂無當於分類而忽之。先生《思辨録》皆觸意偶書，一字一語，皆有天機之發，若以類格之，則微言之不傳者多矣。師柱於分類之中，復立「雜説」一類，以盡其雜物撰德、不厭不倦之妙，讀者庶幾得窺全豹也。輯雜説第十七。

門人毛師柱亦史氏敬識。

按：《思辨録輯要》前、後集分類發凡，皆江藥園先生筆也，其刊本世尚有之。此續集，毛君亦史所增者，惜乎有録無書，亦未知當日曾刊否也？姑存其目，以俟好古之士爲之搜羅云。後學嘉興沈維鐈識。

思辨録輯要卷之一

明太倉陸世儀道威著

小學類

古者，八歲入小學，十五入大學，此自是正理。然古者人心質樸，風俗淳厚，孩提至七八歲時，知識尚未開。今則人心風俗遠不如古，人家子弟至五六歲，已多知誘物化矣。又二年而始入小學，即使父教師嚴，已費一番手腳，況父兄之教，又未必盡如古法乎？故愚謂今之教子弟入小學者，決當自五六歲始。

《小學》之書，文公所集備矣。然予以爲古人之意，小學之設，是教人由之，大學之教，乃使人知之。今文公所集，多窮理之事，則近於大學。又所集之語，多出四書、五經，讀者以爲重複。且類引多古禮，不諧今俗，開卷多難字，不便童子，此《小學》所以多廢也。愚意小兒五六歲時，語音未朗，未能便讀長句。竊欲彷明道之意，採擇《禮經》中之《曲禮》「幼儀」，參以近禮，斟酌古今，擇其可通行者，編成一書。或三字，或五字，節爲韻語，務令易曉，名曰《節韻幼儀》。俾之即讀即教。如「頭容直」，即教之以端正頭項。「手容恭」，即教之以整齊手足。合下便教他知行並進，似於造就人材之法，更爲容易。

禮樂不可斯須去身。古人教人，自幼便教他禮樂，所以德性氣質易於成就。今人自讀書之外，一無所事，不知禮樂爲何物，身子從幼便驕惰壞了。愚意自《節韻幼儀》外，更欲參酌古今之制，輯冠、婚、祭及鄉飲、鄉射諸禮爲禮書，喪禮不可豫習，擬另輯爲一卷，俾學者居喪時讀之。文廟樂舞及宴飲、升歌諸儀爲樂書。俾童子十數歲時，仍讀四書，兼習書數。暇日則序於一處，教升歌習禮，如古人舞《勺》舞《象》之類。務使之郁郁彬彬，則涵養氣質、薫陶德性，或可不勞而致。

凡人有記性，有悟性。自十五以前，物欲未染，知識未開，則多記性，少悟性。自十五以後，知識既開，物欲漸染，則多悟性，少記性。故人凡有所當讀書，皆當自十五以前使之熟讀。不但四書、五經，即如天文、地理、史學、算學之類，皆有歌訣，皆須熟讀。若年稍長，不惟不肯誦讀，且不能誦讀矣。今人村塾中開蒙，多教子弟念詩句，直是無謂。

凡子弟學寫倣書，不獨教他字好，即可兼識字及記誦之功。

宋儒教小兒習字，❶先令影寫趙子昂大字《千字文》，稍長，習智永《千字文》。每板影寫十紙，既畢後，歇，讀書一二月。以全日之力，通影寫一千五百字，添至二千、三千、四千字，如此一二月乃止。必如此，方能後日寫多，運筆如飛，不至走樣。亦是一法。

四明程端禮有家塾分年讀書法。教童子讀四書、五經，先令讀正文，既畢，然後卻讀注亦可。蓋子弟讀書，大約十歲以前有記性，以後漸否。若令先讀正文，雖子弟至愚，未有不於十歲以前完過者。此亦讀書之

❶ 「宋」，四庫本作「先」。

一法。況《孟子》一書分章甚長，今子弟讀《孟子》，連《集注》讀，多不知首尾，每每易於漏脱，若先讀正文，亦可免此病。

文公有言：古有小學，今無小學，須以敬字補之。此但可爲年長學道者言，若童子則可由不可知，定須教以前法。

陽明先生社學法最好，欲教童子歌《詩》習禮，以發其志意、肅其威儀。蓋恐蒙師惟督句讀，則學者苦於簡束而無鼓舞入道之樂也。然歌《詩》則近於鼓舞，習禮則便有簡束的意在。古人十三學樂誦《詩》，二十而冠，始學禮。蓋人當少年時，雖有童心，然父兄在前，終有畏憚，故法不妨與之以寬。寬者，所以誘其入道也。年力既壯，則智計漸生矣，此時而純用誘掖，則將有放蕩不制之患，故法又當與之以嚴。嚴者，所以禁其或放也。二者因其年力，各有妙用，故古時成就人多。今之社學，止以句讀簡束童子，固失鼓舞之意矣。若誤認陽明之意純用鼓舞，又豈古人之意乎？立教者，當知所以善其施矣。

近日人才之壞，皆由子弟早習時文。蓋古人之法，四十始仕，即國初童子試，亦必俟二十後，方許進學。進學者，必試經論，養之者深，故其出之者大也。近日人務捷得，聰明者讀摘段數葉，便可拾青紫，其胸中何嘗一毫道理知覺，乃欲責其致君澤民。故欲人才之端，必先令子弟讀書務實。昔人之患在樸，今人之患在文。文翁治蜀，因其樸而教之以文也。今日之勢，正與文翁相反，使民能反一分樸，則世界受一分惠。而反樸之道，當自教子弟始。有心世道者，慎毋於時文更揚其波哉！

教小兒，不但是出就外傅謂之教，凡家庭之教最急。每見人家養子，當其知識乍開時，即戲教以打人、駡人及玩以聲色玩好之具；稍長，或取人一鍼一柴，則大喜，稱讚之曰：此兒亦知作家矣！是教之爲盜賊也。此等氣習，沁入心腑，人才何緣得成就？

家庭之教，又必原於朝廷之教。朝廷之教以道德，則家庭之教亦以道德；朝廷之教以名利，則家庭之教亦以名利。嘗有友人問：建文時，何多忠義？予曰：此父兄之教嚴耳。友人問：何以知之？曰：以朝廷之教知之。蓋當時朝廷之教甚嚴，其子弟苟或居官而不肖，則累及父母，累及宗族。故孩提之時，苟或不肖，則其父兄必變色而訓之。語曰：「少成若天性，習慣如自然。」積累既深，所以居官之時，雖九死而靡悔也。

洒埽應對進退，此真弟子事。自世俗習於侈靡，一切以僕隸當之，此理不講久矣。然應對進退，貧士家猶或有之；至於洒埽，則貧士家亦絶無之矣。偶過友人姚文初家，見其門庭蕭然，一切洒埽應對進退，皆令次公執役，猶有古人之風。文初，現聞先生之後也，其高風如此，爲貧士者可以媿矣！

或問：六藝，童子十五以内，恐未必能習。曰：玩禮樂射御書數之文，文字則與義字有别，文是習其事，義是詳其理。禮樂雖精微，然《禮記》云：「十三學樂誦《詩》。」又曰：「十三舞《勺》，成童舞《象》。」則知由粗以及精，自有因年而進之法。射御，雖非童子事，然北人與南人不同。曹丕《典論·論文》自言八歲即學騎射，是射御亦非難事也。至於書數，尤易爲力。

古者，八歲入小學。《周官》保氏掌養國子，教之六書。漢興，蕭何草律令，太史試學童，能諷書九千字以上，乃得爲史。又以六體試之，課最者，以爲尚書、御史史書令史。六體者，古文、奇字、篆書、隸書、繆篆、蟲書，皆所以通知古今文字，摹印章、書幡信也。則知古人皆以字學爲小學，古人皆識字。今俗崇尚制科，人務捷得，至貴爲公卿而目不識古文奇字，且并音畫亦多訛謬者，少此一段工夫也。

人少小時，未有不好歌舞者，蓋天籟之發、天機之動，歌舞即禮樂之漸也。聖人因其歌舞而教之以禮樂，所謂因其勢而利導之。今人教子，寬者或流於放蕩，嚴者或并遏其天機，皆不識聖人禮樂之意，欲蒙養之端難矣！

朱子《蒙》卦注曰：「去其外誘，全其真純。」八字最妙。童子時，惟外誘最壞事，如摴蒱博弈及看搬演故事之類，極易使人流蕩忘反。善教子者，只是形格勢禁，不使得親外誘。《樂記》所謂「姦聲亂色，不留聰明；淫樂慝禮，不接心術」是也。然其要尤在端本清源，使父兄不爲非禮之戲，則子弟自無從得接耳目。

人家教子弟，固是要事，教女子尤爲至要。蓋子弟失教，至長大讀書知世事，猶有變化氣質之時。若女子失教，終身無可挽回，大則得罪姑嫜、敗壞風俗，小則墮壞家事、貽譏親黨。豈細故哉！

教女子，只可使之識字，不可使之知書義。蓋識字則可理家政、治貨財，代夫之勞，若書義則無所用之。古今以來，女子知書義而又閑禮法，如曹大家者有幾？不然，徒以導淫而已。李易安、朱淑真，使不知書義，未必不爲好女子也。

《詩》云「無非無儀，惟酒食是議」二語，真教女子良法。少讀《内則》，怪其多載酒漿籩豆之事，由今思之，知古人良有深意。

人家兒女教壞，多由乳母、婢僕，此主人、主母之所不及覺也。故古人於乳母，必曰：擇於諸母與可者。

至於婢僕，尤當時時切戒。

大學類

古者，十五入大學，自稍有知識，合下便教他爲聖爲賢，故後來成就得大人物。今則惟讀書取科第矣，「大」字之義，不知何居。

玩朱注「大人之學」四字，則知若不如此，便是小人之學。不知今之學者，肯自居於小人之學否？不肯自居於小人之學，而於窮理、正心、修己、治人之道，何茫茫也？

今人見人講學，便指爲道學，不知人自十五入大學時，已個個講道學矣。習而不察，反以爲非笑，盍反而自思乎？

今之學校，即古之大學。古者入而後學，今者學而後入。古者之學，主於修己治人，今則口耳佔畢而已，不知於朝廷何補？

今人好學佛、學仙，而不好學聖人，不知聖賢大學之道也。未嘗見人立地成佛，而欲立地成佛；未嘗見人白日升天，而欲白日升天。明明地放著堯、舜、禹、湯、文、武、周公、孔子，而決不肯明德、新民、止至善，此之謂大惑。

《西銘》不可不讀。不讀《西銘》，不識萬物一體氣象，學者心胸終不得開拓。有語之以大學之道者，乃反以爲分外也。

陸象山人物甚偉，其語録議論甚高，氣象甚闊，初學者讀之，可以開拓心胸。

陸象山曰：「此是大丈夫事，么麽小家相者，不足以承當。」又曰：「大世界不享，卻要占个小蹊徑；大人不做，卻要爲小兒態。直是可惜！」又曰：「上是天，下是地，人居其中，須是做得人，方不枉。」讀以上數語，皆可令人感發興起，志於聖人之道。

朱子嘗曰：「人爲學，當如築九層之臺，須大做脚始得。」具此胸襟，方可與入道。今人自待甚薄，何可與語此。

全仁義禮智之德而不能得位行道，是爲天地負我；具耳目聰明之質而不能爲聖爲賢，是爲我負天地。此理上際天，下際地，皆須著人承當，非大其心胸、堅其骨力，卻如何承當得？

人處天地之間，無不學而成其能者。農學爲耕，工學爲藝，商賈學爲轉移貿易，無非學也。惟士則學爲聖賢，所以謂之大學。以此思之，士而不爲大學，與農、工、商、賈何以異乎？

或問：不識字人，亦可與言大學之道否？予曰：大在心性，不在語言文字。今者讀書之人，借徑於語言文字，所以復其心性也。若不識字之人，識得自己心性，何不可與言大學之道？陸象山有言：「若我則不識一字，亦須堂堂地還我一個人。」正是此意。

《學而》開章第一便説一「學」字，在上古説這一個字不難，在今日便須要認清這一個字。蓋三代以上，一道同風，學出於一；三代以下，百家争鳴，學散爲百。自孔氏没，而或爲楊，或爲墨，或爲申韓，或爲黄老，馴至後世，而爲詞章，爲訓詁，爲功名，爲禪玄，❶種種不一，而「學」之一字，敗壞紛歧極矣。且不特異學一途有以壞正學，即正學一途又有無限分争樹幟、陽順陰逆，爲正學之蠹者。「學」之一字，至今日而遂不可復問。舉世讀聖賢書，不知聖賢之學爲何物矣。吾黨既讀聖賢書，欲學聖賢之爲人，豈可不先認清這一個字？

莫道做人是一樣，看書是一樣，作文又是一樣。只是一個道理，如此做人則人便端正，如此看書則書便親切，如此作文則文章便有識力、有議論，都是一貫將去。

爲學之弊有五端，而好異學、攻時文者不與焉。談經書則流於傳注，鄭玄、王弼之類是也。尚經濟則趨於權譎，管、韓、申、商之類是也。看史學則入於泛濫，明道譏上蔡爲「喪志」、朱子以伯恭爲「眼粗」是也。務古學則好爲奇博，揚子雲玄而無當、張茂先華而不實是也。攻文辭則溺於辭藻，盧、駱、王、楊皆名士，畢竟稱爲小才，韓、柳、歐、蘇爲大家，亦不免於夾襍是也。要之，只不知大道。不知大道，故胸無主宰，到處差錯。

問：如何爲道學？曰：道者，天地自然之道；學者，學其所謂道也。

一部《中庸》，止説得一「道」字；一部《大學》，止説得一「學」字。

天下無講學之人，此世道之衰；天下皆講學之人，亦世道之衰也。三代之世，君君、臣臣、父父、子子，

❶「玄」，原避清康熙帝玄燁諱作「元」，今回改。下同，不一一出校。

各務躬行，各敦實行，庠序之中，誦《詩》《書》、習禮樂而已，未嘗以口舌相角勝也。嘉、隆之間，書院遍天下，講學者以多爲貴，呼朋引類，動輒千人，附影逐聲，廢時失事。甚至有借以行其私者，此所謂處士横議也，天下何賴焉！

今人未嘗學道，便先要立一個腔拍，凡一言一動、一巾一服，必先要求異於人，唯恐人不知爲學道，此皆是名心。名心，德之賊也。道學畏人知固不可，必求人知亦不可。畏人知者，必至半塗而廢；必求人知者，必至索隱行怪。

近世講學，多似晉人清談，清談甚害事。孔門無一語不教人就實處做。《論語》曰：「君子欲訥於言而敏於行。」又曰：「敏於事而慎於言。」又曰：「君子先行其言而後從之。」又曰：「君子恥其言而過其行。」都是恐人言過其實。正、嘉之間，道學盛行，至於隆、萬，日甚一日，天下靡然成風，惟以口舌相尚，意思索然盡矣。此即真能言聖人之言，已謂之徒言，已謂之清談，況於夾襍混亂，拾二氏之唾餘乎！

道學不可著意，著意便是有所爲而爲。予丙子冬間有志斯道時，只是發念要做一個人，字字句句要依四書做。初未嘗知所謂道學，一向只是如此，使知所謂道學，反多一番著意矣。

人謂出家修道，愚謂只出家便不是道。人苟欲出家，必所遭之父母，如伋、壽、申生，所值之事變，如伯夷、叔齊而後可。

原於天者謂之道，修於人者謂之學，貫天人而一之，方可謂之道學。此兩字正未易當，乃今人動以相戲，何也？

道學不可過於畏人知，若過於畏人知，其流必爲鄉愿。蓋此事原無不可對人言，且士憎多口，在孔、孟皆不免，吾輩豈可過於求全而自餒其氣耶？

學道貴能自任。蓋既自任，則便有一條擔子，輕易脱卸不得。若囁嚅進退，或有或無，吾見其終於叛道也。

要實見得道爲天地間不可無之道，學爲天地間不可無之學，我爲天地間不可少之人，然後能擔當自任。

道生天地，天地生人，無是道則天地且不成天地，人於何有？念及此，則弘道君子，❶豈可不竭力從事乎！

道在天地間，原不可見，惟學道者能見之。「鳶飛戾天，魚躍于淵」，言其上下察也，滿空中俱是道在。人物生時，❷本自天人合一；其歧而二之者，氣稟物欲害之也。聖人能贊化育、參天地，只是全受全歸。天地間只有此個道理，人人在内，人人要做，本無可分别。自宋以來，横爲蔡京、章惇、韓侂胄輩，分出個門户，目爲「道學」。甚至讀史者，亦因而另立「道學傳」，不知自居何等？日用不知，吾末如之何也已矣！

道之外無學，道學之外無人，乃世往往駭且笑，不知何故？正昔人所謂「少所見，多所怪」，「下士聞道，

❶ 「弘」，原避清乾隆帝弘曆諱作「宏」，今回改。下同，不一一出校。

❷ 「物」，正誼堂本作「初」。

大笑之」也。

不必説道學，只是做人，做得一分是一分，做得兩分是兩分，做得八九十分是八九十分。

欲爲君，盡君道；欲爲臣，盡臣道；欲爲人，盡人道。

人只是是與不是兩者而已。無不是者，聖人也。全然不是者，盜賊、樂户之屬也。其餘，俱在是與不是之間。

人須是做正經人，自天子以至於庶人，一是皆以正經爲本。怕人説道學，只是自己力量小，不能有恒；若果有恒，自能轉世界，而不爲世界所轉。

做道學使乖，必入鄉愿；做道學退怯，必入鄉愿。此處直是一問，大家須著力主意。

人得力多在少年，每見人至五六十，往往喜談少時得力處，又喜讀少時所熟一路書，其精神在是故也。足知聞道貴早。二程十四五時，便慨然有學聖人之志，故後來所造甚大。若晚年聞道，而能自棄所習，一依乎正，則又豪傑之士，不可以一例論矣。

人一刻不進學，對草木亦皆可媿。館中有隙地，種蔬不數日，已長成矣。因感記此。

人非至誠，安能不息？惟好學與無息相近，學誠而至於誠者，亦惟好學而已。

孔子聖人，其自言曰：「我學不厭。」又曰：「不如丘之好學。」顔子大賢，孔子稱之，不過曰「好學」。後世周、程大儒，亦不過一好學。至於朱子，好學尤甚，故能集諸儒之大成。其間儘有天資絶人者，只不好學，學術便頗僻矣。乃知傳千聖之正脉者，好學而已。

聖門自顔子而下，好學惟曾子，故曾子卒傳道統。不好學，最壞事，狷者便入於俗，狂者便入於禪，非特粗淺已也。

晦庵詩有云：「書册埋頭何日了，不如抛卻去尋春。」此晦庵著述之暇，游衍之詩也。凡人讀書用工，或孜索名物，或精究義理，至紛賾難通，或思路俱絶處，且放下書册，至空曠處游衍一游衍，忽地思致觸發，砉然中解，有不期然而然者。此窮理妙法。又或發憤下帷，三冬兩夏，滿腹中詩書義理盈溢充足，卻出來游衍一兩日，真覺得水流花放，雲行鳥飛，滿空中是活潑潑地景象。此孟子所謂「樂則生矣」境界，不知手之舞之、足之蹈之者也。晦庵之詩之意，非此即彼，蓋自道其得意之境，不覺辭溢乎情耳。後儒不察，遂以此詩爲晦翁晚年亦厭其學問之支離，而思爲解脱，真是癡人前説不得夢。試思若不是書册埋頭，而終日尋春，卻成個甚麽人物？

己卯五月初三日，夜夢與人晤談，言：讀書窮理，甚費精神。譬如磨刀，刀日犀利，然銹去而鐵漸減。曰：然則欲保養精神，將廢學乎？曰：不然。不磨則銹日深，刀且斷爛，欲求其減，胡可得也？

臥病而起，静坐調息，見日光斜入帳中如二指許，因以息候之，凡再呼吸，而日光盡矣。因念逝者之速如此，人安可一息不讀書，一息不進德，爲之悚然太息。

静坐中，意味最長。人只忙碌過一生，不知掉卻多少義理也。學者於静坐中，可識病痛；若竟把静坐作工夫，反發病痛。

減得一分勢利，纔進得一分學問；進得一分學問，便減得一分勢利。所謂義利不容並立也。

學者要淡得功名，須是力學，待學得有些滋味，自然功名心漸漸淡卻。不然無所事事，而欲淡其功名，不惟不能，亦且未是。

有言天下方亂，恐無暇爲學者。予曰：天下自亂，吾心自治。人當喪亂之餘，自謂無意於世，或悲憤無聊、無所事事，或佯狂放誕、適意詩酒，俱非中行之道也。世界自是太平，只賢者無所事事、詩酒自適，便做就今日許多喪亂，是皆不學問之害。賢者處此，正當刻意自勵、窮極學問，或切磋朋友，或勸勉後學，或教誨子弟。使之人人知道理，人人知政治，一旦天心若回，撥亂反正，皆出諸胸中素學。此便是「爲天地立心，爲生民立命」。若賢者人人自廢，學問種子斷絕，將來喪亂如何底止？

學問從致知得者較淺，從力行得者較深，所謂躬行心得也。

古者六藝學者皆當學之。今其法不傳，吾輩苟欲用心，不必泥古，須相今時宜，及參古遺法，酌而行之。如五禮、六樂，今不可考矣。然論其切身可行者，禮則如《大明集禮》、《文公家禮》之類，所當究心也。樂未便論到精微，只彈琴一事，雖非古調，然亦當稍習，時時操之，使心氣和平。射不必五射，只如今人射法，務求志正體直足矣。五御者，古人所以御車，今法不傳，當習御馬，使馳驟便捷，亦男子一要事。至於書，古人亦止辨六書之體而已，非若後世所謂羲之、獻之之筆法也。今人論書，動講法帖，廢時失事，何益於我？若真、草、隸、篆四體，亦不可不識，斯亦博學之一端也。若數學，則《九章算法》，今人亦有知之者，得其人而從學焉可也。要之，六藝既非古法，亦不必十分究心，有虧正業。但當時時留心，遇可學處便學，不至當面放過可也。六藝已見小學類，但游藝亦學者終身事，兹以其語近大學，故附于此。

六藝古法雖不傳，然今人所當學者，正不止六藝。如天文、地理、河渠、兵法之類，皆切於用世，不可不講。俗儒不知内聖外王之學，徒高談性命，無補於世，此當世所以來迂拙之誚也。

威儀整肅，最易使人起敬，今禪家叢林所在，規矩最肅，明道所以有「三代威儀」之嘆，不知此即成均法也。國初，太學每朔望走班行禮，周旋折旋之間，即步履毫不敢亂。府、州、縣學，凡新附生員，俱要捲班行禮，今皆廢壞殆盡，委諸草莽矣。所以每遇謁聖陪祭，及迎送官府，參差喧雜之態，不可勝道，令人望而厭惡，此非細故也。昔張子厚教學者，必先習禮，深得古人之意。予輩諸同志及門人子弟，自丁丑歲始，每歲一祭，先期必爲歲會，少則數人，多則數十人，預定禮儀，或參以成均之法。至期行禮，肅若無人，觀者無不起敬起慕。惜乎時遇尚屯，未能充廣也。

禮樂不相離。樂者，所以節禮也。故古人行禮，必聽樂節，升車則聞和鸞，行路則聞佩玉。又曰「趨以《采齊》，行以《肆夏》」，皆此物此志也。知此，則禮樂之道思過半矣。

琴，古音也；調，非古調矣。《思賢操》之類，皆後人妄爲也。然聞造絃之家，苟且省事，即絲法亦遞減，則音亦非古音矣。「觚不觚，觚哉！觚哉！」

琴有浙操，有吴操。浙操有辭，吴操無辭。今之論琴者，皆左浙而右吴，以有辭爲俗，非也。古者援琴而歌，取瑟而歌，古聖賢豈皆俗物耶？但今之辭，殊非古辭，則辭不足取耳。至於音調，則浙操繁促，吴操輕佻，俱非大雅之遺音。

音律之樂，不傳久矣。至於琴，庶幾猶有知之者。乃予徧訪琴師以宫商律吕之解，輒囁嚅不對。❶及觀先儒語録，蔡季通之於樂律，可謂究心者矣。而與文公論琴，猶謂未善。音律之學，蓋其難哉！

琴家指法最繁，吟猱綽注，恐古來未必有許多法。語云：三日不彈，手生荆棘。果爾，則一藝之難，且終身焉，又安得工夫讀書應務也。愚謂：古音必稀，古彈必簡，古辭必不繁，古調必不促。知此，則琴工之言自不足聽，不必屈吾古心勉從今樂也。

太常有雅樂部，其樂工能爲雅奏。《禮樂志》記其搏拊之法，雖未必真爲上古之遺，然猶爲近古。琴中取聲，止用實聲散聲，並不用吟綽泛音之類，其指法亦去無名指不用，想古法當去此不遠。

琴中宫商之理，盡於和絃；和絃之理既得，則遣辭布調，直一以貫之耳。今之琴工，不務盡和絃之理，而務盡曲調之巧，故琴音益盛，而琴理益亡。朱子與學者論琴，欲作二圖。❷一具琴之形體、徽絃、尺寸、散聲之位，一附按聲聲律之位，一附泛聲聲律之位，列于宫調圖前。真學琴之綱領。

調絃法，六絃隔一調之，皆應於第十徽，獨第三絃應于第十一徽，世莫得其説。朱子謂七絃散聲爲五絃之正，而大絃十二律之位，又衆絃散聲之所取正，故逐絃之五聲，皆自東而西相爲次第。其六絃會於十徽，則一與三者，角與散角應也，二與四者，徵與散徵應也，四與六者，宫與散少宫應，五與七者，商與散少商應

---

❶ 「對」，原作「討」，今據重刊安義本改。

❷ 「二」，《宋史·樂志》及《文獻通考·樂考》（以上俱影印文淵閣《四庫全書》本）皆作「三」，當是。

也。其第三第五絃會于十一徽，則羽與散羽應也。義各有當，初不相須，故不同會於一徽。其言最爲明切。

宋《中興禮樂志論》又有「黄鍾、大吕並用慢角調，故于大絃十一徽應三絃散聲。大簇、夾鍾並用清商調，故于二絃十二徽應四絃散聲。姑洗、仲吕、蕤賓並用宫調，故于三絃十一徽應五絃散聲。林鍾、夷則並用慢宫調，故于四絃十一徽應六絃散聲。南吕、無射、應鍾並用蕤賓調，故于五絃十一徽應七絃散聲。以律長短配絃大小，各有其序」。其説亦精，因附記於此。

朱子曰：「唐人紀音，先以管色合字定宫絃；乃以宫絃下生徵，徵上生商，上下相生，終於少商。下生者隔二絃，上生者隔一絃取之，凡絲聲皆當如此。今人苟簡，不復以管定聲，其高下出於臨時，非古法也。」愚按：以管定聲，固爲古法，然必管合黄鍾始得。

射者，男子之所有事。故古者問射而不能，則辭以疾，以男子無不習射之禮也。今直以爲鄙事矣，何怪乎寇盜猖獗，卒無一人爲國家分憂也。

古者射以觀德，是於强有力之中，又欲擇其德器，所謂殺人之中又有禮焉也。若尚力而不尚德，固非；然徒取志正體直，而射無濟於實用，亦用世者所不取。

史稱岳武穆能左右射，少時讀之，不以爲異。及長習射，乃知步射或可不必兼左右，至於騎射則必不可不兼。蓋敵自吾右來者，非左射不能中之也。周世宗與契丹戰，趙太祖謂張永德曰：「公麾下士多能左射者，請乘高出爲左翼。」此其證也。

古人讀書，必先識字。自字學不講，六書之義，舉世茫然，竟爲絶學。夫六書之義，雖非身心切要之學，然大而天地，細而萬物，理無不存，要亦儒者格致所不廢也，豈可棄置不問！ 吾友王子石隱有《說文論正》一書，多能發前人所未發，亦吾黨所當攷究。

數爲六藝之一，似緩而實急。凡天文、律曆、水利、兵法、農田之類，皆須用算學者。不知算、雖知算而不精，未可云用世也。宋崇寧中，曾立算學，假疑設數爲算問，是亦一法。然至於另設庠序，以黃帝爲先師，則贅而近於戲矣。

泰西籌算，不如中國珠算之便，但珠算易差，須精熟斯妙耳。

算田不過積步開方。自漢以二百四十步爲畝，而算法始繁，遂有用二四歸除、雙折六歸者。若依古法，百步爲畝，則止用乘法，盡人皆可曉矣。

思辨録輯要卷之二

明太倉陸世儀道威著

立志類

學者欲學聖人，須是立志第一。子曰：「吾十有五而志於學。」又曰：「志於道，苟志於仁矣。」孟子曰：「志，氣之帥也。」二程十四五時，便慨然有學聖人之志。陸象山亦教學者先辨其志。志是入道先鋒，先鋒勇，後軍方有進步，志氣鋭，學問乃有成功。

《大學》「知止而后有定」，是説立志能知止，然後可用「三綱領」、「八條目」之功。

儀十六歲時，先君以書訓之曰：「汝今年十六，當思先聖志學何年，讀聖賢書，所學何事。」又曰：「讀書中進士，今人之學；讀書成聖賢，古人之學。」儀於是始知志之當立。然浮沈進退，未能自樹，至二十七而始知奉此語，迄今不自暴棄，亦先君之教有以啓之也。

人多以鋭志功名爲有志，非也，此只是貪慕富貴。人若從此處認差，便終身不得長進。須有箇千乘敝屣、三公不易的意思，方可與之言志。

人有志無志，只三五歲時便見得。大抵氣稟清剛之人，便有志；濁者、弱者，便志氣少，是已爲氣質拘蔽了也。

人志氣少，只要能知恥亦好。有志近乎狂，知恥近乎狷，狂便是好仁者，狷便是惡不仁者。人少時好仙好佛、好俠好勇，俱不妨，只要得真正明師訓正，便可入道，此亦志之一端也。若只好富貴貨財，其人便不可救藥。

有極頑劣人而其人卻有志者，有極忠厚人而其人卻無志者，畢竟是有志者可與入道。人不學聖賢，即富貴功名受用至老死，終不成一箇人物。念及此，豈可不奮然立志！

人不可無志，無志即無恥，無恥則放僻邪侈、無所不爲。古今來大姦大惡、極卑極賤之輩，皆無志人爲之。

古今來極姦惡卑賤之人，苟目爲姦惡卑賤，則未有不怒者，此一點羞惡之心，即志也，苟能充之，轉眼即是聖賢。乃世竟有目爲姦惡而喜、目爲卑賤而甘者，亦可哀也哉！

今人謂仕途進取，輒曰功名，習而不察。凡僨緣苟且之事，皆不以爲恥，曰：「吾爲功名耳。」不知「功名」二字，固有辨矣。夫能建功，故謂之功；能立名，故謂之名。功名之所以有間於道德者，以其志在功名，於聖賢大學之道或有所未明，進退出處之故或有所未盡也。其視今之所謂功名，蓋不啻天壤矣。許昌靳裁之言曰：「志於功名者，富貴不足以累其心，志於富貴而已者，則亦無所不至矣。」胡氏以爲志於富貴者，即孔子之所謂「鄙夫」。今之仕途進取，其功名乎？抑富貴乎？如曰功名，則吾未見其有所建立也，如曰富貴，則亦鄙夫而已矣，士安可不自知所處？

志乎富貴者，得富貴則其心欣然而樂，失富貴則其心戚然而憂。志乎功名者亦然，得之則手舞足蹈，一失則嗒然若喪矣。惟志乎道德者不然，富貴貧賤、夷狄患難，蓋無入不自得，其所處非與人異也，然而所以處之者，則有間矣。此無他，内重則外輕也。

聖人之所以爲聖人，只是一箇志，故曰「有志者事竟成」。今人不能立志，非自暴，即自棄也，如何成得箇人物？

人不學道，都是怕道理拘束。甚有反咻學道之人，以爲徒自苦者，此未知學道之樂也。然非從斯道中實下一番苦功，亦不知此道之樂。

只一晏安，便終身不得成箇人品，此優柔之失也，須以「剛」字克之。

有友人共論考德課業，曰：某雖無善，然亦無惡，似不必屑屑記録。予曰：孔子曰：「道二，仁與不仁而已矣。」人若無善，便是惡，未有於善過之間中立者。友人猶未首肯。予曰：凡人行事，能合天心方謂之善。試思天生烝民時，不知於幾十百人之中方始得一小賢，又不知於幾千萬人之中方始得一大賢。此大賢、小賢者，大之有君師之責，小之有贊導之任。故才過百人者，鼓舞百人，便能使百人爲善；才過千萬人者，鼓舞千萬人，便能使千萬人爲善。若此大賢、小賢，只平平常常度日，不肯勉勵自己，又不肯勉勵他人，小小因循，便不知擔誤了幾千萬人工夫，埋没了幾千萬人心性，豈不是大惡？友人乃大有省。

學不論天資敏鈍、氣質粗細，只有真氣、剛氣者，便可入道。惟客氣、世俗氣重者，斷不可入道。

人無志於爲聖賢則已，苟有志於爲聖賢，則必求當世之能爲聖賢者而師之。蓋讀書攷古，雖師資中一事，然初學之人，胸中尚無把握，恐未知所決擇。朱子訓「學」字，謂效先覺之所爲。前輩能爲聖賢之人，即先覺也。其學問中功夫次第，既身歷過一番，必有一番親切處，從而問之、師之，則彼之親切處，即我之親切處矣。《學記》云：「善學者，師逸而功倍；不善學者，師勤而功半。」我亦曰：善師者，學逸而功倍；不善師者，學勤而功半。

不由師傳，默契道妙者，生知安行之人也。外此，則無不由學，學無不由師，三代以前無論矣。有宋諸儒，惟濂溪爲不由師傳，餘如程、朱諸大儒，皆由師傳，但神而明之，存乎其人耳。孟子謂：「待文王而後興者，凡民也。」愚謂：遇文王而能興，亦豪傑矣。後世即使明明有一文王在前，而震之不醒、扶之不起，甚且有并惡其震之、扶之者，此豈獨在下愚一等人哉？聰明才智爲尤甚耳！

人欲學道，必先虚心，能虚心，然後能求師。韓文公曰：「生乎吾前，其聞道也先乎吾，吾從而師之；生乎吾後，其聞道也先乎吾，吾亦從而師之。」師之所在，以道不以齒。孔門七十子之中，顔、路少孔子六歲。伊川遊太學，吕希哲與伊川鄰齋，首以師禮事焉。從吾道人董蘿石長於陽明，不惜北面。必如是，而後謂之學道，學道求師而猶論及年齒、貴賤，則是一片世俗心矣，何由得道？

今世師浮屠氏，更不論年齒、貴賤，獨於吾儒則介介然終不肯渾化，有一二渾化者，則詫以爲盛事，亦見理未明也。

孔子曰：「三人行，必有我師。」學者苟能虚心，豈特三人？即一言一事之接，亦必有我師。知此，則學道之事思過半矣！

今世俗之所謂師，大抵皆舉業之師也。然不惜降心相從而師之、尊之，曰：我功名在是也。且不特舉業，即一技一能，亦不惜降心相從而師之、尊之，曰：我衣食在是也。至於道德之師，則身心性命之所係，而置之若罔聞知。夫衣食、功名與身心性命，孰緩孰急？而世且急其所緩、緩其所急，蓋直以身心性命爲迂而不切故耳。不知學問不講，則雖有衣食、功名而不能享；即能享之，而塊然無異於木石。試一切屏去物欲，清夜自思，果孰緩孰急哉？

師道之賤，自不講學始。蓋不講學，則人品不立，人品不立，則自知不足以爲人師，凡事苟且，人亦從而苟且之，師道自此大壞矣。師道壞則無賢子弟，無賢子弟則後來師道愈壞，敝敝相承，吾不知其何所流極也！

今之所謂鄉先生，即古鄉大夫也。鄉大夫進則治事王朝，退則主教一鄉，故鄉先生即一鄉之師表也。吾輩事鄉先生，即當以事師長之禮事之。然事之者，亦事其道德耳，非樂其勢分也。乃世俗狷介之士，往往視鄉先生若浼，而樂於親近者，則又多諂媚之流，爲兩失之。孔子曰：「出則事公卿。」又曰：「事其大夫之賢者。」誠吾黨所當奉爲法則者乎！

或曰：取友甚難。近時士風日薄，博弈、飲酒，所在皆然，安所得良友而取之？予曰：不然。「一鄉之善士，斯友一鄉之善士；一國之善士，斯友一國之善士。」能爲端人，則取友必端，是友以類合者也。今天下博弈、飲酒之友，比比皆是，而不至於子之門者，是子未嘗好博弈、飲酒也。天下道德仁義之友，亦甚不乏，而不至於子之門，是子未嘗好道德仁義也。

君子以同道爲朋，小人以同利爲朋，人未有無朋者。然小人之朋，必無可樂，即或一時膠漆，意氣如雲，然見利必争，見害必避，凶終隙末，比比有之矣。必同學聖賢之人，其相契在性情，不在意氣，故可樂。

吾友江虞九曰：「人在母腹中是一層胞胎，至十五六讀書遇師友時，又是一層胞胎，若此處少差，便另換卻一箇人物，不可不慎。」此言誠然。愚以爲，師之力雖大，然嚴而不親。今人家從師多不過二三年，師善，固不能大爲轉移，即師不善，亦不至終身爲累。惟友則親暱狎近，氣習易爲漸染，苟一相得，遂至終身膠漆，初出門時，最不可不慎。

天下惟朋友一途最寬，不得於此則得於彼，不得於一鄉則得於一國，不得於一國則得於天下，不得於天下則得於古人，惟吾所取之耳。

立志與取友相表裏，能立志然後能取友，能取友益見其能立志。故其人而無畏友者，吾悲其志矣。少無共學共遊之朋，則老必無同心同德之友。平居無講道論德之契，則臨難必無託妻寄子之人。

古人稱求友，「求」字最妙。非有一番欣慕愛樂之意，雖有良朋，恐未必至，即至，亦未必可得而交也。人患不求友，不求友則真友不至，而吾之學問不日益矣。又患過求友，過求友則僞友至，而吾之學問且日損矣。毋過、毋不及，識其真、辨其僞，是則存乎學問哉！

友不必才全德備者然後與之友，即其人有一長可取者，亦當與之友，所謂節取是也。「益者三友」一章，便是榜樣。

識得三人皆我師之意，亦何人不可友？但初學非所及爾。

居敬類

只提一「敬」字，便覺此身舉止動作如在明鏡中。

敬如日月在胸，萬物無不畢照。

「敬」字是從前千聖千賢道過語，舉示學者，正如看積年舊物，塵垢滿面，誰肯當真理會？須要看得此字簇新，方有進步。然不是實實用工，實有一番見地，此箇字又安得簇新也。

問：程子「主一」爲「敬」之謂，倘一心在好色，一心在好貨上，亦謂之敬耶？曰：須知「主一」「一」字，即「精一」「一」字。

程子以「主一無適」爲敬。朱子曰：「如讀書時只讀書，著衣時只著衣，身在這裏，心亦在這裏。」其義精矣。或有非之曰：假如好色一心好色，好貨一心好貨，成甚主敬？只是主一箇理。夫朱子之言，亦謂讀書、著衣之時，主讀書、著衣之理耳。不然，豈特好貨、好色不可言主一，即讀書而讀非聖之書，著衣而著奇衺之服，又可言主一乎？然朱子之言雖主於理，而言下未曾説出，恐初學者認差，此特爲拈出，於朱子之言亦不爲無助。但當申明朱子之説，而不當闢朱子之説耳。

「主一無適」有二義，猶「止至善」之必至不遷。

持敬須是頭容直，若頭容一直，則四體自入規矩。

持敬須有從容不迫的氣象。

問：冗雜匆忙之時，持敬工夫如何？曰：事雖冗雜，而吾心不雜；外雖匆忙，而吾心不忙。勿以煩劇難理而起厭倦之思，勿以應務有餘而有矜喜之色，如此，庶可以言敬矣！

羅整菴曰：「主敬、持敬，爲初學之士言之可也。若論細密工夫，著一『主』、『持』二字，便心有所繫，欲其周流無滯，良亦難矣。」此真確有體認之言。予初做工夫時，用力居敬，或坐、或卧、或行路、或應接，雖覺得有把握，然常如有一物在胸中。或一面應接，一面仍持一「敬」字；或貪持一「敬」字，應接之際，反或疎脱。此正整菴所謂「心有所繫」也。久之，覺得工夫兩歧，只此便非「主一無適」。乃任所遇之自然，只時時提掇此心，認清天理一邊做去，覺得不期敬而自敬，與整菴之説正合。

予自丁丑記《考德録》，即日書「敬」、「不敬」於册，以考驗進退。卯辰間，以所考猶疎，乃更爲一法，大約一日之中以十分爲率，敬一則怠九，怠一則敬九，時刻點檢，頗少滲漏。

人心多邪思妄想，只是忘卻一「敬」字。「敬」字一到，正如太陽當頭，群妖百怪，迸散無迹。

人當拘簡時，極不適意，然心卻安；當放恣時，極適意，然心卻不安。只此便是敬、肆之别，只此便是「作德心逸日休，作僞心勞日拙」之證。

用「敬」字工夫，最忌板腐，板則易苦，腐則易厭。聖賢工夫，常是活潑潑地，所謂「恭而安」也。

先儒論敬，謂「主一無適」，主一無適中，須是虚明四映乃得。因董看春米，偶會及此。

主敬，須從畏處做到樂處。畏者，禮之實也。樂者，樂之情也。立於禮，成於樂，不過始終教人成一「敬」字。

誠意，敬也。毋自欺，畏也。自慊，樂也。

人須是時時把此心對越上帝。

每念及「上帝臨汝，無貳爾心」，便覺得百骸之中，自然震悚，更無一事一念可以縱逸。

天即理，心即天，要知得心與天與理無二處，方是真敬，不然猶只是禍福恐動。

「昊天曰明，及爾出王。昊天曰旦，及爾游衍。」識得此意，不特暗室屋漏，即閨門牀笫之際，俱有箇天在。

能敬天，方能與天合德。

人心中過不去處，即不可對天處；可以對天處，即人心中過得去處。只此，便是天人一理。

人能無念不可對天，覺得鬼神禍福之念，不惟不生恐動，且覺自有親切處，蓋與天地合德者，即與鬼神合其吉凶也。

天地間，無一事一物非理，即無一事一物非天。

先儒有言：「天即理也。」予曰：理即天也。識得此意，「敬」字工夫方透。

能讀《西銘》，方識得敬天分量；能踐《西銘》，方盡得敬天分量。

人能有所畏，便是敬天根腳。小人只是不畏天命，不畏天命，便無忌憚，便終身無入道之望。

讀四書、五經，古人無時無事不言天。孔子言「知我其天」、「天生德於予」、「獲罪於天」。孟子言「知天」、「事天」，「順天者存，逆天者亡」。《春秋》言「天命」、「天討」。《禮》稱「天則」。至於《易》、《詩》、《書》三經，則言天甚多，又有不可枚舉者。皆説得鄭重、嚴密，使人有震動、恪恭之意。故古人之學，不期敬而自敬。今人多不識「天」字，只説「敬」字，學者許多昏憒、偷惰之心，如何得震醒？

舜光甥問：「敬」字工夫未進。予曰：汝看頭上是甚麼，前後、左右是甚麼。「昊天曰明，及爾出王。昊天曰旦，及爾游衍」，何處可容吾不敬？

古人言敬，多兼天説，如「敬天之怒」、「敬天之威」、「予畏上帝，不敢不敬」之類。臨之以天，故人不期敬而自敬，工夫直是警策。今人不然，天自天，敬自敬。又曰「天即理也」，是把「天」字亦説得平常矣。此爲上等人説則可，爲中下人説便無忌憚，不能作其恭敬之氣。子瞻所以欲打破「敬」字也。若如古人説敬天，子瞻能打破「天」字否？

予自幼習聞「心法」二字，從未理會，以爲心有何法？自丁丑春，用力於隨時精察，覺得心思細密，或行路、或閒坐、或飲食、或就寢，四書、五經如人從耳邊説者，隨時隨地，滚滚不絶。一日偶想到曾子學問，恍然有得。曾子平日只是做日省工夫，後來悟著「一貫」，亦只是日省工夫做到透處。日省工夫，即所謂隨事精察也，即所謂格物致知也。日省而至於一貫，即格致而豁然貫通，表裏精粗無不到，而全體大用無不明也。要之，徹始徹終，總只一「敬」字。由是，上追堯、舜，下追程、朱，皆以「敬」字按之，無不同條共貫。更按之愚夫愚婦，此心此理無不同，惜乎有其心而無其法也。乃知「心法」二字，洵非虚語。

「居敬窮理」四字，是學者學聖人第一工夫，徹上徹下，徹首徹尾，總只此四字。四箇字是「居敬窮理」，一箇字是「敬」。

「居敬窮理」四字，十分分析不得，居敬時固要敬，窮理時亦要敬。

子曰：「吾十有五而志於學。」玩一「志」字，便想見居敬的意思；玩一「學」字，便想見窮理的意思。

君子尊德性而道問學，即大居敬而貴窮理。

虞廷十六字心傳，此居敬窮理之祖。

居敬是主宰，窮理是進步處。程子亦曰：「涵養須用敬，進學則在致知。」

古人以居敬爲力行，窮理爲致知者，畢竟「敬」字該得「行」字，「行」字當不得「敬」字。須把居敬作主，下面卻致知、力行一齊並進，方有頭緒。文公本傳云：「文公之學，大抵窮理以致其知，反躬以踐其實，而以居敬爲本。」此方是千聖千賢入門正法。

或問：格致工夫，即居敬窮理否？曰：致知工夫，只「心爲嚴師，隨事精察」八箇字。「心爲嚴師」，即居敬；「隋事精察」，即窮理。

心從静裏得，功向動中求。

居敬工夫，予得力一「天」字。窮理工夫，予得力「理一分殊」四字。

或問儀以宗旨。儀應之曰：實無宗旨。昔朱子，人問以宗旨，朱子曰：「某無宗旨，但只教人隨分讀書。」愚亦曰：儀無宗旨，但只教人真心做聖賢。

入門工夫，更無别法，只真心學聖賢便是。果能真心學聖賢，則古人書册中言語，句句可以入門，眼前語默動静，事事可以入門。不能真心學聖賢，則似孏婦人向人乞針線，雖乞得，亦無用處。

有友人問儀以入門工夫者。儀曰：兄自十五入大學時，孔、孟、程、朱已日日向兄説工夫矣。兄不信孔、孟、程、朱，卻向這裏尋討，儀亦無可對兄説。

友人問入門工夫。儀曰：只在這所在、這時候做去。

「吾十有五而志於學」是孔子入門工夫，「博文約禮」是顔子入門工夫，「日省」是曾子入門工夫，「戒懼慎獨」是子思入門工夫，「集義」是孟子入門工夫。他如周子之「主静」，張子之「萬物一體」，程、朱之「居敬窮理」，胡安定之「經義治事」，陸象山之「立志辨義利」，有明薛文清、胡餘干之「主敬」，湛甘泉之「隨處體認天理」，陳白沙之「自然養氣」，王陽明之「致良知」，皆所謂入門工夫，皆可以至於道學者。不向自心證取，而輒欲問之他人，豈所謂實下工夫者乎？

道是人所共由，入門則其所獨喻而獨得者，故先輩往往喜持以示人。譬如飲食，人所共嗜，而其間又有性之所獨好者。曾皙嗜羊棗，屈到嗜芰可也。舉以示人，人未必知，而必欲舍其所嗜，而問人之嗜，亦未爲知味者矣。

入門道路雖殊，總之只在這裏。問：在何處？曰：只大學便是。問：如何？曰：孔子志學，志於大學也。顔之「博文約禮」，曾之「日省」，思之「戒懼慎獨」，孟之「集義」，不過是格致誠正修工夫。其他宋明諸儒，亦是如此。然要之，緊要處又只此二字。問：何如？曰：「格致」二字。若非格致，則行不著、習不察，安知此語之可以入門？安知此語之可以爲宗旨？故後來諸儒，紛紛談入門、談宗旨，而不知「格致」二字爲總貫入門宗旨也。會及此，可不辨入門宗旨，亦可不問入門宗旨。

或問：「居敬窮理」四字，是吾子宗旨否？予曰：儀亦不敢以此四字爲宗旨。但做來做去，覺得此四字爲貫串周帀，有根腳，有進步，千聖千賢道理，總不出此。然亦是下手做工夫得力後，方始覺得，非著意以此四字爲入門也。入門之法，只真心學聖賢耳。

窮理，格致之注腳也；居敬，格致之本原也。總之，不出此四字也。

予初起手，得力一「仁」字。後來又得力「敬」字、「天」字、「理一分殊」、「人心道心」、「一貫」、「性善」、「太極人極」，諸如此類，皆可立宗旨。然不欲立者，恐舉一而廢百也。

思辨録輯要卷之三

明太倉陸世儀道威著

格致類

問：如何爲格致？曰：隨事精察。無事時如何？曰：隨時精察。

格致只在「八條目」。天下、國、家、身、心、意，皆物也；思所以平之、治之、齊之、修之、正之、誠之，皆格也。得其理而觸處洞然，則致知也。

有一事一物之格致，有徹首徹尾之格致。即凡天下之物，莫不因其已知之理而益窮之，此一事一物之格致也。用力之久而一旦豁然貫通，此徹首徹尾之格致也。一事一物之格致，即隨事精察工夫。徹首徹尾之格致，即一貫工夫。

格致，只是辨天理、人欲。天理、人欲，只是「是」、「非」兩字，是便是天理，非便是人欲。

凡格物，須從身心性命、三綱五常、日用飲食切近的格去，格之既久，其餘萬事萬物自然貫通。不可先於一草一木上理會。

天下之理，皆吾心之理。故格天下之物，即所以致吾心之知，非求之於外也。

凡格致看道理，❶不可好出己見，亦不可專依古人成見。須虚心定氣，公公平平，一循天理格去，自然有得。

凡事物到面前，只看外一層便是玩物喪志，能看裏一層便是格物致知。

古語有「玩物喪志」、「玩物適情」、「玩心高明」三語。玩物喪志，其最下者矣。玩物適情，其賢者之事乎！至於玩心高明，則非大賢以上不能，知此者其庶幾乎！

玩心高明與格物窮理不同。格物窮理是徹上徹下語，自下學以至聖人，起首究竟工夫總在裏面。玩心高明是格物窮理之極功，非大賢以上，未易語此也。

格事理易，格物理難。然欲格物理，卻只在事理上猛下工夫，事理透則物理亦透矣。先儒有做格物工夫，卻先於一草一木上用力者，只起念便與身心隔涉，安能入聖賢堂奥？此陽明庭前竹樹之説，予所以謂其認錯。

非玩心高明之人，不能格物理。子思「鳶飛魚躍」，周子「盆魚」，張子「驢鳴」，此便是格物理榜樣。物理亦有易格者，事理亦有難格者。若論其大概，始從事理入，則切乎身心；繼從物理觀，則察乎天地。要之，物理既得，則事理益精，其功實交相養、互相發，不得强分難易、先後也。

能觀物理，便見得虚空劈塞，都無空隙處。

❶「致」，正誼堂本作「知」。

江虞九問：❶知在吾心，如何卻求之物？ 曰：萬物皆備於我矣。

羅整菴曰：「格物之訓，如程子九條，往往互相發明。其言如千蹊萬徑，皆可適國，但得一道而入，則可以推類而通。且如《論語》『川上』之嘆，《中庸》『鳶飛魚躍』之旨，《孟子》『犬牛人性』之辨，莫非物也。於此精思而有得，則凡備於我者，皆可得而盡通。」其言雖是，然愚以爲格物之法，必由近以及遠，由粗以及精，由身、心以及家、國、天下，由日用飲食以至天地萬物，漸造漸進，乃至豁然。夫然後天人物我、内外本末、幽明死生、鬼神晝夜，皆可一以貫之而無疑。不然未能切身理會，而遽欲求之「鳶魚」、「犬牛」之際，吾恐學者不入學究一途，卻又入禪宗看話頭、參竹篦子一路。

予自丙子冬作《格致編》。丁丑春初，用力於斯道甚鋭，忽夜夢與一僧論儒釋。僧曰：我所格者心，汝所格者物也。予應曰：若格了，便不是物。覺後，念此言，頗似警策。今讀整菴書，亦有物格則無物之論，可謂妙合。

長源兄言：知人之明不可學。予曰：《大學》「格物」二字，是如何解？ 曰：注訓事物。曰：固然。然「物」字該得廣，須合事物、器物、人物看，知人之明，即在格物中，如何不可學？《中庸》曰「思知人，不可以不知天，天即理也」，明乎知人，即在窮理。

盛聖傳問：「窮理」、「集義」，俱屬學者積累工夫，二者孰先？ 彼此分別又何如？ 曰：窮理是求道工

❶ 「江虞九」三字，正誼堂本無。

夫，集義是據德工夫，窮理然後能集義。

人欲中天理易見，天理中人欲難知。問：天理中如何有人欲？曰：善勞是天理，伐與施是天理中人欲也。

許舜光問：格致之説，朱注似屬支離，不若陽明直截。曰：朱注説格物，只是「窮理」二字，陽明説格物便多端。今《傳習録》所載，有以格其非心爲説者，有仍朱子之舊者。至於「致知」，則增一「良」字，以爲一貫之道，盡在是矣。緣陽明把「致知」二字，竟作「明明德」三字看，不知明明德工夫，合格致、誠、正、修俱在裏面，致知只是明德一端，如何可混？且説個致良知，雖是直截，終不該括，不如窮理穩當。問：何爲？曰：天下事有可以不慮而知者，心性道德是也。有必待學而知者，名物度數是也。假如只天文一事，亦儒者所當知，然其星辰次舍、七政運行，必觀書攷圖然後明白，純靠良知致得去否？故「窮理」二字，該得致良知；「致良知」三字，該不得窮理。

陽明有言：少與友人爲朱子格物之學，指庭前竹樹同格，深思至病，卒不能格。因嘆聖人決不可學，格物決不可爲。予曰：此禪家參竹篦子之法，非文公格物之説也。陽明自錯，乃以尤朱子，何耶？

純男問：張華「博物」一種學問，亦可稱格物否？曰：格物是格其理，博物是識其物，内外之别，截然不同。若夫觀《河圖》而畫卦，覩《洛書》而演疇，則直於一物之中識天地之全理，斯真格物之極功矣，非聖人孰能與於斯！

余嘗言，格事理易，格物理難。《河圖》、《洛書》，此格物理也。然亦無難者，只要識得天地陰陽奇偶之數分明透徹，則盡天地間之物，皆可演疇畫卦，不必《河圖》、《洛書》也。

問：天地間之物，皆可演疇畫卦，恐未必然。天地間只有此理，理無形，見之於象。有象則有數，有數則聖人皆可因之以求理矣。聞昔某狀元作「烈帝神籤訣」，無從著想，每日出門，遇一人見一物則作一訣，後來無不靈驗。豈非凡物俱可演疇畫卦乎？

武箴問：象山不取伊川格物之説，以爲「隨事討論，則精神易敝，不若但求之心，心明則無不照」。如何？曰：隨事討論，亦是心去討論。至曰「心明則無不照」，所照者何物？亦即隨事精察也。先儒論道，雖各持一論，要之實相通貫。其彼此交譏者，未免有勝心也。

問：程子「一草一木，亦皆有理」之説，如何？曰：草木，陰陽五行之所生，陰陽五行不可見，而草木則可見。故察其色、嘗其味，究其開落死生之所由，則草木之理皆可得。《本草》所載、《月令》所記，皆聖人窮理之一端也。要之，此皆聖人心體潔浄、知識通明、觸處洞然，故能如此。今人爲情欲聲利所汩没，心體窒塞，即萬物當前，往往視而不見、聽而不聞、食而不知其味，何能格物？

亦史問：温公「扞禦外物」之説，朱子非之，以爲「外物而可禦，則是絶父子而後可知孝慈，離君臣而後可知仁敬」，又曰「閉口枵腹，然後可得飲食之正；絶滅種類，然後可全夫婦之别」。是否？曰：温公「扞禦外物」之説，固非；文公駁之，亦過。温公之意，不過謂扞禦物欲，物欲既去，則知見自能通明耳。此言於學者，亦大有益。但「格物」二字是大學入門最初工夫，古者十五入大學，十五之時，尚屬幼小，於物欲未必深染。且知識尚未開，不教之以如何爲理、如何爲欲，彼安知所謂物欲者而去之？況物欲既去，則直可謂之修身矣，如何纔能致知？故扞禦之訓與耽染物欲之人言，未必無補，❶而實非大學格物之正訓，故不可據以爲説耳。若遽如文公之言，則温公不惟得罪聖門，且毫無義理矣。其言得無太過？

問：王心齋《語録》，以格物爲格眼之格，如何？曰：凡人論理，切不可好奇，一好奇，則入於異端矣。

翼微問：知是天良，如何卻用人力去致？曰：知者天資，致者學問。天資，先天之事；學問，後天之事。總之，皆天也，致以天不致以人。

看一「致」字，便有尋向上去的意思，所謂上達也。上達便是天道。「人之所以異於禽獸者幾希，庶民去之，君子存之。」蓋知覺運動初無少異，其所以異者，人能致，禽獸不能致耳。學者豈可輕看一「致」字？

問：人與禽獸之知，初無少異乎？曰：此亦不同。禽獸止有血氣之知，無義理之知。人之所欲致者，正致其義理之知耳。若不致其義理之知，則此知全向血氣上去，與禽獸又何分别？

東堂問：人性皆善，則知亦皆善，此何用致？曰：人性皆善，其不善者，氣禀物欲也。人知皆善，其不善者，亦氣禀物欲也。致則矯其氣禀之偏，去其物欲之蔽。

瀛來問：人能致知，則皆可至於聖人，然否？曰：知不同，致亦不同。知有生知、有學知、有困知，則致亦有此三等。生知之爲聖人，無疑也。學知至於聖人，亦不難爲。困知則氣禀拘蔽，非百倍其功，不能至聖

❶「未必」下，正誼堂本有「不爲」二字。

人地位。

問：古來聖賢，恐未有從困知入者。曰：如曾子之類是也。夫子嘗言「參也魯」，則曾子之氣稟可知矣。而「竟以魯得之」，此即是從困知入。又我朝羅整菴，四十聞道，自謂「困知」，作《困知記》，亦是一證。

問：世俗有極愚濁之人，亦屬困知，此等可入道否？曰：知有等級，則道亦有淺深，苟有一隙之明亦道也。然氣稟既雜，終是爲天所限。譬如黄銅鏡子，即大加刮摩之功，畢竟與青銅古銅不同，但不可謂之無明耳。見道之資，與世俗聰明之資，煞是不同。每見有等極會讀書、極會作文者，語之以道，則茫然不曉，而市井負販，反有點頭會意者。則知入道别有根氣，非世俗聰明之人所能彷彿也。

聰明中天資有近道、不近道，愚魯中天資亦有近道、不近道。

人知識自十五以後，日開一日，古人知其然，故令人十五入大學，使之知識一歸於正。若此時不聞大學之道，便有邪知識入於胸中，如油入麪，不可復療矣。今人不知自己爲邪知識所壞，一聞大學之道，反群起而驚怪嘲誚，何由入聖賢之域哉！

位初問：❶孟子言不學不慮爲良知良能，何用窮理始能致知？曰：不學不慮，此言孝弟爲最初之心也。究竟只孝弟二字，便不可不窮理。即如曾子之受杖、申生之殺身，豈非發於不學不慮之良，然畢竟少箇學慮在。

❶「位初」二字，正誼堂本無。

「致知」須連上文「誠意」看。欲誠其意而致知，則所致者，皆本然之良知矣。不然，便是聖人教人使乖。知是心上一點竅，只要識個端緒，擴充推廣，正如火然泉達，可以彌於六合。人心之靈不可泯，孰爲善，孰爲惡，豈不自知？只瞞卻本心，便一向胡行亂做，致知只不昧本心而已。王新建於「致知」之中增一「良」字，極有功於後學，蓋恐人以世俗乖巧爲知也。然亦是要單提此語作話頭故耳，若連上文「誠意」讀下，知豈有不良者乎？

儀臣兄問：帝王格致之學何如？曰：帝王格致，❶以知人爲大。「知人則哲，惟帝其難」，「堯以不得舜爲己憂，舜以不得禹、皋陶爲己憂」是也。又問：卿大夫格致之學何如？曰：鄉大夫格致，亦以知人爲大。「女得人焉爾乎」，「舉爾所知，爾所不知，人其舍諸」是也。蓋士庶人之學，無所借資，須自銖積寸累，又所及者小，故不妨隨事精察。若帝王、卿大夫，則天下、國家之事，皆其事矣。若必獨斷獨行、身親細務，則是始皇之衡石程書，王安石之制置三司條例也。豈所謂帝王、卿大夫之格致乎？

石隱兄問：卿大夫之學在知人，不必言矣。若帝王生於深宫之中，未嘗爲學，何由遂能知人？曰：帝王天縱，自與常人不同。然欲知人，亦須早豫教，御經筵尊師重傅、敬天法祖，是亦從小學、大學立志居敬中來。至「敬天」二字，尤爲喫緊。《中庸》所謂「思知人不可以不知天也」。蓋能敬天，則時時有「上帝臨汝」之念，理欲之界截然分明，接見群臣之時，自能别其忠佞矣。

---

❶「帝」，原爲「□」，今據正誼堂本、重刊安義本補。

茂實問：格致工夫，若從人倫日用上體認天理、人欲，此亦易辨。即如此桌，是亦物也，卻何處辨他天理、人欲？曰：此桌面平足正，上可安物，下可置地上，此天理也。不然，足反居上，面反居下，則非天理矣。曰：雖非天理，亦未見得是人欲。曰：人欲只是與天理相反，須活看，不循天理而從己之意見，是即人欲也。

長源兄問：格致之義，必以讀書窮理爲主，則愚夫愚婦不能讀書者，此道遂不可臻耶？然則《中庸》所謂「與知與能」者，又作何解？曰：格致之義，原爲十五入大學者訓也，故以讀書窮理爲主。況「讀書」二字，或不能概之愚夫愚婦。若夫此心此理，雖愚夫愚婦亦無不同，「窮理」二字，何不可訓？

予少讀朱注「格，至也，物，猶事也，窮至事物之理」，竊疑格訓至、物訓事，則格物當爲至事，乃於「至」字上又轉出「窮」字，「事」字上又轉出「理」字，似屬支離。及後讀「隨事精察」之言，不勝恍然，乃知格即精察也，物即隨事也。知隨事精察之爲格物，則窮至事物之言，不嫌其爲支離矣。

問：禪家最喜言悟，理學家多不喜言悟。間有喜言悟者，如宋時陸象山、楊慈湖，我明陳白沙、王陽明，儒者又詆爲禪學。畢竟「悟」字境界，是有是無？曰：「悟」字境界，安可謂無？凡體驗有得處，皆是悟。只是古人不唤作悟，唤做物格知至。古人把此箇境界看得平常，禪家卻於此换箇「悟」字。悟者，如醉方醒，如夢方覺，字義儘是警策。但儒者悟後，只自平常，禪家便把悟作希奇道路。又儒之所悟者實，禪之所悟者虛，所以悟者不同，其實悟之境界則未嘗無也。象山諸公，學術近禪，只爲矜這一箇「悟」字。

人性中皆有悟，必工夫不斷，悟頭始出。如石中皆有火，必敲擊不已，火光始現。然得火不難，得火之後，須承之以艾、繼之以油，然後火可以不滅。得悟亦不難，得悟之後，須繼之以躬行、深之以學問，然後悟可以常繼。不然，而動稱忽然有悟，言下有省，此正如擊石見火，旋見旋滅耳，安足尚乎？

悟到時，心體最妙最樂，覺得眼前天地分外分明，另是一種境界，真有不知手舞足蹈者。予丙子始悟得「仁」字，時正在困窮拂鬱之極處。清夜獨立，呼天自明，此時人境俱絶。忽覺得天心一點，獨與吾心燗然相照，因念人心即天理、天理即人心，只此便是「仁」字，求仁得仁，吾又何憾！平生時憂愁憤懣、困苦不平之氣，不知何往，自後只認著「仁」字做去，不論人知與不知、諒與不諒，此心無刻不泰然自適，無向日不平之意。又丁丑悟得「敬」字爲心法，時正行到州治西邊土牆缺處。時「敬」字工夫下手已二月餘，但未得親切透徹。忽此際豁然貫通，覺得上至天、下至地，前至古、後至今，大至陰陽鬼神，細則一物一事，無一不是「敬」字通貫，千聖心法一時俱見，不覺手舞足蹈，胸臆之間如撤牆壁，天地間更有甚妙處樂處？則知禪家言悟，未嘗無此境界，但虚實、邪正有不同耳。

予悟得「敬」字爲心法時，見得滿街人都只是這箇心，這箇心都可以做聖人，卻人人不能做聖人，只爲少這箇心法在。此時，何止手舞足蹈，舉止動作，真如在春風中也。

未悟時窮理與既悟時觀理，煞是不同。未悟時窮理，如初次走路，東西南北俱要仔細尋問。既悟時觀理，只是信步行去，山川風月俱入胸懷，自是十分自在也。

悟處皆出於思，不思無由得悟；思處皆緣於學，不學則無可思。學者，所以求悟也。悟者，思而得通也。故孔子曰「學而不思則罔，思而不學則殆」，孟子亦曰「心之官則思」。古來聖賢，未有不重思者，思只是

「窮理」二字。

或曰：思便是强探力索。曰：所以惡夫强探力索者，謂其矯揉穿鑿也。若據理精思，久之自然有得，正古人所謂「思之思之，鬼神通之」者，豈得以爲强探力索而不思乎？其有不得者，「仰而思之」又如何解？

思如炊火，悟到時如火候，炊火可以著力，火候著力不得，只久久純熟，待其自至。然炊火亦有法。火力斷續，則難於熟，此孟子之所謂「忘」也。火力太猛，則易至焦敗，此孟子之所謂「助長」也。「勿助」、「勿忘」，此中自有箇妙處在。

惟上智與下愚無悟。上智非無悟，不用悟也，誠者天之道也，堯、舜性之也。下愚亦非無悟，不欲悟也，自暴自棄也，「梏之反覆，夜氣不足以存」也。

今人之悟與古人之悟不同。古人有教有養，從幼自天理中養出，偶然違背，不久反正。正如離家未久之人，還家固其常耳。今人教養俱無，從幼便失落父母，忽地望見家鄉，如何不教人手舞足蹈？

聖賢悟後，喜與人説，其悟與天下共之。故其樂也，不過吟風弄月、手舞足蹈而已。禪家悟後，不喜與人説，其悟則一己祕之。故其樂也，至於猖狂跳躍、棒喝訶駡，無所不至。自明眼視之，總謂之捻怪，要之，即果然大悟，亦何至如此？然禪家亦有不得不然者，他所悟自不可對人説，所謂「我説與汝，汝卻駡我」也。

五經、四書皆無「悟」字，非聖賢無悟，亦非聖賢不用悟，凡言覺者皆悟也，又言知、言喻亦皆悟類也。但言覺、言知、言喻，理甚平常，禪家換箇「悟」字，便有飾智驚愚的意思。

問：濂溪周子不由師傳，默契道體，豈亦所謂悟耶？曰：豈特周子，程朱之學，無日不教人窮理，窮理有得，即是悟也。其實只是箇「物格知至」。朱子補「格致」傳有云：「至於用力之久而一旦豁然貫通焉，則衆物之表裏精粗無不到，而吾心之全體大用無不明矣。」是説這箇境界。

有友人問：儒門有悟法否？予曰：安得無悟！曰：何謂悟？曰：子能一旦覺其前日之非，而奮然就今日之是，即謂之悟矣。曰：悟若是易乎？曰：悟安得易！子試思前日非處何在，今日是處何在？友人不語。予曰：未也。知其非矣，何以行其非？知其是矣，何以去其是？能如此則悟，不能如此則不悟。友人復不語。予曰：然則悟終不易。

思辨録輯要卷之四

明太倉陸世儀道威著

格致類

「學」字雖兼知行，然畢竟知一邊多。觀「何必讀書，然後爲學」，及「仕而優則學」句，可見陽明「良知」之説勝。至有訓「學」爲「覺」者，良可歎也。

讀書不費精神，且能長精神，凡言費精神者，皆不善學者也。程子曰：「不學則老而衰。」斯言大有味在。

讀書當思致遠，若不知致遠，便爲一二項書所縛。假如史書一項，若欲廿一史俱淹貫，則一生頭白矣。詩文之類俱然。豈不可惜！但智小謀大，力小任重，則又往往博而無成。當如胡文定教學之法，經義之外，視己才力所近專習一事，似爲易造。其有才力者，自當務爲全學。

求放心然後可以讀書，讀書正所以求放心，蓋交相養、互相發。

凡看書，須句句就自己身心上體貼，又要就依書上説話做去。待做得有些滋味，便覺得書上説話，句句親切，看書愈加明白矣。即如「學而」一節，如何是「學」？如何是「時習」？如何是時習便説體貼之後，便把來一一躬行，自然書與身一。聖賢言語句句不錯，不然只就今日看去，讀書是最苦事了，如何聖人反説時習而説？

凡讀書能開闢，只是信得過。

問：朱子有言，讀書須是「偏布周滿」，四字請下注腳。曰：偏布周滿，只是無滲漏。曰：如何便無滲漏？曰：學、問、思辨、行，步步著力，便無滲漏。

凡案頭必不可無古人書，如《言行録》、《伊洛淵源》之類。使心目常常與古人相接，自然意思不同。如止看詩文，恐溺於世俗。

人有以講學爲苦者。予曰：講學未有所得，是最苦事；既有所得，則講學之樂，其味無窮。人不肯苦中下手，何由得樂處？

讀書不絶干禄念頭，終無得處，亦終無樂處。

凡讀書須識貨，方不錯用工夫。如四書、五經、《性理》、《綱目》，此所當終身誦讀者也。水利、農政、天文、兵法諸書，亦要一一尋究，得其要領。其於子史百家，不過觀其大意而已，如欲一一記誦，便是玩物喪志。

謝上蔡見明道，舉史書成誦，明道以爲玩物喪志。及明道看史，又逐行看過，不差一字，謝甚不服。後來有悟，卻將此事作話頭，接引博學之士。愚謂上蔡不服固非，即以此作話頭接引博學之士亦非也。凡人讀書，皆不可稍有忽易之心，亦不可徒存記誦之念。有忽易之心，則掩卷茫然，事理俱無所得。有記誦之念，則隨人可否，事雖察而理或遺。故上蔡記誦，而明道以爲玩物喪志者，懼其詳於事而略於理也。明道看史，卻又逐行看過，不差一字者，求詳其事，將以深察其理也。凡讀書之人，皆當以此爲法，奈何獨以接引博學之士哉！

「玩物喪志」四字，今人最易犯。假如一部《通鑑》，只平平看去，依舊鑑斷，是曰是，非曰非，矮人觀場，隨人笑駡，絶無一些心得，儘有多少大事被前人瞞殺。如此，雖記得一部廿一史，只是死書，有何益處？

讀書不能窮理，俱是玩物喪志。若能窮理，即記誦亦不妨，愈熟愈妙。

記誦之功，讀史不必用。若五經、四書、《太極》、《西銘》之類，必不可不成誦，不成誦則義理不出也。

古之學聖賢易，今之學聖賢難。只如讀書一節，書籍之多，千倍於古，學者苟欲學爲聖賢，非博學不可。然苟欲博學，則此汗牛充棟者，將何如耶？偶思得一讀書法，欲將所讀之書分爲三節。自五歲至十五爲一節，十年誦讀；自十五歲至二十五爲一節，十年講貫；自二十五至三十五爲一節，十年涉獵。使學有漸次、書分緩急，則庶幾學者可由此而程功，朝廷亦可因之而試士矣。所當讀之書，約略開後。

十年誦讀

小學文公《小學》頗繁，愚欲另編《節韻幼儀》。語見前卷。

四書先讀正文，後讀注。

五經先讀正文。

《周禮》柯尚遷者佳。

《太極》、《通書》、《西銘》

《綱目》先讀綱。又有《歷世統譜》、《秋槳録》等書，載古今興亡大概，俱編有歌括，宜先講讀。

古文宜先讀《左傳》，其《國策》、《史》、《漢》、八大家，文理易曉，易於記誦，俟十五歲後可也。予近有《書鑑》一編，專取古文中之有關於興亡治亂者，後各爲論，使學者讀之可知古今，似可備覽。

古詩《離騒經》、陶詩，宜先讀。予近有《詩鑑》一編，專取漢、唐以後詩之有合於「興觀群怨」者，後各爲論，似可備覽。

各家歌訣凡天文、地理、水利、算學諸家，俱有歌訣，取其切於日用者，暇時記誦。

十年講貫

四書宜看《大全》。

五經宜看《大全》。

《周禮》柯尚遷注，近有《集説》亦好。

《性理》尚宜重輯。内如《洪範皇極》、《律吕新書》、《易學啓蒙》、《皇極經世》等書，俱宜各自爲書，不必入集。

《綱目》宜與《資治通鑑》、《紀事本末》二書同看，宜以《綱目》爲主。

《本朝事實》

《本朝典禮》

《本朝律令》按此三書最爲知今之要，而今之學者至有終其身未之聞者。蓋國家既不以入功令，而又無欽定之成書，無怪乎學者之不讀也。

《文獻通考》此書與《綱目》相表裏，不可不講。

《大學衍義》、《衍義補》理學經濟類書之簡明者，不可不講。

天文書宜專學曆數。

地理書宜詳險要。

水利、農田書有新刊《水利全書》、《農政全書》。

兵法書《孫子》、《吴子》、《司馬法》、《武備志》、《紀效新書》、《練兵實紀》，俱宜講究。按以上四家，苟非全才，或專習一家亦可。

古文《左》、《國》、《史》、《漢》、八大家。

古詩李、杜，宜全閲。

十年涉獵

四書

五經

《周禮》以上參看注疏及諸家之説。

諸儒語録

二十一史或旁及野史。

本朝實録及典禮律令諸書

諸家經濟類書

諸家天文

諸家地理各省輿地志，或旁及堪輿家。

諸家水利農田書

諸家兵法

諸家古文

諸家詩

已上諸書，力能兼者兼之，力不能兼則略其涉獵而專其講貫，又不然則去其詩文，其於經濟中或專習一家，其餘則斷斷在所必讀。庶學者俱爲有體有用之士，今天下之精神皆耗於帖括矣，誰肯爲真讀書人？而國家又安得收讀書之益哉？

自漢唐以來，皆以五經爲聖人所定，尊經之士，率取五經而表章之，或添注疏、或增論解，無慮數千百家。五經而外，則以爲非聖人所定而忽之。其有擬經續經者，咸共非笑詆排，以爲得罪聖人，莫此爲甚。此世儒尊經之過，而未知經之所以爲經也。惟《易》具天人之理，❶完完全全，無少欠闕，爲不可擬，亦不必擬。其若《書》與《春秋》，即後世之史也。《春秋》專記事實，《書》則兼載文章，亦即後世古文之類。《詩》即後世

❶ 「具」，原作「其」，今據正誼堂本、重刊安義本改。

之詩也。《禮》則紀三代之典禮，後世帝王代起，有一代則有一代之制作，禮未嘗無也。故愚以爲五經之中，惟《易》在所不必續，其如《詩》、《書》、《禮》、《春秋》，皆在所必續。今惟《綱目》一書爲繼《春秋》而作，其餘三經則皆無敢繼者。一則怵於王通「擬經」之説，一則泥於邵子「刪後無詩」之言也。世儒之言曰：後世之詩文，豈能如三代之詩文？後世之禮，豈能如三代之禮？此言誠然。然即三代之典禮文章，亦非言言可爲法則者。如《書》之《吕刑》、《文侯之命》，《詩》之鄭、衛諸篇，《禮》則三代互有得失。此世運升降使然，三代自不如唐虞，漢、唐、宋自不如三代，聖人刪定筆削，亦但取其文字之有關係者存之，以待後世讀者自辨其得失耳。豈以爲此五書者，自經吾刪定筆削而外，遂無一言一字可復繼五書而起乎？王通續經之謬，在續之而不得其正傳，非經不當續也。余不自揣，有《詩鑑》、《書鑑》二集。《書鑑》取古今文字之有關於興衰治亂者，《詩鑑》取古今詩歌之有合於「興觀群怨」者，後各爲論，以竊附於孔氏《詩》、《書》之義。雖識見淺陋，意議庸鄙，所不免於君子之譏，然其心其志，則固願爲聖人之徒而無可罪也。未識後世其能諒我否？

《太玄》、《潛虚》、《洪範》、《皇極》，此皆擬《易》之書，其精微既不能如前聖，而又無補於後學，殊爲無謂。學者不惟不敢議之，又從而尊之，乃專罪王通，不惟有耳無目，亦可謂勢利矣。

禮者，天理之節文，故有一代則有一代之制作，皆有意義，不必是古而非今也。孔子曰：「殷因於夏禮，所損益可知也。周因於殷禮，所損益可知也。」則知生百代之後者，其禮必將損益百代。乃秦漢以來，其制作禮樂者，多非明理之儒，而明理之儒，則又多是古非今，動輒有礙，其原多由誤認「非天子不議禮」之語。蓋《中庸》所謂「不議禮」者，謂不敢輕議而改時王之制也。若私居議論，考訂折衷，此正儒者之事，亦何罪之有焉？孔子答「爲邦」之問，是一證也。朱子《儀禮經傳集解》，亦是此意。而此書成於門人，未及折衷，亦且多泥古禮而不能揆之於今，使後世無所遵守。愚意欲一依朱子《集解》所分之目，如家禮、國禮、王朝禮之類，自三代以至近代，一一類載其禮，而後以己意爲文，以折衷之，名曰《典禮折衷》。庶幾議禮之家，有所攷據。

議禮在朝廷甚難，蓋既有拘忌，又有掣肘，意見分争，私心角立，從來議禮之家，每稱聚訟，良有故也。即如近代興獻皇帝之事，張桂始議，遠勝楊石齋諸君子，然諸君子之心無私，而張桂之心則有私。設以身處其時，欲從諸君子則於禮不可，欲從張桂則跡類乎私，而必爲諸君子所掊擊，遂一無可置喙矣。時禮臣席書者，陽明之高足也，以大禮事質之陽明，陽明不答。爲詩曰：「無端禮樂紛紛議，誰與青天埽俗塵？」蓋深見諸君子争禮之非，而又不敢倡議隨張桂之後也。故愚謂此等大禮，儒者皆當於平居無事時，攷訂折衷，著爲定説，則後人可引以爲斷，不至有臨事分争之患矣。《禮記》中，如《曾子問》、《檀弓》最好，所謂儒者平居議禮而考訂折衷也。不如此，不足以盡禮之變。吾欲於《典禮折衷》之後，更爲《或問》以發明之。

議禮中，格致工夫最多，今人久不講此，殊爲學問欠事。

格致工夫，莫備於「六書」。蓋天地間一物必有一字，而聖賢制字，一字必具一理，能即字以觀理，則格物之道存焉矣。許氏《説文》，雖略存古人之意，而理有未備。吾友王子石隱作《六書正論》，每字必據理精思、直窮原本，其精確處，竟可作《爾雅》讀，爲格致之學者，不可不知也。

讀史當以朱子《綱目》爲主，參之《資治通鑑》，以觀其得失，益之《紀事本末》，以求其淹貫，廣之二十一史，以博其記覽。然約禮之功，一《綱目》足矣。《資治通鑑》、《紀事本末》猶不可不讀，二十一史雖不讀可也，備查足矣。

二十一史列傳甚冗亂，其諸志卻不可不讀，蓋一代之禮樂刑政存焉，未可忽也。予嘗欲去二十一史紀傳，別取諸志合爲一書，天文、地理各從其類，是誠大觀。《文獻通考》亦彷彿其意，但終不若獨觀一代，爲覩一代之全耳。

讀史有必不可少諸書，如歷代地圖建置沿革、歷代官制建置沿革、年號攷、甲子攷、帝王世系、帝王授受、建都攷、歷世統譜、秋檠録等書，俱不可少。意欲彙爲一集，名曰《讀史要覽》，亦是便學者之事。

讀書一頓工夫最難。人一歲中，每多事務擔閣，能讀書時不過三之二耳。《綱目》一書，合前編及宋、元，不下萬餘紙，應務之暇，日讀五十餘紙，亦須得二百日。況又有考試雜書間之，是一歲工夫，止堪讀一部《綱目》，何以卒事？愚意學者有意讀書，決當離家入山，謝絶試事。分年讀書，每一項書作一年讀，如《通鑑》、《綱目》、《紀事》三書，便可作一年讀過，亦快事也。

讀史須一氣看過，一氣看過則前後事連貫，易於記憶。

讀書連早起夜坐，窮日之力，性敏者可得二百葉，評點攷索之功俱在内，更多則不能精察矣。《綱目》、《通鑑》、《紀事》三書，不下四萬餘紙，值二百日。其餘日以當反覆玩味，優游涵泳之功，是三書者，亦可以無憾矣。

看二十一史，只當在長夏。不用評點，只約略揭過，其志書另作一樣看。

薛文清云：「凡國家禮文制度、法律條例之類，皆當熟讀深考。」愚謂孔子動稱周家法度，雖周公制作之善，亦從周故也。予每怪後儒學孔子亦動稱周家法度，而於昭代之制，則廢而不講，亦不善學孔子者矣。居官而讀律令，所謂入國問禁也。昔陸文量公嘗言國家當設宰相，及讀律令，有「以後官員人等有妄言設立宰相者，滿朝文武大臣一時執奏，將本犯淩遲處死」，不覺失色，因嘆居官不可不讀律令。今學者奈何忽諸！

《文獻通考》與《綱目》相表裏，《綱目》詳歷代之事實，《通考》詳歷代之典禮，皆學問之所在也。今《綱目》頒於學宫、載在功令，而《文獻通考》獨否，此世所以鮮實學之士也。

鄧元錫《函史》下編、朱健《治平略》二書，宜與《通考》參看。

修己治人之道，莫備於《大學》，西山《衍義》、瓊山《衍義補》，則旁通而曲暢之者也。學者能熟讀深考，則於修己治人之道，其庶幾乎！

能讀《衍義》、《衍義補》二書，則知天下無一書不可入《大學》。其不可入《大學》者，皆無用之書，皆無益於修己治人者也。

或問天文書係國家禁書，不宜讀者。非也，國家所禁在占驗之書，恐其妄言禍福耳。若曆數，則人人當知，亦國家所急賴。自立法以來，從未聞有以天文曆數犯禁者。如徐光啓、邢雲路諸公，則又明明以天文曆數建明於時，何可不學也？

曆數或可不必學，而天文日月五星運行薄蝕之理，必不可不知。此儒者之事，非一藝之司也，觀古諸大儒可見。

地理書宜詳險要。《一統志》所載，多泛記山川、人物、名勝，而於險要獨略。或亦朝廷祕慎之意，然學者必不可不知也。予嘗取二十一史戰争之事，其有關於險要者，分省、分郡，各以類注，頗有關學問。以未得其暇，屬虞九、長源、聖傳。而兩兄亦未暇，聖傳竟續成之，大有裨益。

水利、農田是一事，兩書可互相發，能知水利，則農田思過半矣。

兵法，儒者不可不習，此雖毒天下之事，而實仁天下之事。儒者不習，而顧使强武之人習之，得以肆行其不義，此天下之所以常亂而不治也。

看書不可看重疊書，徒費心目。如唐荆川《左編》、李卓吾《藏書》、鄧元錫《函史》上編，不過摘史中諸人，分門别類，不用更看。

凡讀書分類，不惟有益，且兼省心目。如《綱目》等三書所載，大約相同，若《綱目》用心看過，則此二書不必更用細閲，但點過便是。譬如復讀，極省工夫，然須一齊看去，不可看完一部，再看一部，久則記憶生疏也。其餘若理學書，如先儒語録之類，作一項看。經濟書，如《文獻通考》、《函史》下編、《治平略》、《大學衍義補》、《經濟類編》之類，作一項看。天文、兵法、地利、河渠、樂律之類皆然。成就自不可量也。

問：孔子教人先以博文，後以約禮，朱子亦使人先博而後求之約。故程子爲學，泛濫於釋、老者數年，然後反而求之。今吾輩爲學，如釋、老之類，亦當博涉否？曰：若論泛濫釋、老，豈特程子？即朱子未見李延平時，亦嘗學禪於開謙。王陽明、羅整菴，少年皆曾學禪。只是各人力量不同。有與之出入泛濫而不爲之惑者，大程子是也。有學而後知其非者，朱子與羅整菴是也。有始而學焉、而棄焉、而終未免稍涉其餘習者，陽明是也。吾輩欲爲大儒，欲任斯道之責，二氏之書，豈得閉而不窺？然須各人自審力量何如，若力量不足，不如且守先儒「淫聲美色」之訓。蓋先儒決不作欺人語，決不誤人，不可厭常喜新、貪多務博，遂至墮坑落塹也。

思辨録輯要卷之五

明太倉陸世儀道威著

格致類

或曰：人之有文章，猶天地之有花草，若文章不藻麗，是花草無色也。予曰：與其爲花草，毋寧爲五穀。教民稼穡，古者稱爲聖人，若種殖花草，則場師而已矣。

凡人好作古文辭，只是義理不深，看得辭章有味，故往往技癢。昔胡文定公少喜爲文，後篤志於學，乃不復作。其辭召試，有曰：「少習藝文，不稱語妙，晚捐華藻，纔取理明，既覺昨非，更無餘習。」可謂勇於割愛矣。

人有以文學自矜者。予曰：須知王、楊、盧、駱之上，有韓、柳、歐、蘇，韓、柳、歐、蘇之上，有韓、范、富、歐陽，韓、范、富、歐陽之上，尚有周、程、張、朱及孔、孟在。

古文、詩歌，人不可不學，然亦不可太費心力。古文取其暢達，詩歌通聲律、辨體裁，取其足以寫懷而已。若泛作無益論記小文及窮研詩句，不過一文人而已。吾人責大任重，心力幾何，乃爾浪擲！善乎吾友郁子儀臣之言曰：使先知覺後知，乃是聖賢立言本意，今人乃以做古文、詩歌爲立言，失其旨矣。

凡人自二十四五以前，古文不可不學。至二十四五以後，則學道爲主，無暇及矣，須於少年時一氣趕過。陽明未遇湛甘泉講道時，先與同輩學作詩文。故講道之後，其往來論學書及奏疏，皆明白透快，吐言成章，動合古文體格。雖識見之高，學力之到，然其得力，未始不在少年時一番簡練揣摩也。學道之儒，不重作古文辭，只恐人溺於辭章之習。若藉以發揮道妙，則此一段工夫，亦不可少。

學古文須學大家，大家者，韓、柳、歐、蘇、曾、王是也。韓筆力高，歐度好，蘇氣好，柳小文佳。王識力最妙，大文字尤不可及，雖老泉父子，亦退三舍。曾少鈍，然亦醇正。總名爲大家，以其得孔子「辭達而已」之旨也。

古文中，《左》、《國》、班、馬，筆力非不更高，然古今稍遠，辭旨簡古，若有意學之，恐反涉艱深。然亦各有體裁，如碑記自當學韓，書序自當學歐、王，論策自當學蘇，敘事、議論自當學班、馬、《左》、《國》。至於詔誥、册命，則又當上法《典》、《謨》，未可一例論也。

凡古文皆有體式，如詔誥、册命、書疏、啓檄、露布之類，各有規矩，各有家數。學作古文，須要曉此各項，方是有用文人，不然則亦無用之辭章而已矣。吴江徐師曾輯《文體明辨》，甚得此意。然其意主於博收，翦裁頗欠識力。愚意欲節去其無用而煩冗者，更細爲批評，❶指出中間異同，及中窾不中窾處，病未能也。

❶ 「評」，正誼堂本作「詳」。

韓、歐之文，皆與道相近，然而終隔一層者，以其志在爲文，欲借道以傳文，非借文以發揮吾道也。此際主客之分，自有毫釐千里之辨。

韓、歐之文，極意依傍吾道，然終有客氣，以其有要好的意思在故也。若聖賢爲文，只是隨手寫去，祇取理明辭順而已，然人已自不可及。

人能識得韓、歐文字中客氣處，可與語文，可與語道矣。

人斷不可學子書，子書是不上行面、不入體裁文字，一學便入小家數。❶

四六文竟不必作。唐文所以爲四六者，束於功令耳。今則未嘗有功令，何苦取青儷白，即使能工，亦記室之才耳。

四六文不必作，亦不可不知。蓋四六中，長短相接俱有法，聲韻平仄俱有粘。熟讀古人四六，自見今人動誇四六，而粘法俱未之知，可爲一哂。

《三都》、《兩京》是天地間第一種無用文字。即古人有用賦以諷諫者，終是諷一勸百，亦無所取。

古文濫觴於魏、晉，如《七啓》、《七發》、《連珠》之類，俱是天地間無用文字。如《文選》者，即不讀亦不妨。

文字須看其源頭。屈原《離騷》，纏緜蔓衍於文辭而意在忠藎，則朱子取之。韓子《原道》，特以明道德

❶「入」，原作「人」，今據正誼堂本、重刊安義本改。

仁義而意在爲文，則程子以爲倒學，立心異也。

古人之教，莫先於《詩》，謂其可以諷詠觀感，得性情之正也。今《詩》教已廢，三百篇雖存，其意趣深遠，學者未能卒曉。當世所習者，唐人詩句而已，然亦莫非詩也。愚意欲於古詩中，取其性情近正、有合於「興觀群怨」之道者，輯爲一編。批評標識，置之案頭，時時諷詠，亦可爲性情一助。❶

凡欲作詩，須當養得心體好。心體平善，則所言自無偏僻、放蕩。昔人論《周禮》，有云：「此自聖人廣大心中流出。」予意作詩亦當從廣大心中流出，自然温厚和平。

或謂：作詩亦當從廣大心中流出，則凡古人之詩涉於哀怨者，俱非邪？曰：《國風》好色而不淫，《小雅》怨誹而不亂，此正從廣大心中流出也。不然，則好色而淫、怨誹而亂者多矣！

詩不當從沈約韻，約韻皆吴音，人知之而卒從之者，人好學唐詩，則韻亦從唐韻矣。洪武中，既有《正韻》，禮部頒行，經數大儒訂正，校讐甚精，奈何不從邪？

古人不重聲韻，故曰「書同文」，不曰「書同聲」，以聲有五方，不可强同也。觀《詩》三百篇大都用叶，則知聲苟可通，即用之矣，不必拘拘某韻某韻也。必欲用韻，亦當以中州爲主。

詩不論漢、魏、六朝、唐、宋，只不失三百篇之意爲妙。唐人詩，李、杜並稱，而詩家尤重杜者，杜得三百篇之意爲多也。

❶「亦」，正誼堂本無。

詩家最低惡品，如唐伯虎《花月吟》，及迴文五平五仄之類。次則香匳體、李長吉體，皆不入格者也。今之學詩者，往往喜效諸家。夫詩以道性情，花月、迴文，性情何在？喜效香匳、長吉，則其性情不入於淫、必入於鬼矣，學之何益？如溺而不改，則其人亦不足重。

詩家限韻、步韻，亦是惡套。古人賦詩相答，只是誦古詩以見志耳。後人以詩相酬答，亦是常事，然必限韻、步韻，便專尚才思，有妨性情。

做詩須脱今詩人氣，得古詩人意。花鳥竹石、風雲月露，今詩人氣也。温厚和平、「興觀群怨」，古詩人意也。

「詩言志」，詩者，志之所發也，有志而後有詩。故或直敘其事而爲賦，或有所感觸而爲興，或有所諷刺而爲比，皆言其所志耳。今人並無所志而終日矻矻命題賦詩，正如三家村學究，埋頭舉業，詩意何在！

作詩之家，能合「興觀群怨」者，雖人有幾首，然求其全部大旨俱合者，《離騷》而後，惟陶淵明、杜子美，在明則劉文成、陳白沙。其他如李太白、白樂天、陸放翁，亦合格者多，皆由其立心正也。作詩者不可不讀。邵康節《擊壤集》，又是一種詩，竟可作語録讀，然猶未免有頭巾氣。至白沙之詩，則合道理與風雅爲一矣。其所作詩，有「子美詩之聖，堯夫更别傳」云云，蓋欲合子美、堯夫爲一人也。

予近輯《詩鑑》，自漢、唐迄明，取其詩之有合於「興觀群怨」者，後各爲小論，頗欲仿河汾之意，未知當世之人其許我否。至如陶、杜、劉、陳，意欲另批詳其全帙，太白、樂天、放翁諸人則附之。尚未及也。

康節與白沙之詩，終是一家。意欲更選其佳者，與宋諸儒理學詩另爲一集，以爲學者養心之助，亦最樂事。

詩餘、曲子，其辭愈濫，其調愈淫，愈趨愈下矣。然宋以詩餘著，元以曲子著，其間亦儘有可當諷刺、可勵風俗者。但學者既有志於道，則詩文且爲末技，況詞曲乎？且一入其中，則喜爲淫靡者什之九，能爲正聲者什之一矣，不作可也。

或問作制義法。曰：祖述孔孟，憲章高文，上律先賢，下襲時彦。曰：祖述三言，既聞命矣，時彦何爲襲之乎？曰：將以致用也。成、弘之簡樸，嘉、隆之渾灝，易時而試，則皆不售矣。故君子明理以致用，長短、豐約，一因乎時。若夫字竊句盜以爲襲者，吾不取也。

向來謂人但當盡力讀書，至於舉業，只就臨考時略做一二月工夫，便可應試。以今觀之，正不其然。凡事俱要預先做透，如炊沸湯，務使百滚，待火候既到，方可停息，其後或温或煖，皆可不時取用。若火候未到者，斷不可强作大家也。要緊處，止在少年時一氣趕透。

前後場取士，分明是經義、治事，此法過漢、唐、宋遠甚。然於教養之方尚未講，所以士人當未達時，專意帖括，無真實工夫。至應舉作爲文辭，亦只是浮言浮語。

制義體裁甚妙，然尚有可議者。必拘口氣，一也。聖人之言，惟聖人能言之，後學之士以我證聖，當使其自言所得，求合乎聖人之道，而觀其不悖與否，不宜徒使效顰，概爲揣摩之語。必主排比，二也。排比之體近於聲偶，文束聲偶則難以暢論，往往拘忌體格，不能發揮旁通。此俱制義之弊。愚謂制義當作論體，凡上下古今、百家諸子，俱得旁引曲喻、縱言無忌，庶可窺見胸中所學。

凡制義出題，亦當爲論體，如《顔子所好何學論》是也。如此，方可見人本領學問。童試雖小事，然亦是士人進身之始，命題必須正大，所以端其志趣。國初皆是如此。慶、曆之際，始競爲小題，或枯、或空、或縮腳，窮工極巧，務極其勝。止取儇慧，不顧義理，不知祖宗取士之意何在。所以慶、曆之末，人尚虚誇，士習大壞，亦是世代一大升降處。至後而又變爲巧搭，破壞聖經，割裂文義，害義傷教，莫此爲甚。後生小子都教壞心術，而不知者，尤以爲巧，有司以之衡文，督學以之課士，習久成俗，漫然不知，甚可歎也。仲尼曰：「始作俑者，其無後乎！」有聖人起，必爲析言破律之誅無疑，不能不追咎慶、曆諸公也。

或以制科文爲不傳者，非也。唐之詩賦，即唐之制科文，然俱傳矣。況今之制科文，又皆闡發聖賢道理者乎，傳至後日，即爲古文矣。吾知其必傳。

國初，如王守溪文，真制科文，無一語溢於功令之外。至荆川，則以古文氣行之矣。至慶、曆，則全失制科本意，或學爲史傳，或摹仿子書，或攙入二氏，或戲作世説。甚至以聖人之言，爲優俳小説，其侮聖言一至於此。積而至於今日，豈一朝夕之故哉！

文章至黄陶庵，❶真一代之冠。語語是本源中流出，古文、制義、經濟、理學，一以貫之，可與荆川並傳。吾友陳子言夏作理學題，尤極透亮，亦是本原中流出也。學者作文，須是本原中流出。

❶「黄陶庵」下，正誼堂本有小字「諱淳耀」三字。

文章學墨卷，則易於中式。然全注意體格，則不能發揮胸中所得，亦須行以大家氣。

或有謂予不宜著述者。予曰：君子之所以不得不與俗同者，衣冠禁令也；君子之所以不得不與俗異者，讀書著述也。衣冠禁令而必欲爲苟異，則無以容身；讀書著述而必欲爲苟同，則無以立德。

或有謂予著述不當示人者。予曰：其人而不可與語者，必强而語之，吾不敢；其人而可與語者，必强而祕之，吾不能。孔子所謂「不失人，亦不失言」，吾將志之矣。不然而一概祕絶，是謂天下無好人也，又何取著述爲哉？

聖人生末世，真是任大責重。使達而在上，則凡井田、學校，前人已壞之法，皆其事也。窮而在下，則凡理學、經濟，前賢未備之書，皆其職也。雖矻矻孳孳、夜以繼日，猶將不足，豈得自託涵養、悠悠終日乎？

聖賢在下，功業只在著書。蓋時未可爲，不特得位行道不可望，即教育英才亦不可得。寂寥數人，窮居談道，風聲既不足以淑四方，口耳又不足以及後世。雖稱聞道，而不能推吾之所有以公之天下後世，是亦聖賢之所不取也。孔子删述六經，無論矣。孔子而下，德之盛者，莫如朱子。然朱子一生功業，亦只在著書。試讀其年譜，工夫是何等樣精密。陸象山曰：「六經注我，我注六經。」雖明理盡性之人，無貴多言。然先知不覺後知，則愚、不肖之人，何所取法？後世懶惰、好高之人，尤而效之，輒引以自況。又曰「身將隱，焉用文之」，遂以無窮歲月浪擲於清談、詩酒之中，是可痛也。

古語有云：謀事在人，成事在天。著書立言，君子之事也。著書而使傳之四方、垂之後世，則君子不能必也，聽之天而已。或云「人苟有一段精神，天斷然不肯埋没」，是殆不然。以爲精神孰大於周、孔？然周公之載籍燬於諸侯，孔子之六經燔於秦政。雖後世終能裒集而表章之，然而殘闕壞亂者，亦不少矣。思之，能無泫然！

朋友之功，可以配天。何者？君子能著書，不能使之傳世，惟天能使之傳世。然天亦不能使之傳世，讀其書而心好之者，能使之傳世，故曰「朋友之功，可以配天」。子雲《太玄》，曾何足云，然微桓譚則幾不傳，而況不爲子雲者乎？乃讀書而心好之者不可得，甚至有嫉其書而惟恐其傳者，朋友之害，又可以配兵火。噫！亦可畏矣。

君子之於天下，功不必自己出，名不必自己成。苟吾書得行、吾言得用，使天下識一分道理、享一分太平，則君子之心畢矣。凡有功業，皆與人共之者也，著述者無論矣。讀而傳之者居其半，表章而尊信之者居其半，與而措之行事者居其半。苟於斯道有一分之力，則於斯道有一分之功，不任其功而反欲任過，吾末如之何也已矣！

亂世書籍，多燬於兵火，因念藏書之法。庶民無力，斷不能藏；即學士大夫，其力不足以博及，亦不足以垂久遠；能博及而垂之久遠者，其惟天子乎！然天子至易代，而藏書之力亦窮矣。有一法焉，藉天子之力而不煩天子之守，其法可以傳之百王而不易，垂之千萬世而無弊，則惟藏之孔氏乎！孔子自有周以來，其間歷漢、唐、五代、宋、遼、金、元，世界無慮百變，然一王興則一王尊信，一代立則一代表章。即盜賊、强暴，未有不過之而敬，去之而不敢犯者。誠使王者於此申藏書之法，於鄒、魯間擇名山勝地，定爲藏書之所。區别群書，分爲數種，如經史子集、志攷圖籍、藝術百家之類，類建一樓，樓置一司，擇孔氏子孫之賢者爲之。

又擇其最賢者爲之長，使之任出納、收藏、曬暴、補緝諸事，授之以禄。每歲則上其書之數於朝，三歲則遣行人視之，較其書之損益完敝而行其賞罰。如是，則書有日益無日損，雖有水火、刀兵、盜賊、變革、易代之事，於藏書總無與。是誠至妙之法，惜乎無有行之者！

凡天下學士大夫，著書有益於世道人心者，上之於朝，朝廷使大儒較之而善，則必藏其副於孔氏。不特此也，凡所藏書，皆當使大儒較定，必有益於世道人心者，始藏之。其餘若離經叛道者，皆斥去勿用，不可務多，而反使有魚目混珠之病也。

凡書必當多置副本，以備朝廷四方或有闕乏，掇取鈔寫翻刻之用。

凡五經、四書及先賢語録，與夫天文、地理、樂律、兵法，宇内所不可少之書，固當多置副本。更當擇其精要者，鏤板勒石，必使之不朽，且以便於摹印流傳，真千古之盛事。

凡古來聖賢所造儀象法物，如金人、敧器、沙漏、銅壺之類，亦當仿式造爲其副，與書並藏，以備後世變革之際，或有亡失，則取式於彼，亦最要事。

自三代以來，凡經易代，則一代之典章文物多致散亡，不可得而攷究。文獻不足，自孔子之時已有不勝其慨者矣，此宇内無人以爲斯文之主故也。今既有孔氏，便當世世奉之以爲斯文之主，文獻何憂不足？故愚以爲王者苟能藏書於孔氏，則凡一代典章制作，與夫累朝實録，史館一成，即送入副本，後世斷無亡失，以至求之民間、采之閭巷，而有挂漏傳疑之事。

不特鄒、魯之間可用此法藏書，凡天下郡邑、名山，皆當仿此爲藏書之法。相擇勝地，廣置書籍，聘禮先代聖賢之後，優其廪餼，使典其事。相戒雖有鬭争、訟獄、兵火、盗賊之害，不得入其處。久之，則天下自然習以成風，詩書日盛，道義日尊矣。今吾儒不能，而顧使釋氏得其術，是以其徒日繁而其書日多，其不胥天下而化爲釋氏者幾希。

思辨録輯要卷之六

明太倉陸世儀道威著

誠正類

誠意是敬字逐條工夫，正心是敬字一片工夫。正心時之敬比誠意時之敬，非有增益，只是打成一片耳，所謂「物物一太極，統體一太極」也。

誠意之敬，如有物在彼，而把鏡照之；正心之敬，如明鏡在此，而物來自照。

心如田，意如田中所生之物，誠意者，去稂莠而養嘉禾也。人初用功時，雖知爲善去惡，然工夫未能純熟，只好唤做誠意，唤不得心正。譬如草萊初闢，田禾未熟，雖稂莠已去、嘉禾已生，卻只唤做好稻，唤不得好田。心正者，耕種已久，田脚肥好，今人所謂熟田也，此可以得心正、意誠之辨矣。

土無有不生物，猶人義理之性。然土有肥瘠，田有高下，猶人氣質之性。蓋善惡不同，有或相倍蓰者矣。栽培耕種，則學問之功也，得於天者有多寡，則工夫之難易迥然不同，可不勉哉！

孔子曰：「惟上智與下愚不移。」「下愚」，沙磧不毛之地，雖樹之亦不生。乃今人資稟未爲下愚者，本可樹藝，本可爲良田，而甘使其心爲沙磧不毛。噫！可慨也夫。

田腳有善有不善，此爲氣稟之拘；雨暘有時有不時，此爲物欲之蔽。內除草穢，外設溝防，可以明善而復其初矣。

草有名香附子者，田中一生此種，則日長月盛，田遂不可治。非大墾發，挑去一二尺，則不能斷根。嗟乎！人心之爲香附子者亦多矣，能大墾發而斷根者誰乎？

誠意須從篤信好學中來，不篤信則不能誠意，不好學則意亦不可得而誠。

誠意是作聖根基，若此處立腳不定，到底須塌下來。

意本是誠，其不誠者，後來之私意也。讀《孟子》論「四端」章可見。

《大學》「誠意」傳曰：「所謂誠其意者，毋自欺也。」朱子注曰：「誠，實也。」二語合看妙甚，一是反言以明之，一是正言以釋之。欺便不實，實便不欺。

人心之有意，如草木之有芽，此處須要愛護保養，方得發生充長。若照顧不到，少間便爲私意所蝕，如萌芽出土爲蟲蠹所害。雖有嘉種，亦復何益？

誠意須要識個「充」字，能充則火然泉達，極之可以與天地參。不然，只死煞守這意在，終不長進。

一意誠意，大意誠，小意亦要誠。以小誠爲無益而勿爲，以小不誠爲無傷而弗去，譬猶千尋之木或折於徑寸之蠹，萬斛之舟或沈於一線之隙。

人有邪夢，固是心不正，亦由於意不誠。蓋邪念發時，雖知斬絶，而未有「如惡惡臭」之誠故也。日間有些子萌芽，夜間便復再發。言夏兄亦云：「好人決不夢作賊。」

「如惡惡臭」較「如好好色」更難,好善進得十分,惡惡只好進得五分。子夏以篤信狷介之人,而入聞聖道而悦,出見紛華靡麗而悦,可以觀矣。

張九烈表兄與予論報應之説,謂予曰:善惡皆有報,而好善之報每爽於惡報,何也? 予曰:無他,只是爲善之心未必如爲惡之誠。

爲善之心有一毫討好的意思,便是不誠。

若決江河,方盡得「如好好色」分量。

爲所不爲,欲所不欲,即是自欺。

不識「敬天」二字,意終不可得而誠。

孟子曰:「盡其心者,知其性也。」欲盡正心分量,非窮理盡性,未易語此。工夫至此,其庶幾乎?

一心偶正,便是誠意;無意不誠,便是正心。

到得正心,便是一片光明境界。

已發未發,中和之德。一息斷絶,便不是心正。正心工夫,直是渾成無縫。

蛟峰方氏看「正心」一章,分兩段看,上一節説心不可有所偏主,下一節説心不可無所存主,妙絶!若釋氏便説心不可有,亦不可無矣。

「心體」二字最妙,謂心之本體也。此是未發境界,學者須時時自驗,心體方得。心體須常是廣大寬平,又須常是光明洞達。

舜光問：日來用力操心，反覺心中擾擾，何也？曰：此正是汝心清故。舜光未達。予曰：汝向來未嘗操心，雖心中終日擾擾，何由知得？今汝知得心中不清，是汝心清於往時也。

胸中無事，聞草木蟲鳥之聲，覺得分外親切。

人當心中無事之時，裁度義理，鮮不中節。至於喜怒一臨，蔽於有我，便顛倒謬亂，莫知所措。人能使其心静虚，雖遇有事，常若無事之時，則應事接物，無有不當者矣。孟子曰：「持其志，無暴其氣。」二者工夫，最是要緊。

朱子注「不動心」云：「心有主，則能不動矣。」竊自驗之，心無主固動，即心有主之時，亦未必遽能不動。譬如一家之中，卒有盜賊事變，主人雖在，未必皆鎮定舒徐，此主人弱故也。要得主人强，須是集義工夫透。

問：夢境恍惚，何以定其敬、不敬？曰：只不失其本心便是。曰：有一夕之夢，而善惡不同，如何？曰：亦是心雜。

正心工夫，凡忿懥、恐懼、好樂、憂患，俱不可有所是矣。然又有不可一例論者。如「子於是日哭，則不歌」，此又不可以有所論矣。

毋意、毋必、毋固、毋我，方盡得正心分量。

與天地相似，工夫只在慎獨上。

人在幽獨中打得過，其精神快樂，尤勝大庭廣衆中十倍。

先儒語録有言：「一息斷絶，便與天地不相似。」此二句須於幽獨中體認，大是得力。

久不至虞九山房，草長盈尺。尊素曰：爲間不用，則茅塞之矣。予曰：然。人心去惡，譬如除草，草長盈尺，未有不知惡之者，方其初生寸許時，則以爲微而忽之矣。須是見草即除纔妙，古人所以重慎獨之功也。

見草即除，猶是第二義。使其心爲康莊大道，自然寸草不生。

王範先問「求放心」。曰：放心不用多求，若求便是已放。孟子説箇「求放心」，是爲不知放心者言。若既知放心，則收將來時，便有箇拘管之法。問：如何是拘管之法？曰：心是活物，不可死煞地執守，又不可空空地操存，只是不要放他閒過。此有六字訣，「多讀書、勤職業」而已矣。《論語》「弟子入則孝、出則弟」一章，「君子食無求飽」一章，皆是不要使人閒過。此便是求放心妙法。

譬之種田，田土亦是活物，斷無不生物之理。若不去播種，卻只怪他生草，把鋤去剗，把石去壓，都不是。只是把嘉種去播種，或耘或耔，工夫日深，則自然成個良田，草萊俱去，黍稷日茂矣。

若果能静存動察，則心自無所放。此一事，非兩事。

虞九爲予言近日頗用力於收放心。予曰：收來放在何處？曰：放在腔子裏。又問：腔子裏是甚東西？曰：天理。又問：天理是甚物件？虞九未答。予曰：有事時，只論一個是；無事時，只論一個敬。

問：「至人無夢」，孔子何以夢見周公？曰：至人何嘗無夢？只無妄夢。問：夢何以多雜？曰：夢雜只是放心多。

人有患放心多者。予曰：放心多，只是天理不熟；若天理一熟，心便會到熟處，自然不放。

問：心如何爲放？如何爲收？曰：在欲爲放，在理爲收。

收放心只是能覺，覺則便在這裏。又曰：覺即是敬。

省察是收放心要緊工夫。省察既熟，自然能覺。

心未收，要省察；既收，又須存養始得。

毛亦史問：❶心既放，則傲僻邪侈之事，無所不爲，固是人欲。至如閒思雜慮，亦是放心，亦可謂之人欲否？曰：凡放心，俱是人欲。如臨祭祀時，當思祭祀，卻思及戰陣。臨戰陣時，當思戰陣，卻思及歌舞。俱是閒思雜慮，俱是放心，俱謂之人欲。問：如何？曰：理者，理也。如木之有紋理，如人身之有脈絡，毫不可紊。事既在此，心乃在彼，則非理矣。非理，便是欲。

收放心是範我馳驅。

昔人有言：天下甚事不因忙後錯了。儀道：天下甚事不因怒後錯了。怒則忙，忙則錯。氣一動時，不可不即時簡點。

二十年懲忿工夫，今日始得一用。

人不可有勝心，一有勝心，則爲氣所乘矣。要知勝心動時，即是氣。

問：吾輩克己，而他人或有加無已，將奈何？曰：天下是處，不可讓與別人做；天下不是處，又何妨讓

❶「毛亦史」三字，正誼堂本無。

與別人做？

予丁丑初學道時，偶有友人相託一事，爲某人解紛者。其人蓋嘗陰害於予者也。予雖漫應之，而心不然。既而惕然曰：此豈非所謂己私者乎？即克去之。後來凡遇此等事，皆不須用力。要知古人克己之說，不過如此。

一發便覺，一覺便遏，此是治心妙法。

問：喜樂在四者之中，似未甚害事？曰：如何不害事？凡酒色之害，皆喜樂爲之也。喜樂是順境，怒是逆境。順境如順風，逆境如逆風。逆風畏其覆溺，順風畏其飄揚。惡念易去，邪念難去；邪念易去，雜念難去。愈微則愈不覺，工夫尤當於微處著力。

克除惡念，只在「絜矩」二字。

人邪念發時，便思鬼神，此心便不敢妄動。

袁幼白戲問：見女子時，亦頗動念否？予曰：美惡貞淫之念，未嘗無之。若謂有不肖之心，此則不敢。幼白謂：不敢，則猶有根在。予曰：未敢，便謂無根。願學焉耳！

古人稱遠色，遠色則滋味便淡、邪念自息。

昔人云「見利思義」，見色亦當思義，則邪念自息矣。《四十二章經》數語甚好：「老者以爲母，長者以爲姊，少者如妹，幼者如女，敬之以禮。」予少時每樂誦此數句，然細味之，猶有解譬降伏之勞。若能思義，則男有室、女有家，自不得一毫亂動，何煩解譬降伏？

「使君自有婦，羅敷自有夫」，語婉而嚴，可爲見色思義之勖。

色之迷人，如水蕩舟，當牢著舵，自不迷所向。

見色思義，所謂「發乎情，止乎禮義」也。人誰無好色之心，能以禮自持則君子矣，未可過爲好高之論也。

朱子論邪念之發云：「切莫要防他。」此真驗後之言。蓋人當無事時，欲收束此心，起一防制之念，則邪念反因之而起，是所謂開門引盜也。問之江、陳諸兄皆然。故欲遏人欲，只是存天理。

予初學道時，❶每苦雜念多，嘗於桌子上寫「精明强固，以收放心」八字對之，後來卻漸漸減少。

人雜念多，只是閒過；若時時動正念，便無雜念。

人怒多從過處錯，哀多從不及處錯，抑其過，引其不及，則庶幾矣！

忌心最害事，每見朋儕中，雖賢者不免。一有忌心，則朋友中便有一團否隔之氣，學業因之而不進，事功因之而不立矣。可歎，可歎！真心爲學之君子，急須克之。

忌者，己心也。「己」字，古文作「蛇」。蛇有毒害之意，故人心莫毒於忌。❷

天下惟才高之人多忌。蓋己才高矣，而又有人勝己，則不勝其忌之。而不知一忌，則其才已小也。故

❶「初」，正誼堂本作「幼」。

❷「忌者」至「莫毒於忌」條，原脱，今據正誼堂本補。

孔子曰：「如有周公之才之美，使驕且吝，其餘不足觀也已。」驕與吝，總是一「忌」字。「吝」字，訓羞。今人見人稱他人才高，則自己不覺羞澀，此即吝也，此即忌心也。故小有才者，對勝己者則吝，對不如己者則驕。

身處要津，知人之賢而不能與之立乎其位，謂之竊位。身負時望，知人之賢而不能推引延譽，謂之竊名。竊位、竊名，俱是一團忌心，惟恐人之或勝之也。故夫子謂之曰「竊」，直是推見至隱。

思辨録輯要卷之七

明太倉陸世儀道威著

誠正類

江虞九與予論至誠無息。予問虞九：向來曾體驗未發否？曰：未也。曰：不體驗未發，工夫終有間斷處。虞九問：何爲？予曰：且細自體認。虞九思久之不得，因問予：向來用功，如何體認未發來？予曰：儀初時一起手用功，只是隨事精察。因覺得有事時，便用得力，無事時，便滲漏了，遂用個隨時精察。久之，又思得隨事、隨時，都是外面，若念慮起時，不喫緊用功，豈不枉卻？乃用力於「愼獨」二字。用力既堅且鋭，一時間胸中念慮起滅，皆能自省，如可目覩。凡邪念惡念間或竊發，正如火燄不過寸餘，便能斬斷，未嘗使之充長也。但游思最多，未能即去，用力收攝至三月之後，方漸漸減少。❶又思得愼獨是已發工夫，若未發時如何處置，此時卻忘乎「戒愼不覩，恐懼不聞」二句。聞先儒教人於靜中看喜怒哀樂未發時氣象，乃於夜寢時，閉目危坐，屏絶萬慮，以求其所謂中。究之念慮，卒不可屏絶，一波未平，一波又起，如神如鬼，

❶ 「但游思」至「減少」二十三字，正誼堂本作「三月之後」。

不可名狀。間或一時强制得定，又思此念，亦是已發。間或一時嗒然若忘，以爲此似之矣，然又以爲此境有何佳處，而古聖賢教人爲之也。且稍一認錯，不幾入於今之學佛者耶？體驗久之，始悟人心原無息時，不可一概遏抑。而所云未發者，亦不過念慮轉接鬭筍處，毫髮之間，初無一時一日之可計也。子思知之，故於此下個「須臾」二字，又下個「戒慎」、「恐懼」四字。以爲吾心之念慮，或有息時，吾心之敬，不可或息。能從此存之而至於瞬息之間、夢寐之際，咸得自主，則至於聖人不難矣。欲求無息，不可不於未發處體認。

論次，虞九、蕃侯俱有所不安，因質予曰：若論戒慎恐懼亦是已發，如何説未發？予曰：此大認錯。戒慎恐懼與慎獨「慎」字是個主，是工夫；不覩不聞與隱微之「獨」是個客，是境界。工夫存乎我者也，境界因乎外者也。有了這工夫，纔照管得這境界，若認主作客，便絶無把柄。二兄終以已發爲疑。予曰：是不難，兄試除卻戒慎恐懼，尋一個未發來。二兄思久之不得。予曰：得非釋氏所謂「不思善、不思惡，還認本來面目」者乎？又非玄門所謂不出不入，湛然常住者乎？此處一差，便毫釐千里之隔矣。故除卻戒慎恐懼，別尋未發，不是槁木死灰，便是虚無寂滅。

不明人之未發，當觀乎天，不明天之未發，當觀乎《易》。冬至夜半之前，天之未發也，坤、復之間，《易》之未發也。

人有一日之未發，夜睡未夢之時也；有頃刻之未發，念慮轉接之際也。天有一歲之未發，冬至夜半之前也；有一時、一日之未發，四時晝夜之頃、草木榮謝開落之間也。

朱子《冬讀書樂》詩曰：「木落水盡千崖枯，嗒然吾亦見真吾。」此是詠未發景象。

戒慎恐懼與慎獨，「慎」字，總是一「敬」字，不是已發用慎獨工夫，未發又用戒慎恐懼工夫，如此卻是兩截。

天不論已發、未發，只一「健」字貫；人不論已發、未發，只一「敬」字貫。

問：純坤十月之卦，是天之未發時乎？曰：然。曰：如此，恐非須臾之頃。予曰：不見《復》卦朱注乎：剥盡則爲純坤十月之卦，然陽氣已生於下矣。

未發只是性，已發只是情。或言小人無未發者，非也，人豈有無性者乎？只是小人未發少，君子未發多，聖人則無事、無時無未發矣。

問：既言未發是性，則豈小人性少、君子性多乎？曰：君子率性，小人溺情，性非有多少也，欲動情勝而本體梏亡也，豈得無多少之異乎？曰：既云梏亡，則謂小人無未發，亦無不可。曰：雖云梏亡，未必全失；未全失，則豈無性體偶一呈露之時？

問：如何用功，便有未發？曰：戒慎恐懼，便有未發，此即致中工夫也。曰：此處用功，無實落去處，初學下手甚難，如何？曰：初學用功，只就有把捉處去做。只已發中節，便漸有未發。問：如何便有未發？曰：毋意、毋必，便有未發。

戒慎恐懼是未發工夫，不覩不聞是未發本體。

程伊川曰：「存養於未發之時則可，求中於未發之時則不可。」又曰：「既思則是已發。」二語俱精極。羅整庵以爲未是定語，又以爲語意傷重，皆未達叔子之意。蓋未發不可不體認，而又不容體認。知不容體認之爲未發，則知中矣。

先儒以爲常人無未發者，非也。整庵以爲人人有之而不知其多少者，亦非也。朱子以思慮未萌、知覺不昧釋未發，整庵以爲恐學者認從知覺上去，亦是一見。不如說思慮未萌、本體不昧。

不說發與不發，只說已發、未發，玩「已」、「未」二字，便有陰根陽、陽根陰，動而無動、静而無静之妙。已發、未發，是心之境界。心自有恰當未發時、恰當已發時，不可執著。君子只隨時隨境下個戒懼慎獨之法，若於此處一加擬議，便差之毫釐、謬以千里矣。

近時有講學者，以爲人心無未發，此不惟侮聖人之言，然亦大誤。予謂人心刻刻有未發，若無未發，只一念糾纏，如何得喜怒哀樂，虛明四應？

喜怒哀樂，已發也；喜怒哀樂中間，都是未發。

或問：如何是未發？予問：子向我問未發時，先有成心相待否？對曰：無。予曰：此處是未發。

問：存養省察是一事、是兩事？予曰：雖是二事，其實一事。此正如陰陽，雖曰二氣，其實一氣也。然學者要看得他是一事，又要看得他是兩事，工夫纔有把柄。

存養工夫屬陽，省察工夫屬陰。陽無迹，陰有迹。

從存養起手，是於源頭上用功順行下來；從省察起手，是於支流上用功逆推上去。順行則近乎性之之事，逆推則全是反之之功。

省察最要著力，存養最忌著力。

玩朱注「不敢忽」三字，則知存養最忌著力；玩朱注「尤加謹」三字，則知省察最要著力。

從省察上用力，凡善念、惡念之起，未有不知。至於閒思雜慮，似無關善惡者，便不自覺。從存養上用力，則雖有幾微雜念，皆自知之。正如一泓止水，略有微波動蕩，便自覺得。

説個存養省察，猶自有意在。若到至誠無息地位，便一片光明。由仁義行，非行仁義，更無存養省察之名可立。

俗諺有云：「欲求真受用，須下死工夫。」學者若不向存養省察實實尋討一番，而妄希自然，恐終身無著落處也。

存養渾厚，省察精明。

人當無事之時，恐此心入於人欲，必求一個天理來頓放著，此存養工夫欠缺故也。存養既得，胸中浄蕩蕩地，無非天理，卻無天理之迹可著。

欲下存養工夫，須是於省察上用力。使充積既久，天理日多，方寸中自有虛明粹白景象，然後可以存養。不然滿腔子無非人欲，何處得天理？何由得存養來？

人能於一日中，識得善惡念頭起滅幾次，可與言省察矣。能於一日中，識得「敬」字工夫斷續幾次，可與言存養矣。

王範先問静存動察。曰：動静是境，存與察是工夫。人一日之間，非動即静。應事應物是動，無事時是静。念慮時是動，無念時是静。動静無常，不可拘執。惟聖賢則有工夫以主持之。當其静時，則用存養，存養者所以存天理也。當其動時，則用省察，省察者所以遏人欲也。《中庸》「戒慎恐懼」一節是静存，故注曰「所以存天理之本然」。「慎獨」一節是動察，故曰「所以遏人欲於將萌」。然存養、省察亦非二事，只是一個「敬」。存養是静時之敬，省察是動時之敬。惟其能敬，故當其静時則能存養，當其動時則能省察。要之，只是一個敬，一貫將去。

周子「主静」之説，非專於静也，只是宜静處便静，是謂「主静」。大抵人生失處，多在動處。《易》曰：「吉凶悔吝，生乎動者也。」故人有不宜動而動者，斷無有不宜静而静者。周子特於「静」字上下一個「主」字，是教人於易放失處牢著把柄。

「心静始能知白日，眼明方許看青天。」能知此義，方可語鳶飛魚躍。

聖傳問：先儒言静中須有物始得，是甚物？予曰：只是敬。又問：静中有敬，則不謂之静？予曰：此際正有毫釐千里之辨，當細驗之。

又問：先儒云「只用敬，不用静」，如何？曰：言静則不可無敬，言敬則静該矣。

邵子言「天地動静無端」，人心動静亦無端。

周子《通書》有言：「動而無静，静而無動，物也；動而無動，静而無静，神也。」予昔丁丑與陳言夏論動静，言夏主静中求静，予作書言即動求静。語見《論學酬答》，即周子此篇之旨。

物來順應，故動而無動；静中有物，故静而無静。

形而下者爲物，形而上者爲神。

人能静坐，則心地自然開明。

静中看天地萬物，另是一種境界。

翼王陸子曰：静中另一境界，則動中又另有一境界，是分動静爲二矣。予曰：❶動則著物，著物則心主於一，自是另一境界，然於本體則未嘗有二。

静者心之體，動者心之用。故静則見天地萬物之體，動則見天地萬物之用，究之「體用一源，顯微無間」也。

友人有言：人須是一念不生爲妙。予曰：此言誤矣！人心如天，念慮猶天之生物也。宜春而春，宜夏而夏，宜秋而秋，宜冬而冬，自有個恰好的時節。若云一念不生，則天地生物之心，或幾乎息矣！心屬火，火無時不動摇，故心亦無一刻停息。即睡卧之時，已絶思慮矣，而猶有夢，此心無停息之證也。若欲其一念不生，是欲其停息矣。聖賢無此死煞學問。❷

聖賢治心，亦如治火，但使其中烹飪之用，而不使其燎原，則得之矣。若滅息其種，無是理也。一念不生，語極高妙，然決無此理。正朱子所謂「此等議論，只好隔壁聽」者。試思一部四書中，何嘗有

❶「予曰」二字，原脱，今據正誼堂本補。

❷「即睡卧之時」至「學問」四十三字，正誼堂本無。

一語道及？

或問陽明心有無念時否？陽明曰「實無無念時」。是見到這個境界。

「勿忘」「勿助」四字，真涵養要訣。

人工夫不是忘、便是助，助便是過，忘便是不及。要之，只是不能有恒。

陳白沙最善涵養，故其言曰：「工夫在勿忘勿助間。」

讀白沙詩，最好涵養身心。如云「雪消鑪燄冰消日，月到天心水到渠」，又云「好春剛到融融處，細雨初開淡淡花」，又曰「静處春生動處春，一家春化萬家春」，又云「花來勸飲誰禁得，天不能歌人代之」，真不知手之舞之、足之蹈之，使讀者如坐羲皇以上。

人能屏除俗累，則於涵養之道亦得半矣。然於涵養既得，則雖俗累亦不妨。

問：倥傯之時，涵養工夫如何？曰：倥傯時，可驗涵養，卻下工夫不得。然陽明征宸濠時，軍務稍閒，便與門人講學，此便是涵養。

凡遇倥傯時，須把心按一按。静看道理，勿爲倉卒，所使則自然有益。此亦涵養一法也。

涵養莫如勤看道理。蓋道理明，則雖倥傯時亦自不亂，不可以優游度日爲涵養也。

古人云：心要在腔子裏。「腔子」二字，須要看得好。道理應該所在，即爲腔子。《論語》「不踰矩」，「矩」字是也。如以血肉之腔子爲腔子，則去而天壤矣。

薛文清云：「應事纔應得即休，不可須臾留滯爲心累。」愚謂：發皆中節，自然無留滯。不然，未能中節，而止求無滯，是「不得於言，勿求於心」矣。此處須要識得。

周臣兄書屋中書警語二，右曰「事無了期丢過去」，予曰：也看是甚麽事。左曰「心有動處放下來」，予曰：也看是甚麽心。

禪家一切放下，儒家一切不放下，放下甚輕快，不放下甚煩難。於一切不放下中，而實無一毫沾滯，此聖道之所爲不可及也。

問：如何是一切不放下？曰：民吾同胞，物吾與。問：如何是不放下而實無沾滯？曰：廓然而大公，物來而順應。

思辨録輯要卷之八

明太倉陸世儀道威著

修齊類

修身工夫，博言之，則貌、言、視、聽、思五者；約言之，只是一箇敬。

問：亦有心正而身未修者否？曰：有之，只是内外不能合一，志不能帥氣。《孟子》「無暴其氣」一節，最好參看。

顔子「不遷怒」，則正心之功盡；「不貳過」，則修身之功盡。非禮，勿視、聽、言、動，聖人正教顔子以修身之功也。

切莫要做識得破、忍不過的事。

《論語》「視思明」一章，全是説修身。修身全是一「思」字貫，所謂「先立乎其大者」也。

「無以小害大，無以賤害貴」二語，孟子修身要訣。

持身之法，太矜莊則有迫切之失，太疏略則有蕩佚之失。學者須是嚴整中見渾厚，簡易處著精明。

《禮經》「如執玉，如捧盈」二句，極可爲持身之法，全是一箇「敬」字。

持身之法,《曲禮》中所載,固甚詳盡。然細讀《語》、《孟》,如《鄉黨》一篇,及燕居「三變」,「子温而厲」,與夫「持志養氣」、「睟面盎背」、「居移氣,養移體」諸章,尤可想見聖賢氣象。持身者,所當細細體認。

問:張子學「恭而安」不成,莫是「恭而安」原不可學否? 曰:如何不可學! 「恭」字是箇禮,「安」字是箇樂,聖人德建中和、體備禮樂,故能「恭而安」。若不學禮樂,卻空空去學箇「恭而安」,便無箇入德之門、成德之方。人苟能立於禮、成於樂,自然有箇「恭而安」出來。

《家語》中「其狎足以交歡,其莊足以成禮」二語最妙。今人之於威儀,每每任性而失於過。邪僻者以狎爲主,狎之過,至於放僻邪侈而無所不爲,固非君子威重之學。然方正者以莊爲主,莊之過,至於棱角陗厲而使人難近,亦非聖人中正之道也。聖人何嘗不近人情? 觀「温而厲,威而不猛,恭而安」,與夫「申申」、「夭夭」、「前言戲之耳」,聖人威儀動止,亦猶夫人,只是處處恰好。明道詩曰:「萬物静觀皆自得,四時佳興與人同。」又學者讚明道云:「明道終日端坐,如泥塑人;及待人接物,則渾是一團和氣。」知此,可以語莊、狎之旨矣!

「莊敬日强」,「安肆日偷」,「君子不以一日使其躬儳焉,如不終日」,此三言者,誠然! 誠然! 予幼質素弱,坐立若不自勝,丁丑志道以來,强自扶植,亦不覺甚勞,此莊敬日强之驗也。

近來覺得涵養意勝,無武毅嚴密之意,不可不知。

「睟然見於面、盎於背、施於四體」,人須是要做到這所在。

有浩然之氣,則自能睟面盎背。

孟子善養浩然之氣，讀《孟子》亦可養吾浩然之氣。

不爲愧怍之事，則四體自爾泰然。

問：居移氣、養移體，在富貴者則然，若居廣居者，何能有此？且寒素而爲舒泰之狀，不幾傲物陵人邪？曰：不然。此所謂心廣體胖也，睟面盎背也。泰而不驕，何傲物陵人之有！

只頭容一直，四體自入規矩。

踞坐交膝雖細事，然習慣則體終不莊，終非有道氣象。

凡人語言之間多帶笑者，其人必不正。

笑有近於陽者，有近於陰者。近於陽者多君子，近於陰者多小人。

笑最害事。有事當認真者，一笑則認真遂懈。有事當愧恥者，一笑則愧恥俱無。

人視瞻須平正。上視者傲，下視者弱，偷視者姦，邪視者淫。惟聖賢則正瞻平視。所謂「存乎人者，莫良於眸子」也。

人相生於天。然語有之：「有心無相，相逐心生；有相無心，相隨心滅。」知上視之非，則去其傲；知下視之非，則去其弱；知偷視之非，則去其姦；知邪視之非，則去其淫。心既平正，則視瞻不期平正而自無不平正矣。此之謂「欲修其身者，先正其心」。

眼如日月，須照耀萬物，勿爲豐蔀所蔽。

語有之：「五色令人目盲。」五色皆我之豐蔀也。

讀書不能窮理，亦是豐蔀。

予姊丈許允三嘗述其祖午江先生之言曰：人見女子，第一看原是道心，第二看就是人心了。予曰：不然。第一看是人心，第二看是人欲。又曰：第一看是人心，第二不看是道心。

或云：聽較視更難，蓋視自内出，聽從外感，邪色尚可不視，淫聲難於不聽，如何？予曰：總只是心爲主，心不在焉，則聽而不聞矣。予少時喜聽蟋蟀，凡蟋蟀之鳴，無不聞。及長，則不復然，心不屬故也。學者須是使此心有主，則不爲視聽所役矣。

視聽只是從心所愛處走，若心所不愛，雖强之亦不從矣，其能牽引邪？

人有爲不妄語之學者，問予曰：語不可妄，信矣。然苟事值不可語，欲諱則爲不誠，欲語則又不可，奈何？予曰：此中正有「理一分殊」在。苟得其道，則父爲子隱，子爲父隱，正是誠；不得其道，則證父攘羊，正是妄。

爲尊者諱，爲親者諱，諱即是誠。

《詩》曰「君子無易由言」，言語最易忽略，出之者無心，聽之者有心，則指以爲罪端矣。予每見今世多譽寡咎之人，大率皆謹言人也。予口甚直，罪不能免，如何！如何！「白圭」之詩，所當三復。

語曰：「惟善人能受盡言。」以今觀之，即君子亦惡聞直言矣，故居今之時，言尤不可不謹。

君子之言，寧訥毋巧，訥則爲質、爲樸，巧則爲讒、爲佞。觀「君子欲訥於言」及「巧言令色」節，可以悟矣。

聖門言語科，亦只是取言辭侃侃、丰采可觀，非取其便給也。然一入言語科，便未必語語皆出至誠，觀「宰我聽言」節可見。

言之失最難防，即古人亦諄諄戒之，如「君子無易由言」、「莫捫朕舌」、「言行，君子之樞機」、「駟不及舌」及《金人銘》等類。古人尚兢兢如此，況吾人乎！

古人云「守口如瓶，防意如城」，「守」、「防」二字最妙，此處須煞下工夫。

後生斷不可以言語先人，此父兄所當戒。

言動之失，較視聽之失更甚。蓋視聽之失在心，在心尚微，可以挽回；言動之失在事，在事則著，不可救療。故君子尤兢兢於言行。

《易》曰：「言行，君子之樞機。」又曰：「言行，君子之所以動天地也。」兩言最妙。樞機者，由微而著之漸也，著之極，則所以動天地者皆在此，其機關只在頃刻。

語有之：「一言折盡平生福。」此蓋指刻薄之人言也。乃今之人，以能言刻薄之言爲能，未語先笑，恬不知警，殊爲可駭。此風亦始於近日，未知將來何所底止。

刻者，鋟削之端；薄者，消亡之漸。後生而習於刻薄，吾有以識其將來矣。

後生以口舌角勝者，謂之討便宜，吾知其得便宜處失便宜也。

「非禮勿動」，「動」字甚細，較前三句更難。《論語》「不莊以涖之」，注云「氣稟小疵」，則知知及仁守之後，氣稟小疵猶未能盡去也。蓋氣稟由於天，魯者終魯，辟者終辟，愚者終愚，喭者終喭。學者至能變化氣質，纔是學問。

凡人氣稟之疵，最難即去，稍一矜持，便涉做作，便不可久。此處須用學問涵養，日積月累，久而自化矣。

凡人骨性輕者，學持重甚難。然到三四十以後，骨肉漸老，則亦漸向持重，不須急迫也。氣稟之偏，須先去其太甚，其餘久則自化。

凡夜寢好仰卧者，多性氣剛强之人；好偃卧者，多性氣柔弱之人；寢容端正好側卧者，多性氣中和之人。學者夜寢，須是側卧，亦所以養吾性氣，使就中和也。

《禮》云：「衣服在躬而不知其名爲罔。」《傳》云：「服之不衷，身之災也。」巾服雖細事，然此觀瞻所係，不可不慎。每見世人趨時好異，巾服不移時輒一變，只此便是無恒，人心世道於此可見。《論語》曰：「士志於道，而恥惡衣惡食者，未足與議也。」士欲學道，巾服之間，不可不審，亦不必古冠、古服，只隨時適中，一以澹素質朴爲主，則得之矣。

或謂：巾服隨時適中，此爲在下者言則可，若在上者其觀瞻須可爲法，則豈可隨時適中邪？曰：此言甚善。若爲人上者，須制禮作樂，改正朔，易服色，有斟酌百王之用，豈僅隨時邪！然要而論之，爲卿大夫者，有時王之制，爲時王者，有前王之法，是亦所謂隨時適中也。

《論語》云「士志於道而恥惡衣惡食」，又曰「衣敝緼袍與衣狐貉者立而不恥者」。今人衣服不如人，往往以爲恥，此未見道故耳，見道則内重而外輕矣。

衣服雖敝，亦須整潔，此貧士之常。若面垢不洗、衣垢不浣，王介甫終非人情也。

昔人云「咬得菜根，百事可做」，此言誠然。然豈特一人咬得菜根，須一家咬得菜根，然後百事可做。予居家多蔬食，偶有魚肉食之，亦甚少。家人每勸餐，余曰：此不特惜物力，亦惜物命也。吾儒非不欲蔬食，人之一身所係甚大，不得不借資於飲食，權其輕重故耳，豈可以吾儒不禁殺而貪饕恣食乎！《論語》：「肉雖多，不使勝食氣。」此不獨養生，亦矜恤之仁所寓也。予食魚肉，不過使略可加餐，若飯食之外，不敢輕下一筯。宴會則不復拘，然亦不敢過也。

《孟子》：「七十者可以食肉。」朱子注云：「未七十者，不得食也。」語近於固然。朱子煞有深意，正教人勿輕食肉也。輕於食肉，不特非矜恤之仁，老者之失養亦多矣。

范文正公每日必念自己一日所行之事與所食之食能相準否，相準則欣然，否則不樂，終日必求補過，此可爲吾人飲食之法。

酒之爲物，古聖賢未嘗不愛之。孔子之「無量」，愛而得其正者也。陶淵明、白樂天，愛而得其趣者也。邵康節，愛而得其養者也。如南朝八達，則愛而放僻邪侈，爲無忌憚矣。況下此者乎！

朱子愛遊山水，嘗以一古銀杯自隨，每至山水佳處，輒滿斟一杯對之。飲酒如此，亦何可少！「斟有淺深存燮理，飲無多少係經綸」，此康節酒經也。予家居飲酒，每喜誦此二句。然酒不可多得，惟於飢勞之時，或寒凍之時，飲一二盞以當藥餌，亦康節之意。

孔子言「不爲酒困，何有於我」，此實語，非謙詞也。人當親朋雜坐、觥籌交錯、主賓情洽，不覺至醉，亦恒情也。困是困倦之困，非困頓之困。若謂孔子每飲必醒然，反非人情矣。

酒以合歡，然每因此而失歡；酒以養病，然每因此而致病。則不如不飲之爲愈矣。語云：「醉之以酒，以觀其德。」此言甚好。人雖有德，醉後則不能自持，此亦白璧之瑕也，於此自持，則無之或失矣。

酒醉後亦各有天性，有亂不可言者，有多笑語者，有惟思困睡者，有醉則胸懷愈益灑然、即倦亦不過少瞑片時者，此處即有貴賤、賢愚之别。

色之所在，動天地，感鬼神，學者能察識乎此，則不期謹而自謹矣。

人能常知此身之貴、常念此身之重，則自能不淫於色。

予壬午在澄江，暗室中有以邪干者，予此際覺得敬畏之極，無一毫邪念，卻之泯然無迹，仍三遷以避之。大抵此事不難於卻，難於卻之無迹，使彼不至羞愧，得全其廉恥之心，且不至别生事端，是爲難耳。予此事未嘗與同輩言，特以後輩不可不知，因偶附於此。

人有以邪干者，應之以不知，此孔子待陽貨法也，最不犯手。予生平多於此得力，不特女色，凡事皆然，彼亦無奈此愚人何矣。

偶赴友人宴，座中有妓，或以予爲道學，必畏妓也，屬妓送予酒，予怡然受之。友人笑曰：真可謂胸中無妓矣。予謝之，因爲詩曰：「明眸皓齒送金卮，無妓胸中總不知。翻訝當年修禮樂，何緣不去教坊司。」蓋適與友人談教坊司也。

思辨録輯要卷之九

明太倉陸世儀道威著

修齊類

鑑明王先生曰：人處末世，功名心須是放淡。予問：何以能淡？曰：只是安箇「命」字。予曰：「命」字上須再加箇「義」字。

功名亦人所不可無，須是實實有個自得處，方能淡得，所謂内重則外輕也。不是「學而時習之」、「有朋自遠方來」，如何説「人不知而不愠」？

「君子疾没世而名不稱」，名非聖賢之所諱也，但惡不務實而求名者耳。然古之求名，與今之求名又異。古者言揚行舉，故求名者必飾爲言行，❶以冀當世之舉揚。若今之名，則不過作文作詩，即真心務實，已與古之務實者相去天淵，况并其詩文而又務名乎。

孟子謂「古之人修其天爵而人爵從之，今之人修其天爵以要人爵」，以此爲慨。愚謂：今之人直喪其天

❶ 「必」，正誼堂本作「以」。

爵以要人爵矣。使孟子在今日，感慨當何如！❶

凡爲善須是尋常做去，不可分外尋討，一經尋討，便屬好名。

古人言揚行舉，故寡尤寡悔，即有得禄之理。自制科盛而鄉舉里選之法亡矣。然言行遂可不修乎？故曰：無所爲而爲之之謂仁。

古人有挫廉逃名，「挫」字最可味。漢王君公儈牛自隱，避世牆東，蓋自汙以免於亂世也。人當亂世，最忌名高。名高之患，或致群小之叢忌，或來正人之附和，皆於隱有妨。深心韜晦者，不可不知。

或問：君子聞譽，亦以爲喜耶？曰：聞譽而我有其實，此非譽也，所謂名稱其實也，此而不喜非人情，但不以此自矜耳。若聞譽而我無其實，則慚愧之不暇，而何敢喜焉。

聞人之譽而懼，聞人之毀而思，可與進德，可與遷善矣。

晝坐當惜陰，夜坐當惜燈，遇言當惜口，遇事當惜心。

閒時忙得一刻，則忙時閒得一刻。

凡處事須視小如大，亦須視大如小，視小如大見小心，視大如小見作用。昔人所謂「膽欲大而心欲小」，正此之謂也。

或謂與傾險人處，甚有害。曰：甚有益。或問故。曰：正使人言語動作，一毫輕易不得，豈惟過失可

❶「當」上，正誼堂本有「更」字。

少，於「敬」字工夫上，亦甚增益。

凡待小人，只不使無忌憚足矣，不必繩之過急。

「謙」字、「諂」字，本大懸絶，今人多把「謙」字看作「諂」字，又把「諂」字看作「謙」字，殊不可解。假如有人於此，道德深重、學問該博，此所當親近而師事者也，則曰予奚爲而諂事之。至於勢位所在、貨財所聚，又不覺談之、慕之，而趨之恐後也。後生於此處看不分明，人品安得不壞？

或問：士人當變革，與已出仕者不同，然讀書知禮，莫不有普天率土之思，當如何而可？曰：士人未出仕，其途較寬，或出或處，誠限他不得。然亦看各人力量何如，是有三等。隱居抱道，守貞不仕，討論著述，以惠後學，以淑萬世，上也。度其才可以有爲於時，度其時必能用我，進以禮、退以義，上則致君，下則澤民，功及於一時，德被於天下，次也。不事王侯，高尚其事，躬耕田野，以禮自守，又其次也。三者之外，雖進而小有補救，退而詩酒全高，亦云小矣。況陽慕高隱之名而倡優博弈敗壞風俗，謬託有爲之迹而無恥干進嗜利不休，豈足以語士乎！

有極似好名而實非好名者，孔子「三月無君則皇皇然」是也；有極不似好名而實好名者，鄉愿「奄然媚於世」是也。

「奄然」，注云「深自閉藏」，極得鄉愿情狀。蓋鄉愿之才，止可惑愚不肖，不能惑賢知，故深自閉藏者。恐見賢知而一旦損其名也，不見賢知而日與愚不肖爲伍，且又求媚以得其歡心，則其取名巧而用意深矣。

天地間只有一箇「義」字，更無甚「利」字。《中庸》曰「義者，宜也」，朱子訓「元亨利貞」，亦曰「利者，宜也」，乃知天地間惟義爲利，不義便不利。故《大學》曰「國不以利爲利，以義爲利」，子思曰「仁義所以利之也」。

利亦訓「通」，通則利，不通則不利。以義爲利者，通於人者也；以利爲利者，專於己者也。通於人者，財散則民聚；專於己者，財聚則民散。

《易·乾·文言》曰：「利者，義之和也。」此言更可味。

名利二字是天地間公共之物，利惟公故溥，名惟公故大。自小人以名利爲私，而名利二字始目爲羶途矣。自聖人觀之，必得其名，必得其禄，名利何嘗是羶物。

利與義合，則與和同。《文言》曰：「利者，義之和也。」利與義反，則與害對。《論語》曰：「放於利而行，多怨。」

或問：義利相反，而曰陽主義、陰主利，何也？豈陰陽相反，故云然乎？曰：即此便見天地間只有一義。蓋陰陽雖二氣，其實一氣，陽倡陰和，陽先陰後，天氣之所在，地氣即隨之，義之所在，利即隨之。故曰陽主義、陰主利，正言其相合，非必相反也。

地道無專成，若專便是惡，故君子惡專利。

乾始能以美利利天下，不言所利，只一公溥，便不得以利目之，其實利莫如陽也。

横逆之來，聖凡不免，然而所以待横逆之道，則有間矣。出乎爾，反乎爾，此凡庸之所以待横逆也。惡聲至，必反之，此俠烈之所以待横逆也。寬柔以教，不報無道，此君子之所以待横逆也。「禽獸何難」，此孟子之所以待横逆也。「天生德於予，桓魋其如予何」，此孔子之所以待横逆也。吾人而無志於學聖賢則已，吾人苟有志於學聖賢，則凡待横逆之道，其於數者之間，可不知所以自處乎！「禽獸何難」，畢竟是泰山巖巖氣象，若孔子則并不作此言矣。

抑之者過則揚之者亦過，吾不能禁抑之、揚之者之無過也，惟自守以勿過而已。

初讀《漢書》，最惡「黨」字，以爲處士標榜，必非聖賢中正之道，此世運之所由壞也。及閲《宋史》，見洛、蜀、朔之黨，因訝伊川亦何至於此。近身處其境，而知伊川未嘗爲黨也，人目之爲黨耳。二三君子，相與講道論德，與世無患，與人無争，而人已嫉之如仇，況於群數十百人應之，安得不震駭而驚怪乎？或推之，或引之，伊川之心未嘗有動分毫，而推引之迹，已不能禁天下之人之不議其後矣。伊川且不免，吾又如之何哉！

傾軋之惡，譬如人從中道行，忽爲有力者所擠，其人退讓而避於道左，則目之爲偏，此退讓者之罪乎？抑擠之者之罪乎？

日來仔細搜求自己罪過，只不宜做道學，然此念卻退悔不得。

問：人多爲流言以惑亂是非，爲之奈何？曰：流言之起，雖聖如周公，亦無奈何，定之以人、勝之以天而已。

人心爲風俗之本，風俗又爲氣運之本，人心、風俗如此，將來氣運可知，當之者不可不猛省。

改過之人，如天氣新晴一般，自家固自灑然，人見之亦分外可喜。

儀每有小不慊意處，輒如瓦礫在心，如負重在身，必改之而後快。

凡己有過而不知改、不肯改，此自暴自棄、無忌憚之小人也。或不幸而有過，至爲人所激迫而反不能改，則彼此當兩任其責。王荆公之新法，使人人如明道，則其改必矣，其卒至於不能改者，衆賢攻擊太過之病也。

古語云「改過不吝」，「吝」字下得最妙。凡人有過，遂之不以爲恥，至於改則反有羞吝的意思，總之勝心習氣不肯自認自家不是也。惟君子則真心欲自己成一個人，惟恐聞過之不早，惟恐改過之不速，安得更有吝意。

己有過不當諱，朋友有過決當爲之諱，諱者正所以勸其改、玉成其改也。故曰：「君子成人之美，不成人之惡。」彼以過失相規爲名，而亟亟於成人之惡者，真刻薄小人耳。故子貢曰：「惡訐以爲直者。」子曰：「攻其惡，無攻人之惡。」原攻人之惡，在上一等不過傾軋，在下一等不過下水拖人，總之同謂小人。馬援曰：「聞人之過，耳可得聞，口不可得言。」此言所當深佩。

凡人遇有微疾，卻將閒書小説觀看消遣以之卻病者，雖賢智往往有此舉動，此實非也。閒書小説最動心火，不能養心，乃以之養身可乎？愚謂人有微疾，最當觀看理學書，能平心火，心火平則疾自退矣。

有爲戲術者，以紙爇火置瓶中，引瓶向水，則水盡吸入瓶。蓋火能耗氣，氣收則水亦隨氣而入也。人自有生以後，真水無多，心火日灼，氣焉得不耗，病焉得不作，養其水以平其火，君子必有其道矣。不論君火相火，皆能耗氣，故惟火疾最易瘦。讀書之人多不肥，亦用心故也。

天地之間，無非是氣，若天地間有大火，雖天地之氣，亦當耗減。昔人有劫火燒宇宙之言，恐亦非無謂也。

無疾之身，不可不慎，恐致疾也。有疾之身，尤不可不慎，疾不宜再發也。然慎疾固自有道。儒者言修身不言養身，言養身則將廢正事，流於燕僻，言修身則讀書作事，無處無養身之理矣。

舜光多疾，且有氣滯之癖，蓋以居鄉無賢師良友之樂故也。予時方閲《陽明集》，舜光問予：何謂「致良知」？予謂：陽明之學，是居患難時有得，今吾甥居鄉無伴，便忽忽不樂，他日何以處夷狄患難耶？大抵心地須要活潑，隨時隨地可做工夫，不可拘執己見。

慎疾之道，如禦夷狄，惟聖人能安内以攘外。患至而憂，患去而喜，無益也。

予質最弱，腰細如椽，飲啖甚少。丁丑之歲，予勵精學道，工夫晝夜不輟，且兼攻舉業。與及門講書，自五經、四書以及子史，凡六七種。雖盛夏必正衣冠，工夫無一刻之暇。六月中，忽心火上攻，痰中有血。予恐懼甚，自念此身爲天地間不可少之身，何得孟浪。因屏絶書史，澄心獨坐，更一意於絶慾，努力加餐。初時飯止一盞，後可至三盞。初腰細兩手可圍，至是忽充實加倍。夜浴，於壁上見影，大異平日。若非我自信，❶知保養之功，息思慮、忍嗜慾、加餐飯，三者缺一不可也。

予此心自丁丑以後養得，予此身亦是丁丑以後養得。

---

❶ 「自」，原作「者」，今據正誼堂本改。

予丁丑絶慾，止年餘耳。先君歿後，自戊寅冬至辛巳冬，凡三年零一個月。丁丑絶慾，在病中，甚多變態。戊寅三年，則平平無他。然丁丑止年餘，而病立愈、身立强，可指而數。戊寅三年，則身子如故，病亦時發，又不可解。蓋前此有飲食、藥餌之奉，制中不然。又前此絶思慮，制中則多憂勞也。

飯後久坐，多飲食不化之病。午餘或飲酒數盞，以當藥餌，或鋤草數莖，以當導引，此現前卻病方也。

予十八九時，有志用世。每隆冬讀書至四鼓，體極寒不能寐，則起舞劍一再行，體熱如火，然後就臥，枕席俱温矣。今四體倦怠，漸成老翁，爲之志慨。

思辨録輯要卷之十

明太倉陸世儀道威著

修齊類

冬温夏清，昏定晨省，是事父母小節。能讀書修身、學爲聖賢，使其親爲聖賢之親，方盡得孝之分量。舜稱大孝，亦只是「德爲聖人」一句。

事父母，不獨盡敬養於庭闈中，方謂之孝。凡一笑一嚬、舉足動步，俱是事父母，知此方可與言孝。以身事君，不若以人事君；以身事父母，不若以妻子事父母。

《孝經》言：「王者合萬國之歡心，以事其先王。」此語最妙。吾謂士庶人亦當合一家之歡心，以事其父母。凡婢妾僕隸之間，爲類甚微，然亦易生釁骨肉，爲孝子者，須是無往不敬。古人親在，叱咤之聲未嘗至於犬馬，正識得此意。

重遠弟不得於其親，坐談之頃，甚切憂思。予因爲講「怨慕」章，且令其細玩「父母之不我愛」二句。謂父母之不愛其子，與子之不得於其父母，其中必有一個緣故，但不知爲著那一件。惟大孝之子，能痛心疾首、蚤夜思量，畢竟要尋出那一件來，盡情改過，自然能得親順親。不然，即孝到大舜地位，於父母之怒我責我，一概夷然遇之，曰：我自盡其子職，父母之不我愛，聽之而已。這便是恝然，恝然者，終不得謂之孝。《孟子》「於我何哉」，注云「自責不知己有何罪」，妙甚。人子不能得親順親，只是不知尋討自己過失。若識得「於我何哉」之意，將自己不得親心處，徹上徹下、反覆搜求，若有一毫未盡，必要將來盡情改換，如此久久，斷無不得親順親之理。

舜五十而慕，光景簇新，此時正底豫之時，孺慕之情，當分外加勝也。

古人養志，難於養口體；今人養口體，難於養志。蓋古人家有百畝，雞豚狗彘無失其時，王者先爲區處停當矣。惟父母之志，必待人子知之，而人子養之。今則不然，家温食厚者，或供膳不難，若寒素之家，而又拘拘於仁粟。菽水不供，且勿論養志，口體非尺寸之膚矣，可勝三嘆。

養志難於養口體，養口體急於養志。觀曾子、曾晳，俱必有酒肉，則口體之急可知矣。啜菽飲水，老人豈堪久饑耶？久饑不可，而甘旨又不能辦，乃知奉檄色喜，亦是萬不獲已。當此愈令人思王政也。

「嚴威儼恪，非所以事親」，此語最妙。蓋父母雖愛其子之成人，而人子必待其親以孺慕，若家庭有賢知先人之意，爲蔑其親矣。班衣之舞，老萊豈故爲兒戲耶！

事繼母，盡敬易，盡愛難。人子能盡愛，則繼母之心無不格矣。

朋友是後來的兄弟，兄弟是天然的朋友。少同游，長同學，若得一心一德之兄弟，何樂如之！此古人所以深貴乎兄弟之互相師友也。

人家兄弟輯睦，多是長子賢。長子賢，則從幼便能轉移化誨其弟；即其弟終不可化誨，然其分居長處之亦必有方，斷不至決裂。若長子不賢，則諸弟從幼先被他教壞，及長又被他凡事率先。諸弟不賢固群起而爲紛争，即諸弟賢，亦無奈長兄何，因知長子所係甚重。人家父兄欲兄弟輯睦，諸子固不可不教，然尤是長子要緊。長子率教而賢，則以下諸子，長子便可爲父母分一臂之力矣。故古人語教，必曰賢父兄。

古人重宗子，則知其教長子亦必有道，所以能合族衆，能治群弟。今人不重宗子，不知教長子之法。又長子多是少年時所生，父母氣識尚未定，安能教子？只是姑息戲弄，所以人家長子尤多驕惰。以此知古人三十而娶，不特合於保身之宜，亦合於教子之道。

陸子静兄弟，學問相師，順而得其正者也。王覽兄弟，患難相恤，變而得其正者也。處順能如子壽、子静，處變能如王祥、王覽，吾無間然矣。

人所最不可解者，是兄弟嫉妬。彼秦、越之人，漫不相關，尚或喜其富、慕其貴。惟於兄弟之間，一富一貧、一貴一賤，則頓起嫉妬之念，此勿思之甚者也。彼其心以爲勢相形、名相軋耳，不知以鬩牆禦侮之詩觀之，則貧賤之兄弟尚於我有益，而況其爲富貴者乎！若能以父母之心爲心，則何富何貴、何貧何賤？總之同氣連枝也。

兄弟富貴而不念貧賤者，其人固不足言。若自己貧賤，而嫉妬兄弟之富貴，則在賢者，亦往往不免。蓋起於先分形迹，見得他人富貴，不知父母同胞，有何形迹，一分形迹，早已爲他人覷破，一文不值也。

齊家之化，第一在刑于。《詩》云：「刑于寡妻，至於兄弟，以御於家邦。」又曰：「妻子好合，如鼓瑟琴；兄弟既翕，和樂且耽。」《詩》首《關雎》，《易》稱「家人」，從來家道之敗在女德，家道之興亦在女德。人能感格得妻子，治家之道，思過半矣。

以身孝父母，不若以妻子孝父母。以身孝父母，庸有不盡之時；以妻子事父母，更無不到之處。子曰「父母其順矣乎」一句，煞有意味。

家之有妻，猶國之有相。治天下以擇相爲本，治家以刑于寡妻爲本。刑于之化，第一在閨門衽席間，於此而無所苟，則更無有苟焉者矣。

閨門之中，最難是一「敬」字。古人動云「夫婦相待如賓」，又曰「閨門之内肅若朝廷」，皆言敬也。此處能敬，便是真工夫、真學問，於齊家乎何有？朱子有言：「閨門衽席之間，一息斷絶，則天命不行。」每念及此言，令人神悚。

聞某和尚爲人説五戒曰：在家居士，邪淫不可，正淫不妨。予曰：《關雎》樂而不淫，若説淫，便不正。

家之不齊，多起於妻子。父母不順，由於妻子；兄弟不睦，由於妻子；子孫不肖，由於妻子；婢僕不供，由於妻子；奢侈不節，由於妻子。妻子不齊，而以云齊家，吾未之見也。

男正位乎外，女正位乎内。男子雖有治家之責，然其勢處暫。婦人終日在家，若不知禮，便多操卻家政也。人欲齊家，只是齊妻子。

教子工夫，第一在齊家，第二在擇師。若不能齊家，則其子自孩提以來，愛憎嚬笑，必有不能一軌於正者矣，雖有良師，化誨亦難。

古人云教孝，愚謂亦當教慈，慈者所以致孝之本也。愚見人家儘有中才子弟，卻因父母不慈，打入不孝一邊。遇頑嚚而成底豫者，古今自大舜後，能有幾人？

教子須是以身率先。每見人家子弟，父兄未嘗著意督率，而規模動定、性情好尚輒酷肖其父，皆身教爲之也。念及此，豈可不知自省！

教家之道，第一以敬祖宗爲本。敬祖宗在修祭法，祭法立則家禮行，家禮行則百事舉矣。

家禮莫先於祭。祭者，人道之始，敬之所由先也，孝子之所以報本而追遠也。能報本追遠，則源深而流長矣。

凡事俱有綱領，祭法亦家之綱領。

家之有宗，猶國之有君卿長貳，軍之有將帥部落。故宗者，統也，主也，有宗則治，無宗則亂。《周禮》有云：「宗以族得民。」宗者，所以統一族衆，無宗則一族之人渙散無紀，故古人最重宗子。然宗子欲統一族人，無如祭法。《文公家禮》所載祭禮，雖詳整有法，顧惟宗子而有官爵及富厚者，方得行之，不能通諸貧士。又一歲四合族衆，繁重難舉，無差等隆殺之別。愚意欲仿古族食世降一等之意，定爲宗祭法。歲始則祭始祖，凡五服之外皆與，大宗主之。仲春則祭四代，以高祖爲主，曾祖考則分昭穆、居左右，合同高祖之衆，繼高之宗主之。仲夏則祭三代，以曾祖爲主，祖考則分昭穆、居左右，合同曾祖之衆，繼曾之宗主之。仲秋則祭二代，以祖爲主，考妣居傍昭位，合同祖之衆，繼祖之宗主之。仲冬則祭一代，以考爲主，合同父昆弟，繼禰之宗主之。皆宗子主祭，而餘子則獻物以助祭。如此，不惟愛敬各盡，而祖考高曾隆殺有等，一從再從，遠近有別，事雖創闢，似與古禮初無所倍。

或云：高曾祖考，祭則俱祭，古人具有成法，不當隨時減損。非也，凡禮皆以義起耳。《禮》有云「上殺、旁殺、下殺」，《中庸》云「親親之殺」，是古人於禮，凡事皆有等殺。況喪禮服制，父母三年，而高祖則齊衰三月，是喪禮已有等殺，何獨於祭禮無之？此雖創闢，恐於禮不爲無補也。

予自庚辰，即爲《陸氏宗祭禮》四卷，一《提綱》、一《疏義》、一《儀節》、一《圖説》，俱備衍前義，欲會五服行此禮。以世際荒亂，族衆凋落，未及舉行，未知何日得遂此願也。

一族之衆，凡婚喪慶弔，患難周恤，皆當有禮。必須宗祭舉行後，方可次第而施。

今人多寶愛骨董，鋪張陳設，以供玩賞。此真所謂玩物喪志，殊爲無謂，予向惡之。近日思得此種器物亦有用處，蓋古者宗廟祭器必用貴重華美之物，如瑚璉、簠簋之類，雖有家與有國不同，然古人祭器必用重物無疑。今世士大夫，金玉之器充滿几席，而祖宗祭器則僅取充數，殊非古人致孝鬼神、致美黻冕之意也。愚以爲士大夫家，凡有家傳重器，如古銅爐鼎及哥窑、定窑之類，當悉以爲祭器。貧者則以精潔之器爲之，斷不可以濫惡之物進御鬼神也。用重器爲祭器，有三善焉：致尊敬之意，一善也；赫赫煌煌，動人瞻仰，二善也；滌器進饌之時，執是器者，咸有執玉捧盈之心，則無往而不可致吾尊敬之意，三善也。

人家有祖宗所著遺書，宜另寫副本，其真本手筆當裝訂珍藏。如己欲看及子姓借觀，俱當用副本，真本非致齋之日，不得妄啓。

今士大夫家，每好言家法，不言家禮。法使人遵，禮使人化，法使人畏，禮使人親，只此是一家中王霸之辨。

今所傳《文公家禮》，輯冠、婚、喪、祭四事，有云出於文公者，有云非出於文公者。然大概準今酌古，俱可遵行，只要行之者貫以誠心，不必拘拘儀式。即如冠禮，凡阼階東房、三加命詞之類，俱是述禮法大概如此，行之者須是融會貫通。若照依禮文，板板行去，便如優人唱戲，一再行，已嚼蠟無餘味矣。愚意阼階東房，當一從人家廳事之便。至於三加命詞，則擇平日執友中之有識見者，速之爲賓，俾之或爲文、或爲訓詞，以戒我子弟。禮畢，則飲酒數爵，以伸其敬。是雖不盡泥禮文，而實得禮之精意。

予男允純行冠禮，請介石先生、翼王、石隱爲賓，俱有訓詞，言夏爲字説。

凡男女皆當至十四五，然後議聘，則無貴賤、壽夭之憾。

予謂言夏：昔人云娶妻必須不若吾家者，嫁女必須勝吾家者，若看得理透，正不必然，男家只是擇婦，女家只是擇婿。

擇婿易，擇婦難。婿露頭角，選擇可憑；婦在深閨，風聞難據也。

擇婿須觀頭角，擇婦須觀庭訓。

聖人制服，五世而窮，煞有深意。凡人家祖孫相見，大約只好五世，相見便有情，有情便有服，所謂緣人情而制禮也。無六世相見者，故五世而服窮也。曰：今人家祖孫相見，多不及五世，聖人必以五世爲準，何也？曰：此只是立隆爲極。

聖人制五世服窮之義最妙，不惟約之以禮，亦且限之以勢，蓋恐人丁太衆，則有不可禁戢之事也。今江南大家，有二三世以内，即目不相識者，固非；然如徽歙、江西，聚族而處，有多至萬餘丁者，亦非也。要必如古人五世之制乃得。

伊川先生以塑像之故，并不取影神之説，以爲苟毫髮而不似我父母，則未免爲他人矣。此言似屬太過。夫父母之有影神，亦人子思慕音容之一助也，亦何害於義理而必欲去之？是使人之幼喪其父母者，并其彷彿而亦不得一覩也。此予所以亦抱終天之恨也。

人子於父母之亡，決當依禮立主，至於影神，則隨其心力。若祖宗有賢德，及爲時名臣，則斷不可不傳其影神，以爲後人瞻仰之資，是亦立碑勒像之意也。

凡傳影神，於男子則可，於婦人則不可。蓋畫工傳寫，當遠男女之嫌也。若其父母没時，其子尚無知識，當於死後傳之，今俗所謂揭白也。

葬者，送死之大事，故古者未葬不除服。今世闕焉不講，無論庶民，即士大夫有終身不葬者矣。今宜制爲令典，人子葬親，不拘月日，凡士大夫必葬親然後起復，庶幾無不葬之親矣。

江君遴問：風水之説，於理有之乎？曰：山水是天地骨血，其迴合會聚處，自有真穴，所以古人建都必擇善地。然人子葬親，又自有説，擇地次也，其要處在立心。立心欲親之體魄安，不至有水泉螻蟻之患，此公心也，天理之至情也。如是者，得善地而富貴應之。立心爲求富貴，或停柩不葬，或欺盜侵奪，此私心也，人欲之惡念也。如是者，雖得善地而富貴不應焉。譬之種植，人心則種子之善否也，風水則土地之肥磽也。種子善，雖瘠土未嘗不生；種子不善，雖極肥之土，未有種草而得豆、種稗而得穀者。所以儒者重心術，不重風水。

錢蕃侯兄，有妹未嫁，喪其翁，夫家無人，欲乘凶而娶，蕃侯家不允，而勢不可已。時蕃侯兄尚尊翁爲政，諫不得行，因與儀及聖傳兄議其事。且曰：是律有明禁，夫豈不知！但世俗習而不察，而彼家時勢不得不娶，是亦有善處之法乎？儀曰：此處決不可通融。然士大夫之家猶可，庶民之家儘有勢必不能不娶者，是亦不可無通融之法。其説有三，因問二兄，試思之，得其説乎？蕃侯曰：不用鼓樂。儀曰：得之。聖傳曰：娶後不同寢。儀曰：得之。其一説未得。儀曰：嫁之夕，以奔喪之禮往，交拜哭踊成禮，喪畢而就婚，禮之正也。

人欲省事，不如勤事，若厭事則事愈煩。蓋饑食渴飲、公私諸務，仍有不可廢者，若一生厭棄，則委積叢脞，將不勝其擾矣。若分外之事，則一以斷絶爲主，又不可託勤事之名也。

貨殖本非學道者所爲。然許魯齋曰：「學者讀書，當先治生，凡貨殖之類皆可。」似乎又無妨學道者。乙酉，予既棄儒業，念無以資生，亦略從事於此，始覺得殊廢學業。蓋貨殖雖小事，然心苟不存，則過時失算，欲以資生，反足以害生矣。畏其害生，而朝夕計較訪問，不惟學業放失，將此心爲之撓亂，以小害大，以賤害貴，不美孰甚焉。因念聖人「受命」之言，真是見其大者。

魯齋之言，與夫子「不受命而貨殖」之言，若出二道，然細思之，蓋亦時爲之也。孔子之時，雖非盛世，然先王之遺法猶在，使有百畝之田，則亦足以餬口卒歲矣。於此時而貨殖，誠不受命也。乃魯齋之時，士無恒產，八口無所養，則雖欲不治生而不可得，死生又急於禮義矣。至於今，有田則憂賦税，貨殖則憂通塞，教授則道義不尊而不足以餬口。難哉，難哉！

孔子與釜與庾，冉子與五秉，自世俗觀之，似孔子嗇於用財，冉子能輕財。然卻是冉子看得財重，所謂

「猶有這箇在」，明道所云「胸中有妓也」，不但是不能「周急不繼富」。

《史記》稱漢高祖「不事家人生產」，此一句，今人多錯讀。蓋史以此稱高祖，謂其志大而略於小，不事一家而有事於天下也。今人多以「英雄無賴」四字看之，使無賴子弟亦每每以此藉口。試反而思之，若不能有事於天下，又不能有事於一家，此爲何如人。

大抵能成大事者不顧小節，朱子所謂「志有在而不暇及」也。若其志果在一國，吾不責備其一家。若其志果在天下，吾不責備其一國。苟一無所成，謾言欺人，不過一無賴子弟而已。

成大事者不顧小節，此亦爲英雄言之，若聖賢則步步踏實地做去，盈科而後進。《大學》所謂「家齊而後國治，國治而後天下平」也。

治家人生產，非必如今人封殖，只是條理得停當，使一家衣食無缺，如許衡「治生」之謂。蓋衣食所以養廉，衣食足，自不至輕易求人，輕爲非禮之事，然後可立定腳根，向上做去。若忽視治生，不問生產，每見豪傑之士，往往以衣食不足，不矜細行，而喪其生平者多矣。可不戒哉！

吾輩治生無別法，只一「儉」字是根本。古人所謂「咬定菜根，百事可做」也。若不識「儉」字，而反以經營爲治生，何啻天壤。即治生一節，聖、狂二字，只在毫釐分寸間。可畏，可畏！

古人語學問工夫，必曰「勿忘、勿助」，治生亦然。忘則便失之不及，助則便失之過，此間自有一大中至正之理，無過不及之道。

切莫爲力量所不能爲之事，是亦治生一訣也。

思辨録輯要卷之十一

明太倉陸世儀道威著

修齊類

自甲申、乙酉以來，教授不行，養生之道幾廢。乙酉冬季，學爲賈，而此心與賈終不習。因念古人隱居，多躬耕自給，予素孱弱，又城居不習田事，不能親執耒耜，但此中之理，不可不略一究心。虞九江兄，向有水田在西郭，己躬耕有年矣，爲予略説其概。予有薄田二十畝，在廿三都，佃甚貧，不能具種。予乃出工本買牛具，自往督而佐之。一則古人省耕省斂之方，一則稍欲涉獵其事，以驗農田水利之學也。天時、地利、人和，不特用兵爲然，凡事皆有之，即農田一事，關係尤重。水旱，天時也；肥瘠，地利也；修治、墾闢，人和也。三者之中，亦以人和爲重，地利次之，天時又次之。假如雨暘時若，此固人之所望也，然天不可必，一有不時，磽确卑下之地，先受其害矣，惟良田不然，此天時不如地利也。田雖上産，然或溝洫不修、種植不時，則雖良田無所用之，故諺云「買田買佃」，此地利不如人和也。三者之中，論其重則莫重於人和，而地利次之，天時又次之。論其要則莫要於天時，而地利次之，人和又次之。故雨暘時若，則下地之所獲與上地之獲等，土性肥美，則下農之所獲與上農之獲等，勞逸頓殊故也。然使既得天時、既得地利而又能濟之以人和，則所獲必更與他人不同，所以必貴於人和也。

予向讀區田法而異之，以爲播種之中，既有此妙法，古人何不悉以之教民？又民間何以竟不傳此法？嘗疑不決。及讀《元史》，見元時嘗以此法下之民間，教民如法耕種，民卒不應。又特遣專官分督，究竟迄無成功。未審教督者非人耶，抑此法終不可行也。予嘗欲親試之而未暇。今歲既親田事，將以此法徧商之老農，且以語陳子言夏，亦令試其事，庶可得其實也。今備録此法於後。

「區田説」曰：地一畝，闊一十五步，每步五尺，計七十五尺。每一行占地一尺五寸，該分五十行，長一十六步，計八十尺。每行一尺五寸，該分五十四行，長闊相乘，通二千七百區。空一行種一行，於所種行内，隔一區種一區，除隔空外，可種六百七十五區。每區深一尺，用熟糞一升與區土相和，布穀勾覆，以手按實，令土種相著。苗出，看稀稠存留，鋤不厭頻，旱則澆灌。結子時，鋤土深壅其根，以防大風摇擺。古人以此布種，每區收穀一斗，每畝可收六十六石。今人學種，可減半計。

又《氾勝之書》及《務本書》謂：「湯有七年之旱，伊尹作爲區田，❶教民糞種，負水澆稼，諸山陵頃阪及高丘城上，皆可爲之。」大麥、山藥、芀子、大小豆，俱可如式課種。又曰：「向年壬辰、戊戌饑歉之際，但依此法種之，皆免饑餒，此已試之明效也。」若果爾，似又無不可爲者。

王禎曰：古人區種之法，本爲濟旱。惟近家瀕水爲上，其種不必牛犂，但鍬钁墾劚，便於貧難。大率一

❶「尹」，原作「伊」，今據正誼堂本、重刊安義本改。

家五口，可種一畝，男子兼作，婦人、童穉量力分工，定爲課業，各務精勤，用省工倍，田少收多。按：此云近家瀕水，則丘陵城阪之地，必不可種矣。又聞常州、鎮江田甚高仰，而土性受水，每農夫轉水一日，則可停二三日。太倉土性獨不然，其高仰之地，遇旱日必打水二遍，若畈地則全不受水，未可一概論也。

賈思勰曰：區田以糞氣爲美，不必皆良田。又不耕旁地，庶盡地力，蓋區種不先治地，即荒地爲之也。又曰：區中生艸拔之，區間艸以剗剗之，若苗長不能用鋤，則以鉤鐮比地，❶刈其艸穢。又曰：兖州刺史劉仁之，昔在洛陽，於宅田七十步之地域爲區田，收粟三十六石，然則一畝之收有過百石矣。

徐玄扈曰：區收一斗，畝六十六石，即區田一畝，可食二十許人矣。蓋古今斗斛絶異。《周禮》，食一豆肉，飲一豆酒，中人之食也。孔明每食不過數升，而仲達以爲食少事煩。若如今斗，則中人豈能頓盡？孔明數升已自不少，廉頗五斗得無太多？計今之畝若斗，則每畝可收數石，可食兩人以下耳。見文學張弘言有糞種壅法，即今常種稻田，亦可得穀畝二十餘斛也。

按區田之法，云田一畝可收穀六十六石許。計今穀一石，大約得米四斗，六十六石穀，則當得米二十六石四斗也。田法積步二百四十爲一畝，今得二十六石四斗米，是約每步得米一斗一升也。今江南種田法，每人蒔秧六棵，相去八寸，則一步之地，當得棵六十餘。刈穫之日，每人刈稻一行爲六棵，又一行共十二棵爲一鋪。收束之日，或二鋪、三鋪、四鋪、五鋪爲一束不等，二鋪爲上，三鋪爲中，四五鋪爲下。今以三鋪言，

❶「鐮」，正誼堂本作「鏈」。

每地一步，約可得禾二束，每禾一束，得米五合，二束共得米一升。一畝二百四十步，當得禾四百八十束，米二石四斗。其二鋪者，每步約得禾兩束半，米一升五，合一畝該得米三石六斗之數。今江南湖蕩間，膏腴區處，地闢工修者，大約如此。其餘常田，大約三鋪爲束者，得一石五六，二鋪爲束者，得二石五六。此地力薄，亦種藝不得法也。

蒔秧之法，每人蒔一行，每行横蒔六棵，每棵相去八寸，此定法也。今田家或互相换工，或唤人代蒔包蒔，奸人偷力，多將秧棵蒔開，每棵相去或至一尺外，及尺許不等者。則一畝地幾減秧棵大半，收穫鮮少，半由於此，不可不知。聞吾婁東鄉，❶舊有富人善種田，蒔秧之日，酒飯極豐。其蒔法，每人俱以繩約，使不過五寸。故其田秧棵密而分行整，收穫亦倍，則蒔秧法亦宜講也。又聞江鄉有秧纏，以竹爲之，以約蒔秧者，即此意。

予欲以區田語鄉人，詢其可否，恐鄉人以爲書本中語，駭而不信，乃詭言曰：❷近有自湖廣來者云，彼處種田有區種法，畝可得米二十石許，果否？因以其術詳告之。鄉人曰：理或有此，吾鄉有種芋者，其法近此。因言種芋法。先掘地爲區，每區深闊各三尺許，熟糞壅之，每區種芋一株，漸鋤土壅。芋既成，每區得芋若干斤，每斤得金若干，計每畝約得金四十兩許。即此法也，則區田似亦可行。予又問：種芋得利如此，

❶「聞吾」，正誼堂本作「吾聞」。
❷「詭」，正誼堂本無。

今人家何不多種？曰：工力甚費，人不耐煩。然則區田之法不行，亦工力費而人不耐煩也歟？然當賦役煩重之世，苟能躬耕四五畝，即可爲一家數口之養。此莫大之樂，又何工力煩費之足憂乎！

予聞東鄉有撮穀法，種必倍收，而人每不肯種，又不能多種。予問其詳。云：撮穀有二難，一則耘鋤難，二則易酣，不能耐風潮也。蓋撮穀之法，先耕地、車水、浸田，然後下種。以三指撮穀種下之，約五六寸一撮，如蒔秧狀。撮畢，以足徐退，復撮如初。足從水中行，水微蕩漾，則穀種不定，多四散不能成稞簇，故不便耘鋤。又根出浮面，入土不深，稞長大，上實下虚，故易酣，且不耐風雨也。以此知區田之法之善。隔區分種，則下種有地，不必足立水中，以手按實，則無蕩漾之患。苗出看稀稠存留，則無耘鋤之艱。漸耨隴草以壅其根，則根深蒂固，無酣側之虞而耐風與旱。以此徵之，區田之倍收必矣，人何不略倣此意而小試之？

撮穀、區田之倍收有故，蓋秧不移種，元氣未洩也。今田家蒔秧，先一日拔秧浸水中，或一宿、或再宿不等，甚者或經三四宿而後始蒔。蒔之時，拋擲堆垜，略不少惜。蒔後，遇赤日則黄萎，數日而後始醒，蓋秧之元氣洩盡矣。其值陰雨而易醒者，則稻必勝。早蒔之勝於晚蒔，亦以過小暑則氣漸熱，秧難遽醒也。由此觀之，同一蒔也，醒之難易，猶係禾之善否，而況移種、不移種之分乎？

看來秧性亦大耐磨折。今草木之類，必賤種乃易植，其貴種則移種之頃，百方調護，猶多萎死。秧則不然。其拔也，信手速拔，略不顧惜，拋擲堆垜，棄置累日。其蒔也，兩指夾之插入水土，縱横欹斜，未嘗壅治。然及其既成，猶能每畝收三四石。使壅護愛惜、曲盡其道，如區田諸法，所獲過倍，亦何足疑？乃今人習於苟簡，惟務欲速，終不肯加功加力，至誣古法以爲必不可用，吾末如之何也已矣！古人云：鹵莽而耕，滅裂而穫。此言豈欺我哉！但野人愚而固，未可以言語爭，有心者能躬行以率之，則庶幾矣。

秧苗入土深則難出，秧根入土不深則難久。故農人於播種之始，則撒秧於一處，以浮灰輕蓋之，既長則另分而插蒔，所以順其淺深之性也。是亦可謂得其術矣！然孰若區田之法，不用移植而盡淺深之宜，爲尤得其術哉！《亢倉子》曰「稼欲産於塵而植於堅」，淺深之謂也。

凡秧行最宜整，蒔秧最不宜速，速則秧行亂矣。亂則踈密失宜，難於耘鋤，且不通風。吕不韋作《吕覽》，言農事甚悉。其《辨土》篇曰：「衡行必得，縱行必術。正其行，通其風，禾心中央，❶帥爲泠風。」❷正此意也。乃知古人之於農事，其用心至矣。

漢武帝使趙過爲搜粟都尉。過能爲代田，其耕耘下種，田器皆有便巧。一歲之收，常過縵田畝一斛以上，用力少而得穀多。按代田即古后稷法，一畝三甽，歲代其處，故曰代田。后稷以二耜爲耦，廣尺、深尺曰甽，甽長終畝，一畝三甽，一夫三百甽，而播種於甽中。苗生葉以上，稍耨壟草，因隤其土，以附苗根。故《詩》曰：「或耘或耔，黍稷薿薿。」耘，除草也；耔，附根也。言苗稍壯，每耨輒附根，比盛暑，壟盡甽平，則根

❶「禾」，據《四部叢刊》影明刊本《吕氏春秋·辨土》，當作「夬」。

❷「泠」，原作「冷」，今據重刊安義本及《吕氏春秋·辨土》改。

深而能耐風與旱，❶故薿薿而盛。縵田，平田也。謂如今之田晦，不爲甽，漫漫然，故曰縵田。此大約如區田，而簡易過之。然曰過縵田每畝一斛以上，則亦不過略勝而已。區田數倍之説，恐未必也。

趙過代田之法，其簡易遠過區田。蓋區田之法，必用鍬钁壂掘，有牛犂不能用，其勞一；必擔水澆灌，有車戽不能用，其勞二。且隔行種行，田去其半，於所種行内隔區種區，則半之中又去其半，田且存四之一矣。以四之一之田，而得粟欲數十倍於縵田，雖有良法，恐不及此。今欲以代田之法，參區田之意，更斟酌今農治田之方而用之。凡未下種之初，先令民以牛犂治田甽。甽深一尺、廣二尺，長終其畝。甽間爲壠，壠廣一尺，積甽中之土於壠上。一畝之地，闊十五步，步當六尺，十五步得九十尺。當爲甽壠三十道，畎之首爲衡溝，以通灌輸。夫甽壠分則牛犂用矣，衡溝通則車戽便矣，甽廣於壠則田無棄地矣。乃令民治糞，糞之法，各以其土之所宜。及時播種，播種之法，一如區田。先以水灌溝，使土少蘇，平其塊礧，乃徐播種。以手按實，蓋之以灰，而微潤之。苗出，耘之如法。使其中爲四行，行相去五寸，間可容鋤。生葉以上，乃漸耨壠草，隤土以附之。其應下壅及應閣水復水，俱依今農法試之，當必有驗。

耘苗法，《吕覽・辨土》篇最詳。其言曰：「苗，其弱也欲孤，其長也欲相與居，其熟也欲相扶。」孤謂相懸去如孤也，相與居則漸近矣，相扶則叢立如軋。蓋初時耘之使稀，則後來長開方有地步，否則根軋而不實矣。又曰：「三以爲族，禾乃多粟。」大約耘苗當存三莖爲一簇，其傍相去五寸，此爲要法。今蒔秧者，亦大

❶「耐」，原脱，今據正誼堂本補。

約三四莖一蒔。

《吕覽》又曰：「凡禾之患，不俱生而俱死。是以先生者美米，後生者爲粃。是故其耨也，長其兄而去其弟。」謂存其長大而去其弱小者也。若弱小者不去，則長大者亦因之而多粃矣。又曰：「樹肥無使扶踈，樹磽不欲專生而族居。肥而扶踈則多粃，磽而專生則多死。」蓋肥饒之地，其禾根株易盛，故立苗欲稀，不然則氣鬱而不展，故多粃。磽确之地，其禾根株難盛，故欲相援以立，不然則氣弱而不能自存，故多死。《吕覽》之言，亦精矣！

予嘗行田間，見溝間有禾，長茂特盛於他禾，顧問之。曰：此秧之餘，未遑他蒔者也。予曰：長茂如此，他日收穫，亦必倍他禾。鄉人曰：不然，雖長而軋，他日蓋多粃耳。此即《吕覽》「肥而扶踈則多粃」之説也。使如長兄去弟之法，則何至聽其多粃哉！

今人不種區田者，一則不知其法，一則工力費，一則江南水田，田中冬夏積水，不便開溝分甽。惟高田可分甽，則又有不便者。高田冬必種麥，麥至夏至方收穫。若區田則清明、穀雨之時，已將播種，其開溝分甽須於冬春之間做完，是因穀而廢麥，區田所以終不可行也。然予於此，又有一説。今人欲種早花或早稻，則冬間便荒地不種二麥。其言曰：雖少刦一熟，然地力總在内，不較輸也。早稻早花之獲，不及區田，然農人猶能舍彼就此，況區田乎？故吾以爲農人能分早花早稻之田以種區田，亦庶幾兩得矣。

種區田，又有兩便之法。凡農家種稻，先於清明時治地爲秧田，俟小滿前後分蒔，其種秧之田亦拔起再蒔。今何不寄種秧於區田，當播種時，分其田十之二三，開甽如前法，俟苗長插蒔之際，則分其餘秧以蒔他田。在區田則以當耘耔，在常田則以當播種，是誠兩便。

農家種稻，最畏耘鋤。蓋耘鋤之時，正當溽暑，又苗禾已長，人行其中，暑氣蒸鬱，大不堪耐。故農家耘鋤，多在清早，日稍中即起，或有竟不耘鋤者。區田費耘，故人尤畏。然吾又有説於此。常田耘鋤，多在暑中者，以插蒔故晏也。若區田不用插蒔，則苗長自速，大約常田插蒔之時，區田已將耘鋤矣，何暑之有？至於鋤土壅根，則今種棉之家，日暴於田，不以爲苦而不鋤。區田壟高，足不濡水，與鋤棉同，亦何憚而不爲哉！

種田唱歌最妙。蓋田衆群聚，人多口雜，非閒話，即互謔，雖嚴禁之不可止。惟歌聲一發，則群囂寂然，應節赴工，力齊事速。但歌辭淫穢，殊壞風俗，擬效吴歈體，撰歌辭數十首，一本人情，發揮風雅。凡田家作苦、孝弟力行，以及種植事宜、家常工課，與夫較晴量雨、賽社祈年之類，俱入之歌中，以教農民，似亦於風教有裨。

稻熟時，予往觀刈穫，見田傍一禾甚長，高衆禾約尺餘。顧問之佃，曰：此予偶遺一粒穀，未嘗糞治，今秀實如此，亦甚奇。予因數其穗，得二百餘粟，時衆禾遍數，皆九十餘粟，是禾不啻倍之。因思此禾蓋未嘗移種，元氣未洩故也。然偶遺田旁，不糞不耘，纖毫未加人力，其稍壯碩者，特以得全於天耳。使如前法，盡種植之宜，其穗之長茂堅好，又豈特如斯已乎？信乎樹藝之法，不可不講也。

高鄉人種稻，甚勞、甚費，故諺曰：「倒一困，豎一困。」信非誣也。古語云：穀賤傷農。以甚勞甚費之物，而又值賤價，則農誠有傷者。有位者當此時，豈可不講常平法耶？

《考工記》：「匠人爲溝洫，耜廣五寸，二耜爲耦，一耦之伐，廣尺深尺謂之畎。」耜，即今鋤頭也。然鋤便於除草，不便於發土。❶發土者，今謂之鐵鎝。鐵鎝，頭廣一尺，其功用殆勝耜矣。使爲廣尺之畎，則一人可勝，若兩人併發，則廣二尺矣。

象山先生嘗述其家治田之法，用長大钁頭，鋤深至二尺許，廣一尺半植一禾。大旱時，以田肉深獨得不旱，每穗數至二百粒，他處不及百粒，故所收常倍。古人云「深耕易耨」，觀此信耕之貴深也。但云廣一尺半立一禾，又古有云立苗方二尺者，恐太稀，與八寸之説太相遠，當試之。

劉章《耕田歌》：「深耕穊種，立苗欲稀，非其種者，鋤而去之。」此猶畎畝遺意。《亢倉》、《吕覽》之言皆曰：「稼容足，耨容耰，耘容手。」又曰：「其種勿使數，亦無使跡踈，則苗立。」苗方二尺及尺半之説，恐太稀，八寸之説是。

俗説動稱犂耙，今江南農家，犁則有之，未見用耙。耙製見《農政全書》，有方耙，有人字耙。其意大約如犂，亦用牛駕，但横闊而多齒，犂後用之。蓋犂以起土，惟深爲功；耙以破塊，惟細爲功。耙之後又用耖、用勞。耖如耙，而齒更長，所以耖土益細。勞則條木編之，以摩田也。今農家種稻，耕犂之後，先放水浸田，然後集衆用鐵鎝鍽銙土塊，謂之曰攤，亦謂之削，亦謂之落别，江南呼土塊爲别。用力頗衆。使有耙、耖、勞諸器，可省工夫大半。

中土有耬車，製狀如三足犂，中置耬斗藏種，以牛駕之，一人執耬，且行且搖，種乃隨下。又有用糞耬者，用

❶ 「發」，正誼堂本作「起」。

篩過細糞或蠶沙，隨種而下。按此器可用以種麥，然於耙、耖之尾用之爲佳。又崔實論曰：「漢武帝以趙過爲搜粟都尉，教民耕植，其法，三犂共一牛，一人將之，下種挽耬，皆取備焉，日種一頃。」即此耬車之謂。

蘇文忠序有秧馬之説，亦甚奇。云：「予昔遊武昌，見農夫皆騎秧馬，以榆棘爲腹欲其滑，以楸梧爲背欲其輕。腹如小舟，昂其首尾，背如覆瓦，以便兩髀雀躍於泥中。繫束藁其首以縛秧，日行千畦，較之傴僂而作者，勞逸相絶矣。」按，秧馬製甚有理，今農家拔秧時宜用之，可省足力，兼可載秧，供插蒔者甚便。❶

今耘錫耘爪，江、浙間新製也。古無此器，匍匐水中，以手耘之，故農人惟耘田爲尤苦。今得此器，勞逸不啻天壤，乃知何事不可爲便巧。惟聖哲者能用其心，則天下萬世被無窮之利矣，可不加之意哉！

農人刈穫時，最苦傴僂而行，手、足、腰俱病。予甚憫之，欲思一便巧之器，而無其法。《農政全書》中有推鐮，以木爲之柄，長七尺，首歧兩股如乂形，貫以横木。兩端各穿小輪，圓轉中嵌鐮刃，用則就地推去，以斷禾莖。云：用以收蕎麥，此亦甚便，但恐稻稞甚大，未能即斷也。記此以俟。

言夏躬耕於蔚村，予以區田法告之。言夏有舍傍地七分，因掘七區，曰：若得一區一斗，予此七區當七分地矣。然法不俱盡善，區底不平，又下種時不按實，苗出聚中央一處，又不耘稀。又爲惡客糞壞四區，餘三區。結子時，渴水不實，反不如常禾，但莖葉頗茂於常禾耳。❷

---

❶「插」，正誼堂本作「拔」。

❷「禾耳」二字，原脱，今據正誼堂本補。

思辨録輯要卷之十二

明太倉陸世儀道威著

治平類

治天、地、人之道，一而已。天無紀，治之以緯度；地無紀，治之以經界；人無紀，治之以禮法。故緯度也、經界也、禮法也，皆所以爲分數也。分數，理也；理者，條理也。

「有治人，無治法」，此言雖是，然後世每每借此爲言，廢法不講，則非也。《孟子》曰「徒善不足以爲政」，又曰「爲政不因先王之道，可謂智乎」。譬有攻木之工於此，雖善治木，必求規矩、斧斤之器。規矩、斧斤者，亦匠人之法也。規矩必求其端，斧斤必求其利，此必然之理。有賤工焉，顛倒規矩，錯雜斧斤，主人不責匠而歸過於規矩、斧斤，有是理哉？

理學須一貫，經濟亦須一貫。理學不知一貫，則鬻拳以爲忠，申生以爲孝，❶臨大杖而不能走，遇管、蔡而不能誅。經濟不知一貫，則勤於事上者不知恤民，專於恤民者不知事上，哀貧窮則抑富户，杜關節則絶縉

❶「申」，原作「甲」，今據正誼堂本、重刊安義本改。

紳，惠而費、勞而怨者多矣。故理學不知一貫，則害及於身心；經濟不知一貫，則害及於家國天下。

綏來動和，方是經濟一貫。經濟一貫，必從理學一貫中出。

治一國與治一事不同，治天下與治一國又不同。須是把箇天下大勢完完全全在胸中，綱目井然，源委畢見，然後左之右之，無不宜之。

吏、户、禮、兵、刑、工，講究時是六事，若行時止只一事，須是聯絡貫穿始得。《周禮》六官皆設聯事，正謂此也。

不讀《周禮》，不識治天下規模。

「小德川流，大德敦化。」具此心胸，方能治天下。

凡事皆有一貫，不識一貫皆有害。禹之治水，得水之一貫者也。鯀之「九載績用弗成」，由不識一貫故耳。

當今治效必六十年，三十年教人，三十年出治。教人十年小成，三十年大成。出治三十年小成，六十年大成。

凡學經濟，須有路頭，若泛泛探取，徒勞無益。

撥亂不難致治難，撥亂如十人之材足矣，致治非五人之德不可。三代以下，但有能撥亂者，未有能致治者。

孔子而後有真學，周公以來無善治。漢、唐、宋，竭力經營，只做得補偏救弊耳，三代規模，全未夢見。

三代以上，立法常使人有爲善之利；三代以後，立法常恐人有爲惡之弊。使人有爲善之利者，是以至誠待人也，故人亦以至誠應之。恐人有爲惡之弊者，是以不肖疑人也，故人亦以不肖欺之。

聖人治天下，無一民、一物不入規矩。

收人才，去文法，二者是當今最要務。

古人治天下以禮，今人治天下以法，法勝則禮亡，禮亡則人心絶。法尚不可治天下，而況於無法乎？漢、唐以下，治天下之法最密，然實處處滲漏，以其意欲一網收盡天下故也。古人有言：「雖鞭之長，不及馬腹。」天下之大，豈能一網收盡？古之欲明明德於天下者，先治其國。看《周禮》一部書，止辨得王畿千里以内事，何等乾圓潔浄。

人一身之間，耳目口鼻，手足腹心，俱不可相無也。然必元首在上，股肱在下，而後一身順。天下之大，大賢小賢，大德小德，俱不可相無也。然必小德役大德，小賢役大賢，而後天下治。不然有一人焉，首居下、足居上，腹心居外、四肢居内，則見者皆以爲怪物，而群擊殺之矣。乃治天下者，賢奸顛倒，大小易位，有國者初不以爲怪，其不至於群起而擊殺者幾希。

聖人治天下，只是使飲食男女各得其所。飲食男女不得其所，而天下治者，未之有也。

《周禮》是治國之書。蓋古人封建王者所治，止於王畿以内，故書中所詳，止於一國之事。使諸侯各如是以治其國，則天下皆治矣。後世治郡縣之天下不然，緊要在擇守令、明黜陟。若守令得人，則青苗、保甲之法，自可徐舉而無弊。王荆公不識此意，纔執政柄，便立制置三司條例司，不問守令若何，概以青苗、保甲之事强諸天下，是以治國之道治天下也。所以不終朝而壞。試觀荆公治臨川時，青苗、保甲原自有成績，則知治國之道貴密，治天下之道貴疏也。古今異宜，爲治者不可不審。

天下利而已矣。善言利者，使天下皆利其利，故己亦得利其利。不善言利者，欲一己獨利其利，故天下亦各利其利。

古之天下，禮樂盡之；今之天下，賦役盡之。能平賦役，治天下爲得半矣。

欲兵之精，不如省兵而增糧；欲官之廉，不如省官而增俸。

《周禮》有云：「禄以馭其富。」又曰：「奪以馭其貧。」蓋古者禄以公田，既予以爵，則隨予以禄田，故筮仕者無患貧之心，而不營心於財利。今則俸禄甚薄，而聽入仕者各以私計謀生，若守禮安分、徒資俸禄，則饔飧不給，失馭富之道矣。古者禄田之外別無私田，既奪其爵，隨收其禄田，則無所藉以資生，故貪墨知畏。今則貪墨者無所限制，田連阡陌，即被削奪，而擁資甚厚，無能損其毫毛，失馭貧之道矣。然則廉吏何所藉而爲廉，貪吏何所戒而不爲貪乎？

古者天子六軍，其將皆命卿。《甘誓》曰：「大戰於甘，乃召六卿。」蓋古之天子寄軍政於六卿，居則以守，行則以戰，文武未嘗分途也。自戰國始有將軍之稱，秦乃因之，位上卿，金印紫綬，而文武乃分途矣。夫《周官》軍政皆寄於司馬，亦未聞有尾大之患。苟必欲以文武互相制馭，豈君臣相信之道也哉！

吏部雖有用人之權，然須有職要之法。假如方面大吏及州縣正官，此吏部之所當選擇也。至於州縣之佐貳，與夫師儒之職、倅貳之官，則聽州縣自行辟召可矣。今則一命之微，必由銓部，總攬既廣，人之賢否，豈能盡知？所謂求其大治，必至於大亂者此也。

吏部所治既廣，賢否難知，勢不能不循資格，非不欲去資格也，勢不可也。議者不察、不清吏部用人之權，❶而欲去朝廷資格之弊，此必無之事也。由今之道，無變今之俗，即使皋陶、伊尹爲銓衡，亦不過掣籤唱名，期於無弊而已，斷不能自展一籌也。事權之多出吏胥，蓋有由矣。

用人循資格，最是大弊。人才不同，各有所宜，有宜大者，有宜小者，有小大無不宜者。小大無不宜，聖人之才也。或宜大，或宜小，賢人之才也。求才於今之世，其爲賢人者寡矣。而朝廷用人，不問其才之大小與否，概以資格遷陞之，是以聖人望一切也，奚可哉？

人才極是難得，善用人者，必審定其才之所宜，授之以職而終身任之，務使竭盡其材。以唐虞之際而致治止於五人，此人才之難得也。以五臣之聖，而各專一事，此才之各有所宜也。且各專一事，而至於終身不易，此任之而竭盡其才也。今治不及唐虞，而三歲試士，多至四百，則人才何其多。聖不及五臣，而吏户兵刑無所不堪，則才何其大。歷官如傳舍，旦至暮去，而動輒奏績，又何其才之易竭也。噫！

爵禄二字，其用不同，用人當以爵，賞人當以禄。爵者，量材而授者也。其人，才堪於兵則授之以兵，才堪於户則授之以户。此如董工役者，其人而善木則使之爲木工，其人而善土則使之爲土工，用各有所宜也。禄者，量功而授者也。其人而於兵有功，則即於兵加俸；其人而於户有功，則即於户加俸。此如木工善木，則即加以木工之厚餼，土工善土，則即加以土工之厚餼，報各有所稱也。今之用人者，其人方有功於兵，則

❶ 「議者」上，正誼堂本、重刊安義本有「故」字。

陞之使户，其人方有功於户，則陞之使吏。此如董工役者，其人而善土，則賞之使爲木，其人而善木，又賞之使爲鐵、爲銀也。豈不大可笑哉！

《孟子》：「入其疆，土地辟，田野治，養老尊賢，俊傑在位，則有慶，慶以地。」此賞人以禄之一證也。考察之權，最忌專一。《周禮》六計弊群吏，皆各屬長官主之，而共聽於冢宰。然其所察者，特王畿之内而已，故聽覩真而舉措當。今則合天下之銓選，皆聽之吏部，甚至州縣佐貳之微，亦屬於銓司，欲舉措之當，不可得矣。

銓司每慮人才壅滯，往往設法遷陞，即有識者，亦欲巧爲法以疏通之，此以人才用國家，而未嘗爲國家用人才也。古者論定後官、量才後禄，故三德者爲大夫，六德者爲諸侯，凡用之之法，皆求其德與位稱耳。由此言之，其人而才足卿相，即布衣而立授卿相可也；其人而才止百里，即筮仕而終身郡邑可也。以至才堪户者終於户，才堪兵者終於兵。如舜世五臣，終身不易，何嘗有流轉遷陞如今日也哉？天下事有煩而無謂者，此類是矣。乃當事者，方以人多官少爲病，以予言，方慮其官多而人少也。

季世之法，不主於用賢，專主於防不肖。夫既知其不肖，則去之而已。不務去之，而務防之，不肖者未必受制，而賢已不勝其掣肘也。安得謂非立法之弊乎？

寬收嚴試，久任超遷。此八字，用人之良法。

近行薦舉，最是良法。然有三弊。一曰行之太拘。蓋薦舉之法，所以通科目之窮、破資格之弊也。今必曰某官得薦、某官不得薦，某官薦得任某職、某官薦不得任某職，是仍重科目，仍拘資格也。一曰任之無法。蓋善惡有類，邪正有黨，君子所薦大抵多君子，小人所薦大抵多小人。今不立法詳試而概任之，且宜兵而工、宜禮而刑，用違其才者，又不可勝計也。即有真才，亦烏能效用乎？一曰繩之太急。連坐之法，所以待小人，非所以待君子。故同是人也，或始終變節，或窮達易操。當其舉之，未可謂非也；舉之而受舉者變節、易操，則非舉之者之罪也。且仕途傾險，詭譎百出，或叢忌舉主而陰中傷所舉之人，或傾排所舉之人而并累及乎舉主，種種株連，爲害不可勝道。則雖有賢士在下，舉主亦安能不顧身家、不惜禄位，奮然以舉之乎？無怪乎勉强塞責，而以柔滑善媚之徒虚應故事也。

薦舉不可尚虚文，當疏其實。或其人才德兼備，或有德無才，或有才無德；或其才長於某事、短於某事，用可任某職、不可任某職，皆一一疏列。不拘大小臣工，有即薦舉，多多益善。天子臨軒親策之，分類而試，試以經義、治事，擇其尤者更召對面試之。可者擢用，不可用者散歸，庶無前弊而收實效。

日者觀匠人，得教人與器使之道。凡木之大小、枉直皆材也，規矩、繩墨皆法也。材有不齊，而法無不一，故能使之咸就條理。至於奇瑰之材，不可拘以繩墨者，則又隨材而器使之。故天下無不可用之才，而亦無不可成之事。今之時，教法廢矣，而器使之道，則又棄而不講。使細者爲梁、短者爲柱，大者爲椽、長者爲節，乃謂天下無材，謂天下之事必不可成，豈不冤哉！

看篩米得取人之法，雖疏節闊目，不無遺珠之歎，然往往拔十得五。

舊制，舉進士必分試九卿衙門觀政。每衙門約三十餘人，堂長司僚與之朝夕，而試之事，會其實以上於天官。天官籍注以定銓選，隨材授職，職必久任。故洪、永時，得人爲盛。今之觀政，則不過隨班作揖而已，名存實亡，可慨也夫！

用人之法，古今不同。三代以上，開誠布公，主於用君子；雖或間容小人，然君子易於展布。三代以後，禁制束縛，主於防小人；小人終不能防，而君子之進退掣肘爲已極矣！問：設有小人如何？曰：小人惟有不用法，更無防法。

《中庸》曰：「繼絶世，舉廢國，治亂持危，朝聘以時，厚往而薄來，所以懷諸侯也。」則知古人治天下，全在懷諸侯；今人治天下，全在擇守令。

諺語「清官不出吏人手」，非官愚而吏智也，官不久任而吏多積年故耳。誠能一切反之，吾知吏必不能出官手也。

人非聖人，不能無過。故君有過臣諫之，父有過子諫之，代不乏人。獨爲長吏令一邑，未聞闢一言路，令群下得言其過失。近爲民父母，而驕亢反過於至尊，無拒諫之名而有弭謗之實，誠所不解也。今後，吾黨得第爲縣令時，必尊禮有道，祈聞得失。月朔必置一櫃，令士民投牘於中，言我一月中過差，庶無冒昧妄行之弊。

治天下，以求才爲先；治一邑，亦當以求才爲急。今之郡縣，非無才也，而有司不知作興鼓舞之道。其有留意人才者，不過季考月課，爲文字相知耳。夫文字之責，上有督學，下有學師，何煩有司更爲數數也。愚謂有司季考月課，當另爲一法，分理學、經濟二科，設爲條問。理學如「顔子所好何學」之類，經濟則舉時務之切要者，每科數條，觀其所答優劣，德行優者，養之庠序；經濟優者，措之施行。不惟賢才可以立得，而聞風興起者，吾知且不可勝計矣。

思辨録輯要卷之十三

明太倉陸世儀道威著

治平類

設官分職，所以爲民極也，故官制清則民志定。周制，在天下惟公、侯、伯、子、男，在一國惟卿、大夫、士而已。自秦罷侯置守，分爵二十級，而漢、唐、宋因之，愈棼愈亂。其制，有爵、有職官、有加官，又有散階勳爵。或一官而兼數銜，或一事而設數官，或古貴而今卑，或古卑而今貴，名目混淆，等第雜亂。欲居官者，顧名思義難矣，於以治民不亦謬哉！故愚謂治天下，斷自清官制始。

三代以官爲治事之司，故其制簡而清；後世以官爲賞人之物，故其制繁而亂。

勳階之制，始於唐，歷代因之。夫既有品級，又有勳階，不繁而益繁乎？且古制卿、大夫、士，今勳階一以大夫爲稱，而但以榮禄、光禄、資善、資政爲次第，亦何所分别。甚有大夫與卿同稱者，如資德大夫、正治上卿之類，蓋因循於唐、宋之舊，而不知取法於三代也。

九品之制，竟以上卿、亞卿、少卿、上大夫、中大夫、下大夫、上士、中士、下士别之，似覺清楚。

三公三孤，古所謂「論道經邦、貳公弘化」者也。記曰：天子無職，三公無官，參職天子，何官之稱。蓋非特參職天子，直尊於天子矣。故其稱曰師、曰傅、曰保，皆尊於天子之稱也。惟周召之倫，足以當之，無則寧缺。故曰：官不必備，惟其人。周召之以公孤兼宰相，以公孤宰相非周召不可也。後世不務得周召其人，而概以公孤爲兼官。馴至唐、宋，或以之加武臣，或以之加寺宦，或以之加親王子弟，名實之乖，遂至大壞，先王之意荒矣。愚謂師傅等官，多屬空名，似不必設。今之所謂國子監者，是誠天子之師傅，而天子所當敬禮者也。當慎擇其人，即以師傅之禮尊之，北面受教，隆之以禮而不煩之以事，重之以道而不授之以權。即古公孤之遺意而善用之，是亦治古變通之法也。後世公孤，既徒設空名，不徵實用，而國子監又下夷於九卿，胥失之矣。

語曰：人主之職在論相。堯以不得舜爲己憂，舜以不得禹、皋陶爲己憂，自古及今，未有宰相不得其人而天下治者。自國朝不許設丞相，心竊疑之。及歷攷古今，《周禮》無宰相之官，自秦始制丞相。堯之於舜，舜之於禹，信之專、任之久，蓋將禪之也。家天下以後，此任未可專寄。漢承秦制，始設丞相，旋改三公。唐、宋以來，其名不一，或稱尚書令，或稱中書令，或稱僕射，或稱平章，或稱同三品，或稱大學士。雖皆宰相之職，然大約皆二三並任，不獨任，且皆兼官，非專官。其專官而獨任者，在漢則曹操，在魏則司馬師、昭，又有黃鉞大將軍、大丞相、諸大將軍之類，皆爲專官獨任，未嘗授人。惟宋、齊、梁、陳、隋，諸臣將受禪，則居之，此外惟桓温、王敦、侯景。則知丞相之職，其不可專官獨任，亦較然矣。按《周禮》，六官之外無官，則宰相舍六官又誰相乎？黃帝得六相而天下治，六相即六官也。《周禮》，天官謂之家宰，則既以宰與天官矣。但專任恐權太重，故使之同於五官。後世誠能法《周官》之意，竟以六官爲六相，家宰提其衡，五官襄其事，而天子親決萬幾於上。則既無專擅之嫌，亦無紛擾之患，天下受置相之利，而不受置相之害，或者其庶幾乎！

國家設五軍都督府，其衙門及官銜品級，俱尊於部院，蓋以兵柄不可下移，略寓天子親操之意也。然凡衛所武官，一應承替襲職之事，皆必達於兵部而後行，則尤有犬牙相制之意，蓋開國之慮深矣。

親軍衛之與五軍府，即漢之南北軍也。其勢互相制馭，不爲不善。但五軍府都督多以勳臣爲之，錦衣則專以恩賚大臣子弟，雖即周官庶子之意，然率以不知兵之人充任，緩急莫可恃矣。愚意二軍之將，亦當間用邊將中之年老者。蓋即以示國家優厚之恩，而亦可藉其老成練達之力，居中制馭，兩得之道也。

吏部，古天官冢宰之職也。然古者太宰之職，掌建邦之六典，以佐王治邦國：曰治典，曰教典，曰禮典，曰政典，曰刑典，曰事典。蓋偏言則專一職，統言則包六職，猶四德之仁，兼四端、統萬善也。今則專於選事，猶一郎曹之職矣。愚謂宰相可不必設，而吏部則不可偏於一事也。宜稍倣古冢宰之職事，權雖分掌於六官，而樞要則獨綰於冢宰，庶無專權之虞，亦無涣散之弊。

天下之官，皆選於吏部，故冗雜繁亂，人才不能周知，不得已而用資格。此吏胥之事，非官長之事也。誠能參用古法，朝廷擇冢宰，冢宰舉五官，五官各舉其屬，外官之長及外官之僚屬亦如之，吏部但總其成，則頭緒清而人才易於器使矣。朝廷未知職要之法，用人之效未可期也。

周制，地官司徒主教養萬民，今之户部但主户口、田賦、貢役、經費，非古制也。蓋古者王畿千里，千里之外以封諸侯，而千里之内又分采地，九賦之斂，其入無多，故可專意教養。今則海内之田賦皆屬户部，勢不得不以「教」之一字聽之學校，而全部專心會計矣。國初，止分四司，而其後又分十三司，十三司各分四科，誠以庶務之浩繁也。然古者有教有養，而今制但聞取民，世代升降，感慨係之矣！

古者，成均教士，司徒教民，三物八刑、五禮六樂，皆所以齊民也。漢、唐以來，成均教士之法，猶存其名，至司徒教民，則名實俱亡矣。孟子云：「無恒産而有恒心者，惟士爲能；若民，則無恒産，因無恒心。」以此知教民尤急於教士也，爲人上者，可不加之意乎？

禮部，一王禮樂教化之所出也，而有僧録、道録二司，何居？且僧録、道録不已，而又有教坊司，傷化甚矣。有王者起，其一舉而釐正之乎！

在昔，漢有太尉、大司馬、大將軍，五季有樞密院，大約皆主兵柄，而權在宰相之上。權臣挾震主之威者，率居此任，蓋兵權在握，則無所不爲也。國初亦設大都督府，後以朱文正坐罪，廢不設，尋分爲五軍都督府。雖品秩如故，而兵部陰移之，其權分矣。至永樂中，盡歸兵部，五府都督不過守空名與虚數。防微杜漸，莫此爲善，有國者所當法也。

伏讀《諸司職掌》内「刑部」一條，有曰：「凡籍産，不得及其先墳塋。」此一語，真王者之言，與文王「罪人不孥」之意並美千古矣！

「宗人不即市，宫人不即獄」，二語亦王政也。

工部，凡軍器、軍裝、火器屬虞衡，戰車屬都水，名義未正。愚謂都水、屯田可并也，軍器則宜另爲一司。

慎刑，雖天子美事，然愚以爲慎刑莫如簡法。蓋簡則冤抑少，繁則冤抑愈多，欲救之而適以斃之。今一刑也，既有刑部，又有大理，又有都察院，謂之三法司，爲太繁矣。而鎮撫詔獄，又得參其間，欲無冤抑得乎？故愚以爲不特鎮撫可廢，即大理亦可廢也，一刑部足矣。

從來帝王之家，處宗族最難。尊其位、重其禄，固親親之道，然過於優厚、不爲限制，宗繁費大，爲患終窮，亦國家莫大之憂也。愚謂子孫之親，與祖宗等，祖宗尚以親盡爲隆殺，況於子孫而不爲之差等乎？有天下者，宜一以古禮爲準，上則高曾祖考，下則子孫曾玄，皆以四代爲次第。如天子之庶子，則爲皇子，皇子之子爲皇孫，以下爲皇曾孫、爲皇玄孫，其禄以漸而降，至皇玄孫後則不降，不可降也。皇子之庶子，又爲王子，王子之子爲王孫、爲王曾孫、爲王玄孫，其禄亦以漸而降，至王玄孫則不降，無可降也。如此，則不至有過重之憂，亦不至有失所之患，庶幾情義兼至矣。今試擬圖如左。至於禄之厚薄，❶則君、相臨時斟酌可也。

宗藩遞降圖

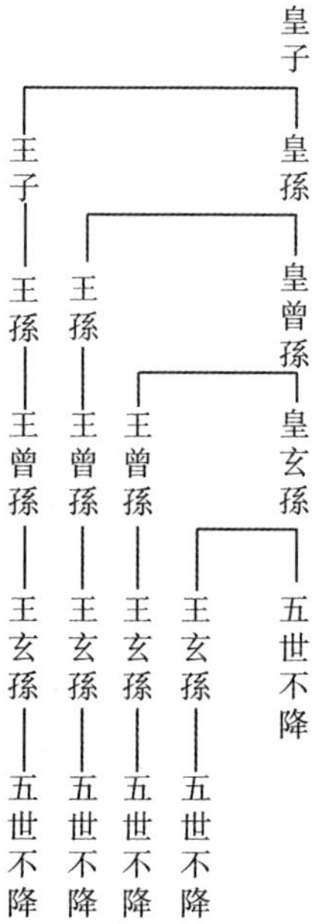

❶「之」，原重文，今據正誼堂本删其一。

夏、殷、周皆有九卿，即少師、少傅、少保及六官，外此無卿。今制六部、都、通、大，謂之大九卿，而鴻臚、太常、光禄寺，又謂之小九卿。以今觀之，殊可併省。如鴻臚、太常、光禄，可併入禮部；太僕、苑馬，可併入兵部；翰林、尚寶、欽天，可併入吏部。國子監，則當格外獨尊，而不當儕於諸卿。此勢之至便而制之至善者也。昔宋初，雖有九卿之名，皆以爲命官之品秩，而無執事。元豐正名，始有執掌。中興初，併省冗職，衛尉、太僕併兵部，太府、司農併户部，光禄、鴻臚併禮部，亦惡其頭緒之分也。立官制而能使頭緒井然，則治天下之道，思過半矣。

《周禮》不設諫官，先儒以爲人人可諫，故不立諫官，❶此亦一説。然亦可見三代信大臣之專、待大臣之厚，此由三代人主，皆能正心誠意，以身取人故也。故愚以爲，朝廷設臺諫，不如設師傅。師傅教人主以正心誠意之學，學進則人主自能辨大臣之賢奸，無俟廣設耳目也。

昔人謂《周禮》無諫官，凡官皆可諫者，其言似是而實非也。地官之屬，師氏詔王善，保氏諫王惡，則保氏便是諫官。故後世之設諫官，非《周禮》意也。其必復師氏、保氏之舊，而在於王所乎？

翰林院始於唐。唐制乘輿所在，必有文詞經學之士，下至醫卜伎術之流，皆寘於別院，以備燕見；而文書詔令，則掌於中書舍人，未之及也。乾封以後，始召文士元萬頃等草文辭，謂之北門學士。玄宗初置翰林待詔，以陸九齡、張説等爲之，掌四方表疏批答。又改翰林供奉爲學士，別置學士院，專掌内命。凡拜免將

❶「立」，正誼堂本作「設」。

相，號令征伐，皆用白麻。其後選用益重、禮遇益親，至號爲内相，又爲天子私人，而翰林院始大重。然所謂學士，皆以親疎遠近爲貴賤，未嘗有一定之品秩也。宋始有定制，職始貴顯。至於今制，則直以爲儲相之地，士子登高第者，竟入翰林，不數年可坐致館閣。夫宰相，天下安危之所寄也，人主擇相，當務取洞悉國體民情者，豈可徒取文章華國乎？儀謂翰林既爲儲相地，當即以相業期之。入院之後，宜講貫歷朝經制，務爲明體適用之學，則得之矣。

古者太子，太傅在前，少傅在後，入則有保，出則有師，無所謂東宫官屬也。秦、漢以下，始加置詹事中庶子及諸府寺等官，亦有以他官而監護者。儀謂太子在東宫，止有學問，無他職事，何必另建官屬？保傅之任，宜擇勳戚老臣爲之。至於師，則有太學之師在。太子當日夕習禮樂政事於太學，更妙選太學端方之士，與之朝夕周旋，更迭進見。所謂「太子入學，則與士齒」是也。若設專官，是狹小其途矣！

太常，司祭祀禮樂之事，宜妙選官屬，擇知禮識樂者爲之，不宜泛泛升授也。

《周禮》，醫師歲終則稽其醫事以制其食。十全爲上，十失一次之，十失二次之，十失三次之，十失四爲下。夫十失四，亦醫中之佼佼者矣，而考猶爲下，則上古之重民命也。今制雖亦有三年、五年試法，而俱爲虚文，無怪乎世之無良醫也。

馮相、保章，《周禮》俱屬春官，國朝特設欽天監，重之也，亦祕之也。然其職太卑，又其官世傳，不選於外，止能知數，未能明理，是以久而廢弛，鮮克勝任。欽若昊天者，當尊其官，寬其禁令，博求賢者，以講明曆理，而時修曆法，則庶幾乎！

洪武初，設國子學，後十五年，改國子監。按監本國學，孟子云「學則三代共之」，宜正其名稱爲妥，若以監名，則與諸寺監同，非古人重學校之意。

洪武初，祭酒爲正四品，後改爲從四品。壽州學訓導劉亨疏，國子祭酒品位，不當在太僕卿下。當時頗納其言，然卒未改正。夫祭酒，天下之師也，隆重師儒，乃治天下第一要義。正四品且非，況從四品乎？

每見前代好釋、道者，往往稱釋、道二家爲國師。夫祭酒，則誠國師也，不以國師稱而僅謂之祭酒。祭酒者，年長之稱耳，豈所以崇儒重道乎？

洪武二十八年，重定内官品秩。内官監凡十一，監設太監一人，秩四品，左右少監一人，秩從四品，是内官與國子師品秩相並，且過之也。又其衙門同以監名，當時何以無人論正？

國初，自兩京而外，分十三省，每省設都、布、按三司，蓋古者方伯之任、節度使之職也。然則布政之職宜獨尊，今三司等級，都居上、布次之、按又次之。蓋國初每事右武，故以五府居六部之先，以都司居布政之先，其實非也。一省之政，聽於布政，則都司、按察，皆布政佐貳之官也。今既並列以分其權，而布政復有左右二員，防制嫌於過矣。

設官當以民事爲主，布政主民事者也，故宜居二司之先。若謂恐其權專而莫可制，則權莫重於兵，顧以都司爲可制乎？

朝廷設官甚多，惟州、縣爲親民之官。昔漢宣帝謂：「與我共天下者，其惟良二千石乎！」今則共天下者，惟良有司而已，蓋即古者百里之諸侯也。其體貌不可不崇，其委任不可不專，一邑人才使得自行辟召，一邑兵食使得自行調度，若徒掣其肘，而又欲責其成功，難矣。或謂：制馭之道，不可不講。儀謂：不然。蓋權勢太重，如一郡一省，誠不可不防。若州縣，則一彈丸地耳，正賈誼所謂「衆建諸侯而少其力」者，過防則太弱，且不能自振，又何能爲王家宣力哉！

思辨録輯要卷之十四

明太倉陸世儀道威著

治平類

天無體，以二十八宿爲體。天無度，以日之行爲度。天無赤道，以南北極爲準而中分之爲赤道。天無黄道，以日躔之所經爲黄道。天無十二次，以日月所宿之次爲十二次。

天亦不止以二十八宿爲體，天只是積氣，自地以上皆天，一層高一層，一層緊一層。凡日月五星與二十八宿，俱在氣中，俱屬天上，俱爲天體。但人要將天與日月五星分别，而日月五星有象、天無象，故以二十八宿爲天之體。其實日月五星與二十八宿皆爲天體，天只是氣，日月五星、二十八宿皆氣中之物。

天氣愈高則愈疾。凡在氣中而居下層者，其行稍緩，氣緩故也。再上則稍疾，以至層累而上，至於極頂，則氣愈緊而行愈疾，此亦自然之理。昔人有九重天之説，朱子嘗取之。又謂「天際惟勁風搏轉」，即此意。予嘗讀《遊華山記》，謂山頂風急，人不得站立行者，皆依山附木，否則吹倒，每日都是如此。則氣高而愈疾之説，益驗矣。

思「勁風搏轉」之説，因念若果如此，則天際當惟有東來之風，無西來之風矣。乃天際時有貼天之晴雲，或東或西，無定何耶？意者風與氣不同，氣有左旋而無右旋，風則東西南北，惟其所之耳。

天氣雖愈高愈緊，然中間卻寬和，所以生養得許多萬物。

惟運旋緊，故中間有生氣。若不運旋，則乾坤毁；乾坤毁，則萬物或幾乎息矣！

《晉志》載黄帝書曰：「天在地外，水在天外，水浮天而載地也。」此言大非。水爲有形之物，水既載天，則載水者，又屬何物？得無滲漏乎？天，氣也；水、土，皆形也。氣能載形，形不能載氣。

曆家以九百四十分爲日法，則一度爲九百四十分。以九百四十分而得四分之一，則爲二百三十五分。此所謂四分之一也，大約是三個時辰。

天度如瓜棱，近兩極者狹，近中間赤道者闊。

天體至圓，縱横皆作三百六十五度四分度之一算。

程子謂：「堯夫立歲差法，貫絶古今。」又謂：「今人論歲差，只隨時測驗，惟堯夫有一定法。」又謂：「堯夫歲差法，只於日月薄蝕處求之。」予向不得其説，由今思之，堯夫亦只是隨時測驗。蓋曆家算日，只用三百六十五日四分日之一，常理推算，不便測驗。何爲不便測驗？蓋日光照耀，其所行處，列宿皆隱，不能知日之所行，某日在某度上也。其測日之法，只於月之晦朔弦望上求之。然晦朔弦望亦未能分毫皆準，惟薄蝕之時，日月或合并、或對望，同道同度，分毫不差。於此時求之，則知日行在某度上，歲差之法於此可求。是亦隨時測驗法，非一定法也。

《中興天文志》言歲差，自宋距堯，差四十餘度。循是以往，萬五千年後，所差將半周天，得毋寒暑易位？此言大非。寒暑之來，乃因日之遠近，故南至則必寒，北至則必暑，不因所纏之宿而生寒暑也。若如《志》所言，則自堯至宋，節氣已當大異矣，何卒未嘗異也？

天文圖，蓋天不如渾天，人知之矣。然渾天舊圖，亦漸與天不相似，惟西圖爲精密，不可以其爲異國而忽之也。

天文左右旋之説，古今聚訟。儒者執左旋之説，而以七政爲必不能右旋，非也。夫天猶水也，日月五星猶魚也，日月五星之行天，猶魚之行水。古詩有云：「東流之水，必有西上之魚。」豈以日月五星之靈，曾不若水族之微，而僅僅比於腐木亂草隨波上下？且在日月則有薄蝕變怪，在五星則有遲留順逆，在恒星則有飛流隕墜、變動不測，豈一右旋之微而不能？學者但虚心觀理，不可過泥前人成説。

天文家有二，一星曆，一占驗，即古所謂馮相、保章也。儒者欲談天道，必合二家而會通之，其理不相齟齬，始可據以爲斷。左旋之説，於曆學家頗無所礙，但於算稍繁耳。若占驗家，則殊不然。占驗家談五星，以東行爲進、爲順，西行爲退、爲逆，吉凶之占，皆有明驗。若主左旋，則凡五星東行反謂之退與逆，西行反謂之進與順，與古今占驗俱大相反，此不可之甚者。儒者豈可執揣摩之虚理，違占驗之實事。故愚以爲，天文家言天左旋、日月五星右旋，此説較長。

天積氣，日月五星積精，精行氣中，各一其性。

七政行天是精乘氣，非氣轉精。

月光借日，此沈括之言，朱子極取之，予以爲未必然。月雖陰質，然亦精氣所爲，非塊然一物。天下之物，惟銅鐵、瓦石能受光不能通光，若水晶、琉璃，一麗太陽，亦表裏洞徹矣。月雖陰類，然以擬於物，必非銅鐵、瓦石，豈反不如水晶、琉璃？愚謂月之光月自有之，其盈其虧，皆月所自爲，不借日光。《尚書》「生明死魄」，亦一證也。

問：月光非借日，何以晦朔弦望毫無差忒？曰：此所謂應日，非借日也。應日以理言，借日以形言。

日月薄蝕之説，亦氣感也，何以必於朔望？曰：氣至此而後相感也。天之有道度，猶人身之有脈絡；日月之有薄蝕，猶肢體之有疾痛。日月必同道度，而後生薄蝕；肢體必中脈絡，而後見疾痛。腎虚而齒摇，肝盛而目赤，腎之與齒、肝之與目，其形未嘗相見也，然而根伏於此，眚見於彼者，其脈絡同也。世未有腎虚而目赤、肝盛而齒摇者，則非朔望日月，又安得蝕哉？

西學言日月蝕爲地影所障，似亦有理；然即以地影之説求之，恐未必然。日之體猶火，月之體猶水，火外景，水内景。内景者，受景於内也。故月中之景，古今相傳爲山河大地，近以西洋望遠鏡窺之良然。今爲地影之説者曰：日之體大於地，地之體大於月，故日之光能及於月，而月之光每障乎地。其所以或障、或不障者，以其去地遠，中間空處多故也。夫内景之物，其體常虚，其照常廣，愈遠則被照之物愈少而所照愈廣。今夫地雖大於月，然月去地遠則地小，而月中之景當亦小矣。地之周圍空處甚多，則月之照地，宜四邊俱作圓形，而中心一點獨黑。譬如高廣大廈，繫鏡高梁，中懸一球，球體雖大，而自高梁之鏡照之，則球形自小，而球之周圍俱見，此常理也。乃今月中之景，不爲圓形而作散形，或白或黑，其體不一。又其黑處，有直際月之邊者。則知地之形，未必爲球，而地之大，未必僅大於月。地球間隔之説，猶有可議也。

月抗日而食，蓋陰以抗陽而得罪也。望而盈，似乎亢矣，然不蝕者，蓋同度不同道，雖盈而不亢也。至於同道、同度，則亢矣。此如后妃然，正位中宫，與人主爲敵體，此盈也，非亢也。如吕、如武，則亢矣。即日月食，亦可識天地間陽貴陰賤之義。陰雖與陽匹敵，然一至於亢，則其體自虧。陽雖爲陰所掩，而真體常存，不少損壞。然則爲陰類者，固不宜自盈而至於亢；爲陽類者，亦慎毋自忽而至爲物所蔽也哉！

古今言曆者，無慮數十家，其稱善者，惟漢司馬遷《太初曆》、唐一行《大衍曆》、元郭守敬《授時曆》。然三家之中，又惟《授時曆》最善。蓋三家定曆之數，《太初》則以鐘律，《大衍》則以蓍策，《授時》則以晷影。以理揆之，雖云「六律爲萬事根本」，又云《易》「能彌綸天地之道」，然據其成數以爲曆算，終屬湊合。不若晷影之法，以天測天，尤爲精切。所以迄今二百餘年，交食之法，猶未甚爽也。

欲驗曆法合否，只在交食。然交食只定時刻，分數便難。假如二人言曆，其一人定某日午時一刻日食一分，又一人定某日午時二刻日食二分，欲辨正之，須先定晷刻。其定晷刻之法，或以沙漏，或以水漏，或以晷影。晷影或陰雲不現，沙、水二漏則互相參差者有之。蓋漏本人爲，非天造地設也，此時刻之難也。至於分數，則三分已上，便易識認。其一二分之間，日光晃耀，誰能確然分別？即用油盆、用樣板，終不能不差分杪也，此分數之難也。即此二者，孰能定其優劣？以此知定曆之難。天本動物，占天者，亦安能毫髮不爽？但時勤測驗，務使密合，於授時不誤足矣！

歲差者，歲歲有差。假如今歲冬至日在箕三度，至明年冬至日仍在箕三度，其間已差杪忽矣。所以然者，天行與日行各自不同，其間自不能無過與不及，但所差甚微，須久久積算乃見。所以古曆有以四十年差一度者失之過，有以百年差一度者失之不及，惟《大衍曆》以八十三年、《紀元曆》以七十八年爲近。而又不若近時西學，歲約一分五十杪不等、約六十六年八個月而差一度者之爲密也。蓋歐羅巴人君臣盡心於天，終歲測驗，故其精如此。

歲差，堯時冬至日在虛一度，今在箕四度，上距堯時約差五十度。自堯至今，不過四千年耳，其所差已如此。自堯以前，不知幾千萬年；自今以後，又不知幾千萬年。若約以四千年差五十度論之，周天度數不過三百六十，只二萬八九千年，周天度數盡矣。堯夫「元會運世」，以一元爲十二萬九千六百年，則歲差亦須在周天打三四轉。

看蛛網，可悟天文圖。其縱布處，即周天二十八宿分度法也。其衡布處，蛛網較密，舊圖止赤道一圍，今西圖亦有三百六十度矣。

漢儒談天家多謬，至於升降四游，尤屬可笑。《考靈曜》云：「地有升降，星辰有四游。春分時，地當正中，自此漸下，至夏至下游萬五千里。秋分，地亦當正中，自此漸上，至冬至上游萬五千里。立春後，地與星辰西游，春分而極，春末復正。立夏後南游，夏至而極，夏末復正。立秋後東游，秋分而極，秋末復正。立冬後北游，冬至而極，冬末復正。」此皆揣摩晝之長短、日之遠近以爲言，不知地之上下、星辰之東西，有南北極可攷。而謬妄若此，載之史册，足徵知天者之鮮。

宋《中興天文志》採近世諸儒之論，其間固多可採，然最舛謬者，莫如「客星」一段。其言曰：「天有客星三，曰老子、曰國星、曰温星。老子非李耳，古之有德行而不仕、老而有壽之人。國星者，國皇也，不知何國之人。温星者，温其姓，古之有操行而不仕者。三人之精皆爲星，帝命之爲客星。錯出於五緯之間，其見無期，其行無常。」此無論古今史傳，未嘗載三星之名，即其立言之荒誕謬妄，亦有大可笑者。而史官採之、書傳引之，難矣哉！

天官惟占候家最多謬妄，此不可不知。

漢儒之占天失之鑿，晉、唐、宋諸儒之占天失之略。

甚哉！占天之難也。魏明帝問黄權，三國孰爲正統？權對曰：以天文則魏爲正。然攷之史，黄初四年，三月癸卯，月犯心大星。占曰：王者惡之。四月癸巳，蜀先主殂。《晉・天文志》云：「二石雖僭號，其强弱常占昴宿，不關紫宫太微。」然以《載記》攷之，流星入紫宫而劉聰殞，彗尾埽太微而苻堅敗，❶熒惑守帝座而吕隆破。梁武帝時，熒惑入南斗，武帝被髮跣足、下殿禳之。而北魏有孝静帝之變。晉庾翼《與兄冰書》曰：「歲星犯天關，江東無恙，而季龍頻年閉關，此復是天公憒憒無皁白之證也。」以此言之，天道遠，人道邇，占驗之家，豈能一一盡中？而術數之士，每每妄言，其亦過矣！

西學絶不言占驗，其説以爲日月之食、五緯之行，皆有常道、常度，豈可據以爲吉凶，此殊近理。但七政之行，雖有常道、常度，然當其時而交食陵犯，亦屬氣運。國家與百姓，皆在氣運中，固不能無關涉也。此如星命之家談五星之恩仇，五星之行與人無與，然值之者，亦不無小有徵驗，況國命之大乎！或以爲西學有

---

❶「苻」，原作「符」，今據正誼堂本改。

所慎而不言，則得之矣。

占天之書，國家例有明禁。其所以禁之者，正以術數之家多冒昧妄言，易於惑人作亂也。若夫天道之運行，日月五星之晦蝕盈縮，星野氛祲之變現，則《性理》、《綱目》載之，二十一史全著之矣，國家亦何嘗禁？而博學之士，固可以束書而不讀哉！

曆數難而易，占驗易而難。曆數所争常在分杪之微，非理明心細者，不能窺其門户，然有成法，可按而知。占驗則占書具在，然以二十一史觀之，或同一災變而事應各異，或災變甚大而絶無事應，非心通造化，未足以語此矣。

思辨録輯要卷之十五

明太倉陸世儀道威著

治平類

建都之地，自古惟關中、洛陽，近則有北平。其餘如汴、如金陵，地勢偏坦，俱不可用。三者之中，議者以關中爲第一，北平次之，洛陽爲下。愚竊謂不然。自古建都，當以漕貢便利爲第一，巖險次之。北平背倚雄關，東環滄海，誠天府之國。然漕貢之道，元人全仰海運，兼取給會通河，我朝則專恃會通河一路，一旦海波有警，河淮路塞，京師便成枵腹，此不可之大者。又其勢偏在東北，内阻黄河，設邊警卒臨，中原阻塞，則更無退步，是京師爲孤注也。關中沃野千里，三面阻險，一面東制諸侯，地勢之險，天下莫與匹。然吾以爲此霸國，非王國，據之以取天下則有餘，臨之以守天下則不足。輓天下粟給關中，率三十鍾而致一石，一也。自周及漢、唐，世有戎狄之禍，二也。有事出走，居洛陽則地勢益坦，居蜀則險阻難出，三也。惟洛邑居天下之中，地勢適均，河漕便利。昔周公既作鎬京，而猶營都洛邑，非僅謂有德易興、無德易亡也。知鎬京之地形勢雖固，後必有以貢賦爲艱者，讀《詩》之「大東」、「小東」可知也。故欲以洛邑爲堂皇，以關中爲家當，無事則坐鎮洛邑享天下之便安，有事則退保關中據天下之形勢，建都之善，無過於此。自成王不及居洛，僅以爲朝貢之地，幽王失鎬，而後平王始遷之，是猶家當已失而兀坐堂皇，其不至衰弱而遽亡者幾希。此非其地之不善，所以居之者，未得其道故也。

建都長久之策，必當如成周之制，以洛陽爲堂皇，關中爲家當。至於王畿之地，尤當較成周爲倍廣。北枕太行，則可以收胡駱代馬之用。西控潼關、夔峽，則可以通秦豫往來之路，絶川蜀覬覦之萌。南引江、淮、漢、沔，則可以盡粟米百物之利，制東南上遊之勢。所當備者，惟東北一路。誠能仿古封建之意，參以賈誼衆建諸侯之法，使之棊置星羅，人自爲守。而又於燕雲青徐要害之區，各設重鎮，統以京師重臣，戍以京營鋭卒，更練士兵以輔之，即有不虞，力能自衛。況以京師之力，西收秦晉川蜀之甲，南漕江廣三吴之粟，勢又甚便，其誰能窺之？萬一不支，上則入關，次則入蜀，可以圖恢復。最下則汎舟江南，猶可爲晉、宋六朝之繼，所謂狡兔三窟是也。況乎有國家者，以得民心爲第一，漕貢便則民心不至遽失。周平王、漢光武雖處末季，而猶享國長久者，正謂此也。有天下者，可不加之意乎？

或云：子房有言，洛陽四面受敵，非用武之地。此子房就當日時勢言耳。是時，天下未定，群雄猶有窺伺之念。況高帝經營草昧，未暇營築京師，不若因天地自然之險，故以關中爲第一。至於天下既定，則斷當以洛陽爲都。《易》曰：「王公設險，以守其國。」夫險不必皆天險，人力固可設也。洛陽即無險，若環王畿千里之地，皆多築城堡，周圍聯絡，盗賊亦自不可卒入。況乎前江、淮而後太行，左成皋而右殽、函，又有可因之險乎？故天下未定，則當都關中而經營洛陽；天下已定，則當都洛陽而經營關中。

洛陽雖無險，然一都洛陽，設兵控制潼關、夔峽、吴會、燕雲，能令天下皆失其險，此所謂大險也。

都洛陽有十便。居天地之中，風雨會，陰陽和，一也。朝貢便利，二也。以秦、蜀、吴會爲家當，進退有據，三也。所防止東北一面，爲力易辦，四也。襄、鄧之間多閒田，區處耕墾，可以處四方輻輳之衆，五也。背河向洛，江、漢朝宗，中龍靈氣所聚，風氣中和，歷代帝王、聖賢多産於此，六也。歲省漕輓之費數十萬，可以佐大農金錢，七也。從來盜賊之亂，多起於徐、泗，多藏於鄖、襄，今使之屬在畿輔，則盜賊不致易熾，八也。湖、廣地饒，一歲再穫，京師可常足，九也。民俗剽悍善鬭，可養爲兵，十也。

都洛陽亦忌河患，即於荆、襄之間亦得，但無大都可因耳。王畿之制，必南際江，北抵太行、孟門，西控潼關、夔峽，東連吴會爲妙。如今省制，則地勢太狹，不可用。

讀《禹貢》一篇，知建都之要，全在漕運便利。

人欲知地利，須是熟看《通鑑》，將古今來許多戰争攻守去處，一一按圖細閲。天下雖大，其大形勢所在亦不過數項。如秦、蜀爲首，中原爲脊，東南爲尾。又如守秦、蜀者，必以潼關、劍閣、夔門爲險，守東南者，必以長江上流荆、襄爲險。此等處，俱有古人説過、做過，只要用心理會。其或因事遠遊，經過山川險易，則又留心審視，默以證吾平日書傳中之所得，久之貫通，胸中自然有箇成局。其他瑣碎小利害去處，俟身到彼處，或按閲圖籍，或詢問土人，當自知之，無庸屑屑也。

地利只是險阻二字，山爲險，水爲阻。秦以一面東制諸侯，山爲之也；長江天限南北，水爲之也。推此以往，可以知地利矣。

看地利風水書，亦有益於地利之學。以其言山水頗有條貫，便於記憶也。

地勢險夷，古今亦有變更，不可盡據書傳。昔當秦、漢時，函谷至潼關八百里，其右阻河，其左傍山，道遠險陿，敵來犯關，常在千里之外，故曰「秦得百二」。今聞河流漸北，中饒平陸，寬坦無阻，失其險矣。天下之古今易勢者，豈特一潼關哉？

李悝爲魏文侯作盡地力之教，以爲地方百里，提封九萬頃，除山澤邑居三分去一，爲田六百萬畝。治田勤謹，畝益三斗，不勤則損亦如之。地方百里之增減，輒爲粟八十萬石。又曰：「糴甚貴傷民，甚賤傷農，民傷則流散，農傷則國貧。」其説皆名語，非鞅之開阡陌比也。但其意主於富國，故朱子以之與商鞅同稱耳。

《亢倉子》曰：「人舍本事末，則其産約，其産約，則輕流徒。國家有災患，皆生遠志，無有居心。農則其産稪，其産稪，則重流散。」又曰：「人農則樸，樸則易用。」此皆知本之論，有天下者，不可不知。

元時最重區田法，詔書數下，令民間學種區田，民卒不應，豈區田不便、反不如縵田歟？抑小民難與慮始也？予嘗仿其意一爲之，未盡其妙，然大約亦可倍收，一畝六十六斛穀則未必也。此條張本有、沈本無，當是脱漏。此條上，張本有「只永不起科」、「開中軍屯」兩條，沈本但有「永不起科」條，無「開中」條。按「開中」條見卷十六，此係誤衍，沈本去之，是也。「永不起科」條，當在卷十六「江南歲漕」條下，蓋是條有「用洪永開中法」云云，「只永不起科」云云，是申説上節未盡之義，誤置於此，今改正。

治水只是要識水平法。《孟子》曰：「禹之治水，水之道也。」又曰：「水無有不下。」此便是説水平法。治水者得其法，雖洪水尚可治，況江、湖、溪、澗之水乎？

治水不識水平，即一溝澮不可治。予家庭前地窪，每雨後必瀦水，予命老僕開溝通籬外大溝。僕固善土功，謂予曰：籬外地高，不可開。予不之信，强命之，已而遇雨，外水果大至。至戊寅，得《吴中水利書》，讀之，胸中浩然。夏夜雨集，坐廳事中，觀庭前瀦水狀，高卑坎坷，皆成山川之形。覺得自然有箇條理處，以此知不可無學問也。

欲識水平，必須有法。蓋地形高卑，在咫尺猶易辨，若一里二里以至數十百里，非有法，何由辨乎？《武經總要》載水平法。先爲水平池置本處，更以一人持度竿、照板，向彼處照之，即可辨高下，遞移遞進，無遠不可識。詳載本書，但其圖未詳。予嘗與登善兄論正，然未若句股算法爲便也。

西學有幾何用法，《崇禎曆書》中有之，蓋詳論句股之法也。句股法，《九章算》中有之，然未若西學之精。嘉定孫中丞大東更爲詳注，推演極其精密，惜此書未刊，世無從究其學耳。

水利與農田相表裏，故善治水者，以水爲利，不善治水者，以水爲害。江南澤國，而土田日闢，以水爲利也。西北高地，而每受河患，以水爲害也。故善言水利者，必言農田。

水利只是蓄、洩二字，高田用蓄，水田用洩，旱年用蓄，水年用洩。其所以蓄、洩之法，只在壩閘，知此數語，水利之道思過半矣。

西北水利不修，只壞在運河一事。運河地形，本難通流，瀦水設爲無數壩閘，勉强關住，常慮水淺不敷、運道艱阻，故凡北方諸水泉，悉引爲運河之用，民間不得治塘濼爲田者，爲此故也。習久不講，北人但知水害，不知水利，其爲棄地多矣。西北棄地多，不得不取足東南，東南竭，則西北亦因之以壞。建都不講，西北水利不修，運河不廢，民生之病未有已也。

河流湍悍，自古難治，其要訣不過順水之性而已。然今人治河，比大禹時更難。大禹時，去洪荒未遠，普天多空地，不過相地形之高下，去下流之壅塞，導之入江、入海而已。今則處處民居、田地、城郭、村落，鳳泗又有陵寢，皆强河流以就地勢，非就地勢以安河流也，雖欲順水之性，其可得乎？賈讓《治河三策》，欲徙冀州之民當水衝者，放河北入海，正所謂順水之性也；然卒格不行，豈非徙民爲難歟？

賈讓謂：「放河北入海，則河定民安，千載無患。」此言非也，河流遷徙不常，是其本性。蓋河水一石，其泥五斗，日流日積，河身日高；河身高則旁地卑，舍高就卑，忽然而決，自然之理也。久之，則彼處亦然，總是舍高就卑，故遷徙不常。所謂河流已棄之道，千古難復，正謂此也。豈有千載無患之理乎？今之治河者，亦惟有循河之舊，補苴罅漏，多爲遥隄以寬束之，使不大縱。其勢不可遏者，則權利害之重輕，而徙民以避之，如是而已。欲其一定而不復決，無是理也。

會通河全是人力做成，使水節節就制而爲我用，功亦偉矣！然當時臣工，何不移此心力，共成西北水利？而顧爲此以困東南，大巧反爲大拙。

江、淮、河、漢四大水，而河水獨難治者，三水清而河水濁，三水行於兩山之間，皆有拘束，河水行於土疏之地，而無拘束也。是故清者易治，濁者難治，有拘束者易治，無拘束者難治。

西北治水，其大要在黄河，導河入海，則西北之水患息矣。東南治水，其大要在震澤，導震澤入海，則東南之水患息矣，《書》所謂「三江既入，震澤底定」也。

凡諸水之泛溢，皆從山水來，山水之暴發，皆從霪雨來。蓋雨下諸山水悉入太湖，倉卒不能歸海，則泛溢田間而爲大害，治之者，不過欲其安流入海而已。安流入海，大是難事。郟亶之説，欲合江南七郡，同心并力，開河築圩，置壩建閘，必使江高於海，浦高於江，水由地中節節有制，此真治水良法，暗合井田溝洫之制。

婁江之塞，自己卯、庚寅已然，時張儀部受先每以爲憂。舊例，三江之開，必合蘇、松、常、杭、嘉、湖六郡，議同築舍。予與受先商，欲於六郡會計中，每畝加升合，代太倉漕糧，而免太倉一歲之漕，令其開河。蓋此説行在六郡，止毫釐之費，而仍收水利之功；在太倉，雖一時之勞，而亦有免漕之樂；在朝廷，則正賦不損錙銖，而已收百年之利，計無便此者。時受先以余議達州守，上請已得允，已而中止。

開河之法，莫詳於耿常熟《水利書》。彼蓋撮古人之成法，又酌以今人之時宜，修水利者，按册而稽，舉其成法，則思過半矣。然其要處，全在算土、派工。算土莫善於徐玄扈先生送上海縣公條例。派工莫善於坐圩起夫，圩長督工，田主給米。此亦耿常熟之法，而吾友陳確菴試之於蔚邨，顧殷重試之於朱涇者也。

算土之弊，在欺隱丈尺。假如河一千丈，彼則僞云一千二百丈，將此虚河賣與業户，名爲開河而實不開。若十丈爲⿱竹亶，兩⿱竹亶一樁，處處可覆，則虚河之弊絶。派工之弊，在欺隱田畝。假如某都田一萬畝，只作八千畝，其二千畝得業户銀錢，則不注册。若竟照魚鱗圖册實在田數，而止令公正算總數，不開業户主名，則派工之弊絶。

開河莫要於算方。蓋起土方一丈，謂之一方。該土一千尺，古法一置二挑，該十五人一日之力，即遠近高深少有不齊，以此爲準。但算之之法，必開立方、用句股，須善算者方知。儒生莅官，目不識算，能不爲吏書所欺乎？ 海剛峰算田有癡算法，令人以灰畫地而數其眼，能使盡人皆曉。 今充此法以算開河土方，儒生莅官，可以不下堂而知開河幾丈、應起土若干也。 法具下：

先以漆板畫朱紅方界於其上，如棊盤格。 量河應開面若干丈、底若干丈、深若干丈，即數漆板上方界上面若干、底若干、深若干，以界方斜畫之，即數得若干土方矣。 如有奇零丈尺，即於方界内更爲十小方，便知尺數。 大約算河以一丈爲準，則餘可類推。 其爲難段、易段，亦可由此而推也。 附開立方算法，先以河面、河底丈尺併算而折半之，然後以深乘之，更以長乘之，即得。

凡開河，若從平陸施功，或地方乾硬處，可用牛犂起土，以筐車運土，殊省工力。 昔人有於開河處得古犂頭，大於尋常之犂數倍，乃知昔人用犂起土，以四五牛駕之，一往即成一小河也，思亦奇矣！

量河須用三籄，二分兩旁之長，一定中心之闊。 用一籄，非法也，至轉灣處，便有零餘，難以派算。

思辨録輯要卷之十六

明太倉陸世儀道威著

治平類

《禹貢》一篇，是田賦最妙法。

凡田賦之法，最要簡明直截，賦額一定，上下遵守，永世不易，故貪暴不敢那移作弊。今之會計，或增或減，歲各不同，授之以作弊之柄，所謂教猱升木也，官吏安得不日貪？百姓安得不日困哉？

偶行田野，思漢文賜民田租，是亦所謂惠而不知爲政也。何如即以此修溝洫、復古治？

舊制定賦役有二册。一曰黄册，以人户爲母，以田爲子，凡定徭役、征賦税，則用之。一曰魚鱗圖册，以田爲母，以人户爲子，凡分號數、稽四至，則用之。向來通行無弊，法久玩生，弊且百出。若欲釐整，法宜從簡，莫若廢黄册，專用魚鱗圖册。凡賦税、徭役，一以魚鱗圖册爲主，所謂坐圖還糧也。其説用黄册有六不便，用魚鱗册有六便。何謂六不便？凡州縣田，爲都爲圖共若干額，❶俱有定額，斗則俱有定數，主者一覽

❶「額」，重刊安義本作「畝」。

而知。自用黄册，即有推收，田既混淆，數難稽核，啓奸人飛洒之弊，一也。有推收，即有簿書、紙筆之費，書寫、計算之勞。糜朝廷之工食，役長吏之心目，二也。荒區、熟區，本有坐落，自推收一亂，荒、熟混淆。豪强者得輕糧，貧弱者累重税，偶遇水旱蠲減，盡歸强有力者，貧弱毫無沾惠，三也。開河、築圩，有或得利、或不得利，皆當以坐區爲準。若依賦役册，則彼此雜亂，隔區利病，終不關心，四也。國初立里，以一百一十户爲里，皆取居之相近，如今十家牌法，里長催辦，不出里巷。今推收任意，里長終日奔走，亦不暇及，又僉點繇役，十年一次，既點之後，人户消長不齊，産去役存，被累無限，五也。所收之田，既非同區，人户多不識，而遇有水旱逃亡，則排年累陪，動至傾覆，六也。何謂六便？若專用魚鱗册，則田一歸坐落，頃畝斗則向成定額，不可增減。或加減錢糧，或比較賦税，一覽易曉，奸胥不得上下其手，便一。去推收之繁，省無限紙筆之費、計算之苦，吏得休息，長民者亦多暇，便二。荒、熟區不混，水旱蠲減，易於分派，便三。開河、築圩，悉聽本都耆正，以本地方之人爲本地方之事，事半功倍。其有利病關一邑者，則通計公費，民助役而官任之，不偏累塘長，便四。惟僉點繇役，户頭分散，則貧富難稽。徵收賦税，大户田多則零星不便。然用此法，則可以化有役爲無役。何者？今所謂役，大則南北二運，小則糧塘里老而已。南北二運，可以官收、官解也。十排年則可以不用，而專用耆正。凡爲耆正者，必慎擇其人，不特丁産優厚，必其人公平正直，爲一鄉之所信服者。量免其税糧，優其體貌，凡一鄉之事，皆以責之。一應徵收税糧、開濬河道，皆耆正董其事，而縣官視其成，仍辨其可否，而爲之賞罰。或終身任之，或三年一易，惟一鄉之欲。則南北運與十排年，皆可不用也，何必僉點？且一區税糧，即本邑耆正收納，若田主窵遠，即於佃户處收取給票，與田主算明，有何辨納不便？便五。其若逃亡累賠，則由排年不識甲下所管之田、所管之人也。今既任耆正，則田坐本區，其主之奸頑、良善，與田之肥瘠、荒熟，皆先知之，可預爲計，不至束手代陪，便六。有此六便，而人不之行，未知其利故也。昔元末靖江朱本思，嘗悉其利，著論名《宵練匣》，閩中諸郡曾仿行之，法甚稱便。嘉靖中，海忠介公亦欲以此法行於吾吴，去任不果。則知此法，先賢固有行之者矣，爲民牧者不可不知。

凡治財賦，只要才大，治天下更易於治一國，只一轉移間便有無窮之妙，不必拘拘然增科加賦也。洪武設開中法，不煩轉輸，邊備自足，自葉淇反之，而國計大絀。以此知國家掌財賦，最須得人，不特聚斂小人不可用，即庸才亦壞事不淺。

劉晏治財賦，古今稱爲第一，只是轉移妙。

轉移是商賈之術，然於國計有益，於國體無損。古人重農抑末，此亦抑末之遺意也。若陸贄所行，又純乎王道之微權，不可與劉晏同日語矣。

江南歲漕五百萬石，若無良法救療，此萬世之病也。常思得一策，苟能循而行之，則三十年後，歲漕可已。其法莫若用洪永開中法。凡畿輔之地及山東西九邊各塞，或募徽商，或召土著，或遣謫貪污官吏，給與閒田，永不起科，聽其以意號召鄉人。有能墾至百頃者，或復其官，或榮其身。數年之間，邊鄙充足，三十年間，漕運可已。此非落落難合之言。蓋江南歲漕五百萬石，其實以四倍運一倍，而到京之糧，又復拖欠，則朝廷所得無幾。且又歲濬運河，清江廠歲造運船，又設漕運各官，其費無算。使有如劉晏者，通盤打算，以國與民之得失計，必大加惋惜也。計漕糧五百萬石，費民間之力不啻什倍數，❶若以墾田論之，畝出米一石，止須田五百萬畝。今畿輔及各邊可墾之田，豈止五百萬畝已哉？若如前法，十年之後，畿輔米價必賤。假如價在一兩以内，則將天下應解漕糧地方，其米貴處，先行折色一半，每石連耗及脚價，止令輸銀一兩以上。約照畿輔米價贏三之一，順帶至京，則江南之民，照平日兑價使費，每石已減三之一矣。又一二十年，北米益多，價益賤，乃令天下漕糧悉行改折，每石連耗及脚價，止令輸銀一兩。其江、廣米價本賤之處，更爲量減，務使民間有三分減一之便。而朝廷則以民間所納折色銀兩，每年仍糴米五百萬石實各倉，米不缺額，且更可贏羨百餘萬金。蓋米益賤，則銀益有餘也。迨三十年後，米粟充盈，足支數年，則所糴漸少，羨金益多。而又歲省運河、運船、運官諸費，羨金又無算。此後，或減民折，或捐民租，凡百善政，皆可舉行。惜乎謀國不及此，江南民困，未知何時可甦也？

只「永不起科」四字，不勞不費，爲西北足食之本。田成而守望相助，則四字又爲足兵之本。但國家須守此勿失，民信爲急耳。

開中、軍屯，宜互相表裏而行，腹裏莫如開中，邊塞莫如軍屯。

白糧獨取足於江南數郡，因洪武定鼎金陵，就近徵輸，國與民俱便也。既遷北地，則白糧自當就王畿近地有水田者徵取，乃隔三數千里而累遠民，且費國家道里之資，蹇、夏諸公，難辭其責。

❶「數」，正誼堂本無。

古者有田則有賦，有身則有役，未有税其身者。漢高帝四年，初爲算賦，民年十五以上出一賦，人百二十錢爲一算，至五十六而除；二十而傅給繇役，亦五十六而除，是一人之身，役之兼税之也。後世因之，計口出財，遂謂之曰「户口」。❶唐租庸調法，亦皆論丁，一年之間，納租之外，一丁出銀十四兩，出力二十日。是不惟税、役兼於一身，而税、役之法，又視漢爲過重矣。今制賦税，一出於田；役民之力，一以黄册爲定。十年編審，以次輪當，其法視漢、唐爲簡。然漢、唐之弊，在併賦、役於丁，丁困則多逃亡。今時之弊，在併賦、役於田，田困則多抛荒，❷均之未得古法也。按徵丁之法，各處不同，未可概論，此指吴地耳。

差役、雇役二法，王安石、司馬公各主一法。邵伯温以爲吴、蜀便雇役，秦、晉便差役。吕公著又謂二法利害相半，因其利而去其害，二法皆可行。是皆得其一説，而未爲至當。先賢邱文莊有言：「古今役民之法，必兼用是二者，然後行之不偏。」斯言殊爲中窾。蓋即一縣之中，有某役宜用差者，有某役宜用雇者；一役之中，有某地宜於雇者，有某地宜於差者。是必縣官一一用心經理，未可執方用藥也。

凡户口丁田册籍最爲難定，非縣官坐於堂上，耆正、吏胥奔走於堂下，便可支吾辦事也。必須簡求一縣人才，縣官親臨講究，既得其道，則授之以法，俾之逐鄉逐里一一踏勘報明，無分毫滲漏，方爲得法。此作邑致治之根本，根本一立，以行政教，以比追胥，以詰訟獄，以簡師徒，萬事皆原於此，治邑者不可不知。予於

❶「遂」，正誼堂本無。
❷「抛」，正誼堂本作「地」。

《治鄉三約》中，頗詳其法。

凡户口丁田册，在州縣斷不可不詳，而在朝廷則但當職要，不必職詳也。每見十年大造，費民間無限金錢，不過置之高閣，終未必得實數，則何如令州縣竟具總數達部之爲得哉？但府與司不可不存副本，恐有散亡、遺失之患耳。

歌謡有極切時事者，亦有不可盡據者。賈似道當國，行推排法，民間大擾。太學生爲詩云：「三分天下二分亡，猶把山河寸寸量，縱使一坵添一畝，也應不似舊封疆。」此切時事者也。萬曆時，江陵相公當國，丈量田地。吴中詩云：「量盡山田與水田，只留滄海與青天，如今那有閒洲渚，寄語沙鷗莫浪眠。」然是時，吴中經界久壞，賦役不均，得此始正。至於今賴之，此不可盡據者也。總之，同是一法，用得其人則治，用不得其人則亂，君子亦擇人而慎用之耳。至於愚民，可與樂成，難與慮始，孔子與子産尚不能免初政之謗，況他人乎？苟行之有法，則一二年間，公論自出也。

田畝賦重，則人争隱漏以逃賦，欲增田畝者，無如薄賦。故李翱曰：「人知重賦之可以得財，而不知輕斂之得財愈多也。」丁口之徭重，則人争隱漏以避役，欲增丁口者，無如輕徭。故馬端臨曰：「庸調之征愈增，則户口之數愈減也。」二公之言，可謂知本矣。

今之鄉長、里正，即成周之里宰、黨正，兩漢之三老、嗇夫，所以爲官役民，而非役於官者也。後世虐用其民爲鄉長、里正者，不勝誅求之擾，各萌免避之意，而始命之曰「户役」，其亦失周、漢之意矣。

官田漸多，可行井田法，長民者不可不留意。

剛峰爲應天巡撫，凡所屬各府、州、縣正佐首領，以及學校之官，皆令置簿，先立款目。如某利當興，某害當除，某人善惡，某事可否，一有聞見，皆援筆記之，不時弔查。借此以悉民情，亦即以卜地方官賢否，❶誠長民者所當師法。

凡州縣錢糧，有多年未完者，有已完那借不明者，有未解者，有已解而多年未獲批回者。蓋因頭緒甚多，文卷浩繁，官司不及致詳，吏胥因而作弊。剛峰設格眼册，凡一應錢糧，俱照年分逐年開列。某項已解，某項未解，某項領否批回，其存留、給放等項，亦俱細細開列。凡遇撫按巡歷，不必造册，即將此册送比，比後印官仍自親收。遇陞遷事故，即申撫院，交代明白，方許離任。如此，可杜官吏侵漁之弊。

錢糧外，有均徭一事。錢糧正供有額，獨均徭官自爲政，時時增益，吏胥上下其手，小民不知，無從控訴。剛峰設均徭法，凡一縣中，料其田地、人丁，及一歲雜費之數，約爲通法定制，每畝出均徭銀若干，不增不減。其一縣費用，聽縣官於均徭銀中自爲伸縮，斷不許於均徭溢額，使吏胥不得上下其手，誠至妙之法。

丈田，横斜、伸縮之間，最多弊。海剛峰令民以灰畫地，而數其眼，方六尺爲一眼，一眼爲一步，二十四步爲一分，二百四十步爲一畝，謂之癡算。使人人皆曉，是亦妙法，然不如用棕網爲尤妙。棕網者，以棕繩結網，每六尺爲一眼，遇地之尖斜畸零難算處，則以此鋪之，更捷於用灰。蓋灰算便於民，棕網便於官，二法俱不可不知。

❶「以」，正誼堂本無。

丈田之弊，只在行纏、行弓二事，官府不及周知，小民不能細察。纏或用竹、用繩，遇雨皆有伸縮，惟以椶爲之，而細劈鵝毛管爲絲，少雜其中，則陰晴如一。其當步處，則亦以鵝管横織爲號，椶黑管白，更自分明。❶弓則著釘於腳下，使行弓之時，不致轉動。或慮横灑，則先以繩約之，而後行弓，尤妙。

清丈田畝，極爲地方美事，然往往反爲大害。不特無法，即有法矣，而奉行猶有四難。一則縣官無才，一則里胥作弊，一則豪强横肆，一則小民奸欺。人人可以上下其手，故爲人上者，雖極精明，安能分身徧察？所以自古迄今，一聞清丈，則小民如畏兵火，誠難之也。然其要，只在縣官得人。晦菴行之於漳、泉，剛峰行之於興國，未聞其擾民也。而安石一爲方田，則天下皆震動，奉行不得其人也。豈惟安石方田，即瓊山丈量一事，是時剛峰退休在瓊，事事與地方官斟酌而行，事事皆剛峰爲條例，而上司催督無法，里胥人人作弊，民怨特甚，況其他乎？甚矣！丈量之害、之難，居官者不可不知也。

清丈田畝，莫如行方田，方田即張子厚經界法。安石知其粗而不知其精，知其略而不知其詳，無怪乎紛紛擾民也。苟得其法，則縣官不必履畝而勘，而吏民自不能欺，吏民即欲朋比爲奸，而其勢自不能混。其法，每千步爲大方，方立大標竿，百步爲小方，方立小標竿。大標竿以石爲之，如今之華表；小標竿以木爲之，如今之旗竿，下立兩石足，夾而立之。大標竿常立而不仆，小標竿或立、或仆皆不妨，以下有石足可驗也。立之之法，先須正南北，以針盤準之。如立一標竿於南，則自此以至極北地方，皆依針路豎立，直如引

❶「自」，正誼堂本、重刊安義本作「有」。

繩，不許一毫參差，有參差則罪其司吏。東西亦如之。如遇山河及江河水道，❶不可立標竿者，則竟不必立，蓋此處雖不立，而有左右、前後之標竿可以相準，故不立亦無礙，張子厚所謂「經界則不避山河之險」也。標竿既立，則標竿四至之中，其田地自有定數。如大標竿之中，千步爲一方，在今法，當田四十一頃六十六畝一百六十步，在古法，當田萬畝。小標竿之中，百步爲一方，在今法，當田四十一畝一十六步，在古法，當田百畝。不用量算，已有定額。其間使有山林川澤、不毛磽角、凹凸不平之處，則令本方業户里老自行公同量算，畫爲方丈，更不許出一方之外。每小方爲一小圖，大方爲一大圖，圖各以名號列之。一縣、一郡，又爲一總圖，自此以至天下，皆可攢集湊泊，總爲一大圖。不惟田畝里數可以無差，而地形之方圓、曲直，亦可分毫不爽，此古今以來至妙之法。他如吏胥作弊，乃從來通病，獨此法不畏吏胥。蓋吏胥之所以作弊者，以打量田地時，田各有業主，主有貧有富、有强有弱，吏胥俱有利害存焉。故雖以嚴刑禁之，而不能必其無弊。今則吏胥惟令豎立標竿，標竿無分爾我，民無所用其賄，吏胥何所行其弊？❷又打量之後，吏胥有弊，官府覆勘，無從指實，必更用打量。其法繁雜，又欺官府多不知算法，故敢於作弊。今則官府覆勘，不勘田數，止勘標竿之準與不準，一望瞭然，凡有目者皆能辨。至如每方中田畝細數，則不用吏胥打量，即於本方之中，擇年老公正者爲方長，而令各業户自請善算量者，各算本田步口，各書四至。如魚鱗册法，畫圖貼户，攢出

❶ 「山河」，正誼堂本作「山險」。

❷ 「胥」，正誼堂本、重刊安義本作「司」。

步畝總數，獻於官府。其有不合，或相欺隱者，官府爲直之。蓋量田不用吏胥，無所容其奸，各任業主，則業主各有四至，不肯受其欺弊，其有通同作弊者，官府不難覆勘。此法最簡、最明，即中才之縣官，不難從事。而古今以來，從未有知此法者，無怪乎一聞丈量，則舉天下皆爲驚擾也。

立方用千步，此安石法，然太寥廓；百步一小方，又太煩密。不如竟用古法，三百步爲一里，里一小方，所謂方里而井，井九百畝也。三千步爲十里，十里一大方，所謂通十爲成也，一成之田爲九千畝。立方不簡、不繁，尤爲至妙。此須復古法，步百爲畝始得。

古有三幣，今亦有三幣。古之三幣，珠玉、黄金、刀布；今之三幣，白金、錢、鈔。古之爲市者，以其所有易其所無，皆粟與械器耳。粟與械器，持移量算有所不便，則於是乎代之以金，金者所以通粟與械器之窮也，所謂大不如小也。物有至微，釐毫市易，則金又有所不便，於是乎又代之以錢，錢者所以通金之窮也，所謂頓不如零也。千里齎持，盜賊險阻，則金與錢又俱有所不便，於是乎又代之以楮，楮者如唐之飛錢、金之會票，又所以通金與錢之窮也，所謂重不如輕也。識三幣之情，則知所以用三幣之法矣。

錢法，古今輕重不同，惟漢五銖、唐開元爲得其正。南齊孔顗有言「不惜銅，不愛工」，此誠錢法至論。蓋銅多工費，則貲少者無利，貲少者無利，則盜鑄不興，而利權自歸於上矣。

錢之輕重，自當以一錢爲率，錢之價值，斷當以每一文準銀一釐爲率。若錢太輕，則銅不敵銀，銅不敵銀則多費；錢太重，則銀不敵銅，銀不敵銅則難用。今之薄小低錢，固非法矣，至京師黄錢，每六文準銀一分，亦未爲得也。

今朝廷用錢，每便於發，不便於收，每便於下、不便於上，此由純用小錢，無子母相權之法故也。天啓時，嘗鑄當十錢，每大錢一當小錢十，其重以一兩爲率。愚謂今後凡遇官民交易、勢當用錢者，小錢難於箇數，竟用當十大錢，出入瞭然，無耗損兑折之弊，是亦最妙。

自古三幣，皆用金若銅，未有用楮者。唐憲宗時，令商賈至京師委錢諸路進奏院，及諸軍諸使富家以輕裝趨四方，合券乃取之，號曰「飛錢」，此楮法所由起也。然此特以楮券錢，而非即以楮爲錢。宋張詠鎮蜀，患蜀人鐵錢重，不便貿易，設質劑之法，謂之曰「交子」。高宗時，又有會子，始以楮爲錢，然猶用官錢爲本。至金、元之鈔，則直取料於民，不復用官錢爲本，所費之值，不過三五錢，而欲售人千錢之物，民雖愚，豈爲所欺哉？且鈔易昏爛，不久仍廢，則楮幣之無用可知矣。如必行楮幣之法，❶須如唐飛錢之制，然後可。今人家多有移重貲至京師者，以道路不便，委錢於京師富商之家，取票至京師取值，謂之「會票」，此即飛錢之遺意。宜於各處布政司或大府去處，設立銀券司，朝廷發官本造號券，令客商往來者，納銀取券，合券取銀，出入之間，量取路費微息。則客商無道路之虞，朝廷有歲收之息，似亦甚便。

鹽、茶與民爭利，似非王道所宜。然此利自管仲、劉晏而後，一開不可復塞。梁元勰有言：「聖人斂山澤之貨，以寬田疇之税，收關市之征，以助什一之儲。」其言似亦有理，爲政者去後來之弊可也。

民運不如軍運，軍運不如官運。古今善運糧者，莫如劉晏，是即官運也。然有治人，無治法，亦未可執

❶「如必」，正誼堂本作「必欲」。

一論矣。

軍運造船，官價甚費，而船又不耐久。宜於各處州、縣運糧處所，設運糧田，❶募人承運。能造糧船一隻來應募者，與之田若干，俾歲收其值，以當打造、修理之費。有事則運糧來往，無事則聽其裝載取息，庶幾運有堅船，官無雜耗。

社倉不如常平，常平倉不如常平田。社倉春散冬斂，取息什一，得先王春秋補助之意；然出入之際，最須得人，不則爲青苗之續。常平增價而糴、減價而糶，出入便捷，無追索之擾；然止利於市民，與農民無涉。且二者之粟，俱恃官錢以爲工本，一遇貪墨，官錢耗散，二法便成廢棄。若買田以爲常平，歲收其所入之粟於倉，欲賑則賑，欲貸則貸，欲減價則減價，所糶之錢，又可糴米爲來年張本，源源無窮，歲有增益。即遇貪墨侵漁倉粟，而去任之後，一得良吏，田腳固在，修舉不難。視前二法，兼之且勝之矣。

言夏問：常平倉法極當舉行，但任滿之後，例應陞轉，餘此項錢糧，當何處置？曰：即當留爲後官賑貸之本。不然或輸入國課，❷代貧户完官，如築城鑿池、修舉廢墜，無不可者。總之，錢糧患不足，不患有餘無所用之也。

社倉不如常平。然常平之法，有糴而無賑，不如立子母倉。先以千石或萬石爲母，遇小饑則減價糶之，

❶「運」，正誼堂本、重刊安義本作「處」。
❷「課」，正誼堂本、重刊安義本作「計」。

薄收其息，以入子倉，使歲恒。小饑則子母俱減價收息，大饑則母倉備糶、子倉備賑。治國者，能使子母常盈，則無憂饑矣。

一曰爵賞以勸富民，二曰平價以賑平民，三曰興作以役貧民，四曰施捨以活窮民，五曰詰姦以戢亂民，六曰周急以惠秀民。

治國之道，使富民出粟以養貧民，貧民出力以衛富民，此其常也。然其要，在使貧富之心相通。貧民食富民之粟而知感，則其效力必勤。富民藉貧民之力而有用，則其出粟必樂。

婁地大旱，州中洶洶。郭斯士言：未審當時湯旱七年，何以都不覺旱處？予曰：溝洫修，蓄積富，賦斂輕，荒政舉。

崇禎中，四方多事。朝廷議節省之道，凡朝覲慶賀、賓興貢舉以及鄉飲優免之類，悉從儉薄。予謂：此皆朝廷大體所關，不可褻也。必欲節省，正多可議。即如督學之職，三歲一遣得矣。而三歲之中，既有科考，又有歲考，不惟府州縣治供給繁費。而三歲之中，生童奔走道塗，所費不貲，無益學業，徒長覬覦。不如改爲定制，三歲之中，生童俱考一次。生員考例，前三等依科考行事，後三等照歲考定奪。其童子亦不必府州縣取送，止令造册，竟送院考，而嚴罰瀫之令。則爲上者既無煩勞急迫之難，而爲下者又無孤寒阻抑之苦。無節省之名，而有節省之實，籌國者，何見不及此？

《詩》云：「哿矣富人，哀此煢獨。」古人發政施仁，必先施於煢獨。國朝體古人之意，設孤老院，給孤老糧，以養煢獨，德可謂至矣。歲久法弛，縣官漫不經意，孤老院坍廢殆盡，孤老糧爲富家乞作存留。煢獨之被惠者，十無其一，豈不重負朝廷德意！愚謂爲縣官者，始涖任時，當即以此事爲急，身臨其地，親爲經理。凡院屋宜編號，稍加寬敞，井廁畢具。四等窮民中，惟寡婦宜獨爲一處。其餘三等，當各因其所親熟，束以伍法，使之老稚相依、聾瞽相濟，送死養生，互爲倚賴。是亦處煢獨之一法。

佛教無補於天下，而獨有益於煢獨，是不妨因勢利導。凡孤老院中，縣官宜擇僧徒之有行者，使居其處，許之募化，俾朝夕看養煢獨，有功則縣官勞之。其煢獨之人，願爲僧者亦聽。蓋垂死之人，其心別無所樂，使其注念西方，亦可消遣餘生，解其愁苦。今僧徒中，往往建放生菴、開放生池，畜養雞魚豕畜，而獨無有念及煢獨者，僧徒真可異也。

閹餘之人宜爲僧。此輩既絶生本，又無倚賴，不得入宫充使，聚之京師，不爲餓莩，即爲亂民矣。宜給度牒，使之爲僧，散遣四方，可免冗食。且哀矜無後之人，亦王政一端也。或就其中，更擇其壯者充兵，亦無不可。

思辨録輯要卷之十七

明太倉陸世儀道威著

治平類

兵陣，仁人之事也。不仁之人爲民害，不得已而殺人以生人，此非大仁人不可。乃世之論兵者，必委之孫、吴，又曰用兵非天性猛鷙者不可。噫！失先王之意矣。

殺人之中有禮樂焉者，莫善於陣。陣之中堂堂正正，有典有則，燦然明備者，莫善於八陣。

或曰：孟子曰「我善爲戰，我善爲陣，大罪也」，今子以陣爲殺人之中有理存焉，得無非孟子之意乎？曰：天理人欲，同行異情，兵陣一也。而仁與不仁異，亦觀其用心何如耳。

孔子不答衛靈公問陣，非真未學軍旅。蓋陣是儒者學問中一小支節。對大聖人不問道而問陣，猶之對工師不問宫室規制而問一瓦一椽也，失之遠矣！

《孫》、《吴》、《司馬法》等七書，世謂之「武經」。蓋談兵之家，幾以之配四書、五經矣。此大謬不然。七書中，惟《司馬法》近正。《孫子》雖權譎，然學兵者，心術既正之後，亦不可不盡兵之變。至《吴子》，則淺矣。其餘若《尉繚》，甚粗略。《六韜》、《三略》、《衛公問答》，皆僞書，皆無足觀。而後世功令率以之課武弁，宜乎武弁中無人也。

武臣第一不可教壞他心術，若心術不正，愈有用愈不可用。課武臣而以武經七書，教壞他心術矣。

兵家有體用。學兵者，必先體而後用，故體立而用行。知方，體也；有勇，用也。用之中，又有體用。旗鼓、步伐，用之體也；出奇制勝，用之用也。

兵家所言，出奇制勝者多矣，言旗鼓、步伐者少。出奇制勝之法虚，旗鼓、步伐之法實。虚處聰明人自可會得，實處非學不可。猶之名物、度數，即聖人亦不能生知也。《孫》、《吴》不必言，即《通鑑》一書，凡言戰攻處，孰非出奇制勝之法，惟旗鼓、步伐所傳甚少。唐有《李靖兵法》，此其書也，然不得見全書，今僅存杜氏《通典》所載。戚南塘《紀效新書》是從此書中脱出，故於旗鼓、步伐之法獨詳，讀者不知，以爲戚公必有異人傳授，亦可笑也。

予嘗欲輯兵書爲三卷，曰道、曰法、曰術。道只是道理。凡四書、五經中言兵處，如「教民七年」、「以不教民戰」，《易》之《師》卦，《書》之「步」、「伐」，《詩》之《車攻》、《吉日》，以及聖賢古今論兵格言，必有合於王者之道者乃取。法則法制，如《司馬法》、《李靖兵法》及《紀效新書》、《八陣發明》之類。術則智術，如孫、吴兵法，及古今史傳所紀攻戰之迹。令學兵者，先知道、次學法、次論術，庶體用不殽而人才有造。

戚少保制陣深合古法，然常以五倍勝一倍，此用衆用弱之法也，正兵也。岳少保好野戰、無陣法，然能以背嵬破拐子，此用寡用强之法也，奇兵也。合二少保之長，可以言戰矣。

向閲《武備志》，陣法無慮百數，不能得其要領，心頗輕之。及閲戚少保鴛鴦陣，始知陣法之妙，即吾儒之禮樂不可須臾離者也。語曰「節制之師」，又曰「堂堂之陣，正正之旗」。夫欲稱節制與堂堂正正，非精於陣法，未足語此也。

鴛鴦陣皆是古法，必爲方陣，八陣之正形也。遇敵者爲正兵，八陣之四頭八尾，觸處相生也。兩儀、五行，大三才、小三才，大陣包小陣也。中軍不動，握奇也。陣必爲伏，八陣之遊兵也。必爲間隊，疊追疊出，古之魚麗、吴璘之疊陣也。奇正相生，如環無端，常山蛇勢也。

制陣先制隊，制隊先制器。鴛鴦陣之妙，制隊、制器之妙也。今之言陣法者多矣，而未有得制隊、制器之精意者，又何貴於浪言乎？

戚少保《紀效新書》，所載皆節制之法。其將領不必選絶力絶技之士，凡中材皆可能，所謂勇者不得獨進而怯者不得獨退也。然絶力絶技之士，軍中正不可少。趙奢曰：「道遠險陿，譬猶兩鼠鬬於穴中，將勇者勝。」儻遇此地勢，奪隘争險，非堂堂正正之陣所能克也。必於軍中另選突鬬敢死之將，聚爲一卒，以應卒然之用，方妙。

戚繼光精於用南兵，故《紀效新書》特勝，以其曾經實歷故也。若在薊門，適北邊無事，未經實戰，故所制車兵、馬兵之法，與夫戰陣之方，尚有可商。其所著《練兵實紀》，不如《紀效新書》。

南塘陣法，不過萬人之陣而已，萬人以外，未之詳也。故繼光亦嘗言：吾才止堪十萬，過此以往，未之或知。予謂：十萬亦何易言？非精於分數，未易幾也。必如八陣法，方謂之能用衆。

戚繼光陣法，其初亦只是五人爲伍，五伍爲隊。後來見得五人力弱，不足以敵倭，故特倡爲鴛鴦隊。雖曰五人爲伍，二五爲隊，其實是十人爲伍也。

凡陣法，或以三起數，或以五起數，大要視兵數多寡，不拘成格。至於隊法，必不可變。假如戚將軍陣，若以三起數，則三隊爲旗，旗三十人；三旗爲哨，哨九十人；三哨爲總，總二百七十人；三總爲營，營八百一十人；合家丁、雜役之類，約成一千人之陣。若以五起數，則五隊爲旗，旗五十人；五旗爲哨，哨二百五十人；五哨爲總，總一千二百五十人；五總爲營，營六千二百五十人；合家丁、哨探、遊兵之類，約成一萬人之陣。或三或五，其數不拘，要之隊法則總是一鴛鴦隊。

戚繼光隊法定於十人，《周禮》隊法定於百人。《周禮》五人爲伍，五伍爲兩，四兩爲卒，五卒爲旅，五旅爲師，五師爲軍。夫周之兵法，既以五起數矣，而至於卒，則獨以四爲數，何哉？蓋周之時，皆用車戰，每車定用百人，四兩正合此數。二爲正，二爲奇，增減一人不得矣，故名之曰卒。卒者，止也，言兵法止於此也。所以周之兵法，亦有一軍三軍者，❶要之百人爲卒之法，却是一定不易。

戚繼光隊法，止於十人，步戰法也；《周禮》隊法，定於百人，車戰法也。

戚繼光車隊法，意欲用四十八人，以兵少，止用二十四人。蓋亦欲法周制，二爲正、二爲奇，以不可得，故減半也。然畢竟四十八人方妙，使遇險阻，則一半保守車營，一半列步陣出戰，方不爲敵所困。

愚嘗欲創爲戰車，狀如拒馬，下施兩輪。欲戰則爲拒馬，欲守則以步兵團牌掛搭成車，似爲輕利。萬曆

❶ 「三」，正誼堂本作「二」。

中，中書趙士禎刊《神器譜》，載車制甚妙，時不能用。

古者革車一乘，馳車一乘。馳車者，衝車也，又曰「輕車突騎」，車輕小則利於衝，車重大則利於守。今人講車戰者有矣，然但知革車之制，而不知馳車之制。即有用輕車者，但取其便於運動，至用以守而不用以衝，則猶之乎革車也。《八陣發明》中，頗詳其制。

撒星陣全是隊法妙，陣散而隊不散，故能聚散如意。今人動稱撒星陣之妙，而不知其妙處在隊法。❶一散則竟散矣，何能復聚？

騎軍隊法，無如連環甲馬，如兀术拐子馬是也。舍此，雖有隊法，然衝時未有不亂者。亂則勢分，勢分則力減矣。

行陣之妙，全在隊法。步軍結隊，以數人之力合爲一人也。馬軍馳驟進退，惟憑馬力，雖有隊法，不能如步軍之整齊若一。故古人之制陣，必以步兵爲正兵，馬兵但出奇耳。兀术拐子馬之制，是於馬軍中想出步軍隊法，合三馬之力爲一馬，安得不所向無敵？

馬軍使馬力，猶舟師使船力，俱難整齊約束。昔人以連環結馬隊，亦以連環結舟隊，意思大概相同。然連環馬畏鉤鐮麻扎刀，連環舟畏火攻，所忌亦大略相近，在智者善用之耳。

教陣先教隊，教隊先教器。器雖一技之微，儒者亦不可不學。學而後知其用，知其用而後可以教士、可

---

❶「法」下，原有空格，今據正誼堂本、重刊安義本删。

以制隊。即如鴛鴦陣，至今稱絶，然其妙處全在隊法，隊法妙處又全在制器得當。設使猶是鴛鴦陣，而以他器易其原器，則隊壞。即仍其原器，而或顛倒其次序，則隊亦壞。原器不易，次序不失，而不知藝法，教習不精，則隊雖不壞而無用。故隊者一陣之所由始，藝者一隊之所由始。儒者欲存心兵學，慎勿以一技爲可忽，雖不能行之，亦務爲知之。

昔唐荆川於譙樓自持槍教俞大猷，一時以爲韻事。然其言謂一圈槍之功，至於十年，則亦藝師之言，非大將之言也。蓋藝師之藝雖工，不過一人敵耳，若大將則須通知各藝之情而善用之。蓋藝一也，在一人則有一人獨用之法，在一隊則有一隊合用之法，在一陣則有一陣合用之法。若不能通知，而徒敝精神於一技，則亦藝師而已矣。

火器之害烈矣。歷代之砲，不過以機發石，然至元人之襄陽砲，則已前無堅城。若夫近代之火器，則始於交趾，而彌甚於西洋。西洋之器，其大者能摧數仞之城，能擊數十里之遠，當之者無不糜爛。自有此器，而守者不可爲守，戰者不可爲戰矣。自兹以往，器之多將彌甚，火之毒將彌烈，生靈幾何，堪此塗炭！嘗欲思一斷絶之法而不得。因念國家既有此器，將憑以爲長城，欲盡去之，不可得矣。宜制爲厲禁，凡火器藥物之官，皆如天文官世襲，此外不許私習。設火器營於京師，京師而外，不得用火器。諸邊鎮當用者，皆自京師給遣，或四方有寇盜者亦然，事平仍歸京師。庶四方不習其法，不至流毒無已。

火器不惟難用，亦難藏，近者王宫廠之變，可以鑒矣。或者天亦惡此毒物而示之戒歟？奈何人有津津而談之者。

人有兵間來者，言火器大者甚難用，人亦不肯輕用。行陣之間，人欲趨避利害，皆嫌其重鈍不肯用，惟攻城、守城用之。又云火器之發，皆噴薄向天而來，對陣者皆伏地避之，則不能傷。又將之驍者，俟敵陣銃烟方熄，即能於銃烟中疾馳入，射殺其點放者而身不傷。則知銃亦非全勝必克之物，世人亦何苦而必用之。況一遇風雨，則又不能用，或不戢自焚，豈不反爲敵所乘乎？

軍中攻守利器，莫如襄陽炮。此即孫子之機石也，漢曹公亦嘗用之。元初最盛，曾以之攻襄陽城，故名。自國初火砲起，而石炮遂廢，然亦是近時始廢耳。今城門下常有三四圓石如斗大者，即炮石也。《武經總要》中頗詳其法，予初閲之不解，久之忽悟。大約砲梢如人臂，砲窩如人手指，妙在蠆尾活索，能開張如意耳。以之攻守最妙，守江、守河用之亦得，❶可以代火器之窮。

今之諸葛弩，弩上爲匣，一發三矢者，十步之内，不能穿魯縞，此兒戲具也。漢唐時弩皆以角爲之，諸葛破張郃，獲黑角弩三千是也。其牙用銅，杜詩「正觀銅牙弩」是也。今銅弩機，古器肆中尚有之，製極精工。兩牙上鉤，如人兩指，中間空三四分，可容箭括。蓋用角弓，則不得不用長箭，用長箭則難以安箭弩，身離弦擊發，不得不用有扣之箭以入弦。其製神妙，真有非今人思致所可及者。諸葛損益爲連弩，一人可發數十弩，如近日耕戈之製也。今之諸葛弩，全非諸葛之舊。

漢馬隆腰開弩，及宋之床子弩、神臂弓，皆銅牙弩也。其製大同小異，然腰開爲尤妙。一夫之力，能勝

---

❶「守河」二字，正誼堂本無。

八百斤，射可及五百步，真軍中利器也。

凡守令欲守城，不可不知城操之法。蓋人知戰陣中號令，不可不於平日練習，不知城守號令，尤不可不於平日練習。無論別項，只喫飯、寢息，若無號令，便自紛然，何以禦敵？況戰陣屬兵，守城屬百姓，百姓平日全不知號令，豈可不豫習？一旦有事，驅之臨陣，孔子所謂「以不教民戰，是棄之」也。

崇禎庚辰間，以天下多寇盜，縣官不知城守，乃部頒修練儲備書，令縣官皆習城守。州守希聲錢公，以問張臨川受先，受先以問予。予曰：是不難。受先請籌之。予曰：兵志守城之法，一步一甲士，十步加五人，積貯大釐，則修練儲備之法，可以畢舉矣。太倉一邑，地不下百里，田不下百萬，但使畝出米三合、銀三釐，則修練儲備之法，可以畢舉矣。今太倉一邑，城不下千垛，則千夫不可少矣，城中不下數萬家，則五千石不可少矣。縣五千，小縣二三千。今使畝出米三合、銀三釐，則一歲當得米三千石、銀三千兩。以米千石爲歲給千兵之用，其二千石以備儲蓄，積之三年，得六千石。可以爲常平，賤斂貴糶，其息可以給軍食，不必復議斂矣。其銀三千兩，則以爲修鑿城隍，置買馬匹，造作弓矢、衣甲、火器，及不時賞賚之用，積之三年，可九千兩。百物充足，不必復議置矣。受先曰：食廩之費莫甚於兵，今營兵日餉三分且猶不足，即使每人日給米二升，亦歲需米七千二百，何云千石也？予曰：不然。守城之兵與出戰之兵不同，養無事時之守兵與有事時之守兵又不同，是有權焉。受先問：云何？時方議官糶，予曰：即此可以寄軍令矣。江南之人，未知寇盜，不願爲守。獨每歲五六月，米價騰湧，負販之家，常苦乏食，往往望官糶減一二錢爲幸。今試令坊郭之長，集里巷貧民，欲得米而願充守兵者，約千人。稍爲什伍，諭以每歲五六七月缺米價貴，準人給米日一升，三月人共九斗，餘月不給。其守兵雖有籍，仍不入營伍，惟於暇日，守令率之城操，習守禦法，歲四五次不拘。操之日，仍人給米二升，以爲他日守城之準。百姓知其無所苦而有所利，必不憚於應命。是以百人之食養千人，千石之米恰可當一歲之用。此其便有三焉。凡兵，非養之爲難，既養而欲去之爲難。今惟城操日給米，餘日不給，則操縱在我，用之不缺其餉，不用即停，一便也。每歲官糴，費而無益，今所費無幾，一舉兩得。吏胥不能乾没，奸民不得妄食，而常平有本，又不必歲斂於民，二便也。歲時城操，百姓聚觀，一人學守，教成百人，百人學守，教成千人。使民皆習於金鼓旌旗之令、分合進退之法，三便也。受先深以爲然，告之錢公。錢公悦，擬於明年舉行，值辛巳歲大祲，遂不果行。

守城之法，全在節制。須通看一城有幾門，有若干臺鋪、若干城垛，以門統臺鋪，以臺鋪統垛，然後以城中兵民量數分番配之。仍以民爲經、兵爲緯，民爲正、兵爲奇，興居有時，勞逸有節，則可以持久而不弊矣。至於節目之詳，則愚於戊寅歲，曾輯《城守全書》，頗爲詳密。

有人自兵間來，述流寇攻城之法。多用大銃攢聚一處，擊去城垛，一垛碎復擊一垛，漸漸兩邊分開。至擊去十餘垛，則城上人不能存立矣。然後兩邊仍用銃猛擊，中間却只放空銃，令甲士從空銃下匍匐至城足。鍬钁斜穿磴道登城，城上無人，莫能下禦，此因城足無羊馬牆故也。若有羊馬牆，則垛雖碎，賊亦不能至城足。

銃利仰攻，不利下擊。故攻城之賊，聞銃聲則急蒲伏，過則起而疾趨，愈近則銃愈不足恃矣。善守者，必於城足設羊馬牆，於牆中用銃，則賊不能逼。

凡都城中，必當用重城，重城以多爲貴。蓋城大則難守，一處竊發，滿城擾亂，畫地而守，此八陣大陣包小陣、大營包小營之法也。予於《甲申臆議》中，曾有畫都城爲九區之説，聞者笑之，此不讀書耳。唐肅宗時，武威九姓商胡反，時武威大城中有小城七，胡據其五，二城堅守不下。度支判官崔稱以二城兵拒之，旬有七日而平，非重城之益乎？

愚嘗云：人習戰鬭、法令森嚴之時，宜於兵民合；太平日久，人不知兵之時，宜於兵民分。此雖一時臆説，及觀《鶴林玉露》載韓魏公一段，亦言承平時寓兵於民之害。則予之所論，似不爲迂闊矣。

京營莫善於分，莫不善於合。昔漢高祖與韓信論將兵，信曰「臣多多益善」，則知多多益善，非韓信之才不能。今京營之弊多，只是無善將兵者統之耳。然假如十萬人爲一營，則必須才堪十萬者將之，使十萬人分爲十營，則才堪萬人者皆可以爲將矣。更勿拘以文法，使得各自爲訓練，而以一文臣知兵者統之。以時巡閲各營，令嚴兵精者奬擢，將驕卒惰者誅之，賞罰既公，士氣自肅，京營積弊自去矣。

京營既分，當使之分屯城外，不可使之聚屯城内。須量地勢，每門一軍，軍三營爲小堡。授以閒田，使自屯種，父母妻子咸往居焉，死徙無出其鄉，則庶幾心志一而戰守日固矣。

京營兵，當令天下郡縣妙選材武勇力之士，三歲一貢。京師立法教練，教練既精，出戍邊關立功。立功既久，則歸耕給田，屯守没世。其法選貢材武，必年自十六以上、二十以下者，教練則五年，立功則二十年。至二十年之後，軍人大約已四十餘矣，歸休給田，止任耕守之事。如此，則壯不虚其力，老不棄其身，庶幾得之。

京營有分必有合，須用八陣法操練始得。鄭給諫京營八陣法，殊未得孔明遺意。

今制武官不丁憂，最爲未妥。古者墨衰臨戎，謂當衰絰之中而有軍旅之患，不得以常禮拘變故也。若此，則何但武吏，即文吏亦當爾。今制文吏丁憂、武吏不丁憂，立爲定法，是使有事之時，文吏皆得引故事以謝擔，無事之日，武吏斷滅天性而不顧也。噫嘻！忠出於孝者也。無事之時，而不令武官丁憂，則非所以教孝矣，安望其能忠乎？

練兵之法，亂世猶易，惟承平時最難，宜因勢利導。古人蒐苗獮狩，即此意也。今之爲兵者，但知兵之苦而不知兵之利，練兵者，但知練之難而不知練之易，皆不明因勢利導之術也。愚謂今之爲陸兵者，其營業但當令習拳棒，外此則有禁；爲水兵者，其營業但當令習操舟，非此則汰革。如此，則就其私居旦晝之所爲，亦無非公家練習之所寓矣。

今上官多禁人打鳥，禁之是也，而不知即此可以寓教兵之法。宜令營兵習鳥銃者，乃得打鳥；其非營兵及爲營兵而非習銃者，皆不許。則生物之仁與練兵之智俱備矣。

昔人遇端陽節，作龍舟競渡，又令武士射柳爲樂，此即默寓教練水陸營兵之意。今人不喻此意，射柳之戲已亡，惟龍舟尚存，僅以爲遊觀之資耳。今宜復此法於端陽日，令水營兵大治龍舟，陸營兵大修器械，所在官司率通邑縉紳士民傾城觀覽。水兵盡出没波濤之巧，陸兵盡馳射擊刺之術，擇其能者大加賞賚，令通邑之衆咸出纏頭，則兵有所利，皆思勸進於技矣。推此以往，因勢利導之術，豈獨一端陽哉！

今上司往來，水陸營兵例皆送迎，然探信不確，行止不齊，紛雜錯亂，毫無紀律，殊非教兵之道。宜令管兵官凡迎送時，其隊伍啓行，哨探止宿，悉照《紀效新書》規矩。上司既到時，抽一隊點驗，以隊長腰牌點視本隊兵夫，觀其果係同隊與否，並驗其器械、馬匹、行李、餱糧之類。如此習熟，不惟教練愈精，而卒然有警，亦可調集無難矣。

淮陰侯驅市人，不是無法浪戰，正有深於法者在。

凡衛所軍官，斷不宜與守土之官共處一城。蓋勢分不相統攝，便易生乖戾，無事則强弱相淩，有事則緩急坐視，此必敗之道也。

凡軍丁所居，不當與民丁雜，軍田所在，不宜與民田雜。如此，則清軍不難，清屯亦易。

刑者，禮之本也。❶教之以孝禮，不孝則有刑，教之以弟禮，不弟則有刑，是以民知所趨避，樂於教而愓於法。《周禮》教民以孝、友、睦、婣、任、卹，而鄉刑即有不孝、不友、不睦、不婣、不任、不卹之刑，用此道也。此謂齊之以禮，未嘗廢刑，而不得謂之刑也。後世但知責備於民，設爲刑律，動繫千百，❷然不申明教之之法，是孟子所謂「罔民」矣。焉有仁人在位，罔民而可爲也？

古者，兵刑皆出於學校，明於五刑，以弼五教。「伯夷降典，折民惟刑」，此刑出於學校也。「在泮獻馘，在泮獻囚」，此兵出於學校也。惟知學然後可以刑人，惟知學然後可以殺人，此皆王道一貫之事。自後世分

---

❶「本」，正誼堂本作「反」。

❷「繫」，正誼堂本、重刊安義本作「緐」。

兵刑於學校，而兵陣遂屬之於悍將武夫，法律遂屬之於法家酷吏，可慨也！

五刑向稱墨、劓、剕、宫、大辟，謂之肉刑，以爲二帝、三王之世皆用之。子竊以爲疑。墨、劓、剕、宫、大辟之名，惟見《吕刑》中。然《吕刑》之首有曰：「苗民弗用靈，作五虐之刑，爰始淫爲劓、刵、椓、黥。」劓即五刑之劓，黥即五刑之墨也。則五肉刑焉知非即苗民之刑，惟其爲苗民之刑，故穆王易之以贖。孔子删《書》而存《吕刑》，雖以見用贖之非，亦以見肉刑之非古乎？後世乃以肉刑與封建、井田並言，吾未之敢信也。「五刑」字，《典》、《謨》中常見，如「象以典刑」，「流宥五刑」，「五刑有服，五服三就」，「明於五刑，以弼五教」。俱未見墨、劓、剕、宫、大辟字，恐未可以肉刑訓五刑也。又舜誅四凶、流放竄殛，亦未見有肉刑意。

《吕刑》言：「刑罰世輕世重。」《周禮》曰：「刑新國，用輕典；刑亂國，用重典；刑平國，用中典。」子産曰：「寬以濟猛，猛以濟寬。」此皆「世輕世重」之謂也。刑書一定不易，而用刑之意，則可量時世爲輕重，宜輕而重固非，即宜重而輕亦非也。「惠姦宄，賊良民」，此言深可爲戒。

問：堯、舜之世，而誅四凶，莫有傷於刑措之治否？曰：使堯、舜之世，而四凶幸免，便有傷於治。今四凶既服其辜，則適得其平矣，庸何傷？

思辨録輯要卷之十八

明太倉陸世儀道威著

治平類封建

封建、井田、學校，是孟子一生大學問，即孔子「富之、教之」意也。必如此，然後可以稱三代之治，然後可以爲王道。張子曰：「治不法三代者，終苟道也。」

封建、井田、學校，三者致治之大綱，後世若欲平治，道理總不出此。今人聞之輒駭，一則壞於迂儒不知通變，一則由於俗儒不知師古也。噫嘻！夫天未欲平治天下也，如有用我，執此而往矣。

古之爲治者，治心、治身、治家、治國、治天下，一而已矣。自秦以吏爲師，始有所爲吏治，漢復以蕭何繼之。於是「吏治」二字，至今習以爲固然，莫能破其局者，皆自變封建爲郡縣始。不行封建，吏治不可得而去也。不去吏治，三代不可得而復也。

郡縣掣肘者六：佐貳不得自選一；不主兵權二；上司太多、疲於應接三；縉紳滿邑、謀議多左四；子衿數百、動輒鬨堂、不可教諭五；遷轉太數六。不去六弊而能致治者，未之有也。

封建得失之辨，柳子厚、胡五峰俱有論，其言皆有可采，然其立意皆偏。封建、郡縣，大約皆有得失。封建之得，在於分數明、事權一、歷年久，禮樂、刑政易施，諸侯賢明，可以自立，無掣肘之患。封建之失，在於子孫世守，賞罰難行，公族蔓延，疏遠之賢不得進用。郡縣之得，在於力小易制，無尾大不掉之虞，官吏得其人則易治，非其人亦易去。郡縣之失，在於防制太密、權位太輕、遷轉太數，小人得售其姦，❶君子不得行其志。故封建之弊，謂之太强，其末也，每壞於强侯之分争。郡縣之弊，謂之太弱，其末也，優柔不支，每失天下於盜賊。善治天下者，當去兩短、集兩長，循今郡縣之制，復古諸侯之爵，重其事權，寬其防制，久其禄位。有封建之實，無封建之名，有封建之利，無封建之害，以此語治，其庶幾乎！

封建是傳子之法。古帝王之學問，皆推己以及人。堯、舜官天下，故其所舉用，皆取之明揚，九官、十二牧，大抵皆薦舉。但久其禄位，不必世守也。三代家天下，故分封侯國，亦俾之世守，示不敢獨私。然天下大物，惟天得而主之，非真能與天爲一如堯、舜者，不能行禪受之禮，傳子可也。郡縣小於天下，而又有天子爲主，若更傳子，反滋禍變。故吾謂郡邑之爵禄權位，當悉如古封建，但當易傳子爲傳賢耳。

賈誼云「衆建諸侯而少其力」，此語最妙。今之州縣，大者方百里，小者不下五十里，此古諸侯之地也。愚謂今之封建者，當循古五等之爵，列爲定制。凡治一州者爲子爵，治一縣者爲男爵，此則有分土、有分民，權位爵禄，一如古諸侯制。至如公、侯、伯爵，其位已尊，其勢已重，若更委以事權，恐有漢、唐跋扈之患，宜另爲制。伯爵一如今太守，有分地、無分民，雖處大郡，而所轄者各州縣之事，不得據一郡以爲私，其職專主

❶「得」，重刊安義本作「獨」。

督察各屬子、男。合三四郡之地則建一侯，如今司道之職，亦有分土、無分民，坐諸郡中要害之地，其職專主督察各屬之伯。合三四方伯則建一公，如今布政之職，亦有分土、無分民，坐省城中，專主督察各屬諸侯。凡公之賢否，則聽於朝廷之冢宰。如此，則節節有制，要而不繁，庶幾得爲治之條理。

班爵之制行於天下者，既循古五等之爵，則行於國中者，亦當如古六等之爵。郡縣之長，既爲君矣，其下則有卿、大夫、上士、中士、下士。今之佐貳，當使如古之卿。今之六房吏、鄉約長、地方保正之屬，當使如古之大夫、士。今之書役、隸卒，當使如古之府、史、胥、徒。皆令臣服於郡縣之正，凡黜陟予奪，皆郡縣主之。惟卿則請命於天子，如古命卿之制。庶幾古治可復，郡縣亦可收得人之效也。

或謂：苟如前制，得無官多而吏少否？曰：此非特予之言也，先正魏莊渠先生嘗言之矣。曰：「古之官府，卿、大夫、士，轉相副貳，其數居多，府、史、胥、徒，其數反少。後世吏多於官數倍、奔走在官者，往往千百爲群，積姦叢弊，蠹害生民，此古今盛衰之判也。古之治也以道，卿、大夫、士，同寅協恭，清心治理。後世上下相疑，不復推誠委任，天下之事一決簿書，變成吏胥世界矣。」按此與予清官不出吏手之説相合，則知爲治，當患吏多，不當患吏少也。

天子所與治天下者，士人也，而士人所習，不過帖括制義空疏無用之文。限其出身，卑其流品，使不得並於士人君子者，吏也，而吏胥所習，錢穀簿書，皆當世之務。士人共治天下，則所當親也，而遷轉不常，歷官如傳舍。吏人不與流品，則所當疏也，而終身窟穴公庭，長子孫而無禁，天下何由致治哉？

周子曰「善治天下者，識其重而亟反之」，今欲復古，亦反前弊而已矣。凡士人未入官之時，當養於學校，自學古論道之外，凡當世之務，俱宜練習。其吏胥則惟用識字者，取其足備書寫而已。仍三年一换，已經充役者，不得復入。如此，則官日智而吏日愚，可無舞文弄法之弊。

古云天子以孝治天下，諸侯以孝治一國，孝之爲道，《大學》所謂「不出家而成教於國」者也。自封建既廢，郡縣無宗廟之制，爲有司者，例不得以宗廟事其親。則所謂孝治一國者，其道無由矣，安能使國人皆興起於孝乎？若苟復封建，則當使郡邑仍建立宗廟。治邑者始至，則載主而居之，四時之吉，合臣民而行祭，一如古禮。不特使治邑者孝思得展，亦可使通國之人衆諭於孝，豈非致治之大本大原乎！冠、婚、喪、祭之禮，民間久不知學，此爲人上者，不能以身率之也。若封建既復，則冠、婚、喪、祭之禮，俱可在任一一舉行，所謂上行下效、捷於影響者，何愁古法不復乎？

問：喪禮豈可在任舉行乎？曰：今制在任遭喪，則去任而爲丁憂，此亦郡縣之弊，離治家、治國之學而貳之也。夫在任遭喪，正當在任舉行喪禮，使臣民有所矜式，豈可脱然竟去乎！愚謂封建既復，則郡縣有在任而遭喪者，皆當一如古人，在任舉行喪禮，凡國事悉委卿貳治之。五月畢喪葬，則親事粗安，又君事爲重，當素服、素冠，居後寢以聽政事，惟不飲酒、不食肉、不處内、不與吉禮、不決刑獄，以終三年。庶幾得禮之中。

郡縣之弊在遷轉太速，封建之弊在世守不易。今苟易郡縣爲封建，使仍速遷則虞弱，使仍世守則虞横，其法無如久任。《書》云：「三載考績，三考黜陟幽明。」此有虞氏法也。三考則九年矣，今當定其法爲十年。十年之中，凡遇考績，州縣子男俱赴該省上公處考績。其十年，則候新官交代造册，而入朝覲。造册之法，凡新官至，則方伯監之，令其與舊官合同造册。如户口田糧舊幾何、今增減幾何，倉庫兵馬舊幾何、今增減幾何之類，俱要一一對勘明白，然後入册。造一樣二本，其一付舊官齎持到部，以别功罪，其一付新官，以爲後次造册張本。如此，則當局者之功罪，即一交代，已自毫不可欺。視今之倏忽去來者，大不同矣。

今世郡縣之弊，多在交代之際，舊官已去，新官未來，貪濁官吏多乘機營謀署印，百凡弊竇，從此而起。若行前法，可永絶此害。

班爵之制，在古惟五等六等而已。漢、唐以下，則有無數勳階品級，名色混淆，官曹錯雜，至有一官而兼數銜，核其名實絶不相符者。愚意欲盡復三代之制，而三代之制容有未盡，竊欲另分爲六等。一曰師，凡太學之師、鄉學之師皆是。二曰賓，凡古先聖賢之後、古先帝王之後皆是。三曰藩，同姓宗室。四曰勳，異姓功臣。五曰位，公、侯、伯、子、男。六曰職，卿、大夫、上士、中士、下士。師以論道德、備訪問，賓以陪祭祀、通婚姻，是二者皆待以不臣之禮。藩以厚根本，勳以報勤勞，是二者皆優以禄而不授以事。位以正南面、董群工，所以通於天下，職以效一長，奉上法，所以施於國中，是二者皆以助宣天子之教化。如此設官，似頗有頭緒。

古人制禄，皆給土田，凡諸侯封國之内，皆有實封，謂食邑也。唐、隋之制，官皆給禄田，猶有古人之意。今制，俸皆取於常賦、給自朝廷，一取一給，轉移之間，已有無數不便。況俸又甚薄，無以養廉，甚非中庸勸士之道。愚謂今之禄制，亦當如成周、隋、唐，量其官資，頒給禄田。且如漢法給禄，皆從優厚，務使居官者寬然有餘，則有人心者，自不至剥取於民也。

凡縉紳舉監生員優免，不如竟給田，優免則有貧富不均之患，給田則人人受實惠矣。《周禮》以宅田、士田、賈田任近郊之地，以官田、牛田、賞田、牧田任遠郊之地，則不特士大夫給田，即商賈與庶人在官者，皆給田也。

官人當以爵，賞人當以禄。官人當視其才之大小而爵禄之，賞人則優其廩給而已。觀《周禮》有賞田，則知凡官之考最者，皆當賞以田也。

欲制禄田，當先設處官田，官田者在官之田也。三代以上，田皆在官，故爲人上者，得以行井田、施賞罰。三代以下，田皆私田，富者兼并，貧者無立錐，不得已而貧者佃富人田。天子税什一，則富人税什伍，天子税什二，則富人税什七，故不復官田，耕者終無生望。復之之法有三。乘大亂之後，凡無主之田，皆籍於縣官，募人佃種，一也。强豪不法者，没其田而籍之，二也。庶民無後者，無嗣子可繼，則亦籍其田，而官爲之送死，三也。官田漸多，則予奪易行，或以爲禄田，或以爲賞田，皆惟上所欲。

私田雖輕税而實重，官田雖重税而猶輕。如今江南田，富人即樂歲不過收租一石，下歲尚有全荒者，天子税之，必取盈焉，是十嘗税其六七也。若爲官田，即重税猶當富人收租之半，是官田一法，下可足民，上亦可足國。但所慮者，一遇凶歲，富人尚有陪糧之時，王者必無蠲租之日，是則官田可畏耳。欲復官田，其亦先講蠲租之法乎？❶

---

❶ 「先」，原脱，今據正誼堂本補。

凡郡縣佐貳，決當令郡縣自選，如漢法下車辟掾是也。否則制爲定例，凡辟掾屬，俱於鄰近鄉科中擇廉幹者爲之，請於朝廷，爲注其名，而不察其賢否，其賢否則聽之郡縣。

取鄉科爲佐貳最妙，人地相宜一，無數千里赴部之苦二，僚屬相得三。

六房吏、鄉約長等類，皆當用士人爲之。假如士人自入學以後，學校中便當辨其賢者、能者，使之爲鄉約長。爲鄉長有功，鄉人頌之，然後升之爲吏。所謂吏者，非今之吏也，蓋古之所謂大夫也。如此，則士人無不屑爲吏之意，士人無不屑爲吏之意，則在郡縣之側者皆正人，而後可與同登於三代矣。

三代以上，天子之側有諍臣，諸侯之側亦有諍臣。三代以下，天子諍臣則或有之矣，郡國諍臣則未之聞。以去封建而爲郡縣，去卿大夫而爲吏書故也。是以郡邑之長，不聞正言，雖極貪暴，莫或止之。若復前制，庶幾復覩諍臣乎？

治天下必自治一國始，治一國必自治一鄉始，治一鄉必自五家爲比、十家爲聯始。予嘗作《治鄉三約》，先按地勢分邑爲數鄉，然後什伍其民，條分縷析，令皆歸於鄉約長。凡訟獄、師徒、户口、田數、繇役，一皆緣此而起，頗得治邑貫通之道。

今之爲治者，動行鄉約，社倉、保甲、社學，紛紛雜出，此不知爲治之要也。鄉約是個綱，社倉、保甲、社學是個目。鄉約者，約一鄉之人而共爲社倉、保甲、社學也。社倉是足食事，保甲是足兵事，社學是民信事。許多條理曲折，都在這一日講究，不然徒群聚一日，説幾句空言，有何補益？

鄉約中止宜賞善、不宜罰惡，蓋辱之於大衆之中，使人無自新之路，所謂「若撻之於市朝」也。

《周禮》比閭族黨之法，《管子》軌里連鄉之法，同一治鄉之道，《管子》尤極詳密。其言曰：「正月之朝，鄉長復事，公親問焉，曰：『於子之鄉，有居處爲義好學，慈孝於父母，長弟於鄉里者，有則以告。有而不以告，其罪五。』有司已於事而竣。公又問焉：『於子之鄉，有拳勇、股肱、筋骨秀出於衆者，有則以告。有而不以告，其罪五。』有司已於事而竣。公又問焉：『於子之鄉，有不慈孝於父母，不長弟於鄉里，驕躁淫暴，不奉上令者，有則以告。有而不以告，謂之下比，其罪五。』有司已於事而竣。」五屬大夫亦如之，是故匹夫有善，可得而舉，匹夫有不善，可得而誅。其法最善，今之行鄉約者，宜祖之。

鄭子産、齊管仲，其所行皆祖周禮，讀《左傳》、《國語》可見。蓋當時去古未遠，猶有周公之遺也。子産，孔子數稱之。管仲雖曰霸術，然其霸處在心術，至於作用，則猶近正。

分鄉是小封建法，今之爲縣官而欲行王道者，必自分鄉始。

治天下，須用得幾箇縣令好，縣令古諸侯也。治州縣，須用得幾箇鄉長好，鄉長古鄉大夫也。得其人則治，不得其人則亂。

縣令，親民之官，而章奏不得竟達，民隱何由上聞？即曰：朝廷事煩。然朝廷可省之事甚多，此乃爲治大端，不可省也。宜無事月一奏，附於省臣，有大事則竟達。庶民隱可以上聞，而亦不至爲大吏所欺制。

凡郡縣地方有大政事、大利害、大災祥，及事關人倫風化者，俱宜奏聞，兼備宣付史館之用。蓋後世自郡縣之事不上聞，而史館所書，不過朝廷除授陞遷之事矣，無怪乎史文之迥不如前代也。

周世，列國皆有史官，董狐、南史、左丘明之類皆是也。亦所以動人欣慕鑑戒之心，後世廢之，治之所以不古，此亦一端矣。愚謂有志復古者，凡郡縣俱宜修復古史之職，以記政事之得失，民俗之善否，歲終類上於朝，以備史館采擇，是亦治道一大關係。或恐官多，即領於學校之師亦可。

思辨録輯要卷之十九

明太倉陸世儀道威著

治平類井田

「三代而上，天下非天子所得私也，秦廢封建，而始以天下奉一人。三代而上，田産非庶人所得私也，秦廢井田，而始以田産予百姓。」此數語説得最確。

井田之法，行之春秋戰國而尋其遺迹也易，行之後代而更新開拓也難。行之於創造而産無專主也易，行之於承平而奪民定産也難。行之封建而諸侯各視爲己業也易，行之郡縣而守令遷轉如傳舍也難。行之邊鄙而開荒集衆也易，行之内地而欲奪民之世産也難。

欲行井田，必先封建。古之有國者，授其民以百畝之田，壯而畀、老而歸。不過如後世大富之家，以其祖父所世有之田，授之佃户，程其勤惰以爲予奪，校其豐凶以爲收貸。其阡陌之利病，皆其少壯之所習聞，無俟乎多方考覈，而奸弊自無所容也。今不行封建，而區區争井田之可行何哉？

凡井田溝洫形體之制，不可執一而論。古人治地，必因山林川澤、高卑險夷自然之勢而施功，斷無有塹山湮谷、削圓就方之理。如書所稱「方里而井，井九百畝，四井爲邑，四邑爲丘」，以及「十夫有溝，百夫有洫，千夫有澮，萬夫有川」等語，皆是大概以成法言之，所謂道其常、不道其變也。至於形體，則何常哉！後儒拘拘執一定之法，可謂坐井觀天、膠柱鼓瑟者矣。

《遂人職》曰：「凡治野，夫間有遂，遂上有徑；十夫有溝，溝上有畛；百夫有洫，洫上有塗；千夫有澮，澮上有道；萬夫有川，川上有路。」注謂「萬夫者，方三十三里有奇」，此亦大概以成法言耳，不可泥也。

古人治地，必因水利。而水性趨下，河形無常，如伊、洛、澗、瀍之類，皆川也，然不可以方計也。即如我吳，三江既入，震澤底定，三江皆川類也，然不可以方計也。乃若遂人之法，則可因三江以明之。三江之水，自湖達海，長亘百餘里，深廣亦數十丈。而江之兩旁，或十里、或五里，則有縱浦。縱浦者，江之支流也，故其深廣則稍減於江。縱浦之兩旁，或三里、或二里，則有横塘。横塘者，又浦之支流也，故其深廣又稍減於浦。至於塘之兩旁，又有港汊，港汊之兩旁，又有溝渠，其深廣以次更減。而凡江、浦、涇、塘之上，莫不有岸，是可以知遂人之法矣。「萬夫有川」，三江也；川上之路，則江岸也。「千夫有澮」，縱浦也；澮上之道，則浦岸也。「百夫有洫」，横塘也；洫上之塗，則塘岸也。「十夫有溝」，港汊也；溝上有畛，則港岸也。「夫間有遂」，溝渠也；遂上之徑，則塍圩也。此即遂人之法也。不徵之實境，而拘拘求紙上之圖，豈不悖哉！

治地之法與治兵不同，治兵由寡以及衆，治地自大以及小。故善治兵者，必先定隊伍，隊伍定，而後千夫、百夫以至數十萬之衆，無不可就約束。善治地者，必先濬大川，大川濬，而後縱浦、横塘以至港汊、溝渠之屬，無不可就條理。知隊伍而後可以談八陣，知濬川而後可以論井田。今之談八陣者，泥八門之説，而隊伍之間亦欲以八起數，是由衆以及寡也。論井田者，泥溝洫之制，而萬夫之川亦必以爲周三十里，是自小以及大也。何怪乎議論煩多，迄無成功哉！

經界是治地大法，三代以後，從無人識經界，泥於以阡陌爲經界也。阡陌有實無虚，經界則有虚有實；阡陌有曲有直，經界則有直無曲。張横渠有言「經界必須正南北」，此有直無曲之證也。又曰「經界不避山河之險」，此有實有虚之證也。

經界如今地圖之計里畫方。計里畫方，今人但於紙上約略畫就，古人則實實於地上經畫出來，真所謂經天緯地。

經界之法，正東西南北。其形四方，每百里爲大方，十里、一里則又爲小方。天下地形，雖尖斜屈曲、萬有不齊，只用一方格子格去，便纖毫莫能遯。

今天下地圖最難準一，有經界，畫地圖亦極妙。

今人欲定經界，不可太泥古人成法。古人治地，即阡陌、即經界。蓋太古之世，地皆草萊，治地分田，絶無隔礙。凡地之當爲經界者，隨吾所欲，惟至大山大川不可阡陌處，則或立標竿、或設望墩，爲虚勢以通之。且自堯、舜、禹、湯以至文、武、周公，經數千百年，歷數十百聖人，所行所爲，皆出一轍，故可方圓如意。今自開阡陌後，古法大壞。凡當爲經界處，非室廬，即墳墓，必欲改變動摇，勢難卒正。此蘇子瞻所謂「井田成而骨朽」之説也。愚謂當今欲復經界，且須如張子横渠之説。樹立標竿，或以石，或以木，各依方之大小，刻識其上，先爲遥勢，使地形有準。然後視地之可爲阡陌者，即阡陌之，其未可爲阡陌者，姑徐徐以俟後，庶不失推行次第。

經界是絶妙算法。今人算田畝，只是開方法，隨地形尖斜屈曲，皆可推算，不過就其中分作小方耳。有經界畫方法，其中田畝，便俱有定準。假如一里一方，方三百步，則知其中爲九百畝。十里一方，方三千步，則知其中爲九萬畝。田畝之數，大段瞭然，官吏更不得欺匿。

步算田畝，惟方無奇零，圓斜則有奇零，中多不盡法。古人治地，必畫方形，蓋有謂也。偶行南渡，見田岸皆圓斜，固知是里區作弊。

横渠云：「只看四標竿，中間地雖不平，饒與民無害。」此言一方之中，或中有山原，或邊高中下，則中間地畝必多，不止九百畝。不知九百畝之説，亦只言其常，不可執爲定據。此又須每方之中，細細步算，隨高逐低，自有算法，或赢或縮，絲毫俱見，不容不均也。

朱子《孟子注》謂：「鄉遂用貢法，十夫有溝；都鄙用助法，八家同井。」此因《周禮》「遂人」有「十夫」字，「匠人」有「九夫」字，因以爲鄉遂都鄙貢助各異，溝洫亦不同。其實溝洫何容不同也？凡爲溝洫，必相地形，度山水高下。❶田皆爲横畝入於遂，遂入於溝，溝入於洫，洫入於澮，澮入於川。不論國中郊外皆然，非貢有一法，助又有一法。但郊外有公田，便於以八起數，故以八起數。國中無公田，便於以十起數，故以十起數。蓋郊外以方算，國中以直算也，豈得謂有二法乎？

溝洫之制合一，不特貢助爲然，即三代皆然。蓋三代以來，自大禹盡力溝洫後，殷、周相繼，不過因利乘

❶「山」，原作「出」，今據正誼堂本改。

便、稍加整頓耳。若貢是一番溝洫，助、徹又是一番溝洫，雖率天下民終身勤動，亦決做不就，聖賢必無此拙事。

朱注：「商人始爲井田之制，以六百三十畝之地，畫爲九區，區七十畝。」此亦未是。果爾，則商畫方以六百三十畝，周畫方又以九百畝，是溝洫三代有不同也。大約溝洫只是一般，五十畝、七十畝、百畝，只如今制屯田，將來分作分數，計夫授田耳。溝洫之制，斷不容有二。

溝洫不論大小方圓形勢若何，只就當今水道，濬令深廣得法，使蓄泄有方、水旱無患，便是古人之意。

助法之善，在公私截然分定，歲有豐凶，上下均受，無彼此偏枯之患。然以此觀之，❶助法亦有未可遽行者。蓋人情古今不同，耕者於公田未必盡力，則上下有交責之患，反不如貢法。三代以後，歷代通行，似爲便利也。但貢法不善，在較數歲以爲常，豐凶不易。王者誠能與時損益，則貢法無不可行矣。

問：井田之制，二十授田，六十歸田，公家得無太勞乎？曰：否，甚逸。井田之法，上持其籍，下耕其畝，授田、歸田，皆下請於上，而上爲之出納，非上之人銖銖兩兩、家派而户給之也。其法大約如今之富家，田連萬頃，任人佃種，但承佃出入必由主人，此一主籍者之力耳。不然，上之人政多事繁，何由知某户小民爲二十、某户小民爲六十，而紛紛令之授田、歸田也哉？

後世率用貢法，而不用助法，謂貢便於助也。然助法有二善：以公田錫卿大夫，而卿大夫不得多取於

❶「此」，正誼堂本作「今」。

民，一善也。地利與民共之，不敢怠棄田工、不修水利，二善也。

古者步百爲畝，今以二百四十步爲畝，欲正經界，亦循今制而已。然二百四十步，終不如百步之善。蓋古法簡浄，簡浄則難混；今法畸零，畸零則易欺也。且畝數狹則民力優，耕者務盡地利；畝數廣則民力勞，耕者易於鹵莽。存心經界者，亦尚審之哉！

或問：三代井田之法，所以不可久者，諸儒皆謂數世而下，則人多田少，此天地乘除之數，莫可如何。然否？曰：此儒者執一不通之論。聖人立法，率皆萬世可行，若井田之制如此，則不惟不能數世，即創造之始已立窮矣。夫所謂人多田少者，以有一民必授田百畝，或恐其不足也。不知古稱四民，農之外尚有士、工、商賈，苟必無隙地可授，則或爲士工，或爲商賈，生路甚寬，豈憂人多田少邪？今世江南田甚窄，然不聞佃户多而田少，此亦可證。

《周禮》言「司空度地居民」，又曰「地與民必參相得」，所謂狹鄉徙之寬鄉也。如此，自無田少人多之患。看來天地間只是地大人少。曾聞之堪輿家云：江、廣之間多大山，山中饒曠土，儘有自天地開闢以來，未經墾種者。如此，則知井田之法，雖至今存，亦斷無田少之患。

據《禹貢》，揚州之域，厥土塗泥，厥田下下。今江南之民，多於古數十倍，而地日加闢、田日益美，則知人多則田美，斷不患田少也。若患田少，行區田亦甚佳。

今時欲行井田，須乘大亂之後設處，田皆入官，定都啚，修水利。然後將田分作分數，上田四十畝，中田六十畝，下田八十畝，逐都逐啚，編成字號，募人佃種。力能勝一分者一分，不能勝者半分，雖富有力者，不得佃一分之外。老則授之子，無子而不能勝者，以田歸官，聽人另佃。其佃田踰一分之外，及無子而授他姓，不以田歸官者，罪之。夫定都啚，經界也。修水利，溝洫也。作分數，畫井也。上田四十，中田六十，下田八十，一易、再易、三易也。募人佃種，二十授田也。力能勝者種一分，八口之家也。不能勝者半分，餘夫也。雖富有力，不能佃一分之外，❶限田也。老則授之子，無子而不能勝者，以田歸官，六十歸田也。然後斟酌地力，輕徭薄賦，是即三代之舊，井田何遂不可行乎？

鄉邑欲行井田，❷須修古鄉大夫之職，先分邑爲幾鄉。每鄉鄉正一人，凡一鄉中受田歸田、收銀收糧等事，皆鄉正任之。縣官總視其成，方可不勞而事集。予於《治鄉三約》中，頗詳其法。

凡治郊野，須先分鄉爲幾都，都爲幾啚，啚又分爲幾號或幾圩。每都立大石碑一箇，上書幾都，面刻本都四至地形河道，背刻本都田畝細數。每啚立小石碑，背面鐫刻都啚。每圩、每號亦如之。使經界號段較如列眉，暴官污吏自不能作弊。

上之所取謂之賦，下之所供謂之貢，賦出於百姓，貢出於諸侯。《禹貢》九州，皆有賦、貢，冀州獨有賦無貢者，畿内無諸侯也。臣之於君，猶子之於父母，每歲因正賦之入，各進其土之所産於君，以供國用。上以盡臣子之職，下以寬百姓之力，此亦道理之常，非貨賄苞苴比也。故《周禮》曰：「太宰以九貢致國用。」自封

❶「能」，正誼堂本作「得」。
❷「鄉」，正誼堂本作「郡」。

建之制廢，因併田賦土賦，俱責之民間，民力爲重困矣。有心經世者，必復古封建定貢賦之法，則民尚可寬十分之三四也。

凡入貢，俱宜有定額，如《禹貢》金錫竹箭之類，皆就各處土產，制爲定則。使入貢者，不得減，亦不得增，方可永行無弊。不然，則後世進奉之名起矣。

唐制，州府歲市土所出以爲貢，其價視絹之上下，無過五十匹，異物、滋味、名馬、鷹犬，非有詔不得獻，有加配則以代租賦，此即《禹貢》之意。然考唐初入貢之物，不過藥物、食用而已。至代宗時，有因生日貢獻至數千萬者。德宗時，有日進月進而遷官者。則入貢之風，又未可遽開也。有賢者出，亦慎持之可矣。

思辨録輯要卷之二十

明太倉陸世儀道威著

治平類學校

古者有大學之法，所以教人爲大學之道。後世但有大學之道，無所謂大學之法，故成就人才較難。何謂大學之法？《詩》、《書》、《禮》、《樂》是也。《詩》、《書》雖多殘闕，然經先儒補綴發明之功，猶十得五六。至於《禮》、《樂》，則竟泯焉亡矣，非有大聖人起，徹天徹地大大制作一番，後世終無持循，學者終無依據。

聖人云「述而不作」，非不可作，不必作也。當孔子之時，去古未遠，唐虞三代之法皆存，但殘闕失次耳，故但用述足矣。若今日，則古法盡亡，必須制作。若泥「述而不作」一語，則拘牽顧忌，終不能復古治。然非聰明睿知、極天理人心之正者，未易言也。

天下古今，止是一箇道，則知天下古今，止是一箇學。凡道術而不出於學校之中者，皆王道所當禁也。周衰，百家並興，其原皆起於學校之壞。後世人主莫不思崇學校，而聽天下各爲異説，雜然與學校争持短長，何由致一道同風之盛哉？

學校之制，自漢、唐以下，雖代有興舉，然皆不過得其大略，未能盡復古初之意。惟安定《湖學教法》、伊川《看詳學校》、明道《上神宗書》及朱子「分年讀書科舉」之法爲詳。然三者之中，惟安定、明道，尤得貫通推行之法。

昔管仲論處四民，凡爲士者，必欲其群萃州處，暇則父與父言慈，子與子言孝。故其父兄之教，不肅而成，其子弟之學，不勞而能。又曰「處士就燕閒」，此即「百工居肆以成其事，君子學以致其道」之意也。今庠序雖設，士皆散處四方，殊失古人教士之旨。愚謂凡建立學宫，必當擇一國中勝地。學宫之旁，廣設屋舍，令士人居之。似亦於教法有裨。

凡學校之師，不論鄉學、國學、太學，決當以德行、學問爲主。德行、學問高於一鄉者，即聘之爲鄉學之師。德行、學問高於一國者，即聘之爲國學之師。德行、學問高於天下者，即聘之爲太學之師。師得其人，則天下嚮風，自然人才輩出矣。

學校之制，其在鄉學，不過讀書識字、歌《詩》習禮而已。至於國學，決當倣安定《湖學教法》，而更損益之。如經義，則當分爲《易》、《詩》、《書》、《禮》、《春秋》諸科，治事則宜分爲天文、地理、河渠、兵法諸科。各聘請專家名士，以爲之長，爲學校之師者，則兼總而受其成。如此，則爲師者不勞，而造就人才亦易。

漢制，凡五經俱設博士，即書算之類亦設博士，是即專家名士之意也。故漢儒之學，雖未精純，然尊重師傅，淵源有本，是以其學尤多近實。今世既不重師傅，而學校設官，如教授、訓導之類，徒立虚名，何怪乎人才之絶少也。

或以爲天文、兵法，皆當慎祕，不當設科於學校者，非也。天文所當祕者，在占驗一家耳，至於曆數，則儒者所必當究心，何可祕也？ 兵法後世亦未嘗祕，但不以之教士耳。 然惟不以之教士，故今之爲大吏、居方面者，皆耳未習金鼓、目不識旌旗，一遇用兵則張皇失措，舉軍旅之事一委諸目不識丁之武夫，此天下之事所以大壞而不可救藥也。 若設科於學校之中，而主教得人，不惟儲才有法，國家受天文、兵法之利，抑訓才有道，國家亦不受天文、兵法之害。

唐立武成王之廟，以太公爲武成王，與孔子文宣王對。 後世因之，遂設武學，此大非。 武只是吾道中一藝，孔子未嘗無武，安得特設一學與文對？ 若學校中設兵法一科，則武學即在文學中矣。

伊川《看詳學校》中有云：「凡學校法，不宜以考校定高下，恐起人争心。」此言大妙。 凡學校中選人才，可即聽學校中公舉，學師因而察之，即後來不無偏黨之弊，然亦十得八九矣。

凡學校中選人才，只是四科：德行、政事、禮儀、文學。 德行中有孝友、睦婣、任恤諸項，政事中有天文、地理、河渠、兵法諸項，禮儀則習於吉、凶、軍、賓、嘉之典故者，文學則書策、詩賦，即古博學宏詞之類。 只此四科，天下人才已盡於此矣。 聖門言語一科，即在禮儀中，不必獨設。

書院之設，非古，亦非禮也。 此即是學校，在下者豈宜私設？ 但在上者既不重學，則在下者不得已而私創一格，以存其微意，其爲志亦苦矣。 乃後王既不能留心學校，而又有并書院而禁之者，斯文一脈，危乎殆哉！

大凡書院建立，多在郭外名勝之處，不獨遠絶塵囂，而山水之勝，亦足以蕩滌俗情、開發道妙。 學者於此處讀書講道、觀星算曆，誠爲至便，深合《管子》「處士就燕閒」之意。 雖盛王之世，不可廢也。 但當領於學校，爲學校之分曹，不當另爲一家耳。

古有鄉學、國學，而無太學。鄉學，小學也。國學，太學也，即天子之學，亦謂之國學。蓋古者建立天子，自治王畿千里之地，故學亦稱爲國學。自後以郡縣爲治，天子統而理之，則郡縣爲國學，而天子稱太學。其實，太學之所以教士，更無不同，是亦頭上安頭也。然愚謂既有鄉學、國學、太學之名，則亦當稍異其制。鄉學之中，則備治一鄉之法；國學之中，則備治一國之法；太學之中，則備治天下之法。是亦甚妙。

兆民者，天子之心；士大夫者，兆民之心；禮樂教化者，士大夫之心。而君與師，則主持禮樂教化者也。君師能興修禮樂教化，則士大夫之心正；士大夫之心正，則兆民之心正；兆民之心正，而天心不應、天下不治者，未之有也。

周子曰：「師道立，而善人多。」《學記》曰：「師嚴然後道尊。」斯二言誠然。《尚書》云：「天降下民，作之君，作之師。」則師尊與君等。又云：「能自得師者王。」則師又尊於君。非師之尊，道尊也，道尊故師尊。今天下之能爲師者寡矣。然師道之不立，實由舉世不知尊師。天子以師傅之官爲虚銜，而不知執經問道。郡縣以簿書期會爲能事，而不知尊賢敬老。學校之師以庸鄙充數，而不知教養之法。黨塾之師以時文、章句爲教，而不知聖賢之道。儇捷者謂之能事，方正者謂之迂鄙，蓋師道至於今而賤極矣。即欲束修自勵，人誰與之？如此，而欲望人才之多、天下之治，不可得矣！

天下無一事無師。範金陶瓦，小技也，非其師則術不傳，術不傳則業不售。今治天下，非特範金陶瓦，而使不學無術之人，漫然而爲之。當其未仕則使之習章句，當其既仕則責以簿書，而欲望天下有臯陶、稷、契之臣，成堯、舜、禹、湯之治，有是理乎？故「師」之一字，是天地古今、社稷生民、治亂安危、善惡生死之關也。乃自三代以來，數千百年有天下者，曾不念及此，亦獨何哉？

今之師傅，即古之公孤，天子之師也，然不求其實，徒存其名而已。庶人欲教其子，必擇良師以傅之；貴爲天子，爲其子謀，曾不若庶人，豈計之得乎？有王者起，當制爲定例，太子既生，即預爲講求良師。或卜之大小臣工，或訪之山林草野，必求如周、程、張、朱其人者而聘之。既聘，即待以不臣之禮，使太子北面受教，講求至道。雖即位，終身以師禮事之。問之以道而不勞之以政，隆之以禮而不授之以權，則庶乎名實兩得也。

古者升秀民於庠序，非以寵異之也，所以教之也。故曰「育德庠序」。今之弟子員，能自力學者鮮矣。而上之人又不思所以教之，教官之職，悉以罷老無能者充位，烏能勝任而愉快乎？愚謂庶人教子弟，必自擇良師，今之弟子員，亦縣官之子弟也，其師亦當令縣官自擇。宜著爲令典，縣官下車之始，即首詢士民，鄰近地方有才德邁衆可爲師表者，不拘縉紳布衣，縣官親自造廬敦請詣學，庶幾教職得人、育德有效。

省所以統郡，郡所以統縣，故郡有專官無專民，謂凡所隸州縣之民，無非其民也，惟士亦然。奈何州有州學、縣有縣學，府復有府學，割州縣之士以隸之，别無意義。若與州縣分士而教者，恐非祖宗立法之初意也。愚謂教職雖微，實造士之大要也。除縣邑之師令縣官敦請外，其府學之師，尤爲鄭重。必道明德立，可爲一郡師表者，太守親自敦請，俾任府學之職。凡一郡生徒，皆聽其選擇教誨，倣太學積分之法，而以時升之。必與府學，然後給廩。蓋與府學，則群居講習，有薪米油燭之資，道里往還，有舟車跋涉之費，故須給廪。今之廪生，既無負笈之勞，而又無焚膏之費，徒耗廪粟，胡爲也？

洪武初，設四輔官，位尚書上。聘耆儒，自布衣徑爲之。賜坐唱和，分四時以掌燮理之任。未幾遂罷。此與予天子擇師之説同，惜乎其遂廢而不行也。

凡官皆當有品級，教官不當有品級，亦不得謂之官。蓋教官者師也，師在天下則尊於天下，在一國則尊於一國，在一鄉則尊於一鄉，無常職亦無定品，惟德是視。若使之有品級，則僕僕亟拜，非尊師之禮矣。至於冠服，亦不可同於職官之制，當另製爲古冠服，如深衣幅巾及忠靖巾之類。仍以鄉、國、天下爲等。庶師道日尊、士氣日昌，而聖人之徒出矣！

《松江府志》云：「洪武初，楊孟載爲松江府學教授，與邱克莊、全希賢同官。當時分教，有司得自延聘，皆極州里之選，後皆至大官。」以此觀之，教官決當令州縣自聘。蓋學校乃人才風化所自出，決不可以猥雜流品當之。今世選舉不行，愚謂教官一途，似尚可獨行選舉也。

歷觀古今以來，大抵經時變革，一時賢者，不死於忠節，則歸於隱遯，其或去而入於空釋者，更多有之。蓋君臣之義已定，改節易操，固無其事。而夙有抱負者，又不甘與齊民同老，其逃於禪悦而更爲主張門庭，亦士君子不得志於時之所爲也。然而聖道自此日晦，世界自此日壞矣。愚謂有天下者，若易代之後，而不用勝國之遺黎故老，則賢才可惜；若用遺黎故老，而遺黎故老竟樂爲新主所用，則又乖不事二君之義。於此有兩全之道，學校之職臣也，而實師也。若能如前不用品級之説，則全乎師而非臣。昔武王訪道於箕子，而箕子爲之陳《洪範》，蓋道乃天下後世公共之物，不以興廢存亡而有異也。聘遺黎故老爲學校之師，於新朝有益，而於故老無損。庶幾道法可常行於天地之間，而改革之際，不至賢人盡歸放廢矣。

問：勝國之老，曾爲先朝大臣者，亦可爲學校之職乎？曰：若如今者學校之職，則不可爲也。若如前說，則既謂之師，而非職矣。不受爵於朝廷，不受制於上司，縣官以禮聘請，講道論德，合則留，不合則去。雖先朝大臣，奚不可哉？特患爲大臣者，原無道德可風，而州縣之聘之者亦不以道，則此說一倡，又爲不肖者長奔競之門耳。故曰「苟非其人，道不虚行」。

若如前說，學校師當議爲定制，受聘不受爵，受養不受禄。居於其國，自縣官及縉紳以下，皆執弟子禮。見藩臬尊官，不行拜跪。其往來，用書策，不用文移。則勝國之遺黎故老，皆可以受之而無媿矣。

行鄉飲酒，乃縣官養老之禮；聘學校師，乃縣官尊賢之禮。二法不行，先王之道或幾乎息矣！

取士與養士不同。取士，不論詩、賦、詞、曲，總只此幾箇，聰明才辨之士，無往不可以自見。養士，必須道德仁義、禮樂《詩》《書》。所以古之王者，只重養士，不重取士。

聰明才辨之人，一總埋没不得，只無以養之，便把他天資都弄壞了。所以後世名臣，亦多是有才無德。

古之人才非多於今，今之人才非少於古，然而古多君子、今多小人者，古知養士，今人不知養士也。養士之法，莫備於周，讀三《禮》可見。

思辨録輯要卷之二十一

明太倉陸世儀道威著

治平類禮

禮樂之存，漢、宋諸儒之功自大；❶禮樂之廢，漢、宋諸儒之失亦不小。漢儒不知禮樂而妄述禮樂，其失也愚而誣。宋儒知禮樂而過尊禮樂，其失也拘而腐。

見舉大石者，前呼邪許，後則應之，或左或右，雜而不亂。因舉謂孚光曰：此處亦有禮樂。

禮樂是儒家一箇陣法；陣法是兵家一箇禮樂。

林兆恩《禮射圖説》，大約倣古，似亦可行。然愚謂古人行禮所爲可貴者，非謂其一依圖説、確然不移也，亦謂古人舉事，處處皆有秩序、皆有儀文耳。《儀禮》所載，不過寫出一規模舉止，以爲楷式。自君子行之，必有本之而稍爲變通者。如三加之辭，《禮》有明文，而趙文子之冠，見於諸卿，諸卿皆有勗辭。燕射之法，《禮》有定式，而孔子矍相之射，使子路執弓而請。惟不失禮意，而不泥禮迹，故能行之久遠而無弊也。

❶「自」，正誼堂本作「固」。

有子曰「禮之用，和爲貴」，亦是此意。今人遇事，若不行古禮，則喧嚣錯亂、略無威儀；一行古禮，則又步步循彷、依様葫蘆，了無生趣，非木偶則俳優矣。古禮之不復行者以此，予故於此論之。

祫禘之説，諸家甚雜。如公羊、鄭康成、王肅，議論甚駁，且無意義。惟《禮記・大傳》曰「禮，不王不禘」，又曰「王者禘其祖之所自出，以其祖配之」。《喪服小記》之言亦然。又《禮緯稽命徵》曰：「三年一祫，五年一禘。」《紀聞》云：「祫則太祖東嚮，毁廟及群廟之主，昭南穆北，合食於太祖。禘則祖之所自出者東嚮，惟以祖配之。」此數言爲明爽。大抵三代去今已遠，禮文殘闕，今所據大約皆漢儒之説，未能遽别其是非，只以義理斷之可耳。

南北郊分祀之説，非禮也。其説起於漢儒，不知古禮，穿鑿附會，後世因之，遂多聚訟。《史記》漢武帝郊於雍，問曰：「今上帝朕親郊，而后土無祀，則禮不合也。」❶由此觀之，漢去古未遠，當時亦止行祀天之禮。漢詞臣寬舒等不能舉配祀之禮以對，乃謂「陛下親祠后土，宜於澤中爲壇分祀之」。南北郊之説始於此。後又引《周禮》「大司樂」之文，附會其説。以爲古者天子冬至祀天於圜丘，夏至祀地於方澤。夫圜丘、方澤之言，此論合樂，非論大享也。大宗伯大享之禮，禋祀昊天上帝，血祀社稷，别無地祇之祀。又四書、五經中，凡言天子大祭，只曰郊、曰禘，並無南北郊之文。此可以知漢儒之謬。

凡禮必有義。萬物本乎天，人本乎祖。故宗廟之祭，則以祖爲主，自祖以下皆從焉。郊社之禮，則以天

❶「合」，宋黄善夫刊本《史記・武帝本紀》及《封禪書》皆作「答」。

爲主，自天以下皆從焉。所以統於一也。若尊地，與天抗，便非統於一之義。

洪武中，始爲分祭，繼以風雨不調，改爲合祭。其諭禮部有云：極陰之月，不宜祭天，極陽之月，不宜祭地，故改從仲春卜吉而祭。夫無論陰月陽月，只冬至冱寒，夏至溽暑，露立於郊，豈能終禮？勢必跛倚以臨，其不敬非小失也。仲春卜祭，不惟協古禮，亦且合天時、人事之宜。

古禮，王者一歲凡九祭天：至日、圜丘、正月、祈穀、孟夏、雩季、秋饗、五時、迎氣。惟至日，其禮至大，故稱昊天上帝，其餘則稱上帝，迎氣則稱五帝。要之，皆天也。古之王者，其治無爲，其禮儉約，其静也敬，其動也簡，故能無日不與天相通。後世每一祭天，所費無算，無敬天之實，而徒增事天之文，是又不如歲一祭之之爲愈矣。

周人以冬至日祭天，蓋周人建子，冬至常在十一月，是以歲首祭天也。國朝於仲春祭天，亦此意。然不如孟春尤爲至當，不惟歲首，又三陽、三陰交泰之時也。

南北分祀，始於漢元鼎四年，蓋因寬舒之説，立祠汾陰，謂之后土。其後成帝建始元年，因匡衡之言，作南北郊，廢甘泉、汾陰祠，既以風變，不旋踵而復。平帝元始中，王莽疏如匡衡議，又分南北郊。已而更爲合祭，天地共牢而食，以高帝太后配。三十年間，天地之祀五徙。由此觀之，始於漢無疑，蓋祖《周禮》「大司樂」之文也。

讀《周禮》「大司樂」之文，曰「若樂六變，則天神可得而禮」，「若樂八變，則地示可得而出」。曰「若」、曰「可得」，皆泛論合樂，非真有是事。

古不惟無分祀之禮，並無合祭之説。蓋古者郊祭，只是祭昊天上帝，其餘社稷山川百神，都從祀耳。謂之合，猶有分之見者也。萬物本乎天，只一「天」字，百神皆可貫。善乎魏莊渠之言曰：「天，陽也，君也，父也，陰不得與陽抗，臣不得與君抗，子不得與父抗。」斯言盡之矣。

按漢、唐以來千餘年間，分祭者絶少。即有好議禮者，主於分祭，而分則輒合，亦其勢也。蓋祭天主於誠，不在禮文之數數。人主歲一祭天，猶恐其誠之未至，況數數乎！繁則瀆，瀆則不敬，不敬則難久，此分祭終不可行也。

建始中，廢甘泉泰畤，作南北郊。其日大風，壞甘泉行宫，拔折時中大木十圍以上者百餘。成帝異之，以問劉向，向謂不可廢。後成帝無嗣，卒復其祀。按甘泉、汾陰之祠，未必合禮，而變異若此，蓋國初所作，高祖之精誠在焉。所謂有其誠，則有其神也。成帝荒淫，敬天之意全無，而漫作郊祀，安得不召此變？後光武再造，採元始故事爲南北郊，甘泉、汾陰不復祠，亦不聞變異。以此知開國之初，其精誠爲不可及也，謀始豈可不慎？

王莽合祭禮未爲失。但至比天地於夫婦，共牢而食，而又以高后配地祇，則誠不敬之大者。甚至孟春合祭之外，復冬夏分祭，而夏至之日獨奉高后以配，尤爲可訝。

即魯之僭郊，可知古無南北郊之禮。何以言之？蓋當時周禮之最重者，莫如郊禘，而魯僭之，故《春秋》頻書其失。使當時祭地之禮與郊並重，則魯亦必僭之，而《春秋》亦必書之矣。何竟不一見也？《書》曰：「肆類于上帝，禋于六宗，望于山川，徧于群神。」而《春秋》所書，亦云「乃不郊，猶三望」。則知當時周禮大約與唐虞相同，祭地總在祭天中矣。

祭天以誠爲主，自諸儒分合祭之論起，而舉世相争於儀文度數之末。人主幾以祭天爲禮家一套數，而致恪、致虔反不如好佛、好道者之兢兢矣。嘗讀宋寧宗嘉泰五年禮臣一疏，具言郊壇中，音樂之雜沓，臭味之濫惡，執事供役之垢穢奔迸，有不可言者。雖大禮所在，事繁人衆，然必爲之上者，先無敬畏昊天之意，故爲之下者，亦苟且忽略，至於此極。試觀古者祭天，不特王者七日戒、三日齋，即一國之中，喪者不哭，凶服者不敢入國門，是何等畏敬！此所謂合萬國之誠敬以事昊天，故祭則受福。今之儒者，不能以誠敬導其君并以誠敬教其下，而徒屑屑焉争儀文之末，吾見其不知量矣。

史載南燕王慕容超祀南郊，有獸如鼠而赤，大如馬，來至壇，須臾大風晝晦。隋煬帝祀天，不齋於次，至便行禮，是日大風，不能竟禮，御馬疾驅而歸。二人皆不旋踵而亡，天威如此，奈何不敬！

祭天必配以祖考，此古禮也。愚謂民生於三事之如一，謂父生、師教、君成也。若天子，則當以天與親與師三者爲主而均重。今事天、事親之禮，郊禘備矣，事師之禮，春秋二丁殊不足以盡之。《中庸》有云：「可以贊天地之化育，則可以與天地參。」然則孔子不配天地，豈非萬世之闕典耶？竊謂後王祭天地而議配，斷當以祖考爲主、孔子爲賓，是亦禮以義起之事。

祭天品物，古今以來惟重一太牢，故帝牛必在滌三月，取其色，取其角，又加卜焉，敬之至矣。然愚以爲此亦無可致敬，姑以生人所享之極品爲祭，所謂祭用生者之禄也。若以天視一牛，❶不啻人身一蟣虱，雖極其精潔，可謂天之所享在是乎？嘗竊論之，天地以生物爲心，而人主則代天以子民者也，人臣又皆寅亮天

❶「牛」，正誼堂本作「牢」。

工者也。昔趙清獻公，日間所行之事，夜必焚香告天。人主以天地之心爲心，豈可終歲不一告之上帝乎？故愚以爲，人主祭天，必當齋戒竭誠，以終歲用人行政之大略爲疏告天。其餘諸臣，吏部則具進退人才之數，户部則具錢糧出入之數，禮、兵、刑、工，及有職事之人皆然。疏尾，人君則書奉天子民、無敢怠荒之意，人臣則書一心爲國爲民、無敢欺蔽之意。其誠者，天降之福；其不誠者，天降之殃。如此，則不惟得敬天之禮，亦可警戒爲君、爲臣，使無逸豫，庶幾不爲無助。

祭天品物，當以五穀及九州之貢物爲主。蓋天地以生物爲心，而五穀則又天之所生，以生養萬物者也。若九州貢物，則王者威德所及，以之祭天，明能撫有九州之意。若一州不服而無所貢，則不敢以之祭天，示不敢欺也。不然，誇多鬬靡，於事天之禮何益乎？

祖廟，天子七，諸侯五，天子雖七廟，其實亦五廟也，天子、諸侯之分雖不同，然親親之殺則同。高、曾、祖、考四親，自天子以至於庶人一也，故天子七廟，其二爲祧，實止四親耳。武王未受命，周公成文、武之德，追王太王、王季，上祀先公以天子之禮。夫周公制禮在成王之世，成王而上，由武王而至太王，正四親也，故追王止於太王。由此見四親之於人，無貴賤一也。

宗廟之祭，所以序昭穆，非特以别世次也。蓋群昭群穆，莫非祖宗一人之所遺，有天下者，能保有此群昭群穆，勿翦勿戕，使之歲時共見於宗廟，所謂合宗族之歡心，以事其先王也。今後世祭宗廟，止天子主祭，而宗族無與者，所以待宗族者薄，而所以待祖宗者亦薄矣。積而至於削奪、翦除，惟恐不盡，非一朝一夕之故，所由來者漸也。

諸儒之説，云古人廟制皆南向，主皆東向，蓋古人之户皆從東入，以西爲上也。然此必時祭及時祫之時，若大祫，則群昭群穆咸在，又有異姓諸侯助祭，室中豈能容如許人乎？人主向明而治，則宗廟之主亦當向南，不必泥古也。

或問：古者祭必立尸，於義何如？亦可行於今否？曰：古人用尸，取一氣感通之義，然其禮亦頗有不便。《禮》曰：「所使爲尸者，子行也。」則是以叔而拜姪矣，古人亦微有未安。故《禮》又曰：「凡爲子者，祭祀不爲尸。」避以父拜子之嫌也，然則叔獨可以拜姪乎？蓋尸禮，必是古人思念音容，偶然倡此，後世遂因而不革，非必聖人所制禮也。故朱子又曰：「古人不用尸，則有陰厭。《書儀》中所謂閉門垂簾是也，欲使神靈厭飫之也。」又曰：「杜佑《理道要訣》言，上古時中國與四夷一般，後世聖人改之有未盡者，尸其一也。今蠻洞中亦有此，但擇美丈夫爲之，不問族類。」則尸無論不可行於今，即在古，亦非祭禮之至當也。

按天子七廟之祭，最難周遍。陳氏《禮書》曰：「四時之享，皆前期十日而齋戒，一日而省眡。祭之日，禮交動乎上，樂交應乎下，自再祼以至九獻，其禮非一舉，自致神以至送尸，其樂非一次。以一日而歷九廟，則日固不足，而强有力者，亦不能勝。若日享一廟，則前祭視牲，後祭又繹，彌月之間，亦莫既其事矣。」因引《王制》之言，以爲天子犆礿、祫禘、祫嘗、祫烝，諸侯礿犆、禘一犆一祫、嘗祫、烝祫。蓋天子之禮，春則犆祭，夏、秋、冬皆合享。諸侯之禮，春犆，夏一犆一祫，蓋間一年行之，秋、冬則皆合享。犆祭各於其廟，合享同於太廟。蓋古人亦慮犆祭難遍，故制爲此禮也。然愚謂此禮雖善，而犆祭之日，周遍終難。夫禮以義起者也，義苟可行，則酌而行之，何必拘拘於古？其法莫若以卑從尊，制爲等殺。孟春則祭於太祖之廟，以高、曾、祖、考合祭；仲春則祭於高祖之廟，以曾、祖、考合祭；仲夏則祭於曾祖之廟，以祖、考合祭；仲秋則祭於祖廟，以考合祭；仲冬則專祭考廟。而兩世室則併於太祖，週而復始，明年亦然。爲禮不煩，而各廟皆可躬親。且其所以制爲等殺者，又皆以子孫從祖考，各以世次，而非有厚薄輕重之嫌也。予於《宗祭禮》中，頗言其詳，未識議禮之家，果能不至於聚訟否？

程子謂：「自天子以至於庶人，五服未嘗有異，其祭皆須四代，但疏數之節，未有可攷。」朱子謂程子此説最得祭祀本意。則愚所云以卑從尊制爲等殺之説，使程、朱而在，未必不有取也。

古者郊廟之祭，皆人主親行。自漢以來，禮制墮壞，郊廟之祭，人主多不親行。至唐中葉以後，始定制。於三歲一郊祀之時，前二日朝享太清宫、太廟，次日方有事於南郊。宋因其制，於第一日朝享景雲宫，第二日朝享太廟，第三日於郊壇或明堂行禮。國史所書親享太廟，大率皆郊前之祭，然此乃告祭，《禮》所謂「卜郊受命於祖廟，作龜於禰宫」，又「魯人有事於上帝，必先有事於泮宫」是也。若正祭，則未嘗親行，雖祫禘大禮，亦命有司攝事。累朝惟仁宗嘉祐四年，親行祫祭禮一次而已，蓋鹵簿鄭重、禮節繁多故也。書曰：「禮與其奢也，寧儉。」又曰：「吾不與祭，如不祭。」今以繁重而反致不能親祭，爲兩失之矣。後世議禮者，亦務爲可行，慎勿拘泥古禮，而反致有廢格之患也。

祫祭有二。《曾子問》曰：「祫祭於祖，祝迎四廟之主以入。」《王制》曰：「天子祫嘗、祫烝，諸侯嘗祫、烝祫。」此時祭之祫也。《公羊傳》曰：「大事祫也。毁廟之主，陳於太廟，未毁廟之主，皆升，合食於太祖。」此大祭之祫也。祫祭之文，惟此二條，此外無餘禮矣。

祫祭年月，經無其文，惟《公羊》文公二年，「大事於太廟」，《傳》云：「大事者何？大祫也。五年而再殷祭。」殷祭亦大祫之稱。五年再祫，猶天道三歲一閏、五歲再閏也，未有禘祭之文。鄭康成因之，乃謂三年一祫、五年一禘。漢儒援此以證祫禘相因之説。徐邈又謂：祫禘相去，各三十月。祫禘紛紛，幾不可辨矣。史載唐睿宗以後，三年一祫，五年一禘，各自計年，不相通數。至二十七年，凡五禘七祫。其年夏禘訖，秋又當祫，❶祫禘同歲。太常議曰：今太廟祫禘，各自數年，兩岐俱下通計。❷或比年頻合，或同歲再序，或一禘之後并爲再祫，或五年之内驟有三殷。求於《禮經》，頗爲乖失。紛錯如此，可謂瀆亂不經矣。

周禮，天子祭，諸侯必助祭。蓋天子與諸侯既分國而治，則其來朝不能數數，故制爲禮法，當其來朝之時，即天子舉祭之時。不惟一舉兩得，亦以今日之諸侯，皆昔日之功臣子姓，故不敢以天子之威福臨之，而直以祖宗之靈爽臨之也。今天子歲有時祭，三年祫，五年禘，而《王制》適有「比年小聘，三年大聘，五年一朝」之文。則是時祭之時，大夫助祭，祫祭之時，卿助祭，禘祭之時，諸侯助祭，朝聘之與祭法，適相表裏也。即使禮無明文，亦可因之以起義，況康成既有其説，歷代因之，亦何必以不載《禮經》爲疑乎？

按禘禮，《大傳》謂：王者宗廟大祭，追祭太祖所自出之帝，祀之於太祖之廟，而以太祖配之。夫既謂之

❶ 「秋」，《舊唐書・禮儀志》作「冬」。

❷ 「通計」上，《舊唐書・禮儀志》有「不相」二字。

太祖，則其上無可推矣，又安得有所自出之帝而配之乎？　蓋古人最重宗法，后稷之於帝嚳，必是別子，別子爲祖，故周人祖之不及帝嚳者，諸侯不得祖天子也。及其既爲天子之後，可以祖天子矣，而又以宗法不可亂，故仍以后稷爲祖。而帝嚳則特於禘祭之時，一審諦之，此周公之精意也。不然，則周人竟當以帝嚳爲始祖矣，奈何別祖后稷，而特設一禘祭之文，多其曲折乎？

按《帝紀》，姜嫄爲帝嚳元妃，與帝禋祀上帝而生稷，慶都生堯，簡狄生契，常儀生摯，今帝嚳不立稷而立摯，是廢長而立少也。蓋上古荒忽，世紀難明，此不可據。而《詩傳》又有姜嫄無人道而生子，帝嚳棄之，故名爲棄。夫既爲元妃矣，安有無人道而生子乎？　其説背謬，書傳不可據也。

祫禘之辯，諸儒謂禘爲禘其祖之所自出，但配以始祖，不合群廟，祫則群廟之主皆合食。蓋后稷爲別子，別子爲祖，故可以統其所當統之子孫。若帝嚳，則又有帝摯相承爲大宗，不當統后稷之所統，此禮甚當。然使後王行禘禮時，太祖非別子，萬國諸侯咸在，則亦不妨合群廟之主，不必拘拘於古制也。

祫祭有二，禘祭亦有二。《大傳》所謂「不王不禘，王者禘其祖之所自出」，《禮運》所謂「魯之郊禘非禮」，此大禘也。《祭義》所謂「春禘秋嘗」，《王制》所謂「天子祫禘，諸侯禘一犆一祫」，此時禘也。

康成一祫一禘，自謂出於《春秋》魯禮及緯書。夫緯書之説，固不足信矣，謂出於《春秋》魯禮，並無事實可證。其言曰：「文公二年既有祫，則僖公二年亦必有祫；僖公八年既有禘，則文公八年亦必有禘。」影響穿鑿，宜爲諸儒所鄙。

胡致堂謂：禘禮即祫禮，不當並舉，但在天子則謂之禘，在諸侯則謂之祫。因舉諸儒之言，以爲天子禘、諸侯祫、大夫享、庶人薦，此尊卑之等。又云：魯國當用祫，以僭用天子禮樂，故《春秋》中有禘而無祫，而孔子曰「魯之郊禘非禮」。其言亦是。《大傳》云：「禮，不王不禘，王者禘其祖之所自出，以其祖配之。」而即斷之曰：「諸侯及其太祖，大夫士有大事省於其君，干祫及其高祖。」其文義亦似天子禘、諸侯祫，大夫士則并祫不敢有事，必請而後行，故謂之干祫。若如此説，則國家行禘禮，更不必行祫禮，自無年月兩岐俱下之弊。

愚按經文無祫祭之名，祫只是「合」字之義。《曾子問》曰「祫祭於祖」，是言合祭於祖。凡祫禘、祫嘗、祫烝之時，皆可謂之祫，非於禘、嘗、烝之外，別有所謂祫也。《春秋》「有大事於太廟」，但云大事，即禘亦未可知。而《公羊》云：「大事，祫也。」此亦《公羊》之言，於經文無所據。且終《春秋》，魯無書祫者，即他國亦無書祫者，以此知祫只是合祭總名，恐未必於常祭之外，別有所謂祫也。

嘉靖議禮時，席書、黄綰之徒，先後以大禮問於陽明，陽明皆不答。嗚呼！此先生之亮識高節爲不可及也。當時大禮之議，惟璁、萼之論爲得其正。然使出自陽明，則當時、後世，又不知生多少議論矣。此先生之亮識高節所以爲不可及也。

禮者，理也。禮本乎理，理爲體，禮爲用，故禮雖未有，可以義起。後世儒者，止識得一例字，聚訟之譏，所由來也。陽明詩曰：「無端禮樂紛紛議，誰與青天埽宿塵？」其有見於用修諸臣之非乎？

藉田之禮，甚盛典也，然以觀近代所行，則全爲虚文矣。愚謂王者既欲知稼穡艱難，則藉田之説曷不於苑圃中行之？時時觀穫，如近日豳風亭故事，而乃以文具行之，先王之意荒矣。

問：朱子《明堂圖説》，以爲明堂制如井田。南爲明堂，北爲玄堂，東爲青陽，西爲總章，四隅則遞分爲左右个。天子按月令居之，隨其時之方位開門。中爲太廟、太室，天子每季十八日居之。其説如何？曰：此朱子按《禮記・月令》而爲之圖説也，愚意恐未必然。蓋古人所謂明堂，不過取向明而治之意，以便於朝諸侯耳。若按月令而居，則冬三月宜居玄堂、太廟及左右个，此時北風方勁，天子正北開門，恐大非順時保攝之義。且天子至止，百官皆從，而居左右个，則偏側不便，亦非臨御之體。古人恐不如是之迂腐也。

《晏子春秋》曰：「明堂之制，下之潤溼不及也，上之寒暑不入也。」若如朱子之説，則寒之入甚矣。且天子巡狩之制，各處皆有明堂，其所至皆有常期，則其所居皆有常處，不應一處明堂，便悉備十二月之制也。

問：明堂之制，畢竟當如何？曰：大約自當如朝廷宮殿之制，百官扈從，皆有食息寢興、井竈湢浴之所，即今之所謂行殿、行宮也。但朝廷宮殿當嚴密，此則當宏敞以便朝見，故謂之明堂耳。何必另一制度，穿鑿附會乎？

諒陰，天子之大事，内盡人子之心，外係臣民之望，即位之首事，無重於此。乃後世卒廢格不行，遂使三代而下，俱爲無父之天子。予深痛其弊，嘗極論三年喪之當復。且爲區畫禮制，分爲四節。始死，行受顧命之禮；既殯，行諒陰之禮；踰年，行改元之禮；三年，行踐阼之禮。又議臣民服制，以親疏爲等殺，語詳《春秋討論》。似可舉行，爲人君者而有志復古，此爲莫大之舉矣。

諒陰之制，君薨，百官總己以聽於冢宰三年，此古者人君通行之喪禮，本非甚難事。後世儒者，卻看得過當，以爲諒陰非古人不能行，即冢宰一人，非如伊、周恐不可託。愚謂不然。夫古人居喪不言，非真閉口不言，亦非絶不與聞國中政事也，特不受朝賀、臨群臣、稱朕稱制、行禮聽樂耳。至於國家大事，二三大臣自當造喪次密商，商定，則冢宰致嗣王之命以告於百執事，故謂之聽於冢宰。蓋小臣微賤，不得輒至喪次面君也。是人君雖行三年喪，其於朝廷事原非廢缺，冢宰原非偏任，豈得以居喪不言及冢宰難任爲不便，而遂廢三年之禮？故愚謂古禮之廢，泥禮者廢之，此言殆不虚也。

人君行三年喪，臣下多不欲者，又有故。蓋過泥「四海遏密八音」之説，恐君行臣從，多所未便。或晉武帝欲行三年喪，傅玄不可，曰：「主上不除而臣下除之，此爲有父子而無君臣。」予謂是亦有説。高、曾、祖、考之於人，皆一本之親，誼至戚也，然以世系之遠近，則不能無等殺之分。況君臣以義合，豈得以臣民、嗣君概爲一例？愚意亦欲如本宗五服圖例，創爲一格，嗣君爲一等，其餘公、卿、大夫、士、庶爲一等，雖均服斬衰，而有三年、期年、九月、五月、三月之别。其餘卿、大夫之當服者，各以其類附。庶情與義均、理與事協，三年喪或有可復之日也。

《禮記》：「事君有犯無隱，服勤至死，方喪三年。」方，義也，言以義起，如《孟子》言「舊君有服」之類是也。陳澔訓比字義者非。

天下至尊莫尊於君，天下之親莫親於父，居天下之至尊而先失禮於其至親，本根撥矣，其何能國？故人君不能行三年喪，而欲復三代之治者，未之有也。

私擬君喪五服圖

斬衰三年	嗣王、勳戚大臣。
斬衰期年	文、武臣，一品至三品。
斬衰九月	文、武臣，四品至六品。
斬衰五月	文、武臣，七品至九品。
斬衰三月	士、庶人。

右《君喪五服圖》，此姑就今制，約略分爲五等也。若王者有志復古，當如周室五等之爵，因而爲五等之服，斟酌變化，無所不可。至於哭泣、衰麻之節，與夫飲酒、食肉之禁，亦當稱情量理，議爲定制，使天下有所遵守。庶君臣之間，不至恝然無情，而服有等殺，不至扞格難行也。

聖人之教，無所不該者也。故就《論語》所稱，則有四科。由此而觀後世人才，果能於四科之中出類拔萃，是即聖人之徒也。後世不知此義，孔孟之後，概以伏生、申公、歐陽高、夏侯勝之徒當之。夫伏生之徒，不過文學中人耳，乃歷漢、唐以來，儼然專兩廡之席。而功業彪炳、志行卓犖，爲古今人所信服者，固不得一與從祀之列，而概擯之門牆之外。是止以吾夫子爲一經生，而裒集後世許多無用之老儒，共作一堂衣鉢也。無怪乎奇偉英雄之士，掉臂而去。而作史之家，必另爲「道學傳」以載其人。而爲道學者，亦甘自處於一隅之陋，此其失非細故也。

愚意聖門從祀，自及門七十子及周、程、張、朱具體大儒之外，皆當分爲四科，妙選古今以來卓犖奇偉第一等人物，盡入從祀。如黄憲、文中子，此德行中人物也；張良、李泌，此言語中人物也；孔明、房、杜、韓、范、司馬，此政事中人物也；遷、固、李、杜、韓、柳、歐、蘇，此文學中人物也。細細論定，擇其中之尤卓偉而無過、暗合於聖門躬行之流者，舉天下通祀之。其餘則各從祀於其鄉之聖廟。他如已從祀之諸賢，亦須辨其行誼、學術、功業之大小，大者通祀於天下，小者祀於其鄉。庶幾一洗向來學究之習，而成聖人大無外之教。

從祀諸賢，如周子、朱子，其功不在孟子下。此尤當在配享之列者，非僅僅從祀已也。

凡古來節義名臣，如關羽、顔真卿、張巡、岳飛之屬，當在德行之列。小儒不知，而二氏之桀者，反得竊之以惑衆。在二氏固爲援儒入墨，在吾儒未免推而遠之矣。

釋氏有《佛法金湯》一書，凡古今人物，有一言一事及於佛或與釋氏一二人相處者，即拉入集中，惟恐其孤而無助也。在吾儒，固收之不勝收，然其間卓絶者，亦不可不收。久久成習，天下後世，將竟以此種人物爲真非聖門人物矣。

聖人之道，固天下萬世至尊至貴之道，然亦必俟時君世主尊之信之而後行。則報本推崇之道，儒者亦不可不講也。愚意自堯、舜、禹、湯、文、武而下，如漢之高帝及孝武、孝明，宋之理宗，皆不可不祀於聖廟前殿。凡丁祭，則先展拜於前殿，而後入而成禮於孔子。蓋道重則尊信吾道者亦重，此固報本推崇之道，亦化導時君世主之一機也。

魯哀、衛靈、衛孝、齊景以及梁惠、齊宣、滕文、魯繆，皆能尊信孔、孟，但未充耳，似亦皆當議祀。

凡一邑之中，忠臣孝子、鄉賢名宦、義夫節婦，凡得祀於其鄉者，皆得從祀於聖廟者也。其不得祀於聖廟者，不得祀於其鄉，是亦大道歸一之義。

或問：諸賢從祀聖廟，則聞命矣，其節婦奈何？曰：《詩》首《關雎》，《易》著《家人》，婦德之訓，莫備於吾儒矣。此義豈可或闕？但祀於廟中無此禮，則或當別立廟於廟側，而遣官祭之可也。

凡爲諸生者，禮無不與祭。今惟執事數人，爲太略矣。愚謂丁祭宜制爲定法，凡諸生決要助祭，不至者比於歲考。蓋既爲聖人之徒，而一年兩次拜祭，猶有推阻，則其人品、心術亦可知也。

吾人終身以聖人爲師，則聖人之祭，終身當與者也。乃世俗孝廉登科，即謂之出學門，自此終身不與祭，何怪乎一入仕途，即與聖人之道相背而馳也。愚謂亦當制爲定法，凡鄉紳在籍者，皆隨本處正官助祭於廟，庶幾得終身歸往之義。

今制丁祭，惟府、州、縣正官，凡上司皆不與此，亦未是。總之，自爲諸生以上，無一人不當與祭也。洪武中，釋奠孔子，時誠意伯劉基、參政馮冕等，不陪祀而受胙，帝震怒，停基等俸各一月。葉龍泉爲縣祀孔子，群吏竊飲豬腦酒，繫獄，坎坷終身。凡開闢聖明大有爲之主無不敬孔子者，享國長久，非無謂也。

言夏謂：國初，凡城隍之神，皆易塑像而爲木主，固善。然城隍似不妨塑像。予曰：凡所稱神有三，天神、地祇、人鬼。人鬼可以塑像，天神、地祇不可塑像。人鬼原有是形，故可以象之；天神、地祇初無是形，豈可妄爲塑像耶？

升士問：然則孔子亦可塑像耶？予曰：凡塑像者，謂其音容不遠，則而象之，可以起人愛敬、增人思慕也。如開國功臣及近代名公生祠之類，皆不妨塑像。孔子則功德之盛如天如地，難以形容。且世代久遠、音容難肖，塑像恐瀆，不如木主之妙也。升士曰：予嘗見蘇郡府庠文廟立木主於座，而刻孔子石像於傍，似爲得體。予曰：得之。推此以往，則凡可塑像者，皆當如此。既無褻越之嫌，亦盡想慕之道矣。

十月之朔，舉行鄉飲，升歌之次，友人有笑者曰：此種聲容，殊無足樂，何益於身心性命？予曰：惟無足樂，故有益於身心性命也。古人鼓腹而歌、擊壤而歌、操牛尾而歌，俱有甚聲容？惟無足樂，故爲天下之至樂，古人所以樂而不淫也。若如今之戲劇，倡優、侏儒獶雜，子女觀者，且以爲歡樂之極，而不知已樂而淫矣。喪名損德，敗俗亂常，其於身心性命求其無損且不可，而況於有益乎？

《禮》載，「四面之坐象四時」，先儒謂坐有四方者。禮不主於敬主，欲以尊賢，故其位賓主不相對，而坐僎於其間，以見賓賢之義也。所謂坐主東南者，坐東近南而面西，賓坐西北者，坐北近西而面南。主西向，賓南向，所謂賓主不相對者此也。若如今禮，賓主隅坐，則仍是相對矣，是禮主於敬主，非尊賢矣。介，輔賓者也，坐賓於西北，坐介於西南，南者賓之南也，坐西面東，非坐西南隅也。僎，輔主者也，坐主於東南，坐僎於東北，北者主之北也，坐北面南，非坐東北隅也。君子席不正不坐，行禮之地而有不正之坐，民何觀焉？其三賓、衆賓、僚屬俱正向，而主、賓、介、僎又各隅向，是八面之坐，非四面以象四時也。嘉靖四年，蘇守胡公改正其位，立榜於學宫。萬曆戊午，仁和李我存守澶淵，訂正頖宫禮樂，亦改正隅坐之禮，刊書流布。蓋國初會典舊圖，原皆正坐，正、嘉重刊，乃始更之。或纂修者一時之誤，而今遂各處相因，莫敢改正，亦可嗤也。

六藝之中，禮樂爲急，射即次焉。射者，男子之所有事也。古者，男子始生即懸桑弧蓬矢，自成童以至於耄老，自天子以至於庶人，無不盡志於射，以習禮樂。聖人因而教之，制爲射禮。李我存曰：成周之以射教，猶唐之詩賦、宋之經義、今日之制舉，皆所以駕馭英雄，使之斂才就法也。故庠序以之命名，有司以之教士。《周禮》，鄉師正歲稽鄉器，黨共射器，州長春秋以禮會民，射於州序。鄉大夫以鄉射之禮五物，詢衆庶，且將祭祀則射，將養老則射，諸侯來朝則射，諸侯相朝則射，燕使臣或與群臣飲酒則射。設爲大射、賓射、燕射三禮。而又將大射，必行燕禮；將鄉射，必行鄉飲酒禮。有恩有義，而後與之射，以觀其德行，故人樂而趨焉。先王之教，可謂委曲而多術矣，以視徵文之暗中摸索，孰爲優乎？

射禮，令典儀制甚略，《雍志》稍詳，然亦未盡其妙。惟李我存《鄉射疏》斟酌古今，圖説詳盡，竟可頒之學官，以爲射禮之式。

思辨録輯要卷之二十二

明太倉陸世儀道威著

治平類樂

天下無必不可知之理，天下無必不可能之事，天下無必不可作之器。天文、樂律二者，固稱絶學，然精天文者代不乏人，獨樂律議論愈多，去古愈遠。此非樂律真不可知、不可能、不可作，皆論樂者不能推見原本、精求聲氣之元，而徒執金石累黍、龠合分寸之説以誤之也。

欲正五音，必先六律；欲正六律，必先黄鍾；欲得黄鍾，必先審聲氣之元；欲審聲氣之元，必先致天地之和；欲致天地之和，必天子建中和之極。後世作樂，不先講中和位育，而紛紛於斛尺秬黍，豈非不揣其本而齊其末哉！

候氣者，古人所以驗天地之和也。王者已致其中和位育矣，然未知己之果出於中和，天地萬物之果登於位育否也，於是爲之候以吹之，吹以聽之。吹之、聽之，而果得所謂中正和平聲氣之元矣，則又爲之被以管絃，和以節奏，薦之上帝，饗之祖考。所以告成功於鬼神，不敢以私意飾爲笙歌，欺祖宗，欺上帝也。今人不知致中和以位育天地，亦不問天地之位育與否，而但云候氣，不知所候之氣，果屬何氣與？

樂有樂章、有樂音，樂章成於人，樂音出於天，天人合德，故可以殷薦上帝。後世樂章矯誣，既無可取，而樂音又皆出於穿鑿，豈能諧神人、和上下？

天地之氣不可强，當其和時則候得和氣，當其不和時則候得戾氣，此萬萬不爽之理，故三代以下無論矣。堯、舜、禹、湯、文、武之時，其候氣之法、作樂之法，與夫斛尺秬黍，當無彼此之殊也。然而孔子於古今之樂，獨稱舜樂，且謂「《韶》盡善盡美，《武》盡美未盡善」，則知作樂根本，全在當時帝王中和位育。故當堯之時，則有堯之氣，當舜之時，則有舜之氣，當桀、紂、幽、厲之時，則有桀、紂、幽、厲之氣。故堯、舜、禹、湯之時，而反候得桀、紂、幽、厲之氣，作桀、紂、幽、厲之樂，決無此理。則知桀、紂、幽、厲之時，乃欲候得堯、舜、禹、湯之氣，作堯、舜、禹、湯之樂，有是理哉？乃後世胡、范、司馬諸大儒，於皇祐、元豐，欲復《簫韶》九成之舊，而西山蔡氏又鑿鑿著書，以元聲爲必可得，其亦未之思矣！

王陽明曰：「《韶》是舜一本戲，《武》是武王一本戲。」二語妙極。則知桀、紂、幽、厲，自有桀、紂、幽、厲一本戲。人君，表也，表正則景直。樂無心焉，樂無權焉，治天下不求君心而求之樂，是猶不立表而求直景，有是理乎？

樂由天作，不特候天地之氣而作者謂之天，即非候氣而凡出於無心者，皆謂之天。《樂記》曰：「凡音之起，由人心生也。人心之動，物使之然也。」物使之然，而實莫知其所以然而然，此其間有天焉。故審音可以知樂，審樂可以知政。季札觀樂，於列國之興亡，一一不爽。蓋列國之樂皆成於無心，無心則合天，是以興亡之徵，皆先兆於聲而不可掩，所謂惟天不容僞也。不然，誰不欲爲夏聲者，而獨讓秦之樂爲夏聲耶？

有天下之樂，有一國之樂，有一人之樂。《咸》、《英》、《韶》、《濩》，天下之樂。列國之音，一國之樂也。執玉高卑，其容俯仰，當食而歎，無喪而戚，一人之樂也。而其中之莫知其然而然，則皆天也。

王莽初獻新樂於明堂、太廟，或聞其樂聲，曰厲而哀，非興國之聲也。陳後主作《無愁曲》，曲終樂闋，聞者莫不隕涕。隋開皇初，新樂既成，萬寶常聽之，曰樂聲淫厲而哀，天下不久盡矣。煬帝將幸江都，王令言聞琵琶新聲，曰宫聲往而不返，帝必不令終。此數主者，其製樂未嘗期於亡國也，而卒至於亡國，其聲皆驗。此所謂莫知其然而然也，故曰樂由天作。

或問：子云樂由天作，凡樂之成，必象人主之德否，必兆一國之興亡；然則樂皆以無心作之可矣，乃孔子論爲邦，又何必曰「樂則《韶》舞」也？曰：前此之論樂，言帝王作樂之理也。孔子之論樂，言帝王用樂之道也。蓋樂之爲物，感於物而後作。故《記》曰：「凡音之起，由人心生也。人心之動，物使之然也。」其既作之後，則又足以感人。故《記》曰：「姦聲感人而逆氣應之，正聲感人而順氣應之。」帝王之治天下，功成作樂，一本乎德與時，固不可强。若夫前代帝王之樂，其聲音節奏備在樂官者，則固可用之以調情淑性、化民成俗。孔子之論《韶》舞，蓋當時之《韶》樂，聲音節奏猶有存焉故也。今則古樂盡亡，而論樂者猶以爲《韶》舞可復，是不識作樂之理與夫用樂之道，安可與之論樂乎？

人聲可悟樂律。喉，律管也。其聲閎者，宫音也；高亮而噍殺者，商音也；確以止者，角音也；熛揚者，徵音也；沈細者，羽音也。然一人之喉，又各自具宫、商、角、徵、羽，所謂十二律旋相爲宫也。中央之音宫，西方之音商，東方之音角，南方之音徵，北方之音羽。律管，應五方之氣也。

人之生，有聲中黄鍾之宫者，有聲中某律者。古者，太子生，太史必吹律，以聽其聲是也。喉，律管也；心，律本也。其喜心感者，其聲發以散；其怒心感者，其聲粗以厲；其哀心感者，其聲噍以殺；其樂心感者，其聲嘽以緩。故心者，聲氣之元也；喉者，所以候氣也。故欲調聲者，先平其心，心平則氣和，氣和則聲和矣。

有天樂，有人樂。人樂以喉爲律管，以心爲聲氣之元。天樂以律管爲喉，以天地之氣爲心。古之天樂，實本人樂而起者也，故樂以人聲爲主。

樂可以知吉凶，以其得氣之先也。凡人與物，皆乘於氣，氣不可見，惟樂能宣之。故善察微者，審音以知吉凶，識天地之氣也。近世有風角、鳥占，總爲審音之樂，則知凡天地之聲皆樂，不必五音六律，而後謂之樂也。

論樂必須定中聲，古今聚訟，究竟中聲亦不難知，只廣大和平者爲是。世有聖人，其心廣大和平，則自能知廣大和平之聲。

黄鍾爲十二律之君，故聲如洪鐘。中黄鍾之宫者，其人必大貴。商爲西方之聲，故中商聲者，其人必好殺。

十二律仿人聲而作，非人聲似十二律。律音有定，人聲無定，故律管既成之後，即以之節人聲，欲使之得其中也。今伶人唱曲，多有吹簫管和之，其音有入簫管者、有不入簫管者，此即中律、不中律之謂。

黄鍾候氣，必正冬至，必定土中。今曆法既有歲差，土中又自不同，則黄鍾之長短清濁，古今亦必有不同者，世儒拘執古法，皆非也。

黄鍾候氣，必正土中，然使按日景之子午以布律，則氣必不應。何也？天氣微偏於左，地氣微偏於右，所謂不參差則不能生物也。故土圭測日景，常在子午之中，此天之正位也。以鍼定南北，常在丙午、壬子之中，此地之正位也。故冬至置黄鍾之律於壬子之中，夏至置林鍾之律於丙午之中，然後灰飛始應。按此係舊説，予謂恐未必然，候氣所係，在淺深、不在偏正也。

蔡元定作《律吕新書》，以律管尺寸，古今聚訟，難以憑準，欲多截竹以擬黄鍾，此意甚妙。但此法止可省争辨尺寸之煩，至於律管之音與古黄鍾合否，則未可必。予意樂主於聲，則審樂斷以聲爲主，紛紛論器、論數，皆後一著事也。觀「聖人既竭耳力」句可見。

律管參驗天地之氣，斟酌中聲，以和人心，蓋三才之道備焉。王者能理三才，則律管正矣。

樂律必始於候氣，然候氣之法最難，三代以下，未聞有能候氣者。隋文帝時，牛弘典樂，依古法候氣，氣或不應、或連月灰飛不息。文帝詰之，牛弘不能對。洪武中，亦曾候氣，而氣終不應。後太常官無别法，潛爲地道，通密室之下，實以石灰，候冬至節至，則以湯灌之，氣升而灰飛，率以爲常。此見《世法録》。由此觀之，則樂律即候氣一事，後世已不得其法，而紛紛然欲多截竹以擬黄鍾、取羊頭山黍、尋河南葭灰、辨今尺古尺，卒之迄無成效，無足惑也。

候氣之法，擇地尤要。地有偏中，氣有先後，江南早春，江北晚春。古詩「河畔冰澌，長安花落」是也。地有五方，五方各有氣，五氣各有聲，然惟中央者爲中聲。故欲求中聲，必求中氣，必擇土中，此候氣者所當知也。

凡人心與天意、人事與天道，往往暗合，世人即極意矯揉造作，不過適如天意而止。堯、舜之時，其造律非於候氣之後，如後世多截竹以擬黄鍾也，所謂斷竹爲管，吹之而聲和，候之而氣應，天人適相合耳。以此知後世所造之律，雖未嘗候氣，然愚以爲苟以之候氣，則亦未有不相合者，蓋天人無不暗合也。隋文時，候氣不應，或連月灰飛不息，此非不盡善，蓋天人之氣亂矣。氣亂則其律亦必亂，亂與亂，天人固自相應。觀其建國不過再傳，則氣之亂驗矣。天人相應，契若毫髪，不務修德以回氣數，以合天心，而顧擾擾於候氣之説，祈欲上合古初，豈不爲造物所笑耶？

天地之氣，猶人身之脈，脈亂則其人亡，氣亂則其國壞。世有識微之士，其於候氣之至，或治或亂，固應知之。即或豐或凶、或水或旱，亦必先知之。蓋天地之氣，應於節候，必自不爽，特世無聖人能識天地之微耳。

樂書「三分損益，隔八相生」，蓋一定之理。凡琴瑟之絃數、鐘磬之銅劑、簫管之竅孔，皆準於此，非是則不能成聲矣。此法伶工遞相祖述，原未嘗廢，特習而不察耳。儒者但當審聲，若製器則工師之事，不必侵官也。子語魯太師樂曰：「樂其可知也：始作，翕如也；從之，純如也，皦如也，繹如也，以成。」論樂如是而已，器數非所急也。

樂有十二律，六爲陽，六爲陰。其陰者，又謂之吕。故曰六律、六吕。律者，法也；吕者，助也。十二律皆可爲衆音之法，故通謂之律。要而論之，六律又可爲六吕之法，故亦謂之六律。五音宫、商、角、徵、羽，然其端原於人聲之喉、舌、齒、脣、牙。喉，宮音也；舌，徵音也；齒，商音也；脣，羽音也；牙，角音也。中土之人多喉音，南方之人多舌音，西方多齒，北方多脣，東方多牙。

五音非一定之聲，在太蔟爲宮者，在黄鍾則爲商，在姑洗爲宮者，在黄鍾則爲角。故善考律者，必曰聲中某律之宮，若不言某律而泛稱宮、商，非定論也。

凡旋宮皆以隔八相生取之，如黄鍾爲宮，則林鍾徵、太蔟商、南吕羽、姑洗角。應鍾變宮，蕤賓變徵，以下皆然。蓋十二律皆有五音，故謂之六十調，又合二變聲，故謂之八十四聲，此旋宮法也。

正聲之止於五，變聲之止於二，皆有天然一定之理，俱於三分損益上得之。正聲至五聲，以三分之不盡一算，故止於五。變聲至二聲，以三分之不盡二算，故止於二。邵康節《觀物外篇》謂「以日出日入爲法」，非是。《律吕新書》疏之甚詳。

黄鍾一聲而已，以三分隔八之法遞相差次，而有十二律；以十二律遞相差次，而有六十四調、八十四聲。蓋天下聲音之變，盡於是矣，此古者制樂以擬人聲意也。

十二律至仲吕，相生之道窮矣。蓋仲吕隔八即黄鍾，以下與黄鍾所生相同。若以之爲七聲，則商、角、徵、羽，皆高於宫聲矣。故爲變律，而其數止用黄鍾之半。其不能不爲七聲者，不具七聲則一律廢，非天地之完音。欲具七律，而仍用黄鍾則不可，若不用黄鍾，又無從起數。故於黄鍾諸律止用其半，而其聲出於本律，此所以謂之旋宮，而見天地之氣相循環而不窮也。噫，微矣！

《國語》伶州鳩曰：「律者，所以立鈞出度也。」韋昭注云：「鈞，謂均鍾木，長七尺，係之以絃。」不知其製如何。朱子《語録》曰：「均，只是七均。」如以黄鍾爲宫，便以林鍾爲徵、太蔟爲商、南吕爲羽、姑洗爲角、應鍾爲變宫、蕤賓爲變徵，這七律自爲一均。蓋以律管雖可以齊五音，而吹有重輕，則音難遽定，非神瞽不足以知之。故依律而製音，一定而易調也。漢京房亦以竹聲難調，作準以定數。準之狀如瑟，長丈而十三絃，隱間九尺，以應黄鍾之律九寸，中央一絃，下畫分寸，以爲六十律清濁之準，即古均鍾意也。又梁武帝作四通，亦絲聲，與準同意。

樂之難諧，大約學士、大夫泥樂理而不知樂音，工師、伶人識樂音而不達樂理。其實樂者，音與理而已，其聲翕純皦繹，則音正焉，廣大和平，則理存焉。故君子但當審音察理，若夫器數之事，如銅劑之厚薄、律尺之長短，則工師之事，聽之工師而已。不能審音察理，而反紛紛於銅劑、律尺，究竟不能通曉，反爲工師所笑。如宋景祐之樂，李照主之，然太常歌工病鐘聲濁，私賂鑄工，使減銅劑，聲清歌協，而照不知。元豐之樂，楊傑主之，欲廢舊鐘，樂工不平，一夕易之，而傑不知。崇寧之樂，魏漢津主之，請帝中指寸爲律，徑圍爲容盛。其後止用指寸，不用徑圍，且製器亦不能成劑量，工人但隨律調之。大率非漢津之本説，而漢津亦不知。則知論樂不務審聲，而紛紛器數者，大抵皆説夢也。蔡元定《律吕新書》尚不可用，况其他乎？

洪武初，嘗諭禮部曰：古之律吕，協天地自然之氣；今之律吕，出人爲智巧之私。天氣與地氣不審，人聲與樂聲不比，是以雖用古之詩章、古之器數，亦皆乖戾而不合、凌雜而不倫矣。手擊之而不得於心，口歌之而非出於志，人與樂判而爲二，而欲動天地、感鬼神，豈不難哉！數語盡古今論樂之弊。

問：太史公云「六律爲萬事根本，而於兵械尤所重」，如何？曰：度、量、衡，皆起於律，所謂爲萬事根本也。兩軍交戰之時，其吉凶必有氣，氣與聲相近，故吹律則能知之。猶之望氣之學也，其於關係尤大，故曰尤重。

樂不過聲、詞二者，聲要眇而難尋，詞平實而易辨，三代而下，求詞之合於《雅》、《頌》者寡矣，聲云乎哉？

孔子云：「吾自衛反魯，然後樂正，《雅》、《頌》各得其所。」《雅》、《頌》，《詩》辭也。《詩》辭得所，則樂正矣。學士、大夫不正樂於《詩》辭，而欲致力於聲音，求之不可依據之天，即求之聲音，又不知既竭耳力，而徒争於累黍斛尺，以較論夫長短容受，所以本末倒置，而反爲伶人、賤工所笑也。

洪武癸丑，以祭祀還宫，宜用樂舞生前導，遂命翰林儒臣撰樂章，諭之曰：「古人詩歌樂曲，皆寓諷諫之意，後世樂章，惟聞頌美，無復古意矣。嘗聞諷諫，則使人惕然有警，若頌美之辭，使人聞之，意怠而自恃。蓋自恃者日驕，自警者日强。朕意如此，卿等其撰述無有所避。」於是，儒臣乃上所撰《神降》、《祥祝》、《酣酒》、《色荒》、《禽荒》諸曲，凡三十九章，曰《回鑾樂歌》，其辭皆存規諫，命禮部付歌工肄習之。按此真得古人詩樂本旨。蓋祭祀還宫之日，正去敬就弛之日也，於此而敬，則無不敬矣。《回鑾歌》，煞有深意。

祭宗廟詩辭，撰述貴誠，誠則可貴。如《思文》之頌后稷，《天作》之頌太王，《維天》之頌文王，《執競》之頌武王、成王、康王，其辭皆實而不夸，故奏之者不慚，聞之者足戒。若漢、魏而降，宗廟詩辭非不極鋪張揚厲，然於「誠」之一字，殊有未當。君子讀其辭，未嘗不慚其德矣。

按《漢書》稱，高帝時，唐山夫人作《房中歌》十六章，爲房中樂。今觀其辭，不類房中，而四章之中，復有

「乃立祖廟」句。且漢高之世，不聞别有宗廟樂歌，而孝惠之世，復更名其樂爲《安世樂》，則知此歌雖名《房中》，實亦宗廟所通用也。漢高以馬上得天下，禮樂其所不貴，魯兩生不赴召，而叔孫通以綿蕞繼之，樂歌之成於婦人，不足復論矣。顧詩歌之中，不盛稱功伐，而以大孝休德爲言，且言之重、辭之複，似乎知所本者。但漢高之有天下，功差不媿，德則尠焉。而至於「孝」之一字，則分羹、擁篲，頗多負疚，以是告之宗廟，得無有慚德歟？

或謂文廟佾數宜從八、宜從六，言夏曰宜從四，謂孔子嘗爲大夫也。予曰：不然。孔子雖嘗爲大夫，然使今日文廟之主，仍稱魯司寇，則四佾宜矣。今廟主稱至聖先師，是已尊爲百世師，在帝王之上，豈可律以大夫之禮乎？愚謂天下之人，凡天子、公侯、大夫、士、庶，皆有定分，惟師無定分，不可以等級拘也。祭禮佾數，天子當用八，諸侯當用六，大夫當用四，各以己所應用爲尊師之極致，既無僭越之愆，亦無貶損之咎，隨分致虔，各得自盡，與禮祭用生者之禄義特相符，斯爲至當。

問：今文廟所用，乃宋大成樂，今佾數既有差等，則樂舞之制當何如？曰：經云識禮樂之情者能作，禮樂非必不可興不可作之事。有聖人起，文廟樂舞可以意創也。曰：創之之大略何如？曰：樂以象成。舜之德在揖遜，則其樂揖讓周旋；武之功在征誅，則其樂總于山立。聖人道貫百王，德備文武，而其澤及萬世者，尤在《詩》、《書》、六藝，則其樂制當兼文、武舞，而更益以《詩》、《書》、六藝之事，斯爲有當。

審音不難。且即以俗樂論之，如琴瑟之與琵琶，皆絲音也，而琴瑟之聲疏而雅，琵琶之音繁而哀，此人所共知也。又如笙簫之與羌笛，同一竹音也，而笙簫之音和而柔，羌笛之音厲而勁，此人所共知也。其他，鐘磬之與鉦鈸，堂鼓之與羯鼓，往往可審。推此，則中正和平之音，非必不可求者。故曰有中德者，必知中聲。

俗樂之音最當審。蓋俗樂皆無心而作，卒然而興，由於人心之好尚，人心所在則氣運存焉，此其間皆天也。嘉、隆間，吾州有魏良輔者，始爲崑腔，其聲舒長而高亮，一時人士皆慕好之。此後，吾地太平幾百年，亦音之先驗者歟？今則崑腔雖存，其音節皆變而淫靡哀促矣。又有張三者，善彈三絃子，其音繁而淫，則風俗亦爲之一變。又近時音樂，横笛羯鼓，高吹急擂，器凡八，名爲打十番，未幾中原戰伐遂起，聲音之先驗如此。

陽明有言，《韶》、《武》是舜、武一本戲，此明以今之優戲爲樂也。今即以優戲觀，如《琵琶》、《躍鯉》之屬，其詞曲猶本於孝義，至《西廂》則導淫矣。今則《琵琶》、《躍鯉》置不觀，即《西廂》亦以爲村朴，不知何所底止。是一優戲，亦有古樂、今樂之分，況雅樂哉！

優戲不但套數有今古之分，即音節亦有今古之分。凡舊戲，即極忙迫時，音節亦整；新戲，雖大團圓時，音節亦悲。莫知其然而然，此謂天人暗合。

《金華文統》云：「漢以後以俗樂定雅樂，隋以後以胡樂定雅樂，故天下後世不知雅樂正音。」其言甚正。然雅與胡、俗雖異，而聲音之理未嘗不通，欲知雅樂，未始不可於俗樂、胡樂中，參求反覲而得者。孫應鰲《律吕發明》載，西域蘇岐婆一均七音，與華相同。又沈氏《筆談》言，今之燕樂，與古樂相近，但高二律以下，故無正黄鍾聲，所謂合字，大約當大吕。以此觀之，胡、俗、雅樂，雖大相懸，而其間旋宮之法，則大約相類也。即此審之，辨其所謂淫濫驕僻，而後反求其所謂中正和平，則聲音之理，於焉在矣，豈必盡去今樂而後得雅樂哉？

朱子曰：「古樂亦難遽改，且就今樂中去其噍殺促數之音，考其律吕，令其得正。并令詞臣撰製樂章，其間略述教化訓戒，令人歌之，亦足以養人和平。」此言殊近裏著己。所謂今樂，猶古樂也。

今之樂猶古之樂，談律吕者晦之。今之兵猶古之兵，談八陣者晦之。

思辨録輯要卷之一　後集

明太倉陸世儀道威著

天道類

五經中，他經皆言人事，惟《易》獨言天道。人欲知天道，非研窮乎《易》不可。孔子「五十知天命」，又曰「五十以學《易》」，應是孔子天命之知，亦得力於《羲經》也。《繫辭傳》曰：「窮理盡性，以至於命。」學問必到至命地位，方稱極則，非天下之至人，其孰能與於此？

憶昔戊戌歲，江陰孔蓼園、沙介臣、曹頌嘉諸子問：向來諸儒言學，必有宗旨，先生居敬窮理，亦是宗旨否？曰：固是。然此四字，畢竟是起手工夫上多，若論其全，則有四語。曰：尚志居敬以立其本，致知力行以勉其功，天德王道以會其全，盡性至命以要其極。能盡此四言，方是古今來一大儒者。

天人一也。然未知天命，則天與人猶是歧而二之。惟一知天命，則此際天人渾是合一，天即我、我即天，心性形骸都無間隔。然此非研窮《易》理，《太極》、《西銘》爛熟胸中，實實見得道理現前，縱有些微省悟，亦是電光石火。

朱子初年見李延平，將謙開善話頭來説。延平曰：公於何處懸空會得許多道理？朱子憬然。乃循序漸進，後來漸漸升堂入室，究極精微。至今讀其注《易》，注《太極》、《通書》、《西銘》，無一語不透露，亦無一語不平穩切實，蓋功夫得其次第也。今之學者，若天資高妙，便要説頂上話，下截工夫便不肯做。其篤信謹守之士，則又死煞按定腔拍，不能開展尺寸。乃知狂狷猶可尋求，中行真正難得。

知天命，必要本《易》與《太極》、《通書》；《易》與《太極》、《通書》，必要本程、朱。今人亦講天命，亦本《太極》、《通書》，然只是打合二氏，走入爪哇國裏去。

昔人謂《易》經四聖而象著。然羲、文、周俱是作《易》，惟孔子是學《易》。吾人學《易》，學孔子而已。揚雄、關朗之流，皆思作《易》，真是不知分量。惟周、程、朱，乃是學《易》。

《易》者，所以明天道，正所以前民用。❶學《易》者，當盡人以合天。伏羲畫卦，示其體也；文、周繫辭，著其用也；孔子贊《易》，體用兼明。然而四聖人之意，則常在於用，故愚謂學《易》之道，當先從用始。《繫辭傳》曰：「君子居則觀其象而玩其辭，動則觀其變而玩其占。」則知學《易》工夫，全在事爲未感時，沈潛玩索。每閲一卦，便當認其卦體、詳其卦德，象變辭占，無不貫洽，而後一卦之義出。每讀一爻，便當定其剛柔、考其位次，乘承比應，靡有遺憾，而後一爻之義全。于是乃進參以己意，設身處地，上下古今，揆其時勢，度其情理而參決之。何以爲吉，何以爲凶，觀其與古人合否，以驗吾心體。用力既久，心體自純，出應萬變，沛然莫禦，不俟卜筮而知吉凶。《中庸》所謂「至誠如神」也。到得至誠，便是全體太極，大自天地陰陽，細自

❶ 「前」，正誼堂本作「全」。

昆蟲草木，罔不具於吾心。擡頭舉目，無非《易》理。故孔子《繫辭》一傳，多言人事，至《說卦》、《序卦》、《雜卦》，縱横開合，無不成《易》。此正以明用至則體立、人盡則天見也，決無用未至而可與言體、人未盡而可與言天者。故愚意欲學者學《易》專用力人事，而天道則俟其自合，庶不失聖人下學上達之旨。

静坐讀《易》，覺得伏羲畫卦時，天地萬物雜然在前，何以見得天地間只是陰陽兩物？既見得是陰陽，何以見得陽之象必爲奇、陰之象必爲偶，便決然下此二畫？此際便是太極。

陰陽對待，是先天說出；五氣流行，是後天說出；合二氣、五行，而云陽變陰合而生水、火、木、金、土，又是周子說出。雖道理合下便具，而逐層洗發，不可不知。

伏羲畫卦，卦而已，未嘗有所謂太極也。文、周繫辭，辭而已，亦未有所謂太極也。至孔子贊《易》，而曰「《易》有太極」，始發出一太極之名。此是爲萬世特開生面，學者須是要認得太極，别人說不濟事，須是自己真正認得也。

「太極」二字，自周、朱發明之後，後人更不疑惑。若自宋以前，則《老子》道生一而後生二，《莊子》道在太極之前，《列子》有物渾成，先天地生，《漢志》「函三爲一」，其說紛紛，是否莫辨。以此知周、朱發明「太極」之功，真在萬世。

《中庸》一部書，句句言人道，卻句句言天道，能如《中庸》，方始是天人合一。

問：博厚、高明、悠久，是單言天道？曰：此正是言天人合一處。言聖人與天地同一博厚、高明、悠久，而末舉文王以爲證，會得此意，則「小德川流，大德敦化」，總是聖人與天地同之也。

不是天人合一，如何能盡己性、盡人性、盡物性？

戒懼慎獨，盡性也。中和位育，至命也。一部《中庸》都是此意。

周子《太極圖》，全從《繫辭》出，不曾造作一毫。不知者，誣之謗之，或謂得之陳摶、种放、穆修，或謂師事鶴林寺僧壽涯。此二氏無稽之言，謬欲引爲己重，如謂孔子爲釋迦弟子也。至朱子序《通書》，亦謂莫知師傳之所自。夫《繫辭》即師傳也，何必舍是而更問哉？今觀其首一〇，即「易有太極」也；次◎，即「是生兩儀」也；次，即「兩儀生四象」也；，「天地絪緼，萬物化醇」也；，「男女構精，萬物化生」也。何嘗自出一毫私意？而議論叢生，是非信口，總之不肯細心觀《圖》，并不肯細心讀《易》。

《太極圖》甚平易，人都看得鶻突，其實極易曉。中間一圈，即《易經》上太極一〇。旁邊兩抱，即《易經》上兩儀二畫。但伏羲在太極上面直畫兩畫，濂溪先生便把伏羲二畫彎轉抱在太極兩傍，是恐人把太極、兩儀看作二物。故創作此圖，以明「無極而太極」、「太極本無極」之旨耳。

朱子謂周子《太極圖》當在《通書》之首。先生既手授二程，因本附書後，傳者見其如此，遂誤以《圖》爲卒章，不復釐正。愚謂周子《通書》本名《易通》。山陽度氏載，傅伯成未第時，嘗得周子所寄《姤説》、《同人説》。今其書獨有乾、損、益、家人、睽、復、无妄、蒙、艮等説，而無所謂《姤説》、《同人説》。則知《易通》之爲書，六十四卦皆有説，特散逸不全耳。其間議論次第，當悉依《周易》，非自立體格，别爲一書也。《太極圖》之在後，實以《繫辭》在六十四卦後故耳。朱子取以冠《通書》，於義無不可，然《太極圖》所以爲《通書》之卒章，則實因此，故特記之。

一篇《太極圖説》，止説得「天命之謂性」三句。

從來聖賢學問相傳，止是一條線索。子思「天命之謂性」，是祖《繫辭》「繼善成性」。孟子「知其性，則知天矣」，是祖《中庸》「天命之謂性」。周子「太極」、「人極」，則亦祖「繼善成性」而暗合於子思、孟子。自周子以後，則凡言性與天道者，無不祖之。伊川《顔子所好何學論》全本《太極圖説》，朱子注《中庸》「天命」節亦本《太極圖説》也。

凡讀人制作，須是徹首徹尾看他意思所在，然後方可立論。如周子《太極圖説》，若不看他通篇，即以首句爲二氏，亦不爲過。今其書具在，學者試徹首徹尾讀之，有一語涉二氏、一字涉二氏否？象山以客氣待人，遇前人制作，不論全篇，只摘一二字詆排呵叱，此豈聖賢平心之論？

朱子論《太極圖》，有「統體之太極」、「物物之太極」，二語甚妙。統體，即大德之敦化；物物，即小德之川流。二太極似無不同，然而有不同者。統體太極是就物物之前而推其所以然，朱子所謂「必先有是理，然後有是氣，理先於氣也」。物物太極是就物物之中而指其所當然，朱子所謂「既有是氣，即有是理，理在氣中也」。二太極煞有不同，須要細心體認。

粗看《太極圖》，若頂上一圈，便是「統體之太極」，陰陽中間一圈，便是「物物之太極」。若細看，則有數層。頂上一圈，是生陰生陽之所以然也，「統體之太極」也。陰陽中間之一圈，是陰陽各有一所當然也，「物物之太極」也。若以陰陽對五行而看，則陰陽一圈是五行之所以然，「統體之太極」也；五行各一圈，是又五行各有一所當然，「物物之太極」也。下面妙合而凝之一圈，是成男成女之所以然，「統體之太極」也。成男成女之一圈，是男女各有一所當然，「物物之太極」也。以男女對萬物而觀，則男女一圈是人生人、物生物之所以然，「統體之太極」也；萬物一圈是既生人、既生物而萬物各有一所當然，「物物之太極」也。須要細細認得、細細分别，得一而二、二而一纔妙。

識得此意，方知周子於陰陽、五行、妙合而凝、男女、萬物上，各著一圈，不是無謂。故朱子有「五行各一其極」、「男女一太極」、「萬物一太極」之語，學者不細心，未免混混讀過。

太極在陰陽之先，在陰陽之中，只不在陰陽之外。在陰陽之先者，「統體之太極」也，不雜之太極也，「必先有是理，然後有是氣」也，所以然之理也。在陰陽之中者，「物物之太極」也，不離之太極也，「既有是氣，即有是理」也，所當然之理也。若陰陽之外，則無太極，所謂除卻陰陽不是道。惟二氏則外陰陽而言太極，故老氏曰「無名天地之始」，釋氏曰「空劫以前真己」。

太極在陰陽之先者，似乎在陰陽之外，然此只是即陰陽而推其所以然。如陰陽之一動一静，氣也，然必先有動静之理而後動静，此之謂所以然也。所以然只就陰陽上推出，原不離陰陽，不是另有一個太極在前，生出陰陽來。周子「無極而太極」、「太極本無極」，只是恐人外陰陽而求太極。

朱子《太極圖説》注極其精當，然其中亦有三處可疑。一則解剥圖體，既以水爲陰盛、金爲陰穉，火爲陽盛、木爲陽穉，而分解「陽變陰合」句，又曰：「以質而語其生之序，則水、木，陽也，火、金，陰也。」夫圖體所定方位，亦是説生之序，而互異如此。故雖篤信如黄勉齋，亦以爲疑。然陰陽總無定在，或初間以圖之左右分陰陽，此則就《河圖》分陰陽，亦無不可。其二是「五行之生也，各一其性」句，應屬下文。蓋《太極圖説》有五段，大意自「無極而太極」至「太極本無極也」，是説道生天地。自「五行之生，各一其性」至「萬物生生，而變化無窮焉」，是説天地生人。語備載庚子《太極講義》中。玩「五行之生也」句，一「也」字，便是起下語氣，與下「無極之真，二五之精，妙合而凝」作一串讀，以起下文「五性」二字。蓋不先説明「五行之生，各一其性」，則二五「五」字與五性「五」字，俱無著落，故特地于中間添入此二句。乃朱子竟以此二語讀連上文，而曰：「五行之生，各一其性，氣殊質異，各一其極，無假借也，此無極、二五所以妙合而無間也。」便似結上文語氣，❶與周子本文語氣不合。至於分解注中解「無極之真」一段，又以一「性」字領下，而曰「性無不在」，又曰「性爲之主，而陰陽五行爲之經緯錯綜」。不但此處不當以「性」字貫，而以性爲主，而陰陽五行爲錯綜，此語恐亦未妥。其三則「立天之道曰陰與陽」節，末句「又曰原始反終，故知死生之説」。觀「又曰」二字，是於三句之外，又另提此句來講，以見死生之説，亦不過即此陰陽、太極、動静之理。而注中重復將陰陽、剛柔、仁義來説，亦欠明爽。此三處，皆有可疑。

文公解《圖》，煞費氣力，故其解中亦往往有過費氣力處。

文公解《圖》，妙于即以《通書》解《圖》，然其病處，亦在於過用《通書》。其解《通書》，妙於即以《圖》解《通書》，然其病處，亦在於過泥《圖》。凡道理，只平鋪放著，觀之自見。

❶「似」，正誼堂本作「是」。

問：萬事萬物根本於太極，太極卻歸何處？曰：太極即散見於萬事萬物。

顧涇陽先生云：「異教家往往好言天地未生前、父母未生前，不如《中庸》言喜怒哀樂之未發，於此有得，則二者皆在其中矣。」愚謂涇陽言錯，此二語者，儒家亦何嘗不言？天地未生前，「太極」也；父母未生前，「繼之者善」也。《易經》上明明説過，人於此處不究心；即究心，亦不熟見。異教拈出，便以爲另是一條道路，而不知實非另有道路也。但異教論天地未生、父母未生，則又不如此解，蓋若如此解，則仍是儒教。故必詭異其辭、祕密其旨，以爲不落言詮、不入見解，切忌説破也。要之，二語若不如此解，便不是。故曰吾儒之外無道。

一僧問曰：儒家説太極之前有無極，且道無極之前還作甚麽？予曰：和尚且道無極是甚麽來？僧不能答。

不識無極，道不得「太極」字；不識太極，道不得「無極」字。

道生天地，天地生人，人配天地，故能盡道。只此四句，可該《太極圖》一篇之義。

或問：「動而生陽，靜而生陰」，是太極動靜，是陰陽動靜？朱子曰：「是理動靜。」愚謂不若云動靜是陰陽，所以動靜是太極。

朱子曰：「太極自是涵動靜之理，卻不可以動靜分體用。蓋靜即太極之體也，動即太極之用也。」愚謂如此，是仍以動靜分體用了，且語意未明，疑是門人誤記。不若云「靜者動之體、動者靜之用，太極者，動靜之主宰」，似較明白。

理氣二者，原不可分，先儒之説甚多，無有出此者。朱子獨謂「必先有是理，而後有是氣」，予向來體認不得其解。近讀蔡虚齋《蒙引》，恍然有會於朱子之言，而知虚齋之説有未暢也。虚齋之言曰：「理氣是一齊有的，朱子雖就天道本體言，然天道本體豈容無氣？此就天地已生後論矣。」朱子謂理先於氣，是就天地未生前論。假如輕清者上浮而爲天，是氣也，然必有輕清上浮之理，而後輕清者浮而爲天；重濁者下降而爲地，是氣也，然必有重濁下降之理，而後重濁者降而爲地。不然，何不聞重濁上浮、輕清下降乎？譬如人著新衣，忽生蟣蝨，此氣之所成也。然必有生蟣蝨之理，而後蟣蝨生。衣服外面則不生矣，無是理，故無是氣也。豈非理先於氣乎？

喜而後喜氣生，怒而後怒氣生，有是理，故有是氣。喜而飾怒，怒而飾喜，則氣不至矣，無是理，故無是氣也。

尊素尋思理先於氣之旨，久而未得，時方與蕃侯論集義養氣。予呼尊素曰：理先於氣。尊素大省稱快。

羅整庵論理氣，以程伯子「原來只此是道」一語爲定論，以伊川「所以陰陽者道」爲漸有二物之嫌。又以朱子「一陰一陽、往來不息，即是道」之語爲直截。而以「理與氣決是二物，氣强理弱」與「若無此氣，則此理如何頓放」之語爲未合。以予觀之，程子、朱子之言皆是，整庵之見，猶有未到也。蓋氣只是陰陽，理只是太極，太極不離乎陰陽，亦不雜乎陰陽。明道「原來只此是道」之語，與朱子「陰陽不息，即是道」，是説不離陰陽之太極。伊川「所以陰陽者道」與朱子「理與氣決是二物」云云，是説不雜陰陽之太極。整庵疑是知其一、不知其二也。薛文清見亦同此。

整庵疑周子「無極之真，二五之精，妙合而凝」三語，以爲物必兩而後可以言合。太極與陰陽，果爲二物，則方其未合之先，各安在耶？予以爲整庵之言理氣，亦固矣。夫即氣是理者，以爲氣之中即有理，非氣即是理也。既非氣即是理，則安得不爲二物？

理之與氣，一而二、二而一。未知即氣是理之人，若與之析言理氣，恐其認作二物。若既知即氣是理之人，雖與之析言理氣，終不害其爲合一也。周子三言，正是指出理氣渾合無間之妙，整庵乃必以「合」字疑之，何也？

只一箇「理」字、一箇「氣」字，字義各有不同，便是二物矣。豈必各有形質，而後謂之二物耶？「無極之真，二五之精，妙合而凝」，即《中庸》注所謂「氣以成形，理亦賦焉」也。

整庵曰：「陰陽太極，未合之先，二物果各安在？」予以爲此無難曉。即如此火鑪子是氣也，上可藏炭，下可通風，即所以爲火鑪之理也。當既有火鑪之時，所以爲火鑪之理即在此鑪之中。未有火鑪之時，但無此鑪之形耳，所以爲鑪之理固在也，所以造鑪之木石、銅鐵亦在也。安得以爲遂無著落耶？

理只是氣的源頭。整庵不識伊川「所以」二字之妙，便終身疑惑到底。

整庵最愛程伯子「原來只此是道」一語。予謂即此便可見理氣是二物，蓋只此是道，所謂即氣是理也。妙在「原來」二字，煞有深意，未嘗言此便是道。假如有一器於此，指謂人曰「此中有道」，便説得去，若謂「此就是道」，便説不去矣。整庵認真「道即器、器即道」之説，以爲其中更不容著一語，未免反生鶻突。

朱子「理與氣，決是二物」一語，煞是下得倒斷，無本領漢決説不出。

就不雜陰陽之太極言，理氣是二物；就不離太極之陰陽言，理氣亦是二物。此處看得明白，方是學問。

「不離太極之陰陽」，張本、沈本同句，疑有誤，當作「不離陰陽之太極」。

整庵云：「氣之聚，便是聚之理；氣之散，便是散之理。惟其有聚、有散，是乃所謂理也。」是即就聚散上觀理，而不知所以爲聚散者理也。宜其於程朱之言，多所未合矣。

看來整庵只未會理先於氣之旨，便有許多不合處。予庚辰春初偶見到此，後來觸處俱無疑礙。

胡敬齋「氣乃理之所爲」，及「所以爲是太和者道」，與「有理而後有氣」三語，皆無可疑。至云「人之道，乃仁義之所爲，易即道之所爲」，則欠明通矣。整庵疑之，是也。至於余子積《性書》，則悖謬之甚。

蔡虚齋謂「理全而氣分」，似亦未妥。夫理有全、有分，氣亦有全、有分。天地，氣之全者也；萬物，氣之分者也。「統體一太極」，理之全者也；「物物一太極」，理之分者也。

凡事凡物，莫不各有當然之理，所謂即氣是理也。至事物所以當然之故，微乎微乎！非明乎理先於氣之説，其孰能知之？❶

知當然之理者可與立，知所以然之故者可與權。❷

---

❶ 「凡事凡物」至「孰能知之」條，原脱，今據正誼堂本補。

❷ 「知當然」至「可與權」條，原脱，今據正誼堂本補。

先儒論理氣，既曰「理在氣中」，又曰「理先於氣」，既曰「即氣是理」，又曰「理與氣，決是二物」。凡此等處，俱要看得歷歷分明，絶無分毫窒礙，方是學問。

「理先於氣」一語，明儒中惟崑山魏莊渠見到，餘則多有未曾論及者。或有論及，而終於格格者。乃知此處工夫，急切正未易到。

吴康齋見耕耘者，曰「此亦是贊化育」。此語非有得者不能道。❶

陳白沙學問，以自然爲宗，最近於天。然却又是曾點一家，只是天機動盪，非性與天道全體太極之天。❷

朱子論理氣之言，最精當者，有曰「必先有是理，然後有是氣」，「既有是氣，即有是理」，又曰「論萬物之一原，則理同而氣異」，「論萬物之異體，則氣猶相似，而理絶不同」。此四言，皆論理氣之的。學者宜將四言參伍錯綜，尋求玩味，使其貫串通徹于胸中，全無一毫疑惑，則天地萬物性命之理，瞭然若揭矣。

高景逸先生云：「若説有生天、生地者，便不是動静無端、陰陽無始，原尋不出起頭處。」此即整庵「本無先後」之説也。不知太極不離陰陽，而亦不倚陰陽。動静、陰陽，雖無端始，畢竟先有理而後有氣。會得此意，方可讀「易有太極，是生兩儀」句。

---

❶ 「吴康齋」至「不能道」條，原脱，今據正誼堂本補。

❷ 「陳白沙」至「太極之天」條，原脱，今據正誼堂本補。

必先有是理，然後有是氣，事事物物皆然。然亦有不盡然者。以天下言之，或宜治而忽亂，宜亂而忽治。以一人之身言之，或爲惡而蒙福，爲善而得禍。以瞽瞍爲父而生舜，以堯、舜爲父而生朱、均，皆不可解。故朱子曰「氣强理弱」。然細思之，其中畢竟有所以然在。

問：張子「虚空即氣」之説，如何？曰：天地間只「理」、「氣」二字，《易》所謂「形而上者謂之道，形而下者謂之器」也，不必更分虚空與氣。張子知「虚空即氣」，而又曰「太虚不能無氣」，又曰「合虚與氣」，則仍分虚與氣矣。所以《正蒙》下語雖極精微，終不如周子、朱子之劃然也。

要知天地間總只陰陽，陰陽總只是氣，則於何處更討虚空？

問：張子云：「太虚無形，氣之本體，其聚其散，變化之客形耳。至静無感，性之淵源，有識有知，物交之客感耳。」何如？曰：氣無形，而其聚、其散，皆氣之所爲也。性無感，而有識、有知，皆性之所在也。本所固有，道不得箇「客」字。

《易》曰：「形而上者謂之道，形而下者謂之器。」要之，❶形下不但是有形之物，即虚空無形，其中皆有氣，氣亦是形下。其中之所以然，則道也。故《中庸》曰「洋洋乎發育萬物，峻極于天」。張子誤認此意，以有形者爲器，無形者爲道，故有取乎《莊子》之「野馬」絪緼，而曰「太和所謂道」。此處一差，所以《正蒙》中言道，往往多錯。

❶「之」，正誼堂本作「知」。

「道」、「器」二字，即「理」、「氣」二字。知氣即是器，則決不誤以無形者爲道矣。

要知形上、形下，即《中庸》「費」、「隱」二字。

道不可見，惟知道之君子能見之。《詩》云「鳶飛戾天，魚躍于淵」，言其上下察也，滿空中都是道在。

問：「鳶飛戾天，魚躍于淵」，如何便是道？曰：魚飛戾天，鳶躍于淵，便不是道。曰：魚有文鰩，鳥有鵜鶘，何也？曰：水有温泉，火有陰火，陰陽互根，反其類也。

鳶飛魚躍是言虚空劈塞都是道理，隨意指見前一物都是這箇。

程子曰：「天人本無二，只緣有此形體，便與天隔一層，除卻形體，渾是天也。」予謂形體本天所付，若能踐形、盡性，即此便渾然是天，何消除得？錫山高氏曰：「真知天，自是形體隔不得。」此言甚妙。

《正蒙》謂天地之感遇，聚散爲風雨，爲霜雪，萬品之流形，山川之融結，糟粕煨燼，無非教也。蓋天地之風雨、霜雪、萬品、山川，猶聖人之視聽言動，善觀天者，無非教也。此可與《論語》「予欲無言」及「無行不與」兩章參看。

問：《正蒙》太虚、太和之説，本是説無極，卻只説得「無」字？曰：周子無極、太極，明理之無形；張子太虚、太和，以無形爲理。

《正蒙》極言氣之絪緼、聚散、升降皆是道，與《易》言「一陰一陽之謂道」，相似而實不同。《易》著意在理上，《正蒙》著意在氣上。不知絪緼、聚散皆氣也，其所以然處即道，只隔些子，便未透。

舜光閱《伊洛淵源》，問曰：周子觀盆魚、不除窗草，此意可曉。張子聽驢鳴，以爲此亦是道，何耶？

曰：此意思都只一般。《詩》云「鳶飛戾天，魚躍于淵」，言其上下察也。

有勇知方，足民禮樂，只見得人事；莫春童冠，風浴詠歸，卻見得天事。「莫春」數語，須是先有箇道在這裏，充足飽滿，自然隨時隨處都是天理發揚流動。如孟子之手舞足蹈，程子之吟風弄月、傍花隨柳，都是滿腔子天機，故能發揮出如許從容瀟灑。若胸次有一毫不乾浄，只現前便不能領略。此箇道理，與别人説不得，工夫到後，便自能見得也。

邵堯夫拉明道、伊川看花，明道去，伊川不去。堯夫曰：吾輩看花與别人不同，伊川只不肯去，是他未見到這所在。然卻是伊川妙處，若未到此地位而强學作家，則反失之也。

虞九兄問：堯夫前知，全憑易數。夫理、數並稱，理尊于數，堯夫明理便能前知，如何反資易數？曰：理無形，數有跡，無形者難見，有迹者易知也。

又問：明理之人，亦有能如堯夫事事前知者否？曰：天地間原無此理，既稱明理，豈有此事？

言夏兄問：理在天地之先，數在天地之後，如何明數之人能事事前知，明理之人卻不能事事前知？曰：理在天地之先，範圍天地之化；數在天地之後，曲通天地之情。明數之人，所以能事事前知者，以數合天地，非以天地合數。若夫明理之人，所見在天地之先，以天地隨理，不以理隨天地。故明理之人，所知者「惠迪吉，從逆凶」，「十日風、五日雨」，皆理也。若惠迪有時而凶，從逆有時而吉，風雨有時而不時，則非理矣，明理者不能知也。明理者之不能知，是天地之不能盡理，非理之不能盡天地也。豈反出明數者下耶？

程子「善惡皆天理」，諸儒皆以爲疑，不知此一語是從《太極圖》中出來，不過是「陰陽皆太極」。

「善惡皆天理」，「善」、「惡」二字，要看得好。周子《太極圖》以善配陽、以惡配陰，善非必良善，惡非必奸惡。即如「喜怒哀樂」四字，喜與樂便屬陽，怒與哀便屬陰，屬陽便是善，屬陰便是惡。又如好與惡，好便是善，惡便是惡。又如生與殺，生便是善，殺便是惡。凡喜怒哀樂、好惡、生殺，無非天理，故曰「善惡皆天理」。周子《太極圖説》曰：❶「善惡，男女之分也。」亦只是以陰陽相配，不然，豈男爲善而女爲惡乎？

舜光問：「予欲無言」，是聖希天否？曰：聖人無時、無事不希天，不特此語。天者，理而已矣。士希賢、賢希聖，亦是希天也。

問：伊川《易傳》中「體用一源，顯微無間」二語，如何解？曰：即理即象，即象即理，會得只是《中庸》「費而隱」三字。

舜光問：子貢云「夫子之言性與天道，不可得而聞也」，既言矣，何以云不可得聞？曰：不可得聞，猶今人所言聽不出意思。蓋夫子雖言，而自家未能見到，則雖聞而不省也。今人每遇此等處，往往强作解事，豈果勝于子貢耶？亦工夫不求自得耳。

嘉、隆之末，有一種學問，專一打合二氏，將四書代彼注脚。如此章書，則曰：「性與天道，原不可得聞，可聞者，非性與天道也。」「心不在焉」節，則曰：「心正要他不在，則視不見、聽不聞、食不知味，然後纔是正心。」此種議論，極淺鄙薄劣，絶無意義，朱子所謂「只好隔壁聽」者。嘉、隆末，往往刊爲講章，流播宇内。

❶「周」，原作「朱」，今據正誼堂本改。

高、顧之學既明，以後此種書已絶無。然老學究猶記憶一二，以此惑人，世俗小聰明人見之輒喜，不可不知。

閒時看醫書，亦甚有益于知天之學。覺得五臟六腑、九竅百骸，無一不準于天，則人不能踐形、盡性，真是辜負天地。

不但爲儒當知天，爲醫亦當知天。氣血臟腑，在人之陰陽五行也；五運六氣，在天之陰陽五行也。非究到天人合一，何以爲醫？故知學問不合天人，不是學問。

人身最重陽氣。醫書云：「陽氣者，若天與日。」人之初生，只是一點陽氣；即天地初生，亦只是一點陽氣。《太極圖》所謂「動而生陽」也。人身能保此一點陽氣，何年不可延？何病不可卻？人心能保此一點陽明，何善不可長？何惡不可去？

思辨録輯要卷之二一　後集

明太倉陸世儀道威著

天道類

「動静無端，陰陽無始。」譬如呼前有吸、吸前有呼，呼吸亦無端、無始也。然人自父母初生時，落地一聲，即爲呼吸之端始。天地初開闢時，亦必有箇端始在，邵子所謂「天開于子」也。但開之先有闔，闔之先又有開，終無箇起頭、住頭，故謂之無端始。

天地中間之人，止識得天地中間之理、天地中間之事。即聖人説到太極，亦只是悟到天地以前、天地以後，俱有箇當然、所以然之理。至六合之外，畢竟如何，此譬如魚在水中，豈能周知水外之事？故聖人只是存而不論。《中庸》曰「及其至也，雖聖人亦有所不知焉」，正謂此等。然在聖人，原無欠闕。

從來天地開闢之理，自《繫辭》「易有太極，是生兩儀」外，更無人説到。周子《圖説》，自「動而生陽」至「萬物生生而變化無窮焉」，是説這箇道理。邵康節一部《皇極經世》，亦是説這道理。然康節是言數，此是言理，數終出不得這理在。

天地間只是陰陽、五行，《易》明陰陽之理，《洪範》發五行之蘊，周子《太極圖説》則合而闡之，以明「五行一陰陽，陰陽一太極」。故至今，自周子而後，言陰陽者，必言五行，言五行者，必言陰陽。不特談道者爲然，即醫師、日者、星相、技術之家，非此不驗。蓋至理之所範圍，莫能過矣！康節以四爲數，言水、火、土、石，而遺金、木，終欠自然。

薛文清云「萬物皆二陰陽」，此語最妙。萬物中，惟天地爲純陰陽。其餘，如日陽也，而爲離象，則有陰在其中；月陰也，而爲坎象，則有陽在其中。外至一物之細、一塵之微，無不各具二陰陽。此萬物之所以根本于天地也。

天純陽，地純陰，純陽只是氣，純陰只是質。萬物則兼有氣、質，故二陰陽。

邵子《一元消長圖》：堯之時，在日甲、月巳、星癸、辰申，當十二萬九千六百之半。至禹即位八年，得甲子始入午會。至明天啓四年甲子，入午會第十二運。自開天甲子至此，得六萬九千一百八十一年。

邵子《經世》，天地始終之數，只是將元、會、運、世、歲、月、日、辰，八八相乘，以應六十四卦，所謂「天地之數，窮于八八」也。其相乘之數，則以十二、三十，十二、三十者，歲、月、日、辰之數也。西山所謂以歲、月、日、辰之數，推而上之，得元、會、運、世之數，推而下之，得寸、分，按「寸分」，當作「分釐」。絲、毫之數也。以至歲、月、日、時，皆推至十二萬九千六百之數。故其曆，亦用十二萬九千六百爲分。

邵子曰：「火爲陽中之陰，水爲陰中之陽。」蓋萬物自天地而外，無純陰陽者，觀八卦可見。

凡虚處皆天，凡實處皆地。凡氣皆天，凡質皆地。假如人物鳥獸，其肢體血肉是地質，其知覺虚靈皆天氣也。假如草木，其枝榦花葉皆地質，其生機皆天氣也。

康節「天依地，地依天」與「動静無端，陰陽無始」之語，初看極是囫圇語，然子細窮究，卻是至理，任他甚麽議論，總不出此四句。假如天不依地，地不依天，則天地還依箇甚麽？即使天地果有依附，然爲天地所依附者，又依附箇甚麽？推而至於百千萬重，無不皆然，此是無了期話頭。又如動静、陰陽，若必要求箇端，必要求箇始，則無動無静，無陰無陽，還成箇甚麽？此是箇没巴鼻話頭。「天依地，地依天」，此所謂以無窮窮之，不若以有窮窮之也。「動静無端，陰陽無始」，此所謂以有窮窮之，不若以無窮窮之也。不惟道理如此，實際亦必是如此，實際總不出道理也。

凡陰陽，只是一氣，陽氣下梢便屬陰。今以天屬陽、地屬陰，天屬氣、地屬質者，氣老則爲質，質亦是氣也。

氣老爲質，如人呵氣著物便成水，氣陽也，成水則爲陰，而屬質矣。天一生水，亦猶是也，愈久愈實。凡爲火、爲土、爲金、爲木，都是這箇氣。

凡氣皆陽，凡質皆陰。五行皆質，則五行皆陰也。然則何以謂水爲陰、謂火爲陽、謂金爲陰、謂木爲陽？蓋陰陽初無定著，以五行之質對五行之氣而言，則五行之氣爲陽、五行之質爲陰；以五行互相對而言，則水爲陰、火爲陽、金爲陰、木爲陽。譬之於人，以男對女而言，則男爲陽、女爲陰；就男女一身言，則氣爲陽、血爲陰。陰陽總無定著也。

天地間只是一陰陽，就其流行處看便是一氣，就其對待處看便是二氣。萬事萬物，都如此看。

天地化生時，人與萬物一齊生下，不止是一種；即一種，亦不止一箇。氣所聚處，即化出，或以爲止一二人者，非也。

天地化生，至今亦未嘗絶。即如泥土有被火燒過者，其中生機已絶、草種已斷，然日月既久，雨露之潤，依舊生草，此皆所謂化生也。但天地初開闢時，其氣厚，故能化生大物；今則氣薄，僅能化生微物而已。由此觀之，後來天地日益久、氣日益薄，即微物亦化生不得；不特微物化生不得，天地薄則天地所生之物亦薄，即形生亦漸漸衰少，此便是大氣將息之候也。

宿虞九草堂，早起，偶見盆水初甚渾，既而漸清，渣滓下墜。予謂虞九曰：此即可悟天地開闢之理。虞九曰：然。予亦于此悟天地化生之理。蓋春夏時便可化生水蟲之屬，秋冬時則不能也。

生物繁多，則天地之氣質薄。猶之産子過衆，則父母之氣血衰。

或問：天裂爲陽不足，陽既不足，乃旋裂而旋合，何也？曰：此猶人之有呵欠。氣不續，則有呵欠，呵欠之後，氣仍續矣。

或問：朱子「天殻」之説，如何？曰：朱子亦是偶然帶説。蓋天形如卵，既如卵則似有包裹，既有包裹則似有殻，想當然耳。然既有殻，則須究到何處頓放？此邵子所以有「天依地，地依天，天地自相依附」之説也。凡此等事，皆聖人所存而不論，所謂聖人亦有所不知也。

昔人言斗柄東而天下皆春，以漸而南、而西、而北，爲夏、秋、冬，此以堯時冬至日在虚，仲春中星爲朱鳥故也。今則冬至日在箕三度，春分昏井爲中星，則斗柄漸漸且指東北矣。曆家算二千餘年當轉一宫，則指寅者且轉而指丑，指丑者又將轉而指子。蓋二萬餘年，而春分之斗柄，且將歷指十二宫矣。豈可執「斗柄東指」一語，爲春分之定局乎？

今立春至雨水後，斗柄尚指丑，建寅之説，已差半月餘。青龍、白虎、朱雀、玄武爲天之四獸，分前後左右，蓋亦以堯時天盤爲定局，而朱鳥居午、玄武居子、蒼龍居卯、白虎居酉也。若斗柄既移，則周天之星俱轉，前後左右，亦不可拘爲定位。

天文圖二分二至，曆家向次四孟之中，仍堯時羲和之舊也。西洋今改次四季，亦以中星不同之故歟？斗柄逐月順天而左旋，如正月建寅、二月建卯是也。日躔逐月逆天而右退，如正月太陽過亥、二月太陽過戌是也。蓋日月合朔，每在合宫。如十一月，日月會于丑，則斗柄建子，是爲子與丑合，以下倣此。故曰「日月會于上，陰陽會于下」。今斗建漸差，則合宫亦漸差。

天地間只有陰陽，陰陽只有五行。釋氏之地、水、火、風，邵子之水、火、土、石，西教之天、地、氣、火，總欠自然。

水、火皆氣也，氣溼則爲水，氣燥則爲火，故五行惟水、火爲最先。五行皆氣，水、火則氣之穉，木則氣之壯，金、土則氣之老而成渣滓矣。故五行之次，水、火、木、金、土。木無土無以生，金無土無以藏，水、火無土無以附麗，而土序于五行之後，蓋土者，五行之所以成始而成終者也。

正兒問：天地生五行次序，是水、火、木、金、土，五行相生次序，又是木、火、土、金、水，同異如何？曰：天地生五行是氣化，五行相生是形化，氣化、形化二者不同。氣化是一齊生下，雖有次序，卻是衡生。形化是一直生下，其間次序，卻是縱生。人物之氣化、形化亦然。

虞九兄問：《思辨録》云：「水、火、木、金、土爲天地生五行之序，木、火、土、金、水爲五行自相生之序。」朱子《太極圖釋》又云：「以質而語其生之序，則曰水、火、木、金、土，以氣而語其行之序，則曰木、火、土、金、水。」其不同，何也？曰：此亦無不同。但朱子是就氣與質分看五行，其曰「行之序」，是指春、夏、秋、冬而言也，故曰氣。愚則專就質上論五行耳。

就質上看五行次序不同，其理亦易曉。譬如父母生下五子，其次序是如此，至五子又各生子，則其次序又自不同，決不能長房生長子、次房生次子。所謂五行之生，各一其性也。

問：伏羲畫卦時，何不取陰陽、五行，而取天、地、雷、風、水、火、山、澤？曰：伏羲畫卦時，是一直疊起、兩兩對待，見天地間最大之物，自天、地外，惟有雷、風、水、火、山、澤，故即取以爲象。要之，八卦自後天看，即是五行。水、火而外，天與澤，金也；雷、風，木也；地與山，土也；五行，一陰陽也。

五行「天一生水，地六成之」云云，是本《河圖》。然《河圖》上但有自一至十之文，《繫辭》但有天一至地十之語，而無五行生成之説。疑文公此言，本于周子《太極圖説》「陽變陰合，而生水、火、木、金、土」一語。然細玩《太極圖》，水，天一所生而成于地六，故自左而交系于右；火，地二所生而成于天七，故自右而交系于左。此極與《河圖》相合。但苟如此，則木又當居右、金又當居左，而《圖》不然，豈水、火之位以成言，木、金之位又以生言耶？且周子言「陽變陰合」，則似五行俱天生而地成、陽生而陰成者。然如此，則又與「陰根陽、陽根陰」之説不合，未審如何？

九咸問：五行生成，固是因《河圖》而起，然亦有實際可言否？曰：以實際言之，想天地初開闢時，其空中一團温潤之氣，全是水，然必降于地，而後成水，是「天一生水，地六成之」也。「地二生火」者，火藴于石，爲出于地，然必麗空始明，是「天七成之」也。「天三生木」者，凡木之生，皆是天氣先透上，然後地氣附之而成質。今大木鋸開，中有紋理，層層直上，其間皆有細點空處，此即天氣也。地生芝菌，亦木之類，此屬化生，尤可想見其中間空處是天，外實處是地也，故曰「地八成之」。「地四生金」者，金出于鑛，五金皆在地，然亦得日月雨露之精華而後成，故曰「天九成之」。土則全是地，然許多渣滓，俱是從清虚中澄積下來，是「天五生土」而「地十成之」也。

人身五臟配天地五行，故即五臟之生，亦可想見五行之生。養生家曰：人之生也，先生乎腎；其絶也，亦先絶乎腎。故人在母腹初受胎時，止是兩腎。兩腎中間一點空處，此受氣之初，連于母臍，受母呼吸，道家謂之橐籥。次即生心、生肝、生肺、生脾，而周身之肉生焉，與五行之生，次序無二也。

即人之絶也，先絶乎腎，觀之天地消歇，亦必是水先竭。試觀堯時洪水，至今江窄川堙，已是漸成滄海桑田矣。水竭則火熾，前人「劫火」之説，亦未必爲無謂。

朱子謂「五行之説，《正蒙》一段説得最好，不輕下一字」。今看來，亦未必然。其解「曲直」曰「能既曲而反申也」，解「從革」曰「一從革而不能自反也」，與蔡氏「曲而又直，從而又革」之説不同，此不必論。至「水、火，土不得而制」，夫土可剋水，火亦藴于石，何謂「不得而制」？又曰木、金爲土之華實，木、金之性有水、火之雜。夫謂木、金爲土之華實則可，謂木、金性有水、火之雜，無乃支離？

正兒問：五行相生，如木之生火、火之生土、土之生金、水之生木，皆無可疑，獨金之生水，金何以生水耶？謂金得火則流而爲水耶？曰：非然也。此以五氣之流行言也，其説本于後天圖所謂「帝出乎震」者。至秋冬之交，則乾與坎遇，乾金也，坎水也，乾之生坎，即天一生水而爲金生水也。若以爲金得火而流，何啻天壤？

日爲至陽之精，陽氣能生萬物，故日所至之處，萬物即隨之而生。南至而爲冬，北至而爲夏，夏則物生，冬則物死，在中原皆然。惟嶺南四時皆熱，而草木亦多不死，近日故也。北方則多沙漠不毛矣，遠日故也。

寒暑之往來存乎日，潮汐之消長應乎月。寒暑，氣也、陽也，故存乎日。潮汐，水也、陰也，故應乎月。

或問：先儒言陰陽之氣，皆有六層，一層進則一層退，似乎寒暑關係陰陽，非由乎日者？曰：日者陽精，日之進退，正陰陽之所由消長也。所云六層者，以卦氣言，即十二辟卦。如十一月是復，十二月是臨之類。蓋日自冬至後漸北漸近，則漸煖，至夏至而暑極；自夏至後漸南漸遠，則漸寒，至冬至而寒極。凡十二月，所謂進退，皆有六層也。然冬至之寒未極至大寒而極，夏至之暑未極至大暑而極者，如日出之蒼涼，日中之沸湯，以漸而至，非有他説也。若寒暑不由乎日，則九州、四海之寒暑，宜絶無異同，乃何以北多寒而南多暑？赤道之下，其人裸身赤髮，鐵勒以北，竟至有冰海哉？

亦史問：「通乎晝夜之道而知」，是如何解？曰：天地間陰陽消息、動靜盈虚之理，大自天地，細自萬物，莫不皆然。然其間之可指而易見者，莫如晝夜。故即一晝夜之道，苟能會心於此，則幽明、生死、鬼神、陰陽消息、動靜盈虚之理，無不一以貫之矣。玩一「通」字、一「道」字，即知「晝夜」二字所該甚廣。邵堯夫一部《皇極經世》，只是將歲、月、日、辰推而上之，得元、會、運世，推而下之，得分、釐、絲、毫。此所謂「通乎晝夜之道而知」也。古人悟處，大約即小見大，道理只是一貫。

熊兒問：儒者言天地萬物本同一體，即如此，草木何處見得他與人一體？曰：草木不是與人一體，如何補氣者食之便補氣、補血者食之便補血？緣他與我同受這陰陽五行之氣，故渾合無間。

晝夜只陰陽兩字，更不必分外尋討。

日道半在赤道内，半在赤道外，惟春、秋分則正在赤道，故晝夜適中，而寒暑亦適中。若冬至，則日道晝在極南、夜在地中間矣，故池有堅冰而井水翻暖。夏至，則日道晝在頂上而夜在極北，故時方溽暑而井泉翻寒。總之，係乎日也。

日之所行爲黄道，月之所行爲白道，天文家惟月道最難明。《洪範》謂「月行九道」，此以日之黄道爲主，而以月道之出其南者爲朱道、出其北者爲黑道、出其東者爲青道、出其西者爲白道，四道各二爲八道，並黄道爲九也。其實，月道不止于九。月道之出入日道，每年十三次，每一次爲一交，每一交退天一度四十六分四十一杪，歷十八年二百一十五日零，則月道應二百四十九變。謂九道者，約略以四正、四隅言也。

日行一歲一周天，故每歲則有日差。月行二十七日一周天，故每交則有月差。日行遲、月行疾故也。

日與風雨、霜露、雷霆，皆于萬物有損益，惟月于萬物無損益。其亦后妃不參外事、不主生殺之義歟？

予向謂月光應日非借日，人頗以爲疑。今讀袁了凡論，以爲日食有南北互異之分，若謂月光借日，而因人之所見以爲盈虧，則安得晦朔弦望處處皆同，而無分杪之異？此言亦足爲月光應日之證。

正兒問：恒星是何人指點出？曰：在天成象，在地成形，天、地、人，總是一理。恒星即庶民、庶物之精，聖人因其有是象，即因而指點之。堯時已有星名，不必巫咸、甘石而後有星名也。嘗憶少年數歲時，夏夜仰臥庭中，見衆星歷歷如城郭，及今觀之，即天市垣也，乃知星固可以象測。

或問：客星彗孛之類，既云天所不常有，則是本無之星也，何以忽然而有？曰：此亦氣之所爲。天與人只是一氣，人事一動于下，則天象即應乎上，氣相通故也。如魚鼈在水底稍一動作，則水面即有泡沫，如桴鼓之響應，此極平極實之理。

邵子曰：「星之至微如塵沙者，隕而爲阜堆。」此言非也。凡如星而隕者，皆空中之氣，有光如星，隕爲石，亦氣所結，非星隕也。恒星之體，亘古不動，非知天文者，未易與言。

舜光問：飛流隕墜，古人皆謂爲星變，而先生獨謂非星，何歟？曰：此非星，亦氣之所爲，乃氣之聚而有光者也。予嘗留意飛流，則見有極低如在數十丈已上者，過時有聲，過後有烟，至于隕墜如雨，則曾見兩次。然天上恒星，仍朗然不動，其忽然爆出下墜者，于起處、止處皆無星，故知飛流隕墜爲氣而非星也。或曰：夏夜，見星流極天而高，豈亦氣之所爲而不至于天歟？曰：夏夜，小星之流固是高極于天，然以理推之，亦非在天之星，必在低處也。何以言之？從來運行之速莫如天，恒星附天而動，宜何如之速，而自下視之，若不動然，以其高也。若夏夜小星之流，其疾如箭，使非在空中低處，則飛流之行，其速億萬倍于天歟？

即星象之變動下關人事如此，乃知人一舉念即與天通。感應之理，甚微而著，勿謂是老生腐談。

霜、露只是天地間一氣。露是春、夏間和氣所成，故能生物；霜是秋、冬間肅氣所成，故能殺物。要之，只是一氣。

堯夫問伊川曰：「今歲，雷從甚處起？」伊川云：「起處起。」此語似微近戲，不若云從陰陽搏擊處起。

或問：昔賢謂雷爲陰陽搏擊之聲，何處見得？曰：陽氣爲陰氣所掩，而陽盛陰不能蔽，則噴薄擊射而出，轟然有聲。如人之有嚏然，人之有嚏，亦是内氣爲陰邪所掩。其有嚏者，則感淺而内氣盛；不能嚏者，則感深而内氣弱也。

雷去地近，若在高山上，山下雷鳴嚶嚶，如小兒聲。又雷迅則地亦動，故昔人謂雷從地出。

又問：陰陽和而後雨之説，如何？曰：所謂天氣下降、地氣上升也。然須是陽氣先蒸動，得那陰氣，使之騰而上升，然後陰復爲陽所逼，四散而下。如今之煮燒酒、取花露者，皆火氣蒸溼氣而上，爲物所逼不得散，故垂而爲水也。

五行中，天一生水，畢竟水是生生之物。假如天地間，若不得雨露之澤，常常沾潤，則萬物皆不生矣。然雨露須有暖氣蒸之而生，此暖氣即火也。火陽也，水陰也，水、火即陰陽之有迹者，故五行中，水、火之德最大。

乘氣而升，不獨龍爲然，凡物多有能乘氣者，如騰蛇游霧、文鰩夜飛之類是也。

又問：冰雪皆隆冬所結，今觀雨雹，其質有如積雪者、有如凝冰者，似亦冰雪所爲。何以不論冬夏，隨時而有？曰：此陰邪不正之氣，故所過必殺物無遺。亦有出于龍所爲者，蓋乘不正之氣而爲害也。

雹之起，往往有先徵。予戊子三月盡，更初見有黑氣自西北起，色甚濃，直貫東南，下覆約里許之闊，踰時而散。二日後，天大雨雹，亦自西北至東南，其長闊如黑氣之限。鄉人亦謂其中有龍。

張子曰：「陽在内者不得出，則奮擊而爲雷霆。」此理甚精。又云：「陽在外者不得入，則周旋不捨而爲風。」此言恐未必。然風只是陽氣，陽氣歡忻而披拂，則爲和風，陽氣奮起而猛厲，則爲疾風。如人一身，喜則有喜氣，怒則有怒氣，皆陽之所爲也。

亦史問：龍陽物，虎陰物，雲陰物，風陽物，何以虎嘯而風烈、龍興而致雲？曰：陽根陰，陰根陽。

偶與舜光同步，見碧天無際，忽起一點微雲。舜光問：天體甚潔，此一點浮雲何由而起？予曰：譬如汝身體甚潔，此一點瘡痏何由而起？舜光躍然。予曰：未也。汝心體甚潔，此一點念頭何由而起？舜光恍然有悟。

思辨録輯要卷之三　後集

明太倉陸世儀道威著

天道類

問：西法，地在天中，四圍俱有生齒，海水周流於地，其説似不可信，然與古渾天所謂天形如卵者正相合。地在空中，雖是荒唐，然云大氣舉之，似亦有此理。如何？曰：此説不但我輩難信，即傳其學如李之藻者亦疑之。蓋天氣輕清，地形重濁，輕清上浮，重濁下降，理也。即如卵黄在卵中，亦必偏居一邊，未嘗在正中，亦重者下墜耳。至四圍生齒，其足相對而立，尤爲不經。彼以蟻之倒行爲喻，夫蟻之倒行，身輕而足力能舉之耳。試於倒行之時，以指撥之，必應手墮，上下之勢然也。人之行豈能如蟻邪？若海水附地周流而行，尤非，水無有不下之理。愚意天形如卵，積氣甚厚，地居天中，水土和合，如卵黄之居白中，而勢偏向下，亦如卵黄之下墜，日月則行於積氣之中。昔人謂水載地、天載水，庶幾近之。

邢雲路曆書闢地影蔽日之説云：「春秋二分，日食於卯酉之正，日月相望，其平如衡，地猶在下，烏能蔽之？」此説可證地平猶在天體平分之下。

問：地在天中之下，則何以日出日入、晝夜之分，數各半乎？曰：西法，卯酉時有朦朧影，當爲朦朧影時，日已出地上。其爲朦朧者，地氣障之也。

予于戊子春，與諸及門論天體，聞者多不省。適有琉璃明燈，因令周生翼微以空處爲南北極，而畫黄、赤道及二十八宿於上，手轉之，觀者俱豁然。因思燈圓雖似天體，而人在外觀，猶爲未盡。有大力者，當爲琉璃圓球如屋大，刻畫恒星、赤道於上，而開其南極爲隙以入。人坐其中，設機轉之，日、月道亦另爲機轉之。而設火於外，琉璃體明，諸星燦然，矯首仰觀，便無一不與天合。中間大地，則刻木作地形，以水浮之。當天體旋轉時，水與木仍居中不動，似頗與天地之形相合。

友人問地動曰：地是大塊，一動則無不動，乃每于一處動，何也？曰：天地猶人一身，地動猶人身之肉跳耳。蓋偶於此處不和，故即於此處動也。此皆氣之所爲，於此見地中皆天。

又問：古今地動，惟山、陝最爲怪異，有崩陷至數十里、動摇至數十日者，吴、越則無之，何也？曰：地之有山水，猶人身之有骨血，血足之處，肉不大顫，水足之處，地不大動。譬如人之中風，周身未必大動，而頭面則口眼歪斜，蓋頭面爲諸陽所聚，氣多而血少也。山、陝之於吴、越，想亦如是。

或又問：載華嶽而不重，振河海而不洩，此理如何？曰：天之載地，猶水之載舟，雖萬斛奚難？所謂大氣舉之也。

天地間只有山水，夫山有山性，水有水性，然山、水之性又各不同。如隴山尖削，吴山平衍，蜀山高峻，浙山奇秀。水則涇清渭濁，江、淮、河、漢各各不同，而濟水則能爲伏流行地中。至於海水，有緑水洋、黑水洋，同是一水，而中分界限，截然不亂，真是「一物一太極」。

山性静，水性動，此「統體之太極」也；山、水性各不同，此「物物之太極」也。統體太極即理一，物物太極即分殊。

予嘗有言，「分殊」之極，有與「理一」極相反者。地所以載物而有流沙，水所以浮物而有弱水，天地間何所不有，然而「物物之太極」自在。

以「理一分殊」觀天地間萬物，真是千奇百怪，又卻是一理渾然。

地理風水，不可謂無。昔人云人身小天地，反觀之，則天地即大人身。天地之有山水，猶人身之有骨血也。骨血所聚，能生育男女；山水所聚，能長養萬物。故古今大都會處，必是好大風水。

地理書最多，然惟蔡牧堂《發微論》最純正、精簡，學者不可不觀，蓋儒者之書也。外此，則近於隱怪矣，觀者幸無爲所惑。

潮汐之論，惟余襄公安道之説最得其正。其言曰：「月臨卯酉，則水漲乎東西；月臨子午，則潮平乎南北。」確不可易，朱子極取之。然愚以爲襄公之説，但能測驗而得其事應耳，猶未爲探本之論也。夫子者，陰之極而陽之始，午者，陽之極而陰之始，卯爲陽中，酉爲陰中。據襄公説，潮汐始於卯、極於午，始於酉、極於子，是始於陽中而極於陽盛，始於陰中而極於陰盛也。竊謂不然。天地之氣，無一息之停，當其消時，便是息時。正如姤、復之於乾、坤，緊緊相隨，如環無端。海潮亦然，當其平於子午，是其極盛之時，正其極消之時也；纔過子午之半，海中之潮又生矣。是潮汐生於子、極於午，生於午、極於子。但初生時甚微，又其來甚遠，初不之覺，至於卯酉而後盛見，非生於卯酉也。此即一日中之小乾、坤，一日中之小剥、復，學者不可不知。

問：潮汐應月，昔人論之詳矣。然聞番禺有沓潮，又不盡應月，如何？曰：此即所謂「分殊」也，即所謂「一物一太極」也。要之，理一與統體太極自在。

問：潮汐分殊與物物太極處，亦有實際可言乎？曰：有。譬如人之呼吸，一氣也，而亦有噫、嗳、吹、呵之不同，然其爲氣則一也。

邵子曰：「潮汐者，地之喘息也；所以應月者，從其類也。」此語最好。潮汐是天地間大呼吸，呼吸，氣也，潮汐則氣之見於水者也。故知滿乾坤俱有呼吸之氣，特人未之見耳！

問：水皆就下，亦有西流之水乎？曰：水只是就下，非必東流也，如弱水是西流，瀾滄江是南流。又海中有落漈，海舟入則漂而不返，殆昔人所謂尾閭者。又一處，兩水相背而翻，其深不測，舟經其上則曳而入，必乘快風乃可過，海人謂之汸。性各不同，總之皆就下耳。即山東趵突泉，噴薄而上，高且數尺，亦終必歸於就下。

問：趵突泉之義何居？曰：氣激之耳。如人之津唾、便溺，皆能激而使高，氣爲之也。

問：海鹹，泉甘，何也？曰：海下泄，泉上湧，下泄故鹹，上湧故甘。如人之便溺則鹹、津液則甘也。

問：尾閭、沃焦之説，有之乎？曰：尾閭之説難信，若果有尾閭，則所洩之水歸於何處？沃焦山，以爲水至此處，則如沃焦釜，理或有之，然一山能耗幾多水？愚謂水在天地間，滲入土中，潤澤萬物，猶血在人身中，滲入肌肉，流通營衛。由多漸少，由盈漸涸，不必尾閭、沃焦，而後水始洩也。如人老則精血竭，想天地老則海水亦當枯耳。昔人海水桑田云云，事雖未必，理則有之。如《禹貢》三江，此亘古以來大水，今皆成平陸，亦一證也。

天地間，只有幽明、死生、鬼神六箇字最難理會，最易惑人。凡異端邪教，無不從此處立説，以其無可捉摸、無可對證，所謂乘人之迷也。孔子《繫辭》曰：「仰以觀於天文，俯以察於地理，是故知幽明之故。原始反終，故知死生之説。精氣爲物，游魂爲變，是故知鬼神之情狀。」是與他箇實境界、實對證。人被異端惑，只是讀此節書未透。

二氏之説，以爲天堂、地獄，人死之後，果報歷歷不爽。即賢知者，亦然其説。果爾，是幽勝於明也。天地之間，陰不能勝陽，夜不能勝晝，豈有幽勝於明之理？即所云果報，只是「惠迪吉，從逆凶」，只在明中，非在幽也。

或謂：果如此言，則自古忠孝受殃、奸惡倖免者，將遂如是已耶？曰：此氣之不齊者也。自有天地以來，氣之不齊者多矣，何獨於此致疑，而必沾沾然責其報乎？且古之爲忠臣、孝子者，非以其必有果報而爲之也。以果報而爲，則其爲忠孝也亦薄矣。夫忠孝而受殃、奸惡而倖免者，氣也；惠迪必吉、從逆必凶者，理也。氣有時而勝理，而理必勝氣。試觀天地之間，忠孝獲福者多乎？奸惡獲福者多乎？忠孝獲罪者多乎？奸惡獲罪者多乎？得其正者，常也；不得其正者，千百中之一二也，變也。常則人不以爲訝，變則人皆怪之，故往往以爲不平，而必快其意於果報也。要之，果報非無，但皆在明中，未必如二氏之説耳。忠孝雖受殃，❶奸惡雖倖免，然事定之後，或易世之後，未有不表揚忠孝、追罰奸惡者，❷是即所謂「果

---

❶ 「忠孝」，原作「地理」，今據正誼堂本改。

❷ 「表」，原作「歷俱」，今據正誼堂本改。

報」也。豈藉於不可見聞之空言乎？

或曰：《禮》言「明則有禮樂，幽則有鬼神」，若子言，則幽無鬼神耶？曰：何言無鬼神？但《禮》言禮樂、鬼神，亦只是「惠迪吉，從逆凶」之意，非必如二氏刻畫一不可見之鬼神，以滋人之惑也。

古人動色相戒，往往稱天、稱鬼神，五經中所載甚多。四書中雖罕言，然《中庸》稱「鬼神之爲德」，《論語》稱「敬鬼神而遠之」，何嘗不言鬼神？乃今人不學五經四書之言鬼神，而效二氏之言鬼神，亦昧於幽明之故矣。

問：《易》言「仰以觀於天文，俯以察於地理，是故知幽明之故」。朱子釋之曰：「天文，則有晝夜、上下；地理，則有南北、高深。以晝、上、南、高爲明，以夜、下、北、深爲幽。」何如？曰：此以釋幽明，則得矣。然幽明之故，「故」字則如何解？「故」字中須有箇所以然在。蓋「幽明」二字，人知之矣，而其中所以然，則未必知。故往往一言幽明，則便有許多異端雜説，使人恍惚疑似而無所主，此不讀《易》之過也。惟一讀《易》，則知天文之所以爲天文，地理之所以爲地理，❶不過是陰陽所成。道理俱有一箇來歷，❷俱有一箇著落，❸即周子《太極圖説》所謂「太極動而生陽，動極復静，静而生陰，静極復動。一動一静，互爲其根。分陰分陽，

❶ 上「地理」二字，原作「忠孝」，今據正誼堂本改。

❷ 「歷」，原爲空格，今據正誼堂本補。

❸ 「俱」，原作「表」，今據正誼堂本改。

兩儀立焉」之謂也。此數語，便是此段書「故」字注脚。不然，舍《太極圖》而别求一解，不惟膚淺，且全失聖人之意矣。

天文不但晝夜、上下，地理不但南北、高深，其中無窮無盡道理，總只在一「故」字中也。

二氏好言果報，往往掇拾閭閻細事爲書，其爲果報淺矣。予謂廿一史是大果報書，試觀多少成敗興亡，那一件不是果報？

問：釋氏好言生死，吾儒獨不言生死，何也？曰：儒家如何不言生死，只是言生死與釋氏不同。朝聞夕死、全受全歸，此一身之生死也。使民養生喪死無憾，此天下之生死也。生事以禮、死葬以禮，此孝子事親之生死也。事君有犯無隱、服勤至死，此忠臣事君之生死也。無求生以害仁、有殺身以成仁，此志士仁人之生死也。危邦不入、亂邦不居，天下有道則見、無道則隱，此明哲保身之生死也。吾儒之言生死也大矣，豈必日日低眉合眼、飽食安坐，思所謂無常迅速者，而後謂之生死哉？

儒者之言生死，專在生上用功，故曰「未知生，焉知死」，祇求盡生前之學問，以祈夕死之可。佛氏之言生死，專在死上用力，故曰「但念無常，慎勿放逸」，祇求盡死時之工夫，以冀來生之福緣。爲僧之人，多係鰥寡孤獨，現前已無生路，不得不於死路上開一生面。要之，只是世上無全受全歸之聖人，不能行養生喪死之王政，故使窮民之無告者，鬱而爲此等生死之説，所謂「如得其情，哀矜勿喜」也。

友人問：生從何來？死從何往？予曰：子未讀《太極圖説》乎？「無極之真，二五之精，妙合而凝。乾道成男，坤道成女」，此生之所從來也。知生之所從來，則知死之所從往矣。孔子曰「未知生，焉知死」，此是實話，不是機鋒話。

問：朱子言「僧道既死多不散」，此語有之乎？曰：有之。蓋僧道平日務於實嗇精神，完養此心，又其胸中無窮意願未曾發舒，故其死往往結而不散，至有投胎奪舍之事，亦是常理。此等事，君子非不能爲，然非天地間中正、經常之道，故不肯爲。

問：僧道雖保嗇、完養，恐必無死而不散之事。曰：未必人人如此，然此亦不是奇特事。譬如妖狐拜月，亦可爲人；草木無情之物，久得天地之精氣，亦可作怪，《家語》所謂「物老則爲怪酉」也。況人爲萬物之靈，豈不能結聚精神、神通作弄？但此亦是成精作怪之類，故君子不之貴耳。

問：僧徒如何必要打坐坐化，豈以此惑世乎？曰：人之精神，豎起則明，放倒則昏。醫經言「肺爲心之華」，蓋豎起則肺不掩心故明，放倒則掩心故昏。又睡中以手掩心則夢魘，此一證也。《左傳》云「沐則心覆，心覆則圖反」，亦是此意。僧徒打坐坐化，只是要其生前、死後不昏散之意。

養生家議論，如調息守中、嚥津叩齒之類，皆有益於人。予少嘗爲之，亦頗有益。然殊費讀書工夫，年餘遂決去。人欲思爲聖賢，不知有幾多事業在，安能垂簾塞兑、日日學深山道士乎？

問：三魂七魄之説，朱子謂魂屬木、魄屬金，三七只是金木之數，是如何？曰：此亦不典之論，不必究心穿鑿。魂只是氣，魄只是精，人之悟性屬魂、記性屬魄，大約即是天氣、地質。故人死則魂升魄降，復歸於天地也。質附氣而起，魄附魂而强。今人視聽衰者，魄先衰也，大約由思慮、物欲之多。故古人恒用收視返聽之功，朱子所謂「收召魂魄」也。

問：《繫辭》言「精氣爲物，游魂爲變，是故知鬼神之情狀」。朱子注曰：「陰精陽氣，聚而成物，神之伸也；魂游魄降，散而爲變，鬼之歸也。」何如？曰：此似説死生，不似説鬼神矣。「物」只是神物，非人物，如「龍漦流庭化爲黿」及「神降於莘」之類。「游魂」只是説魂氣無不之，非魂升魄降之意。「變」如「伯有爲厲，嘯於梁，觸於胸」之類。「情狀」二字妙，蓋鬼神有情亦有狀，如鬼猶求食，及爲立後，是其情也，神燈、鬼火，是其狀也。人能明於《易》道，則鬼神雖千態萬狀，不過陰陽之所爲。其爲物者，精氣也；其爲變者，游魂也；其所以「精氣爲物，游魂爲變」者，陰陽也。從爲物、爲變中，想出鬼神許多情狀，則所以安妥鬼神之道，即在於此矣。

問：如此，似止論得變怪之鬼神，其尋常之鬼神，卻不曾言得？曰：尋常之鬼神，不過是天神、地祇、人鬼。然天神、地祇、人鬼，意已在上文「幽明之故，死生之説」中。此只是因鬼神中有變怪者，雖賢智不能無惑，故又抉摘言之，❶所謂「鑄鼎以知神奸，使民入川澤山林，不逢不若」之意也。細玩「精氣爲物，游魂爲變」八字，意可見。

即兩句中，亦可以見尋常鬼神。「精氣爲物」，天神、地祇也；「游魂爲變」，人鬼也。然「物」字、「變」字，終有形迹。

問：如何是安妥鬼神之道？曰：龜山楊氏曰：「可者，使人格之，不使人致死之；不可者，使人遠之，

❶「抉摘」，正誼堂本作「摘抉」。

不使人致生之。致生之，故其鬼神；致死之，故其鬼不神。」議論最妙。只是有其誠則有其神，無其誠則無其神之意；言鬼神有無，只在人心也。妙處在分别可、不可。可者，正祀也；不可者，淫祀也。可者，使人致生之；不可者，使人致死之。聖人務民義而敬鬼神之道，不過如此，故曰「推此義也，可以制祀典」。

鬼神，氣也，氣必有所憑而後久。設主以依之，血食以資之，皆所以使之有所憑也。此古人制祭祀之意也。

「鬼神」二字，畢竟與陰陽不同。程子曰：「鬼神者，天地之功用，造化之迹也。」張子曰：「鬼神者，二氣之良能也。」雖説得精密、闊大，然畢竟是就陰陽上説。所以一向講到春生秋殺、日升月沈、花開葉落、手持足行，竟與陰陽無二。至於「伯有爲厲」，則以爲别是一種道理。意在扶持世教，防世人之惑，而世人之惑滋甚，此主於理而失之過者也。愚謂「鬼神」二字與陰陽不同，以鬼神爲陰陽則可，以陰陽爲鬼神則不可。即以四書、五經中所稱鬼神證之。季路問事鬼神，子曰「未能事人，焉能事鬼」，是把鬼神與人對説。又曰「敬鬼神而遠之」，若是陰陽之鬼神，如何可遠？《中庸》云「鬼神之爲德，其盛矣乎」，下面便説「使天下之人」，緊緊接去，明是指祭祀之鬼神。《易經》「鬼神害盈而福謙，人道惡盈而好謙」，亦是把鬼神與人對説。「與四時合其序，與鬼神合其吉凶」，四時是四時，鬼神是鬼神。《繫辭》曰：「原始反終，故知死生之説。精氣爲物，游魂爲變，是故知鬼神之情狀。」以鬼神根死生言。是「鬼神」二字，明明專指祭祀之鬼神，何嘗與陰陽相混？惟其不與陰陽相混，而又確然有一定之理，不離世俗之所謂鬼神，亦不雜世俗之所謂鬼神，此聖人之理所以不同於異端也。

「天之神曰神，地之神曰示，人之神曰鬼」，又曰「凡天地、風雷、山川之屬，皆曰神，祖考饗於廟，曰鬼」。此是鬼、神正訓。

鬼神只是天地、祖宗。五祀，天地之屬也；厲，祖宗之屬也，不過是天神、人鬼。至於淫祠、邪鬼，雖非正理，然天地間亦自有此理。蓋鬼神由人而生，淫祠、邪鬼由邪人之所生也，世無邪人則自無淫祠、邪鬼矣。語云「有道之世，其鬼不靈」，愚亦云「有道之人，其鬼亦不靈」，世決無正人爲鬼迷者。

問：如何是不離世俗之鬼神，亦不雜世俗之鬼神？曰：世俗之所謂鬼神，天地、祖宗也；聖人之所謂鬼神，亦天地、祖宗也。此所謂不離世俗之鬼神也。然世俗之所謂天地，則如二氏之所稱梵天帝釋、玉皇十地，謂必有宫闕殿宇、人物形像。聖人則以爲皇天后土栽培傾覆，爲萬事萬物之主宰而已。世俗之所謂祖宗，則如二氏之所謂追薦超度與夫盂蘭盆會，謂必有輪迴、必有地獄。聖人則以爲祖考精神之所存、子孫孝思之所寄，致吾孝敬、致吾思念而已。一以誠，一以妄，一則惑於事之所本無，一則信於理之所必有。此所謂不雜世俗之鬼神也。

言夏問：「事鬼神」章是事鬼神之理即在事人中，知死之理即在知生中否？曰：不知死生，須觀晝夜。假如人欲夢寐清穩，夢寐中卻著不得力，須全是從日間修身養性。然日間修身養性，原不是專求夢寐中清穩，只是日間所爲，原自當如是。晝之所爲出於正，則夜之所夢亦出於正耳。君子止有事人知生學問，❶更

❶「止」，原作「此」，今據正誼堂本改。

無事鬼知死學問也。

言夏兄問：嘉靖中，凡塑像皆易爲木主，固善。然城隍似不妨塑像。予曰：城隍，地祇也。人鬼可以塑像，天神、地祇不可以塑像。曰：然。則孔子不妨塑像耶？曰：可。但時代既遠，傳寫非真，雖欲貌之，無從而貌之，則塑像恐涉僞耳。非理有不可也。江升士兄曰：予嘗見蘇州郡學立木主於座，而刻孔子石像於傍。予曰：得之。推此以往，則不惟文廟，凡有功德於民之人鬼，皆當如此，既無褻瀆之嫌，亦盡景仰之道。

儒者之斥塑像，以其始於釋氏也。然天神、地祇，原無是形，故不可妄爲塑像；若人鬼，則原有是形，塑像何妨？龜山楊氏曰「致生之」，故其鬼神塑像，亦「致生之」一事也。此猶勝於古人之立尸。蓋古人立尸，亦是想像之意，使當時有塑像法，古人必用之矣。

伊川先生以塑像之故，并不取影神之説，以爲「苟毫髮而不似我父母，則爲他人」，此言似屬太過。夫父母之有影神，亦人子思慕音容之一助也，亦何害於義理而必欲去之？是使人子之幼喪其父母者，并其彷彿而不得一覩也。此予於先妣，亦抱終天之憾也。

人子於父母之亡，決當依禮立主，至於影神，則隨其心力。若祖宗有賢德，及爲時名臣，則斷不可不傳影神，爲後人瞻仰之資。

問：二氏之鬼神如何？曰：道家之所謂鬼神，尊則上帝，卑則里社，皆本有之鬼神也。而稱之以玉皇，褻之以齊醮，其失在於過卑。釋氏之所謂鬼神，遠則西域，曠則三世，皆本無之鬼神也。而以爲主持歷劫，以爲普度衆生，其失在於過高。過高、過卑，即所謂過不及也。無是理，即無是氣，何以爲鬼神？

人死之有鬼，猶木燼之有煙，皆氣之餘也。横死者，其鬼厲，强死者，其鬼靈，猶今之生柴頭，木性未燼而强滅其火，則其煙盛。至老病而死者，其鬼多寂然無聞，蓋其氣已盡，猶之油乾而火盡者，燈熄亦無煙也。或執以爲必有，或執以爲必無，皆未知此義。

問：凡物之有光，即皆屬陽，神燈、鬼火，此陰屬也，何以有光？曰：有光者，不必皆陽屬也。惟天爲純陽，然天未嘗有光。日，陽精，而中有闇虚；火，陽盛，而外明内暗，皆爲離象。故知陽雖有光，必麗陰始明，陰雖無光，然得陽亦現。螢火宵行，陰蟲也，而有光者，鬱蒸之氣爲之也。神燈、鬼火，或氣盛而有光，或氣鬱而有光，氣盛則陰兼陽，氣鬱則陰生陽，故有光。昔人謂戰場多燐，下有戰血也，此即是鬱氣所爲。月陰精而有光者，得日而明也。蚌陰物，産珠夜明，亦得日月之精也。恒星有光者，星爲少陽，亦非純陽也。故陰陽必相兼而有光。

問：戰場燐火，既得聞命矣，所謂陰房鬼火，則何如？曰：總之，非盛而有光，即鬱而有光，二語盡之。陰房，則陰盛而有光也。

精氣已成，故爲物；游魂未散，故爲變。

問：鬼神無形與聲，乃或有形有聲，何也？曰：無形無聲，常也；有形有聲，變也。然聲或有之矣，形則未必。蓋必衆人共見者，然後謂之形，若一人獨見，則目眚也。所以然者，鬼神，氣耳，聲乃氣之所爲，形則非質不成也。

問：精氣爲物，亦有形乎？曰：此如龍漦爲黿之類，蓋神怪之屬，非尋常之鬼神也。所以然者，氣無質、精有質，龍漦，精之屬也，故有形。

問：山魈、水客之類，亦常有形，何也？　曰：此則神怪之屬，兼精與氣者也。

世間多有妄託鬼神者，不特巫覡，即士君子之中，往往有之。予初聞雖不之信，亦不敢斷以爲欺人，徐而詢之，率皆欺人也。非爲利，即爲名，甚有爲色者，亦大可駭矣。其人大率多遭奇疾、奇禍，此則真鬼神之靈也。孔子曰「敬鬼神而遠之」，彼獨褻鬼神而慢之，恰恰相反，安得不遭疾禍？

吾鄉有託鬼神言幽冥事者，鄉人競往聽之，鈔傳其說。予時方十七八，閱其說，即指爲僞，鄉人皆爲予汗下。不半年，其人以奇疾死。賢者當於此等事，深加辨察，庶不爲妄人、妄書所惑。

佛氏輪迴之說，所以不可信者，以其不通也。天地之間，有化生然後有形生。若以爲輪迴，則化生之初，未有萬物，誰爲輪迴？　形生之後，自少而衆，自一而萬，如何輪迴？　這便是矛盾處。

世俗投胎之說，理亦有之。蓋彼處人初死，氣猶未滅，此處人初生，氣方成象，兩氣相取，忽然相合。此如磁之引鍼，珀之吸芥，亦不足怪。往往多出於親、讐者，蓋所親、所讐，心嘗不忘，則氣嘗相逐故也。然此亦巨萬中之一二，乃釋氏至以爲人死必投胎，遂有輪迴之說。儒者不之信似矣，然每因偶有所見、所聞，則又持兩說而不安，此不得「理一分殊」之義也。

通侯問：投胎之說，恐未必止于初死，即親、讐亦不必盡拘。愚謂：親、讐，予原未嘗拘，但謂多出於此耳。至於投胎，則初死時容或有之，久之必無此理。蓋此氣離軀殼既久，漸散漸滅，安能復與生氣相聚？其散見於雜說及以夢寐爲言者，皆妄也。予於投胎之說，但謂理亦有之，不欲遽斷其無耳。至真正耳目所及，則並未見有一投胎者，未可輕信也。

凡産不由户者，釋氏以爲世尊轉輪聖王之瑞，儒者則以爲未必然。偶閲祝枝山所記成化十七年張珍事。珍，宿州人，妻王氏於臍右産一男，鼻準中有黑痣一。又尹氏《瑣綴録》則云，成化二十年，徐州婦人肋下生瘤，瘤破産兒，有司具聞，日給膳米，尹曾見之。又嘉靖末，真定屬縣婦人右脇生男，甚雄壯，六歲死。前二男至長，亦不聞有異。天地大矣，何所不有。

思辨録輯要卷之四　後集

明太倉陸世儀道威著

人道類

孟子曰：「欲爲君，盡君道。欲爲臣，盡臣道。」予謂：欲爲人，盡人道。❶ 聖人不過盡人道而已，故曰「惟聖人然後可以踐形」。

能盡人道，便合天道，天人無二也。

問：如何便能盡人道？ 曰：能率性便能盡人道。

熊兒問：人道，即周子所謂「人極」否？ 曰：人道即人極，以其當然而言，故謂之人道，以其極至而言，故謂之人極，其實一也。

「太極」二字，是伏羲未發之秘，而孔子發之；「人極」二字，是孔子未發之祕，而周子發之。要之，周子只是孔子底，孔子只是伏羲底。

---

❶ 「孟子」至「盡人道」二十三字，原脱，今據正誼堂本補。

「六爻之動，三極之道也」，此語已逗漏出人極，然周子説得分明、周匝。

周子作《太極圖》，發揮天地萬物之理。「太極」二字，原本《繫辭》，不過祖述孔子之舊。至於「主静立人極」，「人極」二字，則自周子開闢出來。後半「惟人也，得其秀而最靈」一段，都是説人極。人極與太極，句句相對，則知人身與天地處處相合，絶非矯揉造作。故人能踐形，即能盡性；能盡性，即能達天。天與人總是一理，此是周子獨得處。《太極圖説》一篇，主意全在人極上，今人讀《太極圖説》，不論人極，而止論太極，失周子之意矣。

不知太極，無天地；不知人極，無人。此之謂「不誠無物」。

麒麟之於走獸，鳳凰之於飛鳥，泰山之於丘垤，河海之於行潦，類也；聖人之於民，亦類也。然而走獸不能爲麒麟，飛鳥不能爲鳳凰，丘垤不能爲泰山，行潦不能爲河海，而人可以爲聖人，故曰「人爲萬物之靈」。人極自在天地，非聖人指點出來，人不能知，非聖人以身率先，人不能行。周子説箇「立人極」，「立」字，便見開天聖人有多少功德在。昔年劉念臺先生有《人譜》編，立證人社，亦是此意。

能與天、地並立爲三，方是「立人極」。

周子「定之以中正仁義，而主静立人極」。「主静」二字，是立人極之本，「中正仁義」，又是主静之實落處，此總是聖人盡性工夫。能盡其性，然後能盡人性、盡物性，而與天地參。

舜光問：如何是「中正仁義而主静」？曰：程子有言，只用敬，不用静，蓋恐人以虚静爲静也。若中正仁義而主静，便是敬；若離中正仁義而主静，便是虚静。

又問：主静是主，如何不曰「主静而中正仁義」，乃曰「中正仁義而主静」？曰：若先言主静，❶便是虚静，便易入異端。周子之言如此，然今人猶以周子主静爲偏於静者，不知中正仁義故也。

「中正仁義而主静」，周子立言甚周匝。然「主静」之下，又自注曰「無欲故静」。無欲者，無人欲也，無人欲則純乎天理矣。是周子以天理爲静，人欲爲動，主静者，主乎天理也。主乎天理，則静固静，動亦静矣，豈有偏静之弊乎？

周子《通書・聖學》篇云：「一者無欲也，無欲則静虚、動直。」故知「無欲」二字，實兼動静。無欲兼動静，則主静斷非偏静矣。

舜光問：「定之以中正仁義而主静」，是聖人自定？是定天下之人？曰：此與「修道之謂教」「修」字意同。固是自定，亦是定人。盡己性，亦所以盡人性也。

「中正仁義」句下，周子自注曰：「聖人之道，仁義中正而已矣。」夫周子之學，似重主静，然不曰主静而已矣，而曰「仁義中正而已矣」，乃知仁義中正之外，别無主静，離仁義中正而言主静者，非主静也。所謂五行之外，别無陰陽，「五行一陰陽」，「陰陽一太極」也。

天地生萬物，妙處只在「妙合而凝」一點。人心應萬事，要處只在「誠無爲，幾善惡」二句。

問：《通書》多説「幾」字，《太極圖》中卻不見，此意何也？曰：「妙合而凝」處，一圈是何物？

❶ 「若」，原脱，今據正誼堂本補。

「妙合而凝」一圈，在天則合「無極之真、二五之精」，在人則合義理之性、氣質之性。

舜光問：韓子「博愛之謂仁」，儒者非之。而周子《通書》亦曰「愛」、曰「仁」，儒者又以爲是，何也？曰：仁有體有用。周子之言仁，則以誠爲體，而仁、義、禮、智、信五德，皆就發用上言之。若韓子，則竟以愛爲仁，而不知其有體用，故先儒以爲非是。

問：「發微不可見，充周不可窮」，朱注但疏其義，未知語何所指？曰：此言聖人本誠以行五德，無方體、無窮盡也。

舜光問周子誠、神、幾，曰：聖人能誠、能神，亦足矣，何必又著「幾」字？曰：此聖人之所以爲聖人也。誠是體，神是用，幾是體用之間最著緊處。在天則爲陰陽、復姤之間，在人則爲已發未發之際，聖狂之分全在於此，作聖者急須著眼。

《通書》之「誠則無事矣」，此語非幾於聖人者，不能道。語云：「天下本無事，庸人自擾之。」庸人何妨？所惡於庸人者，謂其作僞耳。惟其作僞，故機械百出、事變日多，不惟世界不得太平，究竟於自己身心何益？愈勞擾，愈不安，所謂心勞日拙也。《易》曰：「天下何思何慮？天下同歸而殊途，一致而百慮。天下何思何慮？」此正是説「誠則無事」。

天地之間，蓋莫非氣，而其所以然之故，則莫非理。理與氣，在天則爲天之命，在人則爲人之性，性與命，兼理與氣而言之者也。夫性與命，兼理與氣而言，而宋儒專言理，何也？曰：兼言理氣，道其全也；專言理，明其主也。欲知性、知天，則不可不知其全；欲率性、事天，則不可不知其主。

人雖至愚，皆有四端之發見，學者反而觀焉，而能自見其四端之發見，則所得乎天之理在是矣。質雖至雜，不過剛柔之過不及，學者反而觀焉，而能自辨其剛柔之過不及，則所得乎天之氣在是矣。既得其所謂理與氣者是性，而又求所以盡性，則又反而思之。理者，人之所同也；氣者，我之所獨也。從乎同，則理至而氣從焉，而日進以至于天；從乎獨，則氣勝而理亡焉，而日流以汩於人。是故君子權理氣之重輕，而獨致力於其重，於是有窮理居敬之學。何謂窮理？格致是也。何謂居敬？誠正是也。

虞九言：孔子論性，曰「性相近也」，孟子論性，則曰「性善」，二説已自不同。至宋儒，又言性有義理之性，有氣質之性，性豈有二乎？曰：不然。只看「易有太極，是生兩儀」句，則理氣之説明，而性之爲性昭然矣。蓋太極者理也，兩儀者氣也，理無不善，一入乎氣遂分陰陽，分陰陽遂分剛柔，分剛柔遂有清濁，有清濁遂有善惡。故孔子曰「性相近也」，又曰「上智、下愚不移」，是兼義理、氣質而言性，所謂合太極、兩儀而統言者也。孟子則指其最初者而言，以爲陰陽之氣雖雜揉偏駁之極，而太極則未嘗雜；人之氣質雖下愚濁惡之極，而性則未嘗不善。故專以善爲言，是獨指太極以發明此理。要之，立言雖殊，旨意則一。太極、兩儀，未嘗二，性如何有二？

《太極圖》最好觀性。太極不離乎陰陽，故有氣質之性；而實不雜乎陰陽，故有義理之性。

周淑文、王異公與予同論太極。予曰：諸兄知周子畫圖、文公作解意乎？太極之旨，最爲微妙，而二先生亟亟于講明之，《近思録》中，且以爲初學入門之始者，欲人知性學故也。性學不可只作一番閒話講過，須是切身體認，實實見得自己本然之性，又實實見得自己氣質之性，用力猛下工夫，盡去氣質之私而一復本然之性，方是實際。

問天地氣質。曰：天氣有清濁，地質有厚薄。氣清質厚，聖人之徒也；氣濁質薄，愚不肖之流也。氣清質薄，則知過於行而爲狂爲智；氣濁質厚，則行過於知而爲狷爲賢。

水性寒，火性熱，水可熱而火不可寒者，剛柔異也。柔者易染，剛者難奪，此君子之所以貴爲剛也。

凡人性剛者最難自反，然其自反也，奮然不憚易轍之勞。性柔者最易自反，然其自反也，嗒然若喪而已，能改過自强者，十不得一二也。剛者而善自反，柔者而能自强，則中行之流，聖人之徒矣。氣質之性得之於天，不可强求，學者須是深加省察之功，務求變化氣質。

或言：人性有剛柔，剛者只在剛裏邊求箇剛中，柔者只在柔裏邊求箇柔中。予曰：不然。剛中之中即柔中之中，柔中之中即剛中之中，剛柔者氣質之偏，中者義理之正。《乾》之用九「見群龍無首」，則剛而能柔，見中不見剛矣。《坤》之用六「利永貞」，則柔而能剛，見中不見柔矣。剛柔有二，中無二。

男偉問：聖人亦有氣質之性否？曰：聖人安得無氣質之性？如伯夷偏於清，柳下惠偏于和，便是夷、惠的氣質。孔子中和，便是孔子的氣質。

《孟子》七篇，只言性善，未嘗言氣質之性。惟「口之於味」一章，以氣質之性與義理之性對説，則知孟子非不知氣質之性，但立教之法，決當以義理爲主。亦以當時性學大壞，非專主義理，無以障狂瀾於既倒也。

有性善，有性不善，是説氣質。性可以爲善，可以爲不善，是説習。惟無善、無不善之説，最無頭腦。

蘇氏、胡氏，俱以無善無惡爲性。蘇氏，縱横之流，未嘗留心理學，此不足怪。五峰先生，蓋稱家學淵源者，其言尤見紕繆，何也？　五峰曰：「凡人之生，粹然天地之心，道義全具。」此已是説性善了。　又曰：「無適無莫，不可以善惡辨，不可以是非分。」其言自相矛盾，真不可解。　且「無適無莫」四字，亦看錯。

馬性健，故能使之致遠；牛性順，故能使之引重；人性善，故能使之行五達道。　率其自然，莫不各有當然之則，性所本有故也。

問：馬、牛、水、火，亦可分義理之性、氣質之性否？　曰：馬性健，牛性順，水性寒，火性熱，此義理之性也。　馬有良駑，牛有馴惡，火麗油而熾，泉因地而温，此氣質之性也。

本然之性與氣質之性，分晰不得。　只是一箇性，就本然而言，則謂之有善無惡；就氣質而言，則謂之有善有惡。　究竟一落氣質，除卻聖人，便不能渾然天地之正。　故程子曰：「善固是性，惡亦不可不謂之性。」亦是説本然之性與氣質之性分晰不得處。

《繫辭傳》曰「繼之者善，成之者性」，是言天命之初，渾然至善，一落氣質，便有善惡，便分差等。　此孔子之論性，所以言相近也。　孟子道性善，是指太極之不倚陰陽者言之。　其實太極卻離陰陽不得，故程子曰：「纔説性時，便已不是性也。」人不識性，未有不以此言爲禪家機鋒話頭者。

此中間靈處謂之心，心中所秉而一定者謂之性，性中之妙而合理者謂之善。　若分義理、氣質而言性，猶是意圓語滯也。

心、性、善，合人與萬物而觀。　凡物皆有靈處，所謂心也。　凡物皆有所秉而一定者，所謂性也。　若性中之妙而能合理，則惟人有之，故獨以性善歸人。

不獨人性中有義理之性，即物性中亦有義理之性。蠭蟻君臣、虎狼父子、雞司晨、犬司夜是也。即以草木、土石言之，參蓍之補、金玉之堅貞，皆義理也。但人能通悟，物不能通悟，故獨以義理之性歸人耳。

人性通，物性塞。人性教則善，物性教亦不善。

人性善，只是一「通」字。聖者，通明之極也，不教而善者也。賢知，學而能通者也，教而後善者也。愚不肖，不學而不能通者也，教亦不善者也。

諸儒中論性，莫如周子最明白、最純備。《通書》首章曰：「誠者，聖人之本。『大哉乾元，萬物資始』，誠之源也。『乾道變化，各正性命』，誠斯立焉。純粹至善者也，故曰『一陰一陽之謂道，繼之者善也，成之者性也』。元、亨，誠之通；利、貞，誠之復。大哉《易》也，性命之源乎！」只就元、亨、利、貞上，看出繼善、成性處，不過一「誠」字。「誠」字即實理也，能全此實理者，惟聖人，故曰「誠者，聖人之本」。

周子論性，首稱聖人，以聖人得性之全且正。故欲觀性者，必觀聖人，即孟子「言必稱堯、舜」之意也。

周子論性，又曰：「性者，剛柔、善惡中而已矣。」「而已矣」者，竭盡無餘之辭也。從來論性，無如此語之簡而盡，顧儒者罕稱之，蓋以此語爲論氣質耳。豈知氣質之外無性乎？故愚謂程、張、朱論性，千言萬語，不如周子此一言。

舜光問：周子曰「性者，剛柔、善惡中而已矣」，如此，則性善從何處看？曰：周子本文下面曰「惟中也者，和也，天下之達道也」，「聖人立教，俾人自易其惡、自至其中而止矣」。從此處看。舜光未達。曰：不是人性本善，如何能「自易其惡，自至其中」？中者，即性之本善處也，人之所同具也。

論性，只有程、朱二處説得全備。程子曰：「論性不論氣，不備；論氣不論性，不明。二之則不是。」「二之則不是」者，謂性只在氣中也。朱子曰：「論萬物之一原，則理同而氣異；論萬物之異體，則氣猶相近而理絶不同。」❶「理絶不同」者，謂人爲萬物之靈，獨能具衆理而稱性善也。

程子曰：「生之謂性，性即氣，氣即性。」又曰：「惡亦不可不謂之性。」又曰：「人生而上不容説。」朱子曰：「性須是箇氣質，方説得『性』字，若人生而上，只説得箇天道，下『性』字不得。」兩夫子不是實實見得性不離氣質，如何敢開此口？

舜光問：如何是本然之性？曰：本然者，謂本是如此也。如人性本自善，則善是人本然之性。火本自炎上，則炎上是火本然之性。水本自潤下，則潤下是水本然之性。推之萬物，莫不皆然。反此，便是失其本然。

張子謂「形而後有氣質之性，善反之，則天地之性存焉」，此語甚開闢有功。然又謂「天性在人，猶水性之在冰」，如此，則天命與氣質之分何在？謂之氣質者，謂其與天地之性不同故也。若水凝爲冰、冰釋爲水，有何不同？緣張子只是就聚散上起見，認理氣原不分明，故有此語。

諸儒謂孟子道性善，只是就天命上説，未落氣質。予向亦主此論，今看來亦未是。若未落氣質，只可謂之命，不可謂之性，於此説善，只是命善，不是性善。且若就命上説善，則人與萬物同此天命，人性善則物性

❶ 「絶」，原爲空格，今據正誼堂本補。

亦善，何從分別？ 孟子所云「性善」，全是從天命以後説，反覆七篇中可見。如「乃若其情」、「則故而已」、「形色，天性」以及「犬之性猶牛之性，牛之性猶人之性」之類，並未嘗就天命之初未落氣質處説。

天命之初，未落氣質，即朱子亦有此言。蓋以性之之聖，堯、舜、周、孔而後，不可復得。人性之雜，萬有不齊，下不得箇「善」字。故須論到天命之初，以爲此處渾然至善，不知此只是「繼之者善」，與「成之者性」終有分別。讀《孟子》「人無有不善」之言，只就人有生以後看，即下愚濁惡，亦無有不性善者。蓋孟子論善，只就四端發見處言，因其四端，即知其有仁、義、禮、智。人人有四端，即人人性善也。不必説到「渾然至善，未嘗有惡」，然後謂之性善。

「渾然至善，未嘗有惡」，語極精微。然著意精微，便有弊病，此處已隱隱逗出「無善無惡」；「無善無惡」，語更精微，卻已隱隱走入釋氏「離一切心，即汝真性」一邊去。

論性精微，莫若《中庸》，然只是説喜怒哀樂。喜怒哀樂，未發是性，已發是情，中與和是善。未發無不中，已發無不和，是聖人之性善。未發未能無不中，而未嘗無中，已發未能無不和，而未嘗無和，是常人之性善。「性善」二字，只如此看。

只一盡性，便能盡人性、盡物性，與天地參。故只一致中和，便能位天地、育萬物。若説喜怒哀樂處不精微，便不是；若舍喜怒哀樂處別求精微，更不是。

「不動而敬，不言而信，不賞而民勸，不怒而民威，篤恭而天下平」，此皆喜怒哀樂精微處也。然皆從博學、審問、慎思、明辨、篤行、三達德、五達道、九經實處做來，故其效驗亦實，實是敬、信、民勸、民威、天下平。

今人喜談精微者，不講平日工夫，不論後來效驗，只説箇不動、不言、不賞、不怒、篤恭的大話，何啻千里！

近來論性，只是二種。一種是遵程、朱之言，跬步不失，説義理，説氣質，只在文義上依樣葫蘆，未見真的。其爲弊似乎有二性。一則離卻氣質，全説本然，極是高明。而其下稍，全是打合釋氏、離經叛道。二者之失惟均，然高明之爲害更大，學者不可不知。

舜光問：告子、陽明論性，雖同一「無善無惡」，得無有異否？曰：不同。告子言其混沌，陽明狀其虛無，然總是只説得氣。曰：告子以混沌爲性，固是認氣爲性；若陽明「無善無惡」，正是言「無聲無臭」之妙，如何卻是説氣？曰：孟子道性善，只是説人性中皆有理，若曰「無善無惡」，則是人性中無理，只虛虛無無，豈不是氣？

袁幼白問：未發是理？是氣？曰：喜怒哀樂之未發，是氣之未發也，然其時無所偏倚，即謂之中，則氣即是理。予因問幼白：已發是理？是氣？曰：是氣。予曰：已發是氣，中節是理。幼白恍然，曰：乃知不中節則純是氣，既中節則氣便是理，理氣之分，如是如是。

人性中無所謂善惡，只有中與過、不及。同一喜怒哀樂，中便是善，過、不及便是惡。故聖人盡性，只是致中和。

人性之善，只是一「中」字。故《書》曰：「惟皇上帝，降衷於民。」劉子曰「人受天地之中以生」，人之生不能皆中，然以觀乎萬物，則惟人受天地之中也。能有此中，便是善；能全此中，便是盡性。

中是「理一」，過、不及是「分殊」。

予嘗有言，「分殊」之極，有與「理一」極相反者。如人之性善，理一也；而楊食我之生，叔向之母聞聲而知其滅族。火之畏溼就燥，理一也；而蜀中火井遇物不燃、得水益熾，且投之以燭則反滅。分殊之極，真有不可解者。然不可以食我之故，而遂謂人之性惡；不可以火井之火，而遂謂火之性就溼而畏燥也。此經之所以必言恒性也。

程子曰：「在天爲命，在物爲性。」張子曰：「天授於人則爲命，人受於天則爲性。」朱子曰：「人多説性方説心，看古人制字之義，須是先説心，後説性。」合諸儒之説而觀，則是必先有氣質而後有性，性無氣質，無所附麗也。然則論性善者，亦必在氣質之性上看出性善，方是真切。不然，總説得天命之前極善，只是命善，不是性善，只是「繼之者善」，不是「成之者性」。

周子《太極圖説》曰：「惟人也得其秀而最靈。」形既生矣，神發知矣，形生質也，神發氣也。有形生、神發，而五性具，是有氣質而後有性也。不落氣質，不可謂之性，一言性，便屬氣質。

人之氣質，萬有不齊，如何卻謂之善？聖人只是就恒處看出。蓋人性雖萬有不齊，然同稟陰陽五行之氣，則同具健順五常之德。所稟、所具之微著不同，而同稟、同具則同也。即同處，便是恒，即恒處，便是善。故《書》曰「厥有恒性」，《中庸》稱「三達德」，《孟子》舉「四端」，皆就人性中指其恒處言之也。

「氣質」二字，因張子與天地之性分別後，諸儒皆作不好的説。以後遞相傳習，人但一説著氣質，便道是不好的物，只要離去他。不知氣只是天氣，質即是地質，除了天更無氣，除了地更無質，是氣質即天地所命。惟天賦以如是之氣質，故有如是之理，但聖人則能踐形，而衆人則不能踐形耳。豈可以形色爲非天性乎？

「氣質」二字，不可輕看。萬物之中，惟人頭圓象天而向天，足方象地而向地，四肢、五臟、九竅、百骸，皆準陰陽五行。此真天地之靈秀，故具天地之義理。邵康節所謂「耳目聰明男子身，洪鈞付與未爲貧」也。若禽獸，則鮮有具四肢、五臟、九竅、百骸者，即間有，而皆衡生。故雞知司晨、犬知司夜、蠭蟻君臣、虎狼父子，其靈秀只有一隙，故義理亦只有一路。若草木，則全無四肢、五臟、九竅、百骸，而又倒生，全向地而背天，故知識全無，只具得寒温平熱一性。是義理之妙，全由氣質，人豈可輕看氣質？

人之瞻矚高者，性多聰明。禽獸中，猩猩、獼猴有時人立，則性亦靈於他獸。乃知人之靈妙處，全在天氣，但無地質，則天氣無所附麗耳。

問：靈處即義理否？曰：靈只是知覺，知覺之合義理處，即義理也。雖有兩層，卻非二物。

人之所稟，由天地生成者，皆謂之性。故世俗所稱，如悟性、作性、記性、酒性、食性之類，性各不同，總之皆出於氣質。悟性、作性，出於天氣。記性、酒性、食性，出于地質。若義理之性，則兼天氣、地質而有之，健順五常，由於陰陽五行也。

論性，斷離不得氣質，一離氣質，便要離天地。蓋天地，亦氣質也。一離天地，則於陰陽外別尋太極，於陰陽外別尋太極，則太極不落於空虚，即同於一物。

離氣質而論性，必至入禪。何則父母既生以後落氣質矣，則須説父母未生前。既而思父母未生前，則是天地，而天地亦氣質，則須説天地未生前。既而思天地未生前，又有混沌開闢、歷劫之説，則須是説無始以前、空劫以前。此必至之勢也。去孔子、孟子、周、程、張、朱之説，不覺千里萬里矣。學者須要窮至此處，乃知性善只在氣質。

曹暉吉問：性不可離氣質之説，確不可易，但與荀卿、揚雄、韓愈諸子之説作何分别？予曰：孟子言性善，於氣質之中道其常也，《書》所謂「恒性」也。荀卿言性惡，於氣質之中道其變也。揚雄、韓愈言性善惡混、言性有三品，不知氣質之有常、變，而概言之也。若知恒性，則雖荀卿、揚雄、韓愈，亦恍然於性之皆善，而必不至於多贅矣。

孔子曰「性相近也」，「相近」即《書》「厥有恒性」之「恒」字，其中即有「善」字意在，不然便是無本領漢籠統話頭也。

朱子《中庸》注曰：「天以陰陽五行化生萬物，氣以成形，而理亦賦焉。」此即有氣質而後有性之證也。性離不得氣質，猶道離不得陰陽，氣質之外無性，陰陽之外無道。

或言：子以善歸氣質，即告子「食色爲性」之説也。曰：是大不然。告子但知氣質，而不知氣質中之善。如甘食、悦色，氣質也，物之所同也。甘食中有辭讓，悦色中有羞惡，此氣質中之善也，人之所獨也。告子知其同，不知其獨，故不肯以善言性。若告子知以善言性，則雖以食色爲性，容何傷？食色非性而何？

告子「生之謂性」，言氣質也。孟子不言「生之謂性」之非，而但與之言人物之辨。告子以食色爲性，亦言氣質也。孟子不言食色謂性之非，而但與之言義外之謬。此可以知孟子之言性善，不越氣質中矣。

思辨録輯要卷之五　後集

明太倉陸世儀道威著

人道類

儀臣兄謂：子言性善即在氣質，則許多惡人頓放何處？予曰：聖人言馬性健、牛性順，則許多駑駘之馬、觝觸之牛頓放何處？儀臣仰天拊手，失聲而笑。

問：人心、道心，即義理、氣質否？曰：人心即氣質，道心即義理。道心只就人心中合于道者言之，非有二心。曰：然則如何云道心常爲之主，而人心聽命？曰：此是説工夫。既知本體之危微如是，便須下精一執中工夫。猶孟子言「人之異于禽獸者幾希」，而後言「庶民去之，君子存之」也。先言本體，使人知危微可畏，則不敢忘戒慎恐懼之功。繼言工夫，使人知精一可憑，則可徐收致中、致和之效。

問：如何是道心在人心中？曰：人心非人欲，予《思辨録》中已詳言之。人心只是食色，乃積乃倉，無怨無曠，便是食色中道心，放飯流歠，踰東家牆，便是人心中人欲。

或曰：義理之性原于天者也，氣質之性出于人者也，子謂義理即在氣質，豈可言天即在人？予曰：此處分不得天人，若分天人，便有二性。謂之性，便是出于天，不但性出于天，即四肢、百骸，何一不出于天？

强分天人，總墮偏見。

正兒問：人之形氣屬父精母血，何以又屬天氣地質？曰：父精母血，亦天氣地質也。人之呼吸，日受天之氣，人之飲食，日納地之質，其精與血皆氣質所成也。惟天地之權常尊于父母，而其間有不可知者存。故以堯、舜爲父而有朱均，以瞽瞍爲父而有舜，不然堯、舜只産聖哲，瞽瞍只産頑嚚矣。

又問：父母之氣或有不善者，天地之氣則無不善，瞽瞍生舜理或有之，若堯、舜生朱均理在何處？曰：天地之氣無不善，尊天之辭也。謂之曰氣，則庸有不善之時，如所稱覆載生成之偏，及寒暑災祥之不得其正者，皆是也。

又問：「繼之者善」是理、是氣？曰：以周子「無極之真，二五之精，妙合而凝」觀之，則繼善是兼理氣。曰：然則何以謂之善？曰：此時雖兼理氣，然未著于物，則猶是渾然全體也。如人性在未發之時，雖亦有氣，然無所偏倚，則渾然是中，故謂之善也。

或言：天命之初，未著于物，渾然至善。以此言性，極其高明，且占地步，子何獨言氣質，得無爲世所指摘？曰：予言氣質，原未嘗離天命，但予言天命，是就人言天。若云未著于物，則離人言天，離人言天，不但易入虚無，即極高明，與人何涉？

天命如日月在天，人受天命而有性，如水照日月而有影。水有清濁，則影有不同。人稱水影之明者，必曰某水之影明，而後可見其不同于衆水。如徒指日月而説其光明，則與水何與？故離人而言天，猶之離水而言日月；離氣質而言性，猶之離水而言影。

未生以前，此理在天；既生以後，此理在人。萬物皆備，飽滿具足，不從此中識取性善，而仍講未生以前，縱極至善，已被禽獸、草木分取一半。

人喜就人生以上講性善，只是容易打合禪和一路，然其弊只在離氣質而言性始。無善無惡之説，極易流弊，得其説者，愚不肖之人，便入告子一邊，賢知之人，便入陽明一邊。告子無論矣。主陽明之説者，就此處尋向上去，則爲人生而上，爲父母未生前、無始以前、空劫以前。就此處説到下來，則爲情亦無善無惡、意亦無善無惡、知亦無善無惡、物亦無善無惡。原頭一差，毫釐千里，與告子相較，只是過猶不及。

論性必要合萬物而觀。蓋「性」字是萬物公共的，天下無性外之物。故有一物，必有一性，須要看得通貫方得。若于一物之性，窮格得不通貫，則于本性猶未盡也。

高中元駁朱子《中庸》首章注曰：「不知草木土石，其健順五常之德若何？其當行之路又若何？」此言誤矣。《藥性本草》，中元豈未讀耶？

問：物性中之理，如蠭蟻君臣、虎狼父子之類是矣，若夫草木土石之類，則理在何處？曰：「理」字甚活，草木土石無知覺，其所稟之性即是理。草木，如大黄合當寒，只寒便是他理，附子合當熱，只熱便是他理。土石，如磺性横、硝性直，皆是理也。曰：然則烏喙合當毒，只毒便是他理乎？曰：此亦是理。如鷹鸇合當惡，只惡便是他理。蓋其氣如此，則其理自合如此。程子所謂「善惡皆天理也」。「理」字義虚，只是箇當然、所以然，「道德」二字亦然，故韓昌黎云「道與德爲虚位」。

問：朱子云「寒灰、腐木有性」，如何？曰：如今人製銃藥，必要用杉木、柳木炭，❶別木之炭便不可用。蓋杉木鬆易燃，柳木直去遠，性如此，理亦如此也。

問：草木土石，其健順五常如何？曰：《藥性本草》言之矣。寒便是水性、水德，熱便是火性、火德，燥便是金性、金德，温便是木性、木德，平和便是土性、土德。五氣、五味皆然。不但物物具五行之德，即五行又各具五行之德。即如一木也，有秉木中之水德者，有秉木中之火德者，有秉木中之金德者，有秉木中之土德者，四行皆然。故邵子《皇極經世》論「走飛草木」，又于「走飛草木」之中，各以四相乘，此真善類萬物之情者。看到此處，方是能盡物性，能盡物性，然後可謂能盡其性。

沙介臣曰：看到此處，方知格物即是盡性之功。曰：盡性只是格物窮理之極，故《易》曰「窮理盡性，以至于命」。

程子曰「性即理也」，此「理」字不可作「善」字看，只是作常理看。若作「善」字看，則人性上便説得去，物性上便説不去，豈可謂人有性、物無性乎？性作常理看，故火之理熱、水之理寒、馬之理健、牛之理順，人之理善，此「理」字方一貫無礙。

講性善，須著一「人」字，著一「人」字則不至離人而言天，著一「人」字則不至離物而言性，故孟子曰「人無有不善」。

---

❶「炭」，正誼堂本作「灰」，下一「炭」字同。

朱子曰「天下無性外之物」，應轉一語，曰：天下無物外之性。

孟子論性善，如「言必稱堯舜」、「則故而已」、「乃若其情」、「形色，天性」、「心之同然」，是不離人而言天。如「水無有不下」、「是豈山之性」、「異于禽獸」、「白雪之白」、「白玉之白」、「犬之性」、「牛之性」，是不外物而言性。一部《孟子》，論性只是如此。

張子曰：「形而後有氣質之性，善反之，則天地之性存焉。」氣質即天地，就人而言則謂之氣質，離人而言則謂之天地。其實離人而言，則「天地之性」，「性」字只是「命」字，所謂「繼之者善」也。張子之意，以爲人能反乎天，則「成之者性」，即「繼之者善」也。其實性之正訓，則離不得氣質，故張子又曰「合虛與氣，有性之名」。張子《正蒙》，「虛」字作「理」字看。

陳克艱問：性善只在氣質，然則氣質即性乎？曰：氣質不是性，離氣質亦不是性。性者，氣質之理也。人，氣質之理善；物，氣質之理雜。

克艱又問：性只在氣質，則氣質有惡，亦可謂之性乎？曰：程子云「惡亦不可不謂之性」。又問：惡既是性，則如何謂之性善？曰：孟子曰「口之于味，性也，君子不謂性也」。

「生之謂性」，言性只在氣質也，孟子未嘗非之，而至于昧人物之分，則孟子辨之矣。「食色，性也」，言性只在氣質也，孟子未嘗非之。至于爲義外之説，則孟子辨之矣。此可見孟子言性善，不離氣質也。克艱曰：今日方知先生之言，直接孟子。予曰：不但孟子，孔子曰「性相近也」，不離氣質。子思曰「天命之謂性」，朱子注曰「氣以成形而理亦賦焉」，不離氣質。《書》曰「厥有恒性」，《易》曰「各正性命」、「成之者性」，

《禮》曰「人生而静，天之性也；感于物而動，性之欲也」，周子曰「性者，剛柔、善惡，中而已矣」，俱不離氣質。古來聖賢言性，總是一樣。

吴江戴芸野讀予《性善圖説》，問：先生以氣質論性善，則性中之惡，何以處之？予曰：孟子原止説性中有善，不曾説無惡。蓋緣當時之人，皆以仁、義、禮、智爲聖人緣飾出來，强以教人，非本來之物，如「杞柳」、「桮棬」等議論。故孟子特特指點，以爲「四端」原人性中本有，非謂性中止有善而無惡也。若止有善而無惡，則人人皆聖人矣。故程子曰「惡亦不可不謂之性」。曰：如此，則似有性善、有性不善及善惡混之説，如何？曰：有性善、有性不善及善惡混，與孔子「性相近」之説原相似，但立意主客不同耳。孔子言「性相近」與《書》言「恒性」相似，原主善一邊言，故曰「人之生也直」。蓋人之所以爲人，與禽獸異者，只是這箇，故善是箇主，惡是箇客。若有性善、有性不善及善惡混之説，則主客無別。故語雖相似，而旨意相去不啻天淵也。如韓子「博愛之謂仁」，周子亦曰「愛」、曰「仁」，語雖一般，而識仁、不識仁，直是迥別。

人性中未嘗有善惡，只有中和、過不及。惟其中和，故喜怒哀樂中即有仁、義、禮、智；惟其過不及，故喜怒哀樂中即有不仁、不智、無禮、無義。仁、義、禮、智是好處，故名之曰善；不仁、不智、無禮、無義是不好處，故名之曰惡。中和，本然也，人之所以爲人也，主也；過不及，失其本然者也，非人之所以爲人也，客也。

予《性善圖説》出，惟予老友數人皆浩然無疑，以爲孔、孟之言，至此方合。其餘則不敢疑、不及疑者有之，未能浩然也。毘陵湯公綸曰：先生之言善矣，然自此而往，辨者將日衆。老友顧殷重亦曰：恐天下將以此爲標的。予曰：只恐立論處未是耳，若是，則以爲標的，而往後性學將自此而章明也。顧子曰：恐亦有不可與辨者。予曰：惟入異端深及有客氣者，不可與辨；外此，皆不妨。

問：「人皆可以爲堯、舜」，而《中庸》曰「惟天下至誠，爲能盡其性」，何也？曰：人皆可以爲堯、舜者，論其理也；惟至誠能盡性者，論其實也。論其理，則堯、舜之道，孝弟而已矣，故人皆可爲堯、舜；論其實，則湯、武不能爲堯、舜，夷、惠不能爲孔子，故惟至誠，爲能盡性。

問：如何是能盡人之性？曰：俾人自易其惡，自至其中。如何是盡物性？曰：穿牛鼻、絡馬首，種嘉禾、去稂莠。

孟子曰：「盡其心者，知其性也。」故欲盡性者，先知性；欲盡人物之性者，必先知人物之性。《書》曰：「教胄子，直而温，寬而栗。」直與寬，胄子之性也，知其直與寬，故教之温與栗，以盡其性。所謂「沈潛剛克、高明柔克」也。薑制半夏，童便制附子。一部《本草》，皆是知其性，故能盡其性。

盡性，「盡」字最妙。人性中無一不具，所謂「寬裕温柔」、「發强剛毅」、「齋莊中正」、「文理密察」，仁義禮智皆備。然惟聰明睿知之至誠能盡之，外此，則或偏仁、或偏義，而不能盡矣。所謂盡者，知其偏而能充之，使全也。

問：《中庸》言「率性之謂道」，故論性，須是言義理精微之性，方可率，若夾雜氣質，安可率？曰：今人看率性「率」字大錯。朱子曰率，循也，由也，言物各由其性之自然，則莫不有道。所以明道本在吾性中，孟子所謂「非由外鑠，我固有之」之意也。今人卻看作率意「率」字，動稱「不學」、「不慮」，此釋氏「手持足行，無非道妙」之説，而學者不察，輒爲所惑，哀哉！

孟子言「不學」、「不慮」，是指出性體與不知性之人看，非謂率性當如是也。故「不學」、「不慮」四字，即生知安行聖人，亦用不著。《中庸》開卷第一義，便説箇戒懼慎獨，戒懼慎獨方是吾人率性之方。一部《中庸》，到「不動而敬，不言而信」、「篤恭天下平」，都是此意，總之只一「敬」字。

時中，率性也，無時而不敬也。無忌憚，不敬也，不敬則不能率性矣。「誠者，不勉而中，不思而得」，非不用戒懼慎獨。蓋自然戒懼慎獨，出于性也。堯之欽、舜之允執、文王之小心，皆戒懼慎獨也。要之，千聖千賢，率性之功，只是安勉之分，無有不本于敬者。

或問：性之之聖，只有本體無工夫，如何？曰：此言大錯。即如孔子，豈非性之之聖？然十五志學、三十立、四十不惑，直至耳順、從心，何一時一刻非工夫？又孔子自言曰「不如某之好學」，曰「其爲人也，發憤忘食，樂以忘憂，不知老之將至」，是何等樣工夫？只是比别人較自然、較容易。乃三家村不識字愚夫，一拾龍溪唾餘，便閉目垂眉，動稱「不學」、「不慮」，真堪發笑！

問：聖人亦戒慎恐懼否？曰：聖人明德常明，堯兢舜業，如何不戒慎恐懼？曰：聖人不思不勉，如何又要戒慎恐懼？曰：惟其戒慎恐懼，故能不思不勉。戒慎恐懼，即明德常明，至誠無息也。惟無息，故有弗思，思之即得；有弗行，行之即中。一息則不能不思、不勉矣。君子未能時時戒慎恐懼，而勉爲戒慎恐懼，所以期至于無息也。

問：今之學者，好言工夫即本體、本體即工夫，何如？曰：此種言語，看去極是高明，只是古來聖人卻不如此説，字字句句，剖判得分明的確。如「人心惟危，道心惟微」，本體也；「惟精惟一，允執厥中」，工夫也。「繼之者善，成之者性」，本體也；「成性存存，道義之門」，工夫也。「性相近」，本體也；「習相遠」，工夫也。「天命謂性」，本體也；「戒懼慎獨」，工夫也。「性善」，本體也；「察識擴充」，工夫也。細勘古來即堯、舜、孔子，未嘗説一句現成話，未嘗扯一句高苗話。乃自嘉、隆以後，謬學流傳，即乳臭狂童、兔園野叟，一拾唾餘，便説性談天，直出堯、舜、周、孔之上。世道之憂，未知所底，其病只在無心實得，而專欲以口角勝人，故甘心陷溺而不悔也。

知性知本體，盡性盡工夫。

本體，天之所以厚人；工夫，人之所以答天。

天者，理而已矣，學者欲談天，須是窮理。故孟子言「盡心知性，知性知天」，《繫辭》言「窮理盡性，以至於命」。今學者毫不窮理而動輒言天，以放曠爲自然，以虚無爲高曠，天未必天，而理全非理矣。

「工夫」二字，是聖人參贊化育處，多少裁成輔相，俱在此中。聖人之所以有功于天地萬物，有功于天下後世，皆此二字也。即孟子「性善」二字，亦是要人察識本體，好下工夫，非謂既識本體，當下即是工夫，更不須用力也。

聖人修道立教，固是參贊化育。學者開氣稟之拘，去物欲之蔽，亦是參贊化育。

古人多説盡性，今人多説復性。復性者，修爲以復其性。從「湯、武反之」上説來，全要重在學、慮。故《大學》一部書，開口命名，便是一「學」字，得止工夫，到底重在一「慮」字。《中庸》「學」、「問」、「思」、「辨」、「行」五箇字，不過只「學」、「慮」兩字。學與慮，即孟子所謂「知皆擴而充之」也。今人説復性，只講不學、不慮，以爲不用思維、不須把捉，只信口説出，信步行去。但認得箇圓陀陀、光爍爍的東西，便左之右之，無不宜之。試思孔子、孟子，何曾有此説話？

儀于性學工夫，不啻數轉。起初未學時，只是隨時師説有義理之性，有氣質之性，亦喜同禪和方外談説「不覩不聞，無聲無臭」，父母未生前、無始以前真己。及至丁丑，下手做工夫，著實研窮，始覺得禪和方外固非，分性爲二者亦非。于是得力于「理先于氣」一言，于理氣之間盡心體驗。始知太極爲理，兩儀爲氣，人之義理本于太極，人之氣質本于兩儀。理居先，氣居後，理爲主，氣爲輔。條理劃然，然終覺得性分理氣，究未合一。既而悟「理一分殊」之旨，恰與羅整庵先生暗合，便灑然覺得理氣融洽、性原無二，然未察到人與物性同異處也。既而知人與萬物之所以同，又知人與萬物之所以異，于禽獸草木上❶皆細細察其義理、氣質。于朱子「論萬物之一原，則理同而氣異；論萬物之異體，則氣猶相近而理絶不同」二語，大有契入。于是又識得天地萬物本同一體處。然而性善之説，則終以先入之言爲主，以爲孟子論善，只就天命之初「繼之者善」處論，未敢説到「成之者性」。直至己亥，偶與兩兒言性，始覺得「成之者性」以前著不得「性」字，既説「成之者性」，便屬氣質，既屬氣質，何云性善？于是曠覽夫天人之原，博觀于萬物之際，見夫所爲異異而同同者，始知性爲萬物所同，善惟人性所獨，性善之旨，正不必離氣質而觀也。于是，取孟子前後論性語，反覆讀之，始知孟子當時亦只就氣質中説善，而程、朱以後尚未之能晰也。于是又取孟子以前孔子、子思之言按

---

❶ 「木上」，原作「大輿」，今據正誼堂本改。

之，無不同條共貫。又取孟子以後周、程、張、朱之言觀之，周則無不脗合，程、朱則間有一二未合，而合者常八九也。然未敢與世昌言。至庚子講學東林，而始微發其端。至丙午論性毘陵，而始略書其概。然而性與天道，難言之矣！世之學者，尚未見第一二層，而遽與之言第七八層，安得不駭而欲絶乎？予故稍筆于此，以誌予三折肱之概。

龔子無競讀予《性善圖説》，與予論性終日。予曰：五圖大旨不過云孟子所稱性善，在「成之者性」，不在「繼之者善」耳。「成之者性」已屬氣質，故即就氣質發明之，人習聞氣質之惡，今見稱其爲善，不覺駭怪。要之，不駭怪不肯究心，不究心不能透徹。

無競又問：以人物之靈、蠢論性，得無有類于知覺否？曰：性不是知覺。若從知覺上論性，則人與禽獸有知覺，而草木無知覺，然則草木遂無性乎？性只是物所稟于天以生之理。如人所稟于天以生是善的，馬所稟于天以生是健的，牛所稟于天以生是順的。推之草木，莫不皆然。此所謂性也。靈、蠢是善不善之所由分處。

問：知覺亦可見性否？曰：如何不可見性！人之知覺，多在仁義禮知，故見人之性善。馬之知覺，多在致遠，故見馬之性健。牛之知覺，多在任重，故見牛之性順。

又問：佛氏如何以知覺爲性？曰：佛氏之言曰：「在眼觀看，在口譚論，在手執持，在足運奔，識則喚作佛性，不識喚作精魂。」他也不是以知覺運動爲性，儒者闢之，非是。他關竅只在「識不識」三字上，所謂悟不悟也。但他所謂悟，與吾儒所謂「盡心知性」不同。

子貢言性、天不可得聞，非祕之而不聞也。工夫未至，雖言之，而終不得聞也。須知聞性、天有多少工夫在！今人粗心浮氣，略看語録幾則，便自謂知性，何啻説夢？

孟子論性，只是開眼説；如今人論性，只是閉眼説。

沙介臣問：氣質之性既善，君子如何又要變化氣質？曰：謂性善只在氣質者，就「理一」而言也；謂氣質須變化者，就「分殊」而言也。變化是變化其分殊，以就其理一。總之，不離氣質。

又問：朱子云「性善是超出氣説」，如何只就氣質説？曰：但説一「理」字，便超出氣，然未嘗離乎氣。蓋不雜陰陽之太極，即不離陰陽之太極也。如今人言理超出氣，便要離了氣，故不得不發明之。

郁東堂問：氣質之性善，先儒變化氣質之説，又如何？曰：孟子言人無有不善，原未嘗説至善；言人之所以異于禽獸者幾希，原未嘗説無惡。所謂性善者，道其常，不道其變也；論其理一，不論其分殊也。若變化氣質，正所謂參贊化育，與氣質善之説，原不相倍。且不是氣質本善，如何可以變化？禽獸之氣質，何以終不能變化？

今人只不識「氣質」兩字。氣，天也；質，地也。萬物皆一陰陽，故凡物皆有氣質。氣質中間所具之理，則謂之性。聖人指其性中之恒理而名之，故于物曰某性健、某性順、某性寒、某性熱，而于人則曰人性善。

思辨録輯要卷之六　後集

明太倉陸世儀道威著

人道類

熙先問：性與命是一物，是二物？曰：在天爲命，在物爲性，二物也；天所賦爲命，物所受爲性，一物也。分看亦得，合看亦得，一而二，二而一。

在天爲命，在物爲性，此自是正訓，然此但説字義耳。《孟子》「口之於味」一章，性也有命焉，命也有性焉，便説到聖賢一眼看定、一脚踏定、實實做工夫處，於身心方爲有益。

性也有命焉，是「後天而奉天時」；命也有性焉，是「先天而天弗違」。

朱子曰：「聖賢説性命，皆就實事上説。」如今人只就虚處説，如何識得真性命？

許舜光問：性有義理之性、氣質之性，命亦有明命之命、氣數之命，如何？曰：只是一箇性、一箇命，古人特分别言之耳。孟子曰：「莫非命也，順受其正。」予亦曰：莫非性也，順受其正。

又問：氣質之性，君子有弗性者焉，而氣數之命，君子往往順而受之，何也？曰：氣質之性，君子弗性，然飲食之人，無有失也，則口腹豈適爲尺寸之膚哉？是氣質未嘗看輕也。氣數之命，君子順受，然「不立巖牆」、「命也有性」，是氣數未嘗看重也。總之，君子只是循一箇理。

又問：氣數之命一定，人亦能衡命否？曰：不必説衡命，只是説立命。孟子「殀壽不貳，修身以俟，所以立命也」，故曰「知命者，不立巖牆」，又曰「命也有性」，此俱是立命處。近日，袁了凡《功過格》載雲谷禪師一段議論極好，此便是衡命。然衡命便夾帶些人欲在裏邊，究亦有不可知者。

或問：❶古今聖賢所稟，多是清明中和之氣，宜其富貴、壽考，乃往往不然，何也？曰：聖賢所稟是一物一太極，而氣運所至，又有箇統體一太極。三代以前，凡爲聖賢者，無不富貴、壽考，至三代以後則不然，此是大氣運所在，勝著命運也。故曰「天命勝國命，國命勝人命」。

盛世則君子多福而小人多殃，衰世則小人多福而君子多殃，此不足怪。即《易》否泰陰陽消長之理也，天無心焉。譬之於水，清水則宜清水之魚，濁水則宜濁水之魚，反是則否，水無心焉。此可以觀氣運也。

黄殷嘉問：「心者，性之郛郭」，如何是郛郭？曰：郛郭是外面一層，蓋言心所以包性也。心有形，性無迹。今人心中有箇空處，空處也只是氣，氣惟虚故靈，靈則便有許多好處，如仁義禮智是也。此皆天之所賦也，萬物得之以成其爲萬物者也。然皆包在心中，故曰「心者，性之郛郭」。

又問：靈即是善否？曰：靈屬心，善屬性，心惟虚故靈，惟靈故中間有許多仁義禮智也。朱子注「明德」曰：「人之所得乎天而虚靈不昧，以具衆理而應萬事。」虚靈不昧，言心；具衆理、應萬事，言性。

❶「或」，正誼堂本作「又」。

靈屬氣，善則專指氣中之理言，理不離乎氣，善不離乎靈，故曰「惟人，萬物之靈」，又曰「人無有不善」。心是一物，然有體有用。性，體也；情，用也，放之則彌六合，卷之則退藏于密。

亦史問：心、性亦分體用乎？曰：若以心與性對説，則性是體、心是用。若以性與情對説，則性是體、情是用。若以心、性、情並説，則心統性、情，而以性爲體、以情爲用。

程子曰「一人之心，即天地之心」，此語大可味。《易》曰「復，其見天地之心乎」，天地以生物爲心，不過一「乾元資始」而已。「乾元」，仁也，人之心亦仁而已，故曰「仁，人心也」。

或曰心有善惡、性無善惡。非也，心、性俱有善惡，但善者其本然，惡則非其本然耳。

正兒問：赤子之心與大人之心，有分别否？曰：大人之心無私而合天理，赤子之心則無私而未必合天理。曰：然則何以云「大人不失赤子之心」？曰：此言大人從未有私心也。

又問：宋趙致道謂「心爲太極」，林正卿謂「心具太極」，朱子謂這般處極難説，須就地頭看。兩家之説，畢竟如何？曰：林正卿説是，心具衆理，太極即理也。

又問：心屬火，如何卻具五行之理？曰：火是光明發動之物，故具得五行。以五行配五德，火原屬禮，禮者天理之節文也，天理則四德皆具。

荆豫章問：朱子言「性爲太極，心爲陰陽」，邵子則謂「心爲太極」，如何分别？曰：須要看各人立言之意。朱子是分别心與性，性是理，心是氣，故曰「性爲太極，心爲陰陽」。邵子是將心對陰陽、剛柔、動静説，故曰「心爲太極」，又曰「道爲太極」。朱子言心以氣血言，邵子言心以神明言，其詩曰「天向一中分造化，人從心上起經綸」，以人心對天地之中言，故謂之爲太極。即《皇極經世》圖中，所謂一動一静之間也。

自天賦我以形，即有此心，心，形之主也。六經不言無心，而佛氏言之，後之攙和佛學者，論學則專以無心爲尚。朱子曰：「若是，則天之所以與我者，何爲而有此贅物乎？」今之談無心者，皆以心爲贅物者也。

有以心與理分而言者，「其心三月不違仁」是也；有以心與理合而言者，「仁，人心也」是也。究之心與理，無不一，人自不能使之一耳，能從心不踰矩，則心與理一矣。要之，必自大居敬始。

范淳夫女讀《孟子》「出入無時」節，曰：「孟子誤矣，心豈有出入？」伊川謂：「此女不識孟子，卻識心。」文公亦謂：「此女必天資高，此心常自安定。」愚謂不然。女子無學問，安能識心？其謂無出入者，亦就形骸論耳。淳夫喜而述之，便以爲真能識心也。伊川或一時奬借之言，文公則因伊川之言而姑許之耳。

心無出入，即佛氏「心無去來」、道家「不出不入，湛然常住」話頭。宋時諸公，多好禪學，淳夫或未能免此邪？

「出入無時」，只是狀心之活。出指在外，入指在内，不是出爲放、入爲收。觀下「無時」與「莫知其鄉」句可見。

心是活物，或出或入，聖賢與庸愚總只一般。惟聖賢有操心之學，所謂心法也。既有心法，則出亦可、入亦可，無不自知，無不在天理中。譬之馬然，行止無常，其天性也，既有覊絡六轡在手，則或行或止，無不可範我馳驅矣。

心之本體要閒，心之作用不可閒，本體閒是居敬，作用不閒是窮理。

朱子《中庸序》，講人心、道心，真精絶。自朱子以前，未有不以人心爲人欲者，如以人心爲人欲，則其流弊必至如温公「并去外物」之説矣。

釋氏彌近理而大亂真，正是不識人心故；惟不識人心，故并道心都無是處也。

整菴曰：「道心，寂然不動者也；人心，感而遂通者也。」又曰：「道心，性也；人心，情也。」此看道心、人心大誤。蓋心一也，專指其義理者而言，故謂之道心，兼指其氣質者而言，故謂之人心。道心則有善無惡，人心則善惡俱有，皆兼性、情説。愚嘗有言，道心是不雜陰陽之太極，人心是不離陰陽之太極。二語頗似分曉，若以道心專屬性、人心專屬情，便非。

情裏邊亦有道心，性裏邊亦有人心，若竟以性爲道心，便兼不得氣質之性。

許南村爲予述先輩論學云：人見美色，第一看原是箇道心，第二看就是箇人心了。予曰：不然。第一看是箇人心，第二看便是箇人欲。又曰：第一看是箇人心，第二不看便是箇道心。又曰：若有工夫，人能以道心常爲之主，則第一看原是道心，第二次決然不看。

「本心」二字，發之孟子。「本」字妙極，此即所謂性善也，即所謂良知、良能也，即所謂明德也，即所謂道心也。吾所固有，故謂之本心。其他無限嚚陵變幻，不出于氣質之牽拘，即出于物欲之陷溺，總之非我之所固有。

翼微問：昔魏莊渠與陽明相值，陽明呼莊渠曰：「子才，如何是本心？」莊渠曰：「本心是常静的。」陽明曰：「我道是常動的。」莊渠不懌而罷。後莊渠悔不再論。畢竟二説如何？曰：莊渠説是。然當時不懌，則非也。宜答云：常動的是心，常静的是本心。

又問：動静皆心，今以静爲本心，然則動非本心乎？曰：「動静」兩字，要看得好。周子曰：「動而無静，静而無動，物也；動而無動，静而無静，神也。物則不通，神妙萬物。」此雖説陰陽不測，極可觀心，心是神明之物，豈可以動静拘之？當其静時，未嘗不涵動之理；當其動時，未嘗不涵静之理。陽明所謂「未扣時，原是驚天動地；既扣時，原是寂天寞地」是也，此心之全體神明然也。莊渠此語，又就心之本體而主乎理以言之。心之本體，當其静時，無非天理，若動時，亦無非天理而不失其本體，則即謂之常静。若動時，一入于人欲而失其本體，則不能謂之常静矣。周子曰「聖人定之以中正仁義而主静」，此豈偏於静乎？亦以静爲天理而主乎天理也。故自注曰「無欲故静」。

九咸問：程子謂「性無不善，情有不善」，又曰「性無不善，其有不善者，才也」。孟子則謂「乃若其情，則可以爲善矣，乃所謂善也。若夫爲不善，非才之罪也」。如何？曰：有是性，方有是情與才，性善則情善、才亦善矣，豈有性善而情、才則惡之理？此伊川過於分理、氣之故也。要之，就理一及本然處看，則性善、情善、才亦善；就分殊及失其本然處看，則才有惡、情有惡、性亦有惡。

《大學》曰：「無情者，不得盡其辭。」《論語》曰：「如得其情。」《易》曰：「利貞者，性情也。」「情」字，古人皆未嘗説壞，説壞「情」字，自後儒始，不知此非情之本然也。至於晉人一流，又直以情欲之「情」爲情，如「情之所鍾，正在我輩」云云。世之不識「情」字也久矣！

得情之正，斯能全性之體。

方武箴問：人有居海舟卒遇風浪者，人皆恐懼失常，彼獨言笑無異，可謂得性情之正否？曰：此非人情，不可訓也。陸雲倚柱讀書，震雷破柱，衣服爲焦，而雲神色不變。此晉人之矯，所謂「直是暗當故耳」，非人情也。君子之臨難也，懼而不恐。

毛亦史問情與意之别。曰：初發出是情，一轉念便是意。情屬先天，意屬後天，意可檢點而情不及持。故古人不曰「誠情」，而曰「誠意」。

又問欲與惡之辨。曰：流于情者謂之欲，反于性者謂之惡。惡者，情流之極；欲者，反性之漸。

志主一心，氣屬周身，能持志則心正意誠，能養氣則睟面盎背。

朱子有云：「養氣一章，只是要得心氣合。」夫心必合氣，而後始可謂之心，離氣言心，心非心矣。故孟子養氣之學，總不外持志。而告子「不求氣」之學，并「不動心」亦非。一則合氣於心，一則離心於氣也。陳白沙詩曰：「時時心氣要調停，心氣工夫一體成。莫道求心不求氣，須教心氣兩和平。」善哉言乎！

純男問：聖賢之學，貴不動心，而孟子又云「動心忍性」，何也？曰：彼動是疑惑恐懼，此動是震動恪恭。

心之動不動，當在理上看，不當在氣上求。在理上看，則雖極其動亦謂之震動恪恭，雖動猶不動也。在氣上求，則雖極其不動亦只是生持硬捉，雖不動猶動也。

持志，所以無暴其氣，然著意持志，亦易動氣。蓋矜持急迫，則氣拘而不得展，反生差錯，皆所謂暴其氣也。説一「養」字最妙，便有從容不迫之意，正可濟持志之過。

養氣之人，有大勇；勉强不動心之人，只是執拗集義、不集義之分也。

集義只是格致工夫，能格致則心地自然開明，而浩然之氣日漸充積矣。

集義是養氣之功，養氣是集義之效。必有事，養氣之功也；勿正、勿期，集義之效也。勿忘是勿忘集義，勿助是勿助養氣。

勿忘、勿助，如煮飯相似，忘則火熄，助則飯焦。

聖賢不專恃平旦之氣，旦晝所爲與平旦總是一般。

正男問「明德」。曰：只本心便是。曰：本心者，仁也，然則「明德」即仁乎？曰：朱子釋「仁」字以爲心之德，則明德非仁而何？

孔蓼園問：明德即可謂之性否？曰：可。朱子《大學序》云「則既莫不與之以仁義禮智之性矣」，又曰「使之治而教之，以復其性」，則明德非性而何？

又問：朱子曰：「天之賦於人者謂之命，人與物受之者謂之性，主於一身者謂之心，有得於天而光明正大者謂之明德。」此四者，如何分別？曰：此即是一物，而朱子分疏言之耳。自天之賦予而言，謂之命；自人之稟受而言，謂之性；自主於一身而言，謂之心；自得於天之光明正大而言，謂之明德。

又問：宋儒云「仁者，心之德」，又曰「性者，心所具之理」，仁與性，如何分别？曰：性者，心所具之理；仁者，性所具之理。曰：性既是理，如何又具理？曰：性兼理、氣，仁則獨以理言也。

「仁」字是聖門大頭腦，吾儒終身止須盡此一字。自聖化衰微、道學不講，士大夫雖讀孔孟遺書、諸儒傳注，而茫然不解。所以至專以一「愛」字當之，如此，則與墨子奚别？❶間有一二究心者，又以仁爲第一義，不敢遽稱，胥失之矣。愚自丁丑春，始從事斯道，便識得「仁」字面目。竊謂「仁」字之義，語其遠且大者，雖極千聖之微言不足盡其藴奥，語其精且約者，即俗諺一言已自至當不易。俗諺云「人心天理」，即是箇「仁」字；又云「瞞心昧己」，便是箇「不仁」字。

無私心是體，合天理是用，既無私心而又必合天理者，欲其内外兼盡也。管仲之仁，合天理矣，不可謂無私心。霍光之忠，無私心矣，不可謂合天理。聖人未至時中地位，「無私」、「合理」四字，尚未能盡。湯、武之伐暴，伊尹之放君，以言乎無私心則可矣，以言乎合天理則未也。要之，孔子當此，決不肯如此做。

「仁」字，《論語》中第一喫緊字。程子嘗教人類聚孔、孟言仁處，以求夫仁之説，張南軒亦極論之，終不如朱子論仁博而該、真而切，得仁之全體也。人身配天地，人之心配天地之心，此處得大頭腦，則仁不待論而明矣。此自《太極圖》中貫徹出來。❷

告子義外之説，固不識義；即仁内之説，亦不識仁。孟子止與論義，不與論仁，姑舉其尤甚者而辨之也。

統體太極是仁，物物太極是義。大德敦化是仁，小德川流是義。一貫是仁，隨事精察是義。未發是仁，

❶「别」，原作「即」，今據正誼堂本改。

❷「自」，正誼堂本作「皆」。

已發是義。

仁、義，一物也，義是逐條的仁，仁是囫圇的義。

黄頊傳問：禮何以爲天理之節文？曰：「理」字虚不可見，體之于禮則實而可見，故理者禮之體，禮者理之用。既見于用，則必有許多進反周旋，故曰節文。

又問：就一事上如何分禮義？曰：行之合宜是義，合宜中又有條理節文是禮。故曰「君子義以爲質，禮以行之」。

正男問：智何以屬水？曰：仁是生機，故屬東方木；禮發越，故屬南方火；義斷制，故屬西方金；智深沈，故屬北方水。且流動活潑，有似乎水，故又曰「智者樂水」。

「仁義禮智」四字，自《易・文言》發之，然不過引其端；至於以四字並提，昌言正告，則實自《孟子》始。「四端」一章，爲天下、古今開多少生面！周子《太極圖説》以五性配五行，是有得於《易》，亦有得於《孟子》。

薛文清云：「每日所行之事，必體認其某事爲仁、某事爲義、某事爲禮、某事爲智，庶幾久則見道分明。」儀謂如此必有議其工夫不能一片者，然必由如此而至一片，方是「小德川流，大德敦化」。今人天資則不及困學，學問則喜説生知，亦異乎文清矣！

「理一分殊」四字，古聖賢教人，只在此處説來説去，但未曾明明指出，學者終無把握。自張子《西銘》發其意，程子遂提出此四字示人，真是千聖千賢傳心要訣。凡看道理到疑難隔礙處，只提起此四字，便如利刃在胸，迎鋒輒解，直是受用不盡。

王男偉問：理一分殊，即理同氣異否？曰：理同氣異在物上看，理一分殊在事上看。知理同氣異則觀物不謬，知理一分殊則應事不爽。

沈孝恭問：理一分殊，即一本萬殊否？曰：不同。一本萬殊，猶言有一本然後有萬殊，是一串説下；理一分殊，猶言理雖一而分則殊，是分别説開。譬之於水，一本萬殊者，如黄河之水出於一源，而分出千條萬派，皆河水也；理一分殊者，如止是一箇水，而江、河、湖、海各自不同也。又譬之樹，一本萬殊者，如庭前之梅，只有一根而長出千枝萬葉，皆此根也；理一分殊者，如同是一梅，而千葉、單葉、緑萼、紅葩各自不同也。從此處體認，自然有得。

「理一分殊」四字最好，學者不識此意，終被異端惑過。

分殊之極，有與理一極相反者。

「理一分殊」四字最妙，窮天地，亘古今，總不出此四字。會得此四字，然後知當然、所以然之理，然後可與立、亦可與權，千變萬化，不離規矩。予自庚辰夏，始會得此四字，嘗以之曠觀天地、古今，無有不貫。因念堯夫遇物皆成四片，此只是於陰、陽、老、少處看得熟，然未若見得理一分殊親切，則遇物一片亦可，千萬片亦可，覺得四片終落氣數也。整庵《困知記》，其言若出於一，先生其先得我心者。❶

予與舜光論「理一分殊」之道，言凡事凡物，皆有理一分殊。時桌上有一觳，舜光因舉問曰：此觳亦有

❶「其」，正誼堂本作「真」。

理一分殊否？予曰：有之。穀皆可食，是理一；穀有百種，是分殊也。須識得理一，未是一貫，識得分殊，方是一貫。今人纔望見理一門面，即以爲一貫，此淺陋之甚者也。須於分殊中識得理一，始可到一貫地位。

「一貫」「貫」字，只「透徹」二字。如天下之理十重，九重皆透，只一重未透，亦叫不得一貫。予嘗登高山，至一峰則有一峰之勝，然未至絶頂，此心終以爲歉。乃强步而上，未至山頂數步，四顧諸峰，雖境界已自殊絶，而此身站立終未得安，眼界心胸終未洞徹。一至山頂，則身心眼界一時俱豁，不惟此山前後左右俱入襟懷，即四面群山皆得指點。自念一貫境界，即是如此。然非歷盡群峰、遍觀諸勝，則絶頂終未可遽到。即由小徑偶到，而一山之勝，與心目亦絶不相關，虚與實異也。

論一貫，最要實，凡下一截工夫，都要做到。譬如登塔，一層進一層，俱要實歷，然後登峰造極。顔子高堅前後、仰鑽瞻忽，正是理會分殊工夫也。到得卓爾見前，欲從末由，與一貫只隔一些子，水到渠成，瓜熟蒂落，此後只是涵養從容，俟其自化耳。

曾子隨事精察，顔子仰鑽瞻忽，同是理會分殊，同是研求一貫。只是顔子説得虚圓活潑，後人想不到，都把來另作一義看，此未嘗實實體驗故也。聖賢言語，不能實實體驗，只是尋求文義，安得不毫釐千里？

一貫是格致之極功。朱子《補格致傳》云：「至於用力之久，而一旦豁然貫通焉，則衆物之表裏精粗無不到，而吾心之全體大用無不明矣。」是説這箇境界。衆物之表裏精粗無不到，非一貫後始到也，平日無一刻不在這裏面用工，只是未見到四通八達處，一旦豁然，便通體俱現。此俱是實落境界，不是影響話頭。嘉、隆以來，先輩論學亦多提一貫，但只是葫蘆提，把門面大話來説，與真實工夫絶無交涉。

貫者通也，通者不礙之謂也。人學問未至一貫，雖極力效法聖賢，往往舉足成礙。爲忠則礙孝，爲孝則礙忠；志乎處則礙出，志乎出則礙處；存心理學則礙經濟，存心經濟則礙理學。甚至有奮身竭力以争一事，捐軀委命以就一死，而卒之無當於聖賢中正之道，無益於天地民物之數者，不知一貫故也。惟一貫，則忠不礙孝、孝不礙忠，處不礙出、出不礙處，理學不礙經濟、經濟不礙理學。從心所欲不踰矩，千變萬化不離於正。故曰「大而化之之謂聖，聖而不可知之之謂神」。

一貫，聖人豈特忠不礙孝，行忠即可以全孝；豈特孝不礙忠，行孝即可以全忠。行忠全孝，禹平水土是也；行孝全忠，泰伯三讓是也。

《繫辭》有云：「聖人有以見天下之動，而觀其會通，以行其典禮。」❶朱子注云：「會謂理之所聚而不可遺處，通謂理之所行而無所礙處。」何謂理之所聚而不可遺處？如一事而關係君臣、又關係父子、又關係夫婦，舉此則失彼，無可或遺也。何謂理之所行而無所礙處？蓋理足於中，萬事至前，自然看定，就無所不關係、無可或遺之中，自然有箇重輕。就其重輕之中，君臣重則從君臣，父子重則從父子，夫婦重則從夫婦。只就一路行，而此不礙彼，彼不礙此，故謂之通。通者，權而得中也，權而得中，故曰「典禮」。典者，常也，經

❶「典」，原作「興」，今據正誼堂本及阮刻本《周易・繫辭》改。

也。程子所謂「權只是經也」，是即一貫之義也。故學者隨事精察，而不知一貫，謂之知分殊、不知理一，謂之知當然、不知所以然，謂之知小德、不知大德，謂之知物物太極、不知統體太極，謂之知常、不知變，謂之可與立、未可與權，謂之知進而不知退，知存而不知亡，知得而不知喪。而「亢龍有悔」，既知一貫，則理一、分殊，當然、所以然，小德、大德，物物太極、統體太極，常變、經權，進退、存亡、得喪，觸處洞然，一了百當，天地之間無復餘事矣。至此者謂之聖，知此者謂之賢，過此以往者謂之神。未有不知一貫，而可與語聖人之道者也。

予晤虞九，時正與及門説書義，未即出。予獨步溪上，見春光滿溪，桃李皆放，因誦「勝日尋芳」之詩，恍然有得于詩意。其曰「等閒識得東風面，萬紫千紅總是春」，分明道出一貫氣象。

忠者，立心之本也；恕者，所以求通之方也。無立心之本，則凡事不可成；無求通之方，則雖能成事，而終無以入聖賢神化貫通之域。前夜獨坐，猛思得《大學》「絜矩」二字是「忠恕」二字注腳，「所惡於上」一節，又是「絜矩」二字注腳。就「忠恕」二字，以證貫通之義，猶未爲醒確。就「絜矩」及「所惡於上」一節，以想貫通之義，則「忠恕」二字，分明有八面四方、玲瓏透徹之意。學者未識一貫，而欲求一漸造一貫之方，孰踰於此？

存齋問：「權」字，非聖人不能。學者未到聖人地位，決不可行權。是否？曰：此是聖賢立教語意，然亦須有辨。若以我之不可，學柳下惠之可，及揖讓征誅、放君殺弟按，「弟」字當是「兄」字之誤。諸大事，此行權不如守經者也。若嫂溺手援之類，雖未至聖人地位，豈可謂「權」字難行，坐視其死而不救與？但學者於行權之時，須要認得「權」字極清，方可下手；不然一有差失，悔莫可追，故聖賢不輕許人行權。

曉得理一分殊，便可與權。

權只是「中」字。權，稱錘也。古人遇事，必量度以取中，故借權以爲言。孟子云「權，然後知輕重」是也。既知輕重，則中自出，故曰「權而得中，是乃禮也」。今人講「權」字，不如講「中」字，「權」字有錯，「中」字無錯。

凡事、凡物，莫不各有當然之理，所謂即氣是理也。至事物所以當然之故，微乎微乎！非明乎理先于氣之説，其孰能知之？

知當然之理者，可與立；知所以然之故者，可與權。

克己則無私心，復禮則合天理。

吾之心正，則天地之心亦正矣；吾之氣順，則天地之氣亦順矣。心無不同，故理無不同也。

孔蓼園問克復歸仁。曰：致中和，天地位焉，萬物育焉。

沙介臣問克復歸仁。曰：東海有聖人出焉，此心、此理同也；西海有聖人出焉，此心、此理同也；南海、北海有聖人出焉，此心、此理同也。

許舜光問：一日克復，如何便天下歸仁？曰：我人既有學問，只怕身心自身心、道理自道理，不能合一，便小有所得，終非究竟。我與天下安得不分爲二？《論語》「志道」、「據德」是也。若到得「依於仁」境界，便仁即是我、我即是仁，由仁義行，非行仁義，己與禮無絲毫彼此之間矣。己與禮無絲毫彼此之間，則天下與我又安有絲毫彼此之間哉？此所謂「天下歸仁」也。今且就志道、據德做去。

曹雲祉問致中和。曰：致中和只是盡性工夫。能盡其性，便能盡人性、盡物性，贊化育而與天地參，豈不是天地位、萬物育？

夏玉汝問致中和。曰：只是一「敬」字，敬即戒懼慎獨也。

江位初問致中和工夫。曰：致中和工夫，注中雖兩兩對説，然到下手時，只有致和工夫便著得力，致中工夫卻著不得力，止著力致和，便已致中也。

天地位、萬物育，是實實有此境界，若致得中和，便現前皆見得也。

致中和，未至至誠無息，未可語位育。所謂一息斷絶，便與天地不相似也。

周翼微問：曾點暮春數語，是位育氣象否？曰：是他見得境界如此，然工夫未易到也。

郁東堂問：不睹、不聞時，光景如何？曰：無不睹、無不聞。問：何爲？曰：由不睹故無不睹，有所睹則不能無不睹矣；由不聞故無不聞，有所聞則不能無不聞矣。曰：有睹、有聞，是主一否？曰：未便是主一，此時須下主一工夫。

誠是體，敬是用，誠即敬之本體，敬即誠之工夫。

有心存誠便是敬，無心而敬便是誠。

敬而能成，則誠矣！

誠敬，即《中庸》明誠。誠者天道，敬者人道，敬從知入，誠自行來。

敬，學者之事也；誠，聖人之事也。學者而欲至於聖人，其必由敬乎？敬以立其本矣，然非致知則道無由明，非力行則道無以行，知行並進，自强不息，作聖之功也。顧知行非二道也，不知不足以爲行，不行不得謂之知，一而二、二而一者也。由此而進於誠，庶幾其聖乎！誠，天道也；敬，人道也，誠則無不敬矣，敬則可以至於誠矣。

朱子謂：《大學》喫緊全在一「敬」字。明明德，敬也；格致，知也；誠正，行也；止至善，誠也。《大學》其盡於兹矣！

敬，其《中庸》之教乎？誠，其《中庸》之性乎？戒懼、慎獨，敬也。不顯、篤恭，誠也。知行、知仁之事合一，勇之事也。《中庸》其盡於兹矣！

曾子由日省以幾於一貫。日省，敬也；一貫，誠也。顔子由仰鑽瞻忽以至於卓爾。仰鑽瞻忽，敬也；博文，知也；約禮，行也；卓爾，幾於誠也。孟子道性善，由集義、養氣以至於不動心。性善，敬也；集義，知也；養氣，行也；不動心，幾於誠也。合《中庸》、《大學》觀之，顔、曾、思、孟之學，俱盡於兹矣，後儒從可知矣。

孔子渾是一誠，然「吾十有五」一章，亦可想見大概。志學，敬也；立與不惑、知天、耳順，知行也；不踰矩，誠也。雖生知安行之聖，其進學次第亦必如此。

天下無數道理，總貫他全在「知」、「行」二字。若道理日在天下，我不能知，與我無與；既知矣，復不能行，亦與我無與。

知之非難，行之爲難；行之非難，久之爲難；久之非難，終之爲難。

如皋吴白耳曰：「學問之道無他，求其放心而已矣」，莫是纔學則知行並進否乎？曰：古之學者爲己，故纔學則知行並進；今之學者爲人，故纔學則知行便分。

陽明謂「真知即是行」，欲得此旨，則真行即是知也。子夏「雖曰未學」一節，即是此意。

九咸問：王陽明「知行合一」之説，何如？曰：若説字義，則知、行自分；若説工夫，則知、行自合。然亦有知過而行不及者，智者之類是也；亦有行過而知不及者，賢者之類是也。不可執一，不須争辨。

陳言夏問：中虚、中實，何以皆爲孚信之象？予曰：中虚是無私心，中實是有天理。

以用養體，由體達用。非禮勿視、非禮勿聽、非禮勿言、非禮勿動，制之於外、以安其内，所謂以用養體也。有未發之中，自有已發之和，則盛德之至，動容周旋中禮矣，所謂由體達用也。

人多自矜其所長，多喜從熟處走，只是所習在此。由此觀之，習之功大矣，可不慎歟？

「學而時習之」，《論語》上開口便説一「習」字。曾子又曰「傳不習乎」，習即是學。孔子言「習相遠」，原分善、惡兩途。今爲不學、不慮之説者，纔説習，便道是不好字面，亦未知「習」字之義也。

「不學」、「不慮」兩言，孟子本謂孩提之童，不學而所知自然能合道，此爲良知；不慮而所行自然能合道，此爲良能。今不論合道、不合道，而但論學慮、不學慮，則甘食、悦色，何嘗學慮？真是以狂藥投人，自謂醍醐、甘露。

羅近溪以不學、不慮爲求仁之方，非也。仁者，無私心而合天理，不學、不慮只是無私心，未必合天理。

必不學、不慮而所知、所能，無不合天理，然後謂之仁。良知、良能，「良」字切須著眼。

孩提之不學、不慮，猶聖人之不思、不勉。不學、不慮，非孩提之仁義也；良知、良能，則仁義也。不思、不勉，非聖人之中道也；而中、而得，則中道也。今之爲學者，竟以不學、不慮混爲不思、不勉，不論知能之良與不良，不論從容之中道、不中道，而概以爲此即是道。善乎！羅念庵之言曰：「但知即百姓之知能，以證聖人之精微；不肯反小人之中庸，以嚴君子之戒懼。」兩言可謂切中其病。

思辨録輯要卷之七　後集

明太倉陸世儀道威著

諸儒類周至唐宋

道統云者，言道在己而天下宗之，己因得爲道之統，而統天下之道以歸於一也。堯、舜而下，歷禹、湯、文、武，皆君、師道合。若周公，已爲臣道，然負扆而朝，成王之治，皆周公爲之。至於孔子，始以匹夫爲萬世師，而萬世之道統歸之，然所謂君、師道合者，已得半而失半矣。顧後世不以失半爲歉者，垂教萬世，其功大也，故曰「孔子賢於堯、舜」，語事功也。

荆豫章問：先生道統論，何以不稱顔、曾？曰：道統重聞知，不重見知。蓋見知有擔荷者在，聞知則擔荷無人，關係特重也。且其一段精神，特地振起，不由師傳，遥接聖脈，亦與親承指授者不同，故重之。觀《孟子》一章之意可見。

聖人最不易知，聖人之不易知，非奇異而不易知也，非高遠而不易知也，非深微而不易知也。聖人只是一中庸。中庸者，平常而已，以爲平常而實非平常，以爲非平常而實平常，故不易知。《論語》曰：「莫我知也夫！不怨天，不尤人，下學而上達，知我者其天乎！」此夫子自言其不易知，自言其平常而不易知也。嗚呼！豈知惟其平常而不易知，故萬世不可及乎？

聖人渾然一道而已。故知得一分道者，知得聖人一分；知得三分、四分道者，知得聖人三分、四分；如欲知得聖人十分，非知得十分道者不能也。故子貢曰：「不得其門而入，不見宗廟之美、百官之富。」子思曰：「苟不固聰明聖知達天德者，其孰能知之？」

聖人一人耳！在庸愚則非之、笑之，「東家丘」、「鄹人之子」是也。在奸惡則沮之、忌之、謗之、詈之，甚欲殺之，子西、晏嬰、陽貨、桓魋之類是也。在賢知則譏之、刺之、責之、讓之，甚而鄙之，接輿、沮溺、荷蓧、荷蕢、微生畝諸人之類是也。惟蘧伯玉之流，則油然相契，若合符節，此所以謂之聖人。若人人道好，人人親愛，則一鄉愿矣，何以爲聖人？

問：接輿、沮溺、荷蓧諸人，何以俱諷孔子？曰：此賢知之不知聖人、不及聖人，而又不肯自謂不如聖人、不肯放寬聖人，俱在此處。

當時知孔子而善頌孔子者，惟五人：顔子、子貢、有若、子思、孟子。「仰之彌高，鑽之彌堅，瞻之在前，忽焉在後」，顔子之善頌也。「温、良、恭、儉、讓」、「綏來動和」，子貢之善頌也。「出類拔萃」，有若之善頌也。「祖述堯、舜，憲章文、武，上律天時，下襲水土」，子思之善頌也。「仕止久速」、「集大成」，孟子之善頌也。欲知聖人，誦此數言而足矣。

孔子周流四方，不但是急於行道，蓋亦有訪道之意焉。如在齊而聞《韶》，適周而問禮是矣。司馬遷文人之雄，尚欲登龍門、窺禹穴，周覽海内名山大川，以助其氣。吾輩有志大道，而不能徧遊宇内、訪求遺文、折衷有道，欲任斯文之絶續，胡可得乎？

顔子「不遷怒」工夫，今人頗疑，以爲易，不知此正顔子正心工夫到處。凡心最忌有所，有所便不正，遷怒即所謂有所忿懥也。喜、怒、哀、樂四者之中，惟怒最易有所，故顔子「不遷怒」，孔子稱之，以爲難。今人易視此三字，只不知正心工夫耳。

顔子「博文、約禮」，則格、致之功盡；「不遷怒，不貳過」，則誠、正、修之功盡；「問爲邦」，則齊、治、平之功盡。故曰「顔子幾於聖人」。

顔子「其心三月不違仁」，三月之後，未能無少間斷、無少懈怠，猶是正心工夫纖毫未盡乎？故張子原本作「程子」，誤。曰：「顔子未達一間，猶是心粗。」

豫章問：顔子何以無著述？曰：顔子非無著述，未須著述也。顔子年纔三十二，且有孔子在，何必著述？若使無孔子，又天假其年，則自然著述也。乃後世喜談心學者，遂以顔子爲心學之宗，而謂爲無用著述，然則孔子非心學乎？

九咸問：顔子當亂世，居於陋巷，孔子賢之，孟子以爲顔子之時當然。乃孔子與顔子同時，而復周流求仕，何也？曰：聖賢力量不同，故處時亦異。使孔子而道力未優，固當如顔子之閉户；使顔子而道力既足，亦當如孔子之周流。然則顔子之所以不仕者，力量未如孔子，而又有孔子在前任行道之責故也。

言夏問：曾子著述之功，於道統如何？曰：曾子之述《大學》，功在萬世矣。然以道統論，則亦在見知之列。有孔子在，曾子不必稱也，若子思則稍遠矣，孟子則又遠矣。故論道統者，孔子而後，必稱孟子。

夫子之言性與天道，不可得聞，卻聞之於子思《中庸》一書，真性與天道之極致也。然大旨俱自孔子《易·繫》來，故曰「《易》與《中庸》相表裏」。

人言孟子泰山巖巖，觀子思直是壁立萬仞，無人乎子思之側，則不能安其身，是何等氣象！蓋是時已入戰國，非具此等氣骨，亦撐持不去也。

孟子學問甚簡要，論本體只一性善，論工夫只一知言、養氣，論治道只一井田、學校。

孟子妙處多在機鋒，機鋒妙處只在一「逆」字，一逆便有許多波瀾。如梁惠王問利，其意全在一「利」字，意孟子必以利對，孟子卻逆折以「仁義」換他「利」字。齊宣王問桓、文，其意全在桓、文，意孟子必以桓、文對，孟子卻逆折以仲尼換他桓、文。此正用其機鋒者也。至如沼上之言、雪宫之對、今樂古樂之論、好色好貨好勇之説，意方自歉，則忽逆以予之，意方自滿，則忽逆以奪之，一予一奪，❶全是掀翻作用。此側用其機鋒者也。或正或側，無非機鋒。孟子雖是聖賢，終帶英雄作用，先儒謂孟子有戰國氣，蓋謂此也。然孟子猶是顯用之，至禪家則竊孟子之意而隱用之，遂至播弄一時，顛倒百世。

問：孟子學孔子，孔子尊周，乃孟子以王道説齊、梁，何也？曰：孔子尊周，然未嘗不周流列國；其周流列國，亦未嘗不以王道進。但孔子之時言王道，則尚可以尊周，孟子之時言王道，則但可以保民而王，時勢不同故也。雖有聖賢，不能違時。

❶「予」，正誼堂本作「與」。

問：孟子若見用於齊、梁，果能致王否？　曰：聖賢豈有謾言？　但亦須看天意何如。若天意不肯，會須生出事變，如許行一班，自會來鬧抄也。

孔子告君之語，俱屬正鋒；孟子告君之語，多屬偏鋒。性善、仁義之外，今樂古樂、好色好貨諸論，皆偏鋒也。偏鋒最易入人，然齊、梁之君，當之者依然聾瞶，世風日下，人心陷溺，雖聖賢亦末如之何也已矣！

孟子之功，不在禹下，其才亦不在伊周下。公孫丑乃疑其不敢當管仲，蓋當時功利之見入人深也。由此觀之，孔、孟，古今以來之一人也。在當時門弟子中，如子路、陳亢、彭更、公孫丑，已皆不識而疑之，況他人乎？　故曰「惟聖人能知聖人」。

問：孟子不臣諸侯，必欲處賓師之位，此是他不及聖人處否？　曰：固是。然學問如孟子，而又處當日之時勢，直不處賓師不得。問：何爲？　曰：若不處賓師，便講不得井田、學校。

孟子之功，第一在闢楊、墨。蓋當時邪説誣民，充塞仁義，天地之間，幾不復知有聖人之道矣。不惟不知有聖人之道，且以爲即此是聖人之道，故至唐韓愈時，尚以孔、墨並稱。使非孟子當時鳴鼓而攻，則後世誰復知有孔、墨之辨？「我亦欲正人心」一章，此孟子自敘一生功烈也。凡此等，俱是大頭腦處，須要識得。

孟子語有極奇闢者，非學問至絶頂，眼明口快，決不能道。如論性，則曰「人無有不善」、「可以爲堯、舜」；論治，則曰「民爲貴，社稷次之，君爲輕」、「君有大過，則易位」；論湯、武，則曰「聞誅一夫紂矣，未聞弑君也」；論堯、舜，則曰「天子不能以天下與人」。皆極奇闢，又極平正，後來儒者，不能道，亦不敢道，此所以爲孟子。

孟子之學，擴前聖未發之藴奥，存一王已廢之典章。其好處在識大，不在好辨，好辨是學成以後不得已之事，故曰「予豈好辨哉！　予不得已也」。今人學孟子，只學他好辨，可謂差之毫釐，謬以千里。

問：孔、孟而後，傳經之儒，如公、穀、二戴、伏生、高堂之屬甚多，何以儒者不稱，而稱董子爲知道？曰：傳經之儒但守章句而不知意義，可謂經師也。經師易得，人師難求。如董仲舒者，《天人三策》，煌煌大篇，卓見義利、公私之辨，王道、儒術之原，所謂人師也。安得不首稱爲知道乎？

「諸不在五經、六藝之科者，勿使並進」，只此一句，當時諸儒言治道者，皆不能及。

武帝親擢董子，既得而復遠之，真是好畫龍而不好真龍。千古而下，儒治何由可復？

揚雄不特立身敗壞，即文字亦不成文字，乃後世列之爲儒者，何也？得無爲《太玄》、《法言》所駭耶？甚至有愛其人而并爲之諱投閣者，謂世有兩揚雄，亦可謂阿私所好矣。

荀況視揚雄較有本領，但駁雜耳。

秦漢而後，崇儒重道之君，無如漢明。惜乎時無儒者，桓譚乃得躬逢其盛。

漢儒多注疏之學，其弊在不根於心，心與學離而爲二。故解書多以私意穿鑿，謬誤百出，即有佳處，亦屬客氣。

東漢儒者最多，但不見本根，止見枝節，然較之晉代人士，一華一實，相去不啻天淵矣！　蓋漢儒猶知孔子，晉人則惟尚老、莊也。於此見孔門枝節，猶勝老、莊。

孔明亦是東漢儒者，然卻造就出如許大人物，亦是他天資高。「澹泊明志，寧静致遠」之言，❶已頗見本根，非諸儒比也。杜詩「伯仲之間見伊、吕，指揮若定失蕭、曹」，言其功烈也。若天資，則漸近顔子。孔明心術、器量，俱是王佐，但學術稍未及，蓋未聞聖人之大道也。自比管、樂有以夫，然而管、樂不及遠者，心術、器量不同故也。

世傳孔明隆中數語，謂「未出草廬，已知天下三分」，以此奇之。予謂此卻誤看孔明矣。隆中數語，只是説初起手規模。大凡英雄舉事，必須得用武之地，立定腳根，方可做事。此時，北有曹操，南有孫權，已略無餘地，惟荆、益一帶，尚無雄才割據，故孔明欲亟圖之。若大勢已定，根本已立，徐興問罪之師，天下事未可料也。孔明之不能興復漢室、一匡天下，此實天也，使五丈原將星不隕，當時人力，儘可做得。

陶淵明竟是儒者，當兩晉之後，舉世崇尚老、莊，清談放縱，廢棄名檢，而彼獨知尊孔子。其所作詩，如「先師有遺訓，憂道不憂貧」，《榮木》詩「先師遺訓，予豈云墜」，自序曰「總角聞道，白首無成」，屢稱孔子爲先師，又自云「聞道」，皆儒者之言。其生平出處，亦不倍于道。特風味似晉人，而詩又特佳，故世遂以詩人稱之耳。予于《詩鑑》中，特爲表出。

陶淵明《飲酒》詩，其卒章云：「羲農去已久，舉世少復真！汲汲魯中叟，彌縫使其淳。鳳鳥雖不至，禮樂暫得新。洙泗輟微響，漂流逮狂秦。《詩》、《書》復何罪，一朝成灰塵。區區諸老翁，爲事誠慇勤。如何絶

---

❶ 「寧」，原避清道光帝旻寧諱作「甯」，今回改。下同，不一一出校。

世下，六籍無一親！終日馳車走，不見所問津。若復不快飲，空負頭上巾。但恨多謬誤，君當恕醉人。」玩其辭意，上敘孔子，下述六經，皆言願學聖人之意。但篇終以飲酒之語亂之，故人不之覺耳。然「但恨多謬誤，君當恕醉人」，言所行不無過差，不能盡如六籍，由于好飲，亦躬行未之有得之意，細玩當自見也。

世之論文中子者多不同，有極詆之者，有極稱之者，其言皆不平。惟程子曰：「王通，隱德君子也，當時有少言語，後來爲人傅會，不可謂全書。其粹處，殆非荀、揚所及，若續經之類，皆非其作。」此爲至當不易之論。

王無功言文中續六經，今惟見《元經》，而餘經不見。《元經》甚瑣碎，與《中説》手筆不相類，薛收傳亦似宋以後人之筆，真僞作也。

漢初猶有諸儒，唐初無一儒者。蓋漢去古未遠，高祖雖謾駡，猶近于朴。唐承五代之後，太宗雖崇文，彌進于華。僅有一王通在先，而杯水無救輿薪，此唐初所以無儒也。

李鄴侯，孔明之儔也，然其器量似遜孔明。孔明忠誠懇惻，有古大臣伊、吕之風，鄴侯則子房而已矣，與吾儒尚遠也。

鄴侯後來無收煞，亦是不學問之故。若其中夜告君之言，調劑父子，雖古大臣納約自牖之道，何以加諸？

鄴侯學問近康節，遇事不肯犯手做。

韓文公只《原道》一篇，便爲有唐儒者所不及。蓋其説「道德仁義」四字，以前儒者俱未能見到此也。雖

「博愛」二字，未免説著皮膚，然亦近之。

韓文公氣魄大，其《佛骨表》、《鱷魚文》，至今讀之，猶懍然有生氣。然只是欠學問工夫，做文字外，更無他著作。程子謂：「其因學文而知道，謂之倒學。」愚謂即非倒學，然亦不過文學中人，若王通，則德行政事也。朱子亦曰：「王通識得仁義禮樂都有用處，若用於世，必有可觀。」又曰：「他書極有好處，雖韓退之道不到。」

李翺、曾鞏，文章淳正，俱可入文學科，但較小耳。二者之中，李翺尤勝。

世傳李翺文章全學退之，《復性書》準韓愈之《原道》也。其書雖未能醇乎醇，然居唐之時，舉世浮華，而翺獨沾沾于此，亦可謂中行獨復之君子矣。至觀其全集，如《平賦書》、《與從弟正辭書》及《答開元寺僧書》，若時時留心斯道者，較之韓愈，似更進焉。今愈已配食兩廡，而翺猶没没，故特表而出之。

李翺《復性書》所引用者，皆《學》、《庸》、《語》、《孟》及《繫辭》之文，當時宋儒未興，《學》、《庸》、《語》、《孟》與《繫辭》之文俱未顯也，而翺能見及此，❶亦可謂善讀書矣。

韓魏公閒氣所鍾，其姿稟似曾子，其氣魄似孟子，三代而下，少此人物，豈可以其不講學，遂謂之非儒乎？「喜怒不形，物我無間，知有其國，而不知有其身」四語，韓魏公足以當之，令尹子文恐猶未也。

范文正八條目咸備，表章《大學》、《中庸》是其格、致、誠、正，齏鹽長白是其脩身，義田贍宗族是其齊家，

❶「翺能」二字，原漫漶不清，今據正誼堂本補正。

治、平則不必言矣。

韓、范行過於知，所未及聞者，性與天道耳，若儒行則幾乎備矣！　性與天道，則必俟周、程、張、朱。

問：歐陽公何如？　曰：歐公是昌黎之次，其生平得力文字，只《本論》兩篇，其餘皆文辭也。　即在文學科，亦其次者。　問：東坡于文學何如？　曰：東坡文全是縱横，其詩則純是戲謔，無温柔敦厚之意，非聖門文學也。　朱子論之甚詳。

王荆公卻是一文學科也，他强要入政事科，連德行科都壞。

三代而下，更無人舉行王政，是一闕典，惟王荆公實實欲舉行《周官》，而神宗又極信任之，是大好機會。荆公不知《關雎》、《麟趾》之意，卻先從富强上起手，是欲行王政而翻修霸術也，只緣工夫不曾在正心、誠意上做。

荆公本非近霸之人，故霸術亦非其所能作，徒擾亂耳。　宇文、蘇綽，卻稍有可觀，所謂「不熟不如荑稗」也。

思辨録輯要卷之八　後集

明太倉陸世儀道威著

諸儒類宋至元

宋有周子，孔、顔之繼起，程、朱諸子之開先，孟子之流亞也。自秦漢以後，士之聰明才智者，皆入于黄老、禪宗矣。子周子起，契性命之微於大《易》，接孔、顔之學于一誠，以太極、人極發明天人之藴，使天下後世曉然知千五百年以上孔、顔之爲道如此，非周子之功而誰之功乎？故愚謂秦漢而後，儒者雖多，然至周子則直是另一開闢。論其道直繼孔、顔，論其功比於孟子，即謂之亞聖可也。

或問：儒者之論，皆以周子繼孔、孟，而子獨以周子繼孔、顔，得無過歟？曰：以周子繼孔、孟，此以世數言也；若論學問，則周子實繼孔、顔。觀《通書》中所述，自孔子外，三稱顔子，則可知學問之所自矣。

先儒言孔子如玉、孟子如水晶，此最善形容聖賢氣象。若顔、周，則非水晶也，温潤而栗已同於玉，但於孔子微有大小之分耳。

周子之於孟子，可相伯仲，未可分差等，孟子才大，周子心細，其爲亞聖則一也。

孟子之後無傳人，周子之後卻得程、朱接續，以後便源源不竭，非力量有不同，時爲之也。戰國時聰明才辨之人，皆爲縱横之流引入勢利矣，誰能爲此迂闊之學？若周子時，宋方全盛，而人才又莫多於此時，故遂得程、朱其人也。

昔人謂孟子之功不在禹下，謂其能闢楊、墨也。若周子，則太極、人極説得最分明，使二氏不能窮人以暗，尤爲不動聲色，功豈在孟子下？

周子之學，渾是一「誠」字。故《通書》首章即曰「誠者，聖人之本」，二章曰「聖，誠而已矣」，三章曰「誠，無爲；幾，善惡」，四章曰「誠、神、幾，曰聖人」，都是一「誠」字。誠者，天之道也，非聖人之流亞，近於生知者乎？

只「不由師傳，默契道妙」八字，便是生知。即《太極》一圖，或謂得之陳摶、种放、穆修，或謂得之鶴林寺僧壽涯，皆二氏無稽之言，謬引爲己重也。《太極圖》全從《易》出，予别有論。

道統最重聞知，聞知者，無師傳而有開闢之功者也。周子去孔、顔千五百年而特起如此，豈非聞知？

二程之學，本於周子。或謂：伊川作《明道行狀》，言明道得不傳之學於遺經，不言周子。此不善讀書者也。明道自言見周茂叔後，吟風弄月以歸，《定性書》即周子定之以仁義中正而主静之旨。至伊川，則《顔子所好何學論》、「惟人得其秀而最靈」，皆周子《太極圖》之言也。豈得云不本於周子？所謂得不傳之學於遺經者，大抵聖賢之人，一經指點，他自會去尋頭路。讀書終不然，只守定這幾句師説，亦不善學者矣。

大程與周子，後儒往往並稱。然大程以天資而言，則近於周而勝於朱；以事功而言，則開先之力固讓於周，而啓後之勞亦遜於朱也。

二程之學，人推大程，然大程實是天資勝，其所行自無窒礙，若學問，則次程儘有深入處，不易及也。横渠集中，亦推次程，然行處卻每有窒礙。

朱光庭謂明道「得聖人之誠」，此言雖似少過，然亦庶幾近之。明道平生論新法及待介甫，最爲得宜。只是胸中廓然大公，功不必己出，名不必己成，惟以朝廷天下爲心，故能如此，他人不能也。同爲君子，而有化與未化之分，只在此處看。

明道《請修學校劄子》與伊川《看詳學校》、文公《貢舉私議》，皆論學校，然語其等第，則伊川不如文公，文公不如明道。蓋伊川、文公不過就近代而言，明道則通於三代矣。

明道《論十事》亦近於三代，與王荆公《上神宗書》相似而實不同，若使見之事業，隆古之風可復。惜乎神宗舍此而就彼，亦有宋之不幸也！

程子《定性書》，在鄠時作，年甚少。朱子言其一篇之中，無下手處。予謂於此可見明道天資高，近於生知，下語自不用氣力也。

明道實聞性與天道，蓋其得力於《太極圖》者深耳！惟得力於《太極圖》者深，故雖有「善惡皆天理」之言，而不可謂之不知天，有「惡亦不可不謂之性」之語，而不可謂之不知性。

人或以三黨之説爲伊川咎者，非也。人除是不講學，講學則必有徒與，有徒與則人必忌之，不惟小人忌之，君子亦忌之，雖孔、孟所不免。但君子不黨，則存乎立心耳。次程氣質近隘，不如大程，世以其學術近方，來蜀黨之誚宜矣。至於明道，則待人接物渾是和氣，宜乎與世無尤。然當時李定、何正臣亦劾其學術迂闊、趨向僻異，何歟？ 總之，士憎多口，不可以黨爲伊川累。 伊川隘，邵堯夫不恭，然兩人之學過夷、惠遠矣！ 予嘗嘆三代而後，人多吝以聖人之稱與人，此亦其一也。

經筵是人主莫大事，從來視屬具文，惟伊川能稱其職。《上太皇太后》及《經筵》三札，真可爲古今作則。彼以坐講爲嫌者，俗儒之見，諛臣之習。 講官坐講，所以重聖人，所以重道，非以自夸大也。 晚近君臣佞佛、膜拜僧徒，不以爲恥，一聞儒官坐講，輒群然争執爲不可，雖賢者亦然，不知何以顛倒悖謬若斯極也？

伊川《上仁宗書》，大概頗似《治安策》，猶未免少年氣。 但所見不同，便能置身三代，高視叔季，儒者所以不同於縱横也。

「性即理也」一語，朱子謂爲伊川獨造，非也，亦即祖述周子《太極圖》之意。 理在天地爲太極，理在吾心爲人極，故曰「性即理也」。 然此語從未經人道，即謂之獨造，亦宜。

伊川言「喜怒哀樂未發之中，寂然不動者也」。 南軒云：「伊川此處小錯，未發之中，衆人之常性，寂然不動，聖人之道心。」予謂伊川言不錯，衆人未發之中與聖人寂然不動之時，亦無差别，但少戒懼耳。

伊川「仁者以天地萬物爲一體」，此語説得最好。 朱子以爲太深無捉摸，恐亦爲初學言之耳。

或問：堯夫約明道、伊川看花，明道去，伊川不去。 堯夫曰「吾輩看花，與别人不同」，伊川只不去。 如何？ 曰：皆是也。 問：伊川若去，則如何？ 曰：亦是也。 問：若非伊川，如何？ 曰：去也未是，住也未是。

宋仁宗時，有同時開闢三人：周濂溪、張横渠、邵堯夫。二程雖同時極盛，然卻有師傳家教。横渠之學，於體用處俱見大本大源。如《西銘》，萬物一體之學也；井田、封建，萬世治平之要也。横渠與安石同時，安石新法以《周禮》爲説，横渠極喜《周禮》，召對時亦以漸復三代爲説，神宗將大用之。此際若有一毫苟且，必將迎合執政，同行新法矣。又或圭角未融，必至動色相争，如程子所謂「新法之禍，吾黨激成」矣。横渠獨曰：「朝廷將大有爲，天下之士願與下風。若與人爲善，則孰敢不盡？如教玉人雕琢，則宜有不用命者矣。」語和而介，非學養之邃，豈能及此？

古人虚心誠朴，無一念自是，無一念欺人。如横渠講《易》關中，二程來過，相與論《易》，遂自撤其皋比，曰：吾不如也。二程亦不以爲嫌。此是古人虚心誠朴處。近代儒者，各立宗旨，各分門户，互相標榜，互相詆排，以視古人，真堪愧死！

或有言横渠文難讀者，誠然，然自是人不肯讀耳。昔朱子與蔡季通諸人登雲谷山，半塗大雨，通身皆溼。到得地頭，因思「天地之塞，吾其體；天地之帥，吾其性」，遂命季通諸人各解此二句，己亦作二句解，後來遂作《西銘》注。又朱子常曰「人讀易書難，季通讀難書易」，如朱子、季通，則天下自無難書矣。己不肯讀，而謂古人書難讀，恐爲古人所笑也。

横渠於天文頗欠明白，其言「地有升降」是四游儀之説，諸儒皆知其非。至於「天左旋，處其中者順之，稍遲則反右」，以爲七政亦左旋，朱子極取其説。然以天象通體大概及保章、靈臺兩家合觀，則此説亦非，予嘗有辨，此不悉載。其若「地氣乘機左旋，使恒星、河漢因北爲南，日月因天隱見」等語，則又是天不動而地動者，殊不可解。此皆强探力索太過之病。

橫渠論閏，曰「閏餘生於朔不盡周天之氣」一語，最簡而盡。

封建、井田二者，帝王致治之本，三代而下，能言其意者惟張子。然欲行封建、井田，非先復古學校，令學者人人知三代之治，人人知封建、井田之法，而又斟酌變通於古今之間，未可漫言復也。

周子好稱顔子，橫渠好稱孟子，亦其資稟相近處。

橫渠學問，於諸子中最爲艱苦。其《理窟》中《自道》一篇，語語真切，學者苟能如此，不患不至聖賢地位。

讀堯夫《無名公傳》，直是開闢以來一人，漢之四皓有其樂矣而無其時，唐虞之巢、許有其時矣而無其學，未可與隱逸之流同日道也。

予問言夏：康節百原山中静坐時，心體如何？曰：湛然虚明。又問：工夫如何？言夏未答。予曰：會得一部《皇極經世》。

言夏問：堯夫易數，如何便能前知？予曰：此只是心虚故，如伊川言董山人前知，亦是心虚也。曰：二程盛稱堯夫經濟，若使堯夫得行其志，易數更能前知否？曰：此恐未能。問：如何？曰：堯夫前知，亦只是心清無事，專精易數耳。若使遭時遇主，便有許多事業在，精神命脈都發洩在事業上，如何更能專精易數？曰：然則堯夫而遇，反不如不遇乎？曰：不然。堯夫而遇則以事業爲易數，堯夫不遇則以易數爲事業，總只一般，無有優劣。

又問：堯夫既能前知，何必更假易數？曰：凡人前知，只是心清。堯夫在百原山，夜不就席者數年，此心已同太虚矣。然猶溷迹洛陽，與世俗酬對，故雖前知，猶不能不假易數。若如董山人謝絶人事，竟處山中，清虚之極，則前知亦不假易數矣。然此終非君子所貴，故當時程、朱諸子，並不言其前知。

如臯吴白耳曰：堯夫豪邁，然其學問卻自敦篤虚静中來，故豪邁而不敬者有矣，未有能敬而不豪邁者。

予曰：識得此意，方知程、朱不是腐儒。

康節之學，以觀乎周子，似有未及。然康節以此數學，上推天道，下推人事，無不驗者，則以康節之數俱自胸中流出，真是全體太極也。後人雖欲學康節數，安能如康節之心體？

張子純乎儒者也，邵子儒而術者也。然以《正蒙》、《經世》二書觀之，《正蒙》於源頭上尚欠清楚，《經世》則頗見大意。如云「道爲天地之本，天地爲萬物之本」，又曰「天地之道盡之於物矣，天地萬物之道盡之於人矣」，以聖人與昊天爲一道，而曰「昊天以時授民，聖人以經法天」，專歸重於仲尼，以爲能盡三才之道。此豈術數之士所可及？

康節作用好，若見之施行，恐當絶勝諸儒。其言曰：「苟有命世之人，繼世而興焉，雖民俗極壞，三變而帝道可舉。」此非空言也，他實有作用處。

《經世書》言「天下之數出乎理，違乎理則入於術」，此康節之數所以爲古今獨絶也。

周子《通書》好言顔子，邵子《經世書》中好言孟子、留侯、王通、揚雄，皆好言其似我者。

周子《通書》多言禮樂，邵子《經世書》極言天、地、人之道，而不及禮樂。於此亦可見邵子之學未至極純粹處，猶有豪傑氣在，此朱子所以謂之「風流人豪」也。

朱子一生精力專在《集注》，至今家弦户誦，歷萬世而無斁。後世淺學之士，往往詆其筆力不佳，此真坐井觀天也。朱子與人論注釋體，言不可自作文字，自作文字則觀者貪看文字，并正文之意而忘之。此朱子以大賢以上之資，而能爲初學小子存心，故心愈小而功愈大也。試讀《朱子文集》，其筆力何如者，而輕爲議論邪？

朱子一生學問，守定「述而不作」一句。當時周有《通書》，張有《西銘》，二程亦有《定性書》、《易傳》，朱子則專爲注釋。蓋三代以後，《詩》、《書》、《禮》、《樂》散亡已極，孔子不得不以删定爲功。漢、唐以後，經書雖有箋疏，而蕪穢尤甚，朱子不得不以注釋爲功。此卓有定見，非漫學孔子「述而不作」也。

陸象山少時讀至「宇宙」二字，曰「宇宙二字是己分内事」，便見自任的意思。朱子三歲，問「天之上何物」，便見窮理的意思。

鵝湖之會，朱、陸異同之辨，古今聚訟，不必更揚其波。但讀兩家年譜所記，朱子則有謙謹求益之心，象山不無矜高揮斥之意，此則後人所未知耳。

人言朱子酷好注釋，雖《楚辭》亦爲之注，似爲得已。不知此時黨禍方興，正人君子流離竄逐，朱子憂時特切，因託《楚辭》以見意，豈得已哉？學者不讀書，不能窺見古人微意，未可輕議古人也。

朱子生平注釋四書、五經，曾無晷刻之暇，而又自著《文集》百卷，不知如何有許多精力？然亦是在野時多，居官日少，故成就愈大。乃知「仕於外者僅九考，立朝纔四十日」未可爲不幸也。

道學之譏，愈盛則愈大，蓋君子、小人不並立也。周子之時，如草木在甲，知之者惟二三君子，世固莫得而譏也。二程子徒與漸盛，攻者漸多，至朱子則更盛矣。所以劉三傑、姚愈之徒，至有「僞黨變爲逆黨，窺伺神器，圖爲不軌」之言。當時方正之士，稍以儒名者，至無所容其身。而朱子日與諸生講學不休，或勸其謝遣生徒，笑而不答。至今千載而下，朱子俎豆學宫，子孫世受恩澤，而所謂姚、劉之徒者，三尺童子聞名而唾罵之。然則爲朱子者，何畏？爲姚、劉之徒者，亦何益哉？

當侂胄禁僞學時，朱子從游之士，特立不顧者屏伏巖穴，依阿巽懦者更名他師，甚至變易衣冠，狎游市井，以自別其非黨。此所謂水落石出也。附聲逐影之徒，雖多，亦何爲哉？

程子在經筵，先定坐講之禮，正其本也。朱子在經筵，一循時例。「爲之兆也，兆足以行而不行」，此光宗之世，不同於神宗之世也。

朱子論天文，勝於横渠、二程，然尚有未透曉處。蓋儒者之於天文，但當曉其大略，自不能及專家，然亦不必如專家也。

朱子論鬼神，平實近人。若程、張，則竟以陰陽爲鬼神矣。

朱子注《太極圖》，陸子從而詆之，不惟不知《太極圖》，亦以周子爲近代人而忽之也。非朱子如此表章，周子之書，烏能傳至今日？只此，便是聖人心事。

朱子於五經中，惟《易》最爲研窮，《詩》次之，《書》又次之。《禮》與《春秋》，未嘗屬筆，然《儀禮經傳通解》雖非全書，亦見一班矣。又《語類》中論《禮》及《春秋》處，最通達、最正大，則知論《禮》而拘、論《春秋》而鑿者，皆朱子所不取也。

二程子得周子《太極圖》，不以示人，只自受用。朱子卻注釋以解，諄諄教人，非二程之祕不肯傳也。性與天道，人所難聞，傳之適以滋惑也。朱子一注《太極圖》，便有陸子静許多議論。夫子静時賢，尚不可與語性、天，况中人以下乎？甚矣性、天之難聞也！然畢竟朱子之功大，若無此一番，則百世而下，至今不識太極也。

陸子静直是壁立萬仞，聞其風者，可以廉頑立懦，尤善鼓舞聰明人，故聰明人亦喜趨之。若下梢肯教人讀書，其學豈遜朱子？

只「東海」、「西海」、「南海」、「北海」四語，便分明見到天下歸仁氣象。予丁丑初學道時，悟得「敬」字爲心法，見滿街人都是這箇心，心都是這箇理，只無這箇法在，亦子静之意也。

予讀《性理》，思陸象山直與王安石同病，不過一好高自是。好高自是，便入驕吝，便壞卻一生人品、學術。

人在學術未成時，去驕吝易，至行成名立，去驕吝反難，只是爲己、爲人之别。

象山有詩曰：「仰首攀南極，翻身倚北辰。舉頭天外望，無我這般人。」羅整庵謂其適合於智通禪師臨終之偈。予謂即非合於智通，恐免不得一「矜」字。

象山只是氣岸高，然爲其學者，便多矜厲。故朱子曰「陸子静之徒，氣象可畏」，不特當時，即近日亦然。

凡一涉陸學，便足高氣揚，好與人折辨，其病處只在「好勝」二字，所以其學終不能有成。

自韓侂胄立僞學之禁，凡諸大儒之書皆禁絶，天地間幾不復知所謂道學矣。至西山起，獨宗朱子，慨然以斯文自任，正學復明。自後何基、王柏、饒雙峰之屬，相繼而起，皆西山開之也。西山之於朱子，猶孟子之於孔子。

西山，福建浦城人，常有人至浦城，見其處縣牆上石刻，大書「西山真夫子之鄉」。嗚呼！聖賢所生，能爲本方之榮若此，雖百世之後，猶將見之。爲學士大夫者，可不自勉，可不并勉其子弟哉！

西山之學、之言，可謂純粹中正矣。然以較朱子，便似欠精采透快處，蓋開闢與繼起，其力量自是不同也。

許衡任道最勇，有伊尹之風，其進退一以行道爲主，絶無依違瞻顧。終元之世，能使儒術不墜，皆其力也。故薛文清《讀書録》極稱之，亦是其精誠有足動人處。

許衡，聖門子路、子夏之徒也，行過于言，質過于文。

薛文清《録》中贊許魯齋，可謂不遺餘力，謂其有仕止久速氣象，謂其繼朱子之統。文清持身極嚴，其持論極不苟，推贊魯齋，非阿私所好也。或以其仕元爲尤，此但可語志節，未可語道。

文清贊劉静修爲「高」，許魯齋爲「大」，二語皆當。

劉、許皆元儒，許仕而劉不仕，故後儒議論多優劉而劣許。然劉于世祖之聘，亦强起爲右贊善大夫，但尋以母老辭歸，俸給一無所受耳。蓋自度其得君行道，未必如許，故旋出而旋歸，兩賢殆未可優劣也。

或問：吴草廬與許魯齋，學問、出處大略相同，俱從祀孔廟。乃宣德中議祀草廬，嘉靖中又黜其祀，畢竟何如？曰：草廬之於魯齋，學問、事功、出處，俱少遜。當元之世，而儒術不墜，魯齋之力也，若議從祀，魯齋爲當。

思辨録輯要卷之九　後集

明太倉陸世儀道威著

諸儒類明儒

洪武初，多明理之儒，皆宋、元之遺也。宋景濂、劉文成、陶姑孰，皆分儒之一脈者也。然而文成爲優矣。景濂多可少否，有體而無用，學問亦雜。姑孰則長者而已。文成有體有用，天資明徹，卓然不惑於二氏，《天説》二篇，直窺見理氣源頭，幾幾乎入宋人之室。然而文成未嘗講學也，未嘗自謂儒者也，天資而已矣。使文成得師友之傳，加以學問之功，其顔、孟之流歟？

劉文成天資更勝王文成，劉未嘗講學而不惑二氏，王終身講學而出入二氏之中，以是知其不及也。其用處，則王聰明、劉劈實，若使爲相，劉則鞠躬盡瘁，有孔明之風，王則張良、李鄴侯也。

劉文成一生出處行事，亦無可疵，皆與道暗合，欲不謂之儒不得也。雖嘗事元，復事明，然其心事則一，以救民爲主，非愛功名也。其詩集中，有《長歌續短歌》一首，具見心事，予於《詩鑑》論斷中，頗發明之。

劉文成以功名掩其學術，然予謂伊、吕當此時，亦不過如此。聖賢學問，原主於行道救民，非必沾沾講貫。如王文成於寧濠軍旅時，亦與門人講學，而後謂之儒者也。今人但知以天文、術數推文成，而不知其事事皆合於儒。

劉文成與孔明極相似，然先主取劉璋，先儒以爲此孔明之失，所以不得爲純王，若文成則一無可疵議。

劉文成著《郁離子》，無一語不是盱衡當世，然所見頗近，謂救時之才則可以，云王佐，似當再進一籌。方正學則井田、封建，大有王佐氣象，但猶未練達，其行《周官》處，俱未得緩急、輕重之宜。「奇士當老其才」之語，此真正學對針，乃當建文之時，其才猶未老，何耶？

方正學人品、學術，後世無不敬服。但削奪諸王一節，人頗以爲疑，以爲以董仲舒之才而建鼂錯之策，不無類于申、韓也。及讀《遜志齋全集》中有《勉學詩》，其間多言當時削奪諸王、傷殘骨肉，非天理、人心之正。且曰「安得申韓氏，化爲古伊周」，是當時削奪之謀，孝孺之所深不欲也。特以職爲講官，軍國之務非其所得而主，而啓沃之際，仁柔之主亦未必能轉黄齊之謀，此其所以不白於後世乎？予於《詩鑑》中，亦特表明之。

孝孺「十族何妨」之語，似爲過激，爲忠臣而不得爲醇儒以此。曰：此際應之當何如？曰：當云忠義，臣之職；刑罰，君之事。後世自有公論。

懿文，賢太子也，監國憂勞幾二十年，孝孺久侍太子，有相知之素。以太子仁厚之質而又歷練老成，使天假之年，主臣相得，則成康之治可幾。而天命不齊，致兹乖舛，豈所謂「殺運未除」耶？

明初儒者多從許魯齋一派來，故曹月川《語録》絶似魯齋，其躬行亦相似。以此知儒者，寧可行過乎言、質過乎文。

如月川，方可謂之真教官，方可坐明倫堂，方可稱爲師表。

《夜行燭》一書雖不傳，然只此便是諭親於道。

吴康齋學問雖未見卓然，然當時詆排亦太過，總是盛名難居，以風氣初開故也。嘉、隆之際，雖妄行、妄言之徒，無不自以爲聖賢，世亦以之爲聖賢矣。

吴康齋見耕耘者，曰「只此便是贊化育」，此語非有得者，不能道。張本、沈本，此條已見天道類。按文義，當在此，故去彼而存此。

吴康齋之聘，李文達爲相周旋其事，然文達《古穰雜録》不載康齋事。其所許理學，惟薛大理，蓋文清時爲大理卿也。則康齋之不厭衆望可知。然文達所録，止及人之長而不及人之短，足見此公相度。其於尹直度量相越不啻天淵矣！

陳白沙學問，以自然爲宗，最近於天然。卻又是曾點一家，只是天機動盪，非性與天道、全體太極之天。

此條張、沈本入天道類，非是，故移置于此。

薛文清理學亦自許魯齋一派來，故其《語録》絶似許魯齋，而其《録》中贊許魯齋亦不遺餘力。總之，行過乎言，質過乎文，故當時之人一無遺議，其誠足以動人也。《論語》曰「君子恥其言而過其行」，文清諸人有焉。

薛文清云：「敬天當自敬吾心始，不能敬其心而謂敬天者，妄也。」儀自丁丑志學之初，作《格致編》以自考，即以敬天爲入德之門。而曰「敬天者，敬其心也，敬其心如敬天，則學無不誠而天人可一矣」，先生之言，可謂先得我心。

文清云：「爲學只是學天理、人倫，外此便非學。」予作《格致編》亦一從天理、人倫做起，蓋前此曾行了凡「功過格」，覺得都是分外故也。

予自庚辰初見得「理一分殊」四字，受用不盡，以爲天地萬物萬事，無一處無理一分殊，自謂獨得之秘。及讀整庵先生《困知記》語，若合符節，今讀文清《語録》亦如之。又宋金履祥誨其門人許謙，亦言「天地間道理，只理一分殊」，乃知道理至極處，先賢闡發，必無餘藴。所争者，工夫至與不至、識與不識耳。

文清得力静處多，故其《語録》多論道體之言。

文清只是一誠，更無他做作，故其被難，能使王振爨下之人，亦涕泣而救之。

白沙被召而出，人多以爲非。張汝弼作詩譏之云「多少高人眠不著，雞鳴催入紫薇班」。此譏之者非也。君臣之義不可廢，況當有道之時，正宜相助爲理，豈可但以不應詔爲高乎？此以論隱士則可，非所論於有道之儒也。白沙當日召之即起，使之就試禮部則辭，其出其歸，俱無可議。但白沙原無甚學問，未可語治平，授以檢討而使之歸，正可以成其高。

君命召而不出，孔、孟時無此學問，自光武子陵而後，人始以不出爲高。要之，非經常之道也。但學者須自審，又須相時，不然又恐爲終南捷徑耳。

胡敬齋與陳白沙俱學于康齋，康齋以程、朱爲宗，故敬齋、白沙俱以敬爲主。白沙《和此日不再得》詩，「吾道有宗主，千秋朱紫陽。説敬不離口，示我入德方」是也。至後來自成一家，始以自然爲宗。敬齋則始終一「敬」字做成。

胡敬齋以墨縗入公庭，爲時所知，遂以布衣召，主白鹿，此亦盛世事也。予嘗親至白鹿，祠廟、書院，猶存具文，師生則闃無人矣。問之，土人云：洞生猶有四十餘，大約爲進學科舉添增地耳，講學則絶響久矣。爲之憮然。

湛甘泉，陳白沙之徒也，書院生徒幾徧天下，故講學之風盛於甘泉，然學鮮實得，徒皮毛耳。甘泉「隨處體認天理」之説，即所謂「隨事精察」也，亦無甚不是處。而陽明謂「求之於外」，此是陽明認錯。然甘泉卻未見體認之實，讀《全集》可見。

湛甘泉《心性四勿圖説》，今刻白鹿洞，亦無甚異，只是不必。大凡圖之爲用，所謂立象以盡意也。天下萬世俱未之知，而又無可舉示，故筆而爲圖。若心性四勿之説，則昔賢論之甚詳，何必爲圖？且圖孰有過於周子《太極圖》者？人極、心性，已全具於《太極圖》，不於此發明而又另爲圖説，直是畫蛇添足。

錫山學脈，開自龜山，然在今時，則邵文莊爲開山祖。文莊事親最孝，至今邑中之紳多以孝著者，亦文莊有以風之也。

文莊之生，在陳白沙之後而稍前於王陽明，一時講學之風已盛。公喜道學而未嘗標道學之目，不喜假道學而未嘗辭道學之名，循循勉勉，爲所當爲而已。此薛文清一派也，後輩所極當效法。

「願爲真士夫，不願爲假道學」，此文莊平生得力語。由此充之，爲君相者爲真君相，爲士民者爲真士民，一真而天下之事畢矣。真即《中庸》所謂「誠」也，彼以坦率、簡易爲真者，淺之乎言真矣！

文莊生平尤得力於文章，蓋學於西涯，西涯亦以衣鉢門生期之也。其所著《日格子》，亦似《左》、《國》。

蔡虚齋是一儒者，不聚徒黨而日潛心理道，有薛文清之風。生平居官，自督學而擢祭酒，皆克舉其職。四書、《易經》二《蒙引》，篤信朱子，居然黄勉齋。畢竟成、弘時風氣未漓，所以有此人物。

虚齋篤信朱子，《蒙引》於朱注一字不苟，似乎太過。然予觀宋、元以來諸儒，凡爲朱學者，大抵如此，故制行亦卓然不苟。此朱學之所以爲無弊也。

陽明自言：少與友人爲朱子格物之學，指庭前竹樹同格，深思至病，卒不能格，因嘆聖人决不可學。予曰：此禪家參竹篦子法，非朱子格物之説也。陽明自錯，乃以尤朱子，何邪？

陽明「致良知」三字，尚不妨；獨「無善無惡謂之性，有善有惡謂之意，知善知惡是致知，爲善去惡是格物」四語，宗旨未妥。不但「無善無惡」句未妥，即「爲善去惡」句，此是修身，如何謂之格物？

整庵《困知記》，專爲陽明而作。是時，陽明良知之説遍天下，又改《大學》古本，抑朱崇陸，天下靡然向風，故整庵起而論正之。其開卷數章，即首以心、性、儒、釋爲辨，蓋爲此也。是時，陽明之徒盛，故先生之學反爲所掩。然精意所存，不可磨滅，至今有識之士，皆能尊而信之，有以夫！

陽明工夫甚少，初官京師，與湛甘泉講道，不過隨聲附和耳。及居黔三載，始覺有得，而才氣太盛，遽樹良知之幟。繼又有寧藩之變，廓清平定，煞費心力，功名一建，後來遂無日不在軍旅中。雖到處時時講學，實不過聰明用事也，所以一生只説得「良知」二字。至於二氏之學，卻於少時用工過來，所以時時逗漏，亦是熟處難忘耳。整庵則四十志道，八十三而卒，四十餘年體認之功，不可謂不深矣。又一生履歷，皆在清華，遇亦足以佐之，其造詣純粹有以也。

整庵與朱子未達一間處，只是心性、理氣。然心性猶可通，若理氣，則自不識「理先於氣」之旨，而反以朱子爲猶隔一膜，是整庵欠聰明處也。

魏莊渠先生，見地極高卓、極端正，然氣象稍迫促，當時爲陽明所掩。

莊渠雖講學，而不聚徒，但勤職事，是薛文清一派，其見地似更勝文清，但其氣象，則有玉與水晶之別。

莊渠論心性、理氣處，絶無差錯，是其見地清徹。論郊社大禮亦好。

莊渠之學無傳人，以不樹宗旨、不立門户故也。當時，歸震川、鄭若曾皆先生之壻，大好人物。而震川則留意文章，若曾則勞心經濟，不能嗣先生傳，殊爲可惜。然震川以文章名世，其道理純粹，實得之於先生。若曾因倭變故，汲汲爲《籌海圖編》，亦得先生經濟之一節。總見先生之學，爲其實，不爲其名也，視學徒之盛而反以敗壞其師傳者，果孰爲勝耶？

龍溪論性曰：「性者，萬物無漏之真體，形生以後，假合爲身。」又曰：「父母未生前，本無污染，有何修證？天自信天，地自信地，有言皆是謗，六經亦葛藤。齒是一把骨，耳是兩片皮，更從何處著言與聽？」又曰：「囦地一聲，不知此身在何處？」此類是打合釋氏。論死生曰：「常無欲以觀其妙，未發之中也；常有欲以觀其竅，已發之和也。萬物芸芸，以觀其復，慎獨也。不睹不聞，本體萬物；戒懼慎獨，工夫火候。」又以「日魂爲良知，月魄爲法象」。此類是打合道家。一生伎倆，不過如此；一部《語録》，不過如此。欲奔走三教者，竊此數語足矣，故世俗小聰明人最喜之。

心齋之學雖粗，然以一不識字竈丁而能如此，卻是豪傑。有氣魄，鼓動得人，故當時泰州一派亦盛。然接引者，多是布衣，又多死非命，如顔山農、鄧豁渠、何心隱之屬。亦學問粗疏、一往不顧之所致也。

薛方山人物亦好，當時不肯附於講學，亦見講學者之流風日下耳。《續綱目》亦甚好。

海剛峰，人多以氣節目之，非也。予讀其《全集》，知剛峰是真能學聖賢者。其學一以不欺爲主，而力行之勇尤不可及，已能透誠意關矣。昔儒稱誠意爲人、鬼關，若過得此關，便是聖賢地位人物，非「氣節」二字所能名也。其過當處，是正心工夫尚有未盡，格物致知工夫尚有未到。

心性開明之人，最易疏闊。觀剛峰一生，自南平教諭，以至爲知縣、爲司官御史、爲巡撫，無一處不留心民隱。其章程條教，析極秋毫，至今可爲師法。氣剛而心細，所以爲不可及，以視萬曆、天啓間氣節諸公，蓋天淵矣！

世俗之人，必以聚徒講學爲儒者，非也。爲儒不過爲聖賢而已。剛峰事事學古、念念不欺，爲户部主事時，有《直言天下第一事疏》，真能付死生於度外，雖聖門之子路，何以加焉？

羅念庵雖講良知，而能深知王門之弊，特是時狂瀾方倒，不能力救耳！

講學之風，至嘉、隆之末萬曆之初而弊極。凡諸老相聚，專拈「四無」，掉弄機鋒，閒話過日，其失更不止如晉室之清談矣。海門周汝登，當時推爲宗主，著《聖學宗傳》，自以爲得心宗之正。講「無善無惡」之旨於南都，許敬庵聞而疑之，作《九諦》相難，汝登作《九解》以解之。敬庵之學，於時獨爲純正，然所得亦淺，一杯水豈能救一車薪之火哉？

吾儒之有心宗，猶釋氏之有禪宗。心宗之名，蓋仿禪宗而立者也。禪宗起於達摩「教外別傳，不立文字」，心宗起於象山「六經注我，我注六經」，其言若出於一。

達摩「教外別傳，不立文字」，然「直指人心，見性成佛」，大旨亦無甚異。自五宗起，而棒喝、機鋒無所不至，故亡達摩之學者，禪宗也。象山「六經注我，我注六經」，然八字著腳，必爲聖賢立身，亦無甚錯。自心宗起，而猖狂妄行靡所不爲，故亡象山之學者，心宗也。

子曰：「畏天命，畏大人，畏聖人之言。」古人作聖根基，只一「畏」字，雖以生知之聖，亦必奉此一字以爲安身立命之基。堯之「欽明」，舜之「恭己」，湯之「聖敬日躋」，文之「小心翼翼」，皆是道也。自心宗之學起，而動云「一切放下」，動云「直下承當」，使學者人人心粗膽大，人人足高氣揚。昔東坡云「何時打破這敬字」，愚謂心宗此時已打破「敬」字了也。打破「敬」字，只爲斷送卻一箇「畏」字。

爲心宗之學者，必侮聖蔑賢；爲禪宗之學者，必呵佛罵祖。彼於祖宗且如此，而何有於身心世界？只爲斷送這「畏」字，所謂「小人而無忌憚」也！

或問：《大學》首言「明德」，《中庸》首言「率性」，《孟子》言「盡心知性」，今以心宗爲非，然則講學不當論心耶？曰：講學安得不論心？吾所不足於心宗者，正以論心而反失其心，讀《大學》、《中庸》、《孟子》之言，而不得其原本也。《大學》言「明德」，而八條目先之以「格物」；《中庸》言「率性」，而「尊德性」必「道問學」；《孟子》言「盡心知性」，而工夫必由「集義」、「養氣」。然則學者欲識本心，斷斷非學問不可，而心宗動曰「忽然有省」，動曰「言下有省」，至格物則以爲格去物欲，「學問」二字，竟置不講。其究不至，認知覺爲性，真不止毫釐千里，不可不辨之於早也。

「志學」一章，是孔子一生學問得力始末根由，最是有頭有尾，吾人所當觀法。然開口便説一「學」字，直至七十，方説箇「從心所欲不踰矩」，則知七十以前，雖孔子也未便敢説從心。今心宗之家，不論初學，只一概與他説心，將他與知、與能處指點出，以爲此便是性、天、全體。其人亦自以爲有得，便手舞足蹈，多見其不知量也。

《尚書》曰：「人心惟危，道心惟微，惟精惟一，允執厥中。」他説箇「心」字，何等謹懼，何嘗如近日之心宗説心，直是全無忌憚？

真西山有《心經》、《政經》，其《心經》皆輯四書、五經及諸儒語録中之言心者，此方是心學。若近日之心宗，則直是談宗，非談心矣。

心是活物，須與他箇規矩纔可入道，古人所謂心法也。只此一箇字，心宗家所最不樂聞。他動説無法，「無法」二字，不知陷害多少後生在。

心法「法」字，即聖人不踰矩「矩」字。聖人至七十可以從心矣，然猶説不踰矩，則知聖人終身只行得一「矩」字。以聖人終身之所行者，而吾人一旦欲舉而廢之，且欲出於其上，謬哉！殆哉！

君子「無適也，無莫也」，可謂無法矣，然曰「義之與比」，則正有深於法者在。心宗喜説無法，其意蓋欲破適、莫一班人也，然適、莫未破，而義已先決裂矣。

三教合一之説，自龍溪大決藩籬，而後世林三教之徒，遂肆爲無狀。甚至立廟塑三教之像，釋伽居中，老子居左，以吾夫子爲儒童菩薩，塑西像而處其末座。縉紳名家，亦安然信之、奉之，噫！有王者作，吾知兩觀之誅，不待時日也。

林三教，即林兆恩，著《心聖直提》，分艮背、行庭二心法。教初學之士念「三教先生」四字，初從口念，而至于背之腔子裏，久之念念皆背，便是入聖。其顛狂無狀，可謂極矣！

三教合一之説，若粗粗看去，未有不以爲然者，予少時亦每有此想。自丁丑用力於斯道之後，日漸將二氏來比並，始知二氏之於吾道，相去天淵，實有强之而不能合者。非欲護持吾道，而漫爲此闢異端之論也。世人不察，群奉其説，只是不曾用力於吾道耳。

顧涇陽先生，當三王之學之後特起，無師承，能以性善之旨破「無善無惡」之説，「小心」二字塞無忌憚之門，横砥頽流，亦可謂豪傑之士。其文章論理、論事，俱極爽快，如并刀哀梨，直是聰明絶俗。

涇陽一生崇正闢邪之學，俱見於《朱子二大辨》前、後序中。

涇陽言「無可無不可，是孔子小心處」，此開闢救世語。當時學術波靡，皆以鄉愿同流合污之實，託孔子無可無不可之名。要而言之，只是無忌憚，只是膽大。故涇陽點出「小心」二字，見得孔子此處全是時中，稱斤估兩，直是分毫差移不得，豈得以縱心任意爲無可無不可也？此等語，真是有功世道。

涇陽學術，人不多議，議者大約以門户少之。所謂門户者，東林講會是也。講會非盛世之事，亦非衰世之事，盛世不必爲講會，衰世不宜爲講會。徒與太盛則忌生，忌生則釁起，太多則雜，雜則間生，涇陽於此不無少欠知幾也。然講學固非衰世事，忌講學豈反爲盛世事耶？予過東林舊址，嘗有詩云：「鄉黨程朱聊自淑，朝廷洛蜀已相猜。忠良既逐姦邪盡，宗社旋隨黨錮灰。」啓、禎之間，令人深慨！

天下事是認真人做，當涇陽創東林書院時，同志雖多，然徹始徹終認真到底，惟以此事爲安身立命者，高忠憲一人而已。朱子有云：「此事不是拚生捨命向前，如何得成就？」

或以忠憲爲偏於氣節者，非也。聖賢立身行事，只是因時而起，豈有一定之成格？當商之末，微子豈欲去？箕子豈欲奴？比干豈欲諫而死？時爲之也。忠憲之氣節，亦因乎時而已，於學問何加損哉？

予嘗聞友人述前輩之言，以鄒南臯爲狂，高忠憲爲狷，馮少墟爲中行，而未見少墟著述。近得其集，見《辨學録》論儒、釋之辨，極其精晰，其餘皆平正切實，立身進退，俱無可議，中行之言不虚也。

關中之學，大抵皆重躬行，如涇野吕先生，其《語録》有體有用，平正切實，亦文清之派也。啓、禎以後，講學諸公相繼淪没，惟山陰劉念臺先生爲碩果。壬午之冬，吾婁張受先先生相約同往，不果行。癸巳，武林胡彦遠來，始知西安有葉静遠得念臺之傳。已而静遠不遠千里而至，始知先生之學本於許敬庵，故所得者正。惜未讀《語録》之全也！

念臺《人譜》編，是爲接引初學而設，俾得躬行實踐，極是妙法。予丙子年自爲《格致編》，以天理、人欲分善過，而主之以敬。作《考德》、《課業》二録，與同志數人互相考核者數年，大概亦與此同。

予嘗有言：大儒決不立宗旨。譬之醫家，其大醫國手，無科不精，無方不備，無藥不用，豈有執一海上方而沾沾以語人曰「此方之外别無藥」？近之談宗旨者，皆海上奇方也，豈曰不能治病，然而淺矣、小矣。陳幾亭云：「聖人有無宗之宗，隨問隨答，極平常乃極變化，聞者各隨所入而總會於本心之中。與提宗之家步步照顧，而適成繁複者相懸也。」幾亭可謂知大儒之説矣。乃世每喜言宗旨者何？譬之人欲學醫，問於大醫，須讀書數年，旁有人曰「吾有奇方，旦夕便稱國手」，則無不趨之矣。而不知終爲大醫所哂也。

思辨録輯要卷之十　後集

明太倉陸世儀道威著

異學類

昨偶看《老》、《莊》，識破他學問根蒂。人多以爲老子性陰、莊子性傲，故其學如此，又不知大道，故流爲偏僻，非也。兩人皆絶世聰明，且與孔、孟同時，文、武流風未遠，豈有不知大道之理？只是他脚跟不定、志氣不堅，爲世界所轉移，便要使乖。老子是周衰時人，正道已行不得，孔子所謂「道大莫容」也。他便收斂韜藏，以退爲進，所謂「知其雄，守其雌；知其白，守其黑」、「將欲取之，必姑與之」也。其謙沖儉嗇處，全是一團機心，故曰「無爲而無不爲」，又曰「以無事取天下」。所以其流爲申、韓，老子是藏形匿影的申、韓，申、韓是出頭露面的老子。若莊子，則其時全不可爲矣。若要爲，便做申、韓，他又不屑做，儒又行不得，而又不甘自處於諸儒之下。故其言惝怳自恣，謂諸儒爲賤儒，而曰「聖人不死，大盜不止」。要絶類離群，更出聖人、諸儒之上，不曰天下不可爲，而曰我不屑爲。要之，俱是使乖，俱是爲世界所轉，另尋一頭路透出，孔、孟則決不如此。

禪門常言「歷劫不壞」，如何是歷劫不壞？只不爲世界所轉便是。若孔、孟便是歷劫不壞。其餘若老、莊之流，則歷劫便壞了。

孔、孟知其不可而爲之者也，莊子知其不可而不爲者也，老子知其不可而以無爲爲之者也。

老、莊之學，體用俱非，不可以治身心，并不可以治天下、國家。蓋老子雖名清浄，其實陰毒，莊子則全無拘束，純是放曠，所謂不可以治身心者也。若以治天下、國家，則老子之學，非流爲申、韓慘刻，則必流爲王莽、曹操狐媚以取天下。莊子之學，則魏、晉之風流而已。

若老子之學得行，王莽之流必借以行其姦，馮道之流必借以蓋其醜。

莊生才氣大，其意便欲蔑裂行檢，揮斥儒術，弊之所極，不但是魏、晉風流，凡東坡放縱一流人都是。人知蘇氏之學出於縱橫，而不知其放恣之習原於莊子也。

異端雖多，未有敢顯然非聖者，惟莊子則曰「聖人不死，大盜不止」，此後來禪門呵佛罵祖之開山。

《莊子》多僞篇，其《盜跖》等篇亦僞筆也，文氣全不似莊子。蓋假託以盜毁聖之辭，乃世人不知，樂其辭之快而不覺自居於盜跖，後世東坡之流皆是也。

孟子闢楊、墨而不闢老、莊，蓋老子是闇藏不露的，莊子亦不過自放于方外，惟楊、墨則是欲行其道于天下，故孟子特辭而闢之。

莊、列本楊朱之學，故其書多引用其語。看來天地間，只是愛「爲我」的人多。不但清談放廢之流，即偏于退隱之人，亦是也。不但草衣木食之流，即權謀功利之人，亦是也。總之，只是自私自利。

楊朱之學，亦自老子出來，蓋其學愛占便宜也。老子是悄然占便宜，楊朱是明白地占便宜，申、韓之占便宜則更自惡很了。

墨子願太大、行太苦，由其願大，故後世以孔、墨並稱，由其行苦，故當時之人亦少有傳其學者。所謂「逃墨必歸於楊」，亦行苦而難學之一證也。

墨子之學，似非隨世界轉移，然於爲人工夫上太過一分，亦是趨世情之好，即《論語》或人所謂「以德報怨」之類也。若聖人，則止是平心而行，無過不及。

問：楊朱多流弊，墨子卻未見流弊。曰：戰國時俠烈之士，即墨子之流弊也。其究至於爲一人報仇，而皮面抉眼，燔妻子、沈七族，嗚呼甚哉！又奚止摩頂放踵而利天下乎？

孔子生平未嘗輕易罵人，惟於鄉愿則曰「德之賊」，又曰「過我門而不入我室，我不憾焉」，若深恨之者。蓋天下惟此等人，最能亂德，《孟子》「非之無舉」一章，最説得痛快。學者須於此處辨得分明，方可入道。

世間只是庸俗人多，鄉愿者，庸俗人中之最巧者也。隨風轉舵以取悦於人，胸中更無把柄，且自謂得計，而反笑狂狷一班。其所謂愿者，非真愿也，外爲愿慤，以欺庸衆而取譽也，故孟子曰「奄然媚于世」。

人做鄉愿，討多少便宜，坐受世俗之譽，而反笑傲聖賢、譏彈聖賢，雖聖賢亦無如之何！若不是孔、孟當年説破，至今猶没法處置。

生斯世也，爲斯世也，鄉愿胸中只有這箇學問。

從來楊、墨俱成箇世界，惟鄉愿都不成世界，故古今以來，無鄉愿之學。蓋其志原小，其力量亦小，只哄動得幾箇鄉人，一遇有識之士，其伎倆即窮矣。聖人所以惡之者，蓋天地間惟庸衆人多，被他一哄，便都不肯入堯、舜之道。

鄉愿胸中只八箇字：取悦庸衆，忌嫉君子。取悦庸衆，已是不是，更加以忌嫉君子，必至無所不爲。此等人，在朝廷則亂朝廷，在鄉黨則亂鄉黨，而世方且群哄而稱祝之曰：此方是真聖賢、方是真君子。至於禍世而猶不知，所謂「甘口鼠」也。豈特馮道、胡廣，凡庸常乖巧之善人，皆鄉愿也。馮道、胡廣，其著者耳。

問：老、莊之學無用，反不如管、韓、申、商，似有實際，可以治國。曰：若論實際，老子更勝諸子，他更做得不露形迹。《史記・老子贊》所謂虚無、因應、變化無窮也。其所以不及吾儒者，只是此心略有邪、正之分，若諸子之實際，則只是粗迹。

管、韓、申、商四家之中，管子近正，他猶有《周官》法度之遺意。其用意病處在「寄軍令」三字，不然，竟是《周官》法度矣。

《管子》書大半多假，又非一筆，疑後人雜采僞撰，以足成之。只内政分鄉、《國語》所載者，已足見《管子》之全。

申、韓、商三子之學，雖有實際，然苟行其術，必至殺身而後已。

蘇秦、張儀，只是弄口角，更不成甚學術，比管、晏、申、商又低。當時，六國之君已不成其爲君，所以苟且就功名之流，窺破情實，只是揣摹事情，恫疑虚喝，以出其金玉、錦繡。即秦用張儀，亦非全藉其力，治耕、治戰，自有商鞅諸人，只用他在外走動，虚張聲勢。

問：孫子兵法何如？曰：此非王道之正。王道兵法，見於《書》之步伐止齊及《周禮》伍兩卒旅軍師之制，後世李靖兵法及明戚繼光《練兵紀效》近之。若《孫子》，只是兵家術數，然後世人心詭譎，若欲用兵，則雖儒者以王道爲本，亦不可不窮術數之變，蓋知彼知己而後能克敵也。要之，此只是一家之學，苟有人能乎此，亦可爲國家一將之用，非比老、莊、申、商以學術亂天下也。

問：荀子或以爲儒、或以爲異端，何如？曰：荀子純粹不及孟子，力量不及楊、墨，徒以性惡、禮僞之言取譏於後世，雖其書略有可取之語，不足道也。

問：昔人荀、揚並稱，莫是揚雄之學與荀子同否？曰：揚雄只是文人，更無實際。其《太玄經》只是摹擬《易經》，揀難的説，以驚世釣名；然描頭刻角，畫虎不成，不必美新而後知其不濟也。

揚雄亦是學黄老，故其言曰「老子之言道德，吾有取焉」。然老子卻有實際，揚雄只是學其語言而已，一遇王莽，便手腳都亂，成甚老子之學？

問：李悝盡地力，與諸家何如？曰：此實用之學，但只是一支一節，如孫子一類。孫子是兵家，此是農家，然兵家尚有詭譎，農家則全是實用。後世凡談農田水利之學者，皆悝之流也。孟子惡之，只爲闢草萊、任土地，全是養戰士以争城、争地，故以爲罪之次。若只是教民耕種，如漢趙過諸人，有何不可？

凡古之專家伎術，如天文、形勝、兵農、水利、醫藥、種樹、陰陽、伎巧之類，皆儒者所不廢，但當以正用之耳。

問：黄石公何如？曰：黄石其人不可攷，《素書》、《三略》，俱屬贗作，大約老子之徒、兵家者流耳。

凡學術之岐，盡出於周、秦之時，其變態已極矣。至後世，則惟有祖述，更無特創者。雖釋、道二家，起於周、秦之後，然二家不過是老、莊特變換其作法耳。

先君少時曾授儀以儒家養生訣，云于鄒學師屏上得之。其言曰：「動静必敬，心火斯定。寵辱不驚，肝木以寧。飲食有節，脾土不洩。沈默寡言，肺金乃全。澹然無欲，腎水自足。」其言極平易、極精微、極簡要、極周匝，通於大道，絶勝導引諸家。

導引之術，不得其正，亦能害生。予親見學導引者，或腹内作聲，或臍中出氣，或吐血發狂，種種不一，非習學旁門，則不能禁慾也，學養生者宜知之。

問：世稱神仙，果有之乎？曰：此亦不足爲奇，山妖、木魅竊日月之精華，亦能變幻，而況人乎？但此非正道，故朱子詩曰「但恐違天理，偷生詎能安」。

問：聖人何以不爲神仙？曰：聖人非不能爲，不屑爲耳。蓋神仙只是獨行之士，如佛家所謂自了漢，若堯、舜、禹、湯，自有躋一世於長生之術，豈肯自私自利？昔伊川答董五經詩云：「至誠通聖藥通神，遠寄衰翁濟病身。我亦有丹君信否？用時還解壽斯民。」此詩意思殊妙。

神仙亦未必能長生，只是比世人年壽爲多耳，此即朱子「室中火爐」之説也。所以，在漢則稱鍾離權、王方平，在唐則稱張果老、吕嵓、司馬承禎，在宋則稱陳摶、董五經，在明則稱周顛仙、張三丰、冷謙之屬。以後則不稱矣，大約亦只是一時也。蓋其人必稟氣特異，稟性特高，而又處于深山、不涉人世，則自能如此。

問：釋氏有「不見可欲，使心不動」之語，與程子「四箴制之於外，以安其内」，其旨同異？曰：不同。問：如何？曰：本原各異。程子之制外以安内，所謂遏人欲、存天理也。釋氏則屏去外物，使此心空空不動而已，朱子所謂「空唤醒」、「主人翁」者是也。

佛氏之説，處處去得，只欠一「理」字。今整庵云「《楞伽》四卷，並無一『理』字」，亦可以證予説之不謬。又朱子云「禪家最怕人説『理』字」。

釋氏之説，只是充不去，充去便互相矛盾。即如五倫，乃天下之達道，釋氏於夫婦生育，令其斷絶，是五倫俱息也。至於禽魚鳥獸之屬，又愛護保息，螻蟻不損，使充其説，是天下皆無一人，而禽獸充塞天地，不成一箇世界。

釋氏矛盾處如何？曰：釋氏離而父子矣，卻有師徒；去而宗族矣，卻有師兄弟；舍而室廬、墳墓矣，卻有庵寺、塔院；以富貴爲糠秕矣，而必求宰官護法；以錢財爲塵垢矣，而見人則募化；禁人夫婦之道則人種絶矣，異類則聽其蕃畜、百年之後天地間不皆盡爲異類乎？絶腥血之食、可謂得好生之仁矣，於此身則割之以飼鷹、捨之以喂虎，不輕軀體而重禽獸乎？凡此矛盾之類，不可勝舉，舉其一二，智者可以思過半矣！

一友人盛稱釋子戒行之精。予曰：去而君臣，離而父子，更有甚戒行在？友人爽然大笑。

聖人之道，上之爲帝王，下之爲臣庶，大而天地，細而萬物，無不各有當然之則，並育並行，不害不悖。若釋氏，則成一世外之民，道理都移動不得。❶

❶「得」，原脱，今據正誼堂本補。

思辨録輯要卷之十一　後集

明太倉陸世儀道威著

經子類

天下古今之書文冗亂極矣，有王者起，必當釐正而大焚之，焚書正所以存書也。孔子删《詩》、《書》，定禮樂，贊《周易》，修《春秋》，亦是焚書之意。

友人有言古本《大學》之妙者。予曰：儀於《大學》只讀得聖經，於聖經只讀得三節，「在明明德」一節，「明明德於天下」一節，「修身爲本」一節。三節中，又只讀得「在明明德」一節。今本、古本，尚未暇辨。只「格物」二字，古今尚有許多人未讀得在，説甚今本、古本？

古書最多斷簡、錯簡，必以古本爲是者，非也；古書最多脱略，必以今本之經傳分明、字字注釋爲是者，亦非也。章句之分，自二程及朱子已自不同，豈可執一爲據？吾輩讀書，只是得其大意，可以爲身心之資耳；若必拘拘分章、分句，辨古、辨今，反落第二義。

《大學》語學，《中庸》語道，又簡易、又周匝、又精微、又平實，直是點水不漏。學者看得此二書透，則可無他岐之惑矣。

《孟子》道理極平正，然議論卻有機鋒，或直折，或接引，處處皆有作用。如「王何必曰利」及「仲尼之徒，無道桓、文」，此直折之類也。「賢者而後樂此」及「愛牛」、「好貨」、「好色」，此接引之類也。雖是聖賢，實具有英雄作用，亦是資稟及時勢如此。

四書自程、朱以後，被嘉、隆時一班纖儒解壞，直弄得不成道理。聖人復起，必將正兩觀之誅。只陰陽兩畫，天地萬物之理盡矣，全部《易經》已和盤托出矣。未審讀者能信得及否？

伏羲大横圖，只是把奇、偶二畫，一左一右，一直疊起。至第三畫，卻天然是乾一、兑二、離三、震四、巽五、坎六、艮七、坤八。至第六畫，又天然是乾在《乾》之第一卦，兑在《兑》之第二卦，離在《離》之第三卦，震在《震》之第四卦，至坤則在《坤》之第八卦。真是奇特！若把來從中拆看，卻畫畫都是對待。大圓圖，只是把大横圖劈中分開，左右圈轉。大方圖，亦只是把大横圖分作八層，一直疊起。絶無分毫做作，不費分毫氣力，然與天地、四時卻無不吻合。決非聖人不能作，或謂得之於陳摶。蓋陳摶亦有德而隱者，非後世道家者流也。

伏羲大横圖，與周子太極圖，雖則兩樣，其實一意。兩儀無論矣，五行即四象也，成男、成女即八卦也，萬物化生即六十四卦。

乾、坤爲《易》之門，故四聖人於乾、坤二卦，各極其精神，看得乾、坤兩卦透，餘卦不必言矣。學者不可不細心著眼。

天地間只是陰陽，陰陽只是對待，原無偏輕偏重，伏羲畫卦，亦是如此。至文、周繫辭，孔子贊

《易》，便有無限扶陽抑陰之心，此所謂參贊、裁成也。試看《乾》、《坤》兩卦，文、周于《乾》之卦，爻辭何等乾圓潔浄、明白正大？至《坤》，則便增許多周折，許多警戒。孔子於《乾》之《彖》、《象》、《文言》，何等張皇贊美、反覆詠歎？至《坤》，則寥寥數言，惟勉之以從《乾》而已。蓋伏羲之《易》，先天之《易》也。先天之《易》，未嘗不具後天之用，而畫卦以體爲主，則卦自當如此。文王之《易》，後天之《易》也。後天之《易》，未嘗不本先天之體，而《繫辭》以用爲主，則辭自當如此。非但道理，即世變亦然。故曰：「《易》之興也，其于中古乎？作《易》者，其有憂患乎？」若使《乾》、《坤》兩卦，語語皆作對待，一部《易經》，豈不死煞？

元、亨、利、貞，決當作四平看。想得文王繫《乾・彖》時，胸中只是静蕩蕩地。以言乎天則爲有道之天，以言乎君則爲聖神之君，以言乎人則爲至誠之人，何須丁寧？何須告誡？朱子「必利在正固，然後可以保其終」，是慮占者未必皆至誠之人，故下一轉語。此亦子服惠伯對南蒯之意，于《彖辭》未必無補也。然此自是辭外意，須是將文王《彖辭》四平解過，然後將己意另作一轉始得。

朱子以「利」字作虚字看，此因後六十三卦中，未嘗以「利」字單行也。然「元」字亦未嘗單行，於此可見文王之意，決不欲以《乾》卦等夷於六十三卦。

六龍之中，惟躍、亢兩爻最難處，故聖人論躍、亢兩爻亦特妙。

「進無咎」，注作「可以進而不必進」者非，蓋朱子是慮後世有操、莽、懿、温之流，故爲此敬慎之言。不知乾之六爻，皆爲聖人，九四乃舜、禹、湯、武之倫，❶非操、莽、懿、温也。陽城南河及觀兵孟津等類，皆是躍。其欲進者，皆非富天下之公心也；其欲退者，則惟恐來世以台爲口實也。所以夫子諒其隱、鑒其心，恐其避世俗之小嫌而廢天下之大義，故決然以「進」之一字，定其志，堅其膽，豈爲操、莽、懿、温作勸進表乎？孔、孟以後，從無人識此義，待小人太寬，待君子太嚴，往往議論繁苛，甚於東溼，使君子坐失機會，不能展動分毫，亦主持世道者之過也。

或問：天德如何不可爲首？曰：以善服人者，未有能服人者也，以善養人，然後能服天下。

「乾元者，始而亨者也」一節，止是贊乾元，見元之能包四德而統天也，文義甚明。如曰「乾元者，始而亨者也」，始而即亨，有始而即有亨，非于元之外，别有亨也。「利貞者，性情也」，利貞即元之性情，於此而見，非元之外，别有利貞也。惟乾始能以美利利天下而不言所利，故人以元、亨、利、貞分四德平看，❷而不知亨、利、貞皆元也。元之德，豈不大矣哉！然而元之大，一乾之大也。故又曰「大哉乾乎！剛健中正，純粹精也」。惟乾元之德如此其大，故六爻之發揮，不過旁通其情，時乘御天，如天之雲行雨施，而天下即平矣。文義甚明，文氣甚貫，注中板板分注亨、利、貞，爲失之矣！

《文言》説「潛龍」一爻，往往以「行」字相許，如曰「樂則行之」、「日可見之行也」，蓋有能行之德而後藏，

---

❶ 「舜」，正誼堂本作「聖」。
❷ 「平」，正誼堂本作「並」。

故謂之潛龍。所謂舍之則藏也，與漫然隱逸之士不同。

潛龍，非只隱遯便可稱潛龍，須看一「龍」字，其中便有大學問在。《文言》曰：「龍，德而隱者也。」又曰：「君子以成德爲行，日可見之行也。」説箇龍德，又説箇成德，則知非聖人不能當龍，非龍德不能當潛，今之潛者誰乎？今之潛而龍者又誰乎？

讀「潛龍」，不可只作隱逸傳看過。隱逸只是高尚，所謂爵禄可辭者耳。潛龍，則用之則行，舍之則藏，非遯世不見知之聖人，不足以當之。知此，則雖屈原、陶潛，亦瞠乎其後！許由、巢父云乎？

士君子當潛時，最當學問，亦最好學問，此所處寥落，則心思愈加静專故也。或曰：世亂，恐無安静地，❶又多衣食之累，奈何？曰：念及此，則一刻安静，即當一刻學問矣。衣食之憂，又其次者。

潛龍，有不終潛之學問，著述是也。不得于今則得于後，不行于天下則行于萬世，我何爲不豫哉？亢，不獨處富貴極盛之地有亢，即處潛亦有亢，事太激、名太重是也。儉德、避難、知幾，其神乎？「括囊，无咎无譽」，亦處潛一法。其不及潛龍者，遜其德也，抑亦可以爲次矣。

以乾觀坤，則坤直是純陰之世矣。然全卦中不見此意，只于六四一爻見之，以四當外卦之首，重陰之始也。故《文言》曰「天地閉，賢人隱」。

《履》卦卦辭曰「履虎尾」，則知履之爲卦，亦與危機相近矣。然初、二兩爻，一曰「素履往，无咎」，一曰

❶「地」，正誼堂本作「也」。

「履道坦坦，幽人貞吉」，則知當履之時，能與上遠，則危機亦淺。遯之爲卦，只二陰浸長，聖人便以遯爲名，便要君子退避，此履霜堅冰之意也。然難進易退之義，亦於此可見。

初六遯尾有厲，九二係遯有厲，❶則知遯必貴先、必貴決。然《象》又曰「遠小人，不惡而嚴」，則當遯之時，而清濁太分，亦危機所伏也。不先不後，不激不隨，庶幾得之。

「不惡而嚴」四字，最可味。惡則有進而與争之意，争則激，激則傷，「新法之禍，吾黨激成」，不獨君子受其害，天下且受其害矣。嚴則惟遠之已耳，君子苟能退步，小人斷不敢犯，亦斷不忍犯。

《明夷・象》曰：「利艱貞，晦其明也。」蓋世道既當明夷，若文明外見，將來物忌，故利用晦。然《大象》又曰「用晦而明」，六五《小象》又曰「明不可息」，蓋明雖晦于外，不可息于内。混迹庸衆，所謂晦也；專心聖賢，所謂明也。吾身雖廢，吾心不可不治，庶幾明夷之旨乎？

「外柔順」三字最妙，處難而柔順，則不與逆鱗攖決，不至于犯難矣。然所謂柔順者，蓋理當柔順者也。或臣子之於君父，或聖賢之於狂暴，或迹處草野而無綱常之責，或身任絶學而有道統之寄，如是者，可以柔順。不然，在職死職，在官死官，臨難毋苟免，順受其正，書識之矣。若皆以柔順自居，得無脂韋之誚乎？

困，與遯、與明夷不同。遯之時，禍機尚遠，地步儘寬。明夷之時，雖災害切身，然尚容人計較，兢兢業

❶「二」，據《周易・遯卦》爻辭，應作「三」。

業，患猶可免。若困時，則直是無所復之，令人動轉不得。此時而更營心計較，則私意叢起，必至皇惑失措，將來腳跟必站不定。《大象》一言説得好，「君子以致命遂志」，若曰此時之命，惟有致之而已。若夫志則必不可不遂，隨遇而安，無入不自得，死忠死孝，取義成仁，皆此念爲之。故吾以爲，學者必有此念，而後可以處明夷，而後可以處遯。

節至于苦，便是有意立節，若有意立節，則此時便非貞矣。「不可貞」，言苦節非貞，不可以之爲貞也。聖賢立節，只是理應如此，初未嘗矯飾，即至捐生死難，亦不過從容就義，未嘗有所謂苦也。

初九「不出户庭，无咎」，九二「不出門庭，凶」，同處節時，然當節而節則無咎，不當節而節則凶。乃知聖人初未嘗有心於節也，時爲之耳，使稍有可通，聖人決不蹈失時之譏也。此二爻，宜與潛龍「樂則行之，憂則違之」二句參看。

《坤·象》較《乾·象》便有許多言語，然一以貫之，只是「從陽」二字。「乃終有慶」，注謂「反之西南而有慶」，非也。謂之「喪朋」，則喪其類而從陽矣，故終有慶。

《乾·文言》釋「元、亨、利、貞」，自元而亨、而利、而貞，意主於元。《坤·文言》釋「元、亨、利、貞」，自貞而利、而亨、而元，意主於貞。此處便有乾以君之、坤以藏之之别。

《易》稱卜筮之書，聖人所以前民用，至於君子，則有無待於卜筮者。《易》之吉凶，不過決於理之是非，民不知理，故聖人教以卜筮。君子明理，理之所是則趨之，理之所非則避之，死生利害，固有不計者。今人動謂《易》爲趨吉避凶之書，至以卜筮爲智巧規避之事，試玩《易》辭占，何嘗有一毫規避？

昔朱子稱《周禮》爲周公運用天理爛熟之書，予於《易》亦謂是四聖人天理爛熟之書，若目爲智巧規避，則一團人欲矣。

《易經》是格物窮理之極功。

舜光問：伏羲既有八卦次序矣，文王何以又有八卦次序也？曰：伏羲八卦次序，是未有八卦、逐漸生出，乃天地絪緼、萬物化醇也。文王八卦次序，是已有八卦、交互索來，乃男女搆精、萬物化生也。

《易經》「吉凶」兩字，只是論是與不是。若是，即仗節死義、遺逸阨窮，俱是吉。若不是，即爲君爲相、福壽康寧，亦是凶也。

《易經》中「貞凶」二字最妙。蓋正至不可行處，而必欲固守其正，則雖正亦凶矣，「邦無道」、「危言危行」是也。巽以行權，其惟君子乎？此二字，當與「亢龍有悔」一爻同看。

讀「貞凶」、「貞吝」四字，則知大人言不必信、行不必果，與言必信、行必果，硜硜小人之别。

自《易》書以後，揚雄之《太玄》、關朗之《洞極》、司馬光之《潛虚》，與康節之《皇極經世》，皆擬《易》者也。然《太玄》之八十一首、《洞極》之七十二象、《潛虚》之五十二行，皆穿鑿無本。若康節，則原用《易》數，其自一一而之八八，皆《易》卦之本數也，故左之右之，無不宜之。

康節以歲、月、日、辰，推成元、會、運、世，乍思之，似乎杜撰，然卻是已然之迹。孟子所謂「苟求其故，千歲之日至，可坐而致也」。即其上推世運，堯、舜之治，恰在中天，則此書之數，信非偶然矣。

昔賢謂康節之學，遇物皆成四片，蓋因其元會運世、歲月日辰、日月星辰、水火土石，皆以四爲數故也。

其實康節所分，動静各四，則原是八數，彼此相因，不出十六，十六而天地之道畢，不過兩八數也。昔賢又謂康節之學是加一倍法，蓋謂一生二、二生四、四生八、八生十六也。其實兩八數，亦是加一倍。

《皇極經世書》、《性理》書所載乃蔡西山《經世指要》，蓋因康節之子伯温所著《一元消長圖》而推衍之，非康節之全書也。若欲究康節之學，必須讀其全書，讀全書而更閲《指要》，則全書之意燦然矣。然此是另一種學問，學之即不通知亦不妨，蓋欲精究之，恐反有舉一廢百之慮。觀當時，二程同時，朱子相去不遠，俱不肯汲汲于邵子之學，意可知矣。

康節曰："上古聖人皆有易，今之易，文王之易也，故曰《周易》。"今讀《皇極經世》，竟是康節一部易。以元會運世、歲月日辰，盡天地之終始；以日月星辰、水火土石，盡天地之體用；以暑寒晝夜、雨風露雷，盡天地之變化；以性情形體、走飛草木，盡萬物之感應；以皇帝王伯、《易》、《詩》、《書》、《春秋》，盡聖賢之事業。大矣，至矣！豈不能與天地準、彌綸天地之道乎？

伏羲《易卦圖》，自太極而分陰陽，自陰陽而分老少四象，自老少四象而分八卦，乾爲天、坤爲地，不過一陰陽而已。康節圖，則自不動、不静之間而分動静，動生陰陽，静生剛柔，陰陽剛柔，各生太少，此則與《易》有别。康節蓋以動屬天道，而陰陽者，天之氣，静屬地道，而剛柔者，地之質故也。然《繫辭》曰："立天之道曰陰與陽，立地之道曰柔與剛。"則康節之圖之意，原自《易》書中出來。蔡西山曰："康節之學，雖作用不同，而其實則伏羲所畫之卦。"旨哉言矣！

邵子《觀物》内、外篇，俱是玩心高明，讀之真見得虛空劈塞皆道。

或問朱子云：康節「雨化物之走，風化物之飛，露化物之草，雷化物之木」，此說是否？朱子曰：「想只是以大小推排匹配將去。」康節書中，此類甚多，如云「星爲晝，辰爲夜」、「暑變物之性，寒變物之情，晝變物之形，夜變物之體」之類，皆不可解，皆是以大小推排匹配將去。其所以沛然成書者，緣他見得箇天地始終大局，❶完完全全，故于中細小之物，合之而無不合，即不合而亦無不合也。

《皇極經世》之蘊，發明於《觀物》內、外篇，其間有極精奥者，諸儒所不能道也。據伯温云，《外篇》門弟子所記，今觀其文，若出一手，非門弟子所能記也。趙氏震以爲如《易》之有《繫辭》，信哉！

《通書》、《西銘》，當列於四書、五經之亞，使學者熟讀。

五經、四書，格人此心之理；《靈樞》、《素問》，格人此身之理。人一身之理尚不能格，何以云格物？

《靈樞》、《素問》，非周、秦間人不能作，其文字直如三代鼎彝，古色班駁，不可辨識。其論理亦非尋常人所能到，古人之心通造化如此。

董子書，只《天人三策》可觀，其《繁露》頗涉讖緯，且文氣亦與《天人策》不同，疑是假書。

《正蒙》書中，雖有一二欠自然語，然卻多開闢處。凡天地、陰陽、鬼神、律曆，幻渺難知之理，皆能精思刻論，發諸儒之所未發。其有功於吾道不淺，學者不可不讀。

《儀禮經傳通解》，相傳爲文公之書，其續集則黄直卿所輯也。然觀其大概，猶似《禮經》類書，所引《白

❶「緣」，正誼堂本作「原」。

虎通》、《左傳》、《國語》諸家，似亦太雜。且以《儀禮》爲經，是貴其可遵行也。而所補鄉、國、王朝之禮，雜采諸書，體格不一。竊疑此書非已成之書，當是文公命門弟子所輯，欲加筆削，勒成一家言耳。日來静坐觀《禮》，頗識得制禮源頭。以爲禮必有提綱、必有儀節、必有圖説、必有疏義，四者備而後可以爲禮書。蓋有提綱則便於記誦，有儀節則便於演習，圖説備則按紙可識其文，疏義明則開卷即通其旨。凡輯禮書，決當以此爲準。

郝楚望《九經解》，大抵以別出手眼爲高，然其中識見，亦儘有開闢不可及處，未可忽易。但論經處，多援引佛經互證，雖名爲闢佛，其實推墨附儒也。緣楚望曾習釋學，故議論便顛倒縱横，大約三王之餘、卓吾之次耳。此書，後必有喜之者，其力量亦甚可畏，吾黨學問有暇，當取而論正之。

揚子雲好奇而不自量，作《太玄》以準《易》，所謂小有才、未知聖人之大道也。宋之司馬公，可謂君子矣，而乃作《潛虚》以擬《太玄》，何哉？其亦格致之功有未盡乎？卒至訓格物爲「扞禦外物」有以也。

《混古始天易》，錢塘田藝蘅所撰。因太極之説，而謬爲元極、靈極、太極、少極，與夫動静三才之圖。文極淺鄙，而高自誇詡，詆斥濂溪，可謂無忌憚之小人矣。初學未知太極本然之妙，或有因其淺鄙而喜之者。要之，熟讀《通書》，見得周子原圖實落處，自不爲所惑也。

管東溟論乾龍義，大約欲救正姚江、泰州一派後學，奪其囂而與之静，似矣，而乃以爲「飛龍禪於見龍，見龍禪於惕龍」，是何言與？欲挽狂瀾之倒，而更以其身爲狂瀾，可乎？至於剽竊二氏、推墨附儒、三教合一之説，昌言無忌，一時横議之風，猶可想見。講學之弊，遂至於此，禍亦烈矣！

王可大《象緯新篇》，語俱平實。至論歲差，以爲「天道原自不齊，久之必差，必隨時考驗，以合於天」。乃爲至當，語甚有理，不知堯夫差法，何以冠絶古今也？按：以上論諸儒學術，此條又論測驗，疑誤編在此，當移置十四卷治平類「程子謂堯夫」條下。

吴繼仕《樂經源流》，主國朝李文利「律吕元聲」之説，以黄鍾爲三寸九分，謂其聲極清，而徵、羽爲極濁。其説之是非，予不敢知。但以古人候氣之説推之，黄鍾候冬至之氣，其入地最深，則黄鍾之管，似宜比諸律爲獨長，不得反爲極短也。又單穆公謂「大不踰宫，細不過羽」，然則宫聲之大，自古而然。而文利、繼仕，獨謂其聲爲清而細，予不敢信。

予初未知樂，然竊謬謂律起於聲。《國語》伶州鳩曰：「古之神瞽，考中聲而量之，以制度律均鍾。」此律起於聲之一證也。故予謂古人定黄鍾之宫，皆以耳齊之，有聲而後有器，有器而後有數，非以數定器、以器制聲也。古人之法，自源而流，今人之法，自流而源，源流倒置，古樂之不可復，無足怪矣！何柏齋《樂律管見》，黄鍾九寸之説，同於西山；而又以爲九分爲寸，與西山十分爲寸之説異，其説鑿鑿，亦成一家。然樂律非可以空言争。西山律吕之學，雖文公亦以爲精當，而制而用之，音節不調，乃思更制而不果。柏齋之説，豈亦嘗制而用之耶？柏齋之言曰「惜予未精於音，不能盡得其妙」，然則《管見》之所言者，非音耶？非音而又何以言樂也？故愚以謂樂不知音而强争於器、數者，皆説夢也。

李資乾《太和元音》，似涉泛濫，然樂原本，大概不甚相遠。

林兆恩《歌學》解詩，四句分作春夏秋冬，又每字分作春夏秋冬，以聲開放爲春夏，聲收斂爲秋冬。夫字有陰陽、聲有輕重、調有清濁、節有疾徐，安得比而同之乎？今世歌法，大約如此，宜乎與古歌絶不相類也。按：以上四條，並論樂律，當編入二十二卷治平類論樂諸條中。下又有「林兆恩《禮射圖》」一條，已見二十一卷治平類中，今删去。

代藩《讀書録》，以己意詮釋六經、《語》、《孟》，大約出入禪學。如解《易》「終萬物，始萬物，莫甚乎艮」句，乃云：「即動處求心，了不可得。」又云：「動起静不滅，動止静不止。静既無止息，動亦無所起。」又云：「性體之中，無見無不見，無聞無不聞，無知無不知，無覺無不覺。」俱實實用禪語。

世傳李翱文章全學退之，《復性書》準韓愈之《原道》也。今予讀其書，雖未能醇乎其醇如宋之周、程、張、朱，然居唐之時，舉世憒憒，而翱獨沾沾於此，亦可謂中行獨復之君子矣。至觀其全集，如《平賦書》、《與從弟正辭書》及《答開元寺僧書》，若時時存心於斯道者，較之韓愈，似更進焉。今韓愈已配食兩廡，而翱猶没没，或亦後人所當加之意乎？翱之所得，較宋末諸儒，此下當有脱文。當道學開明之後者也，其聞斯道也易，翱居道學未明之先者也，其志斯道也難。且觀其《復性書》所載，當群言淆亂之時，而所推尊引用者不過《學》、《庸》、《語》、《孟》與夫《繫辭》之文而已。夫《學》、《庸》、《語》、《孟》之文，當時尚未顯也，而翱之所見已能及此，則豈猶夫人者乎？愚故曰翱之學似尤勝退之也。按：此條已見諸儒類中，但此條多「翱之所得」以下四十字，姑存之，以俟攷。

金壇于鑑中説，以《大學》八條目，分明誠體用敷衍成説，大旨亦無甚悖謬。然立言輕重不倫，詳略無序，似屬依傍，非出沛然。

宋潛溪《邃言》、劉括蒼《郁離子》、王華川《卮辭》，皆留心世道之言，然而潛溪、括蒼勝矣。潛溪責蕭何入關不收秦祕書而收户口、圖籍，便是宰輔見識。括蒼以招安之説爲勸天下作亂，以井田爲亂後可復，以德政刑威爲行幣之本，便是佐命見識。

方正學先生，直有堯、舜君民之意，其所設施，皆欲法《周官》。《侯城雜識》所記，往往見於言表。然建文之初，興革太鋭，卒有靖難之禍，豈天不欲復三代之盛耶？愚觀建文興革之始，不先天下大勢，而汲汲於官府、宫闕之名號，則正學雖志古治，似猶見其細而未能見其大也。太祖嘗曰「此奇士，當老其才」，豈當此時，其才猶未老歟？

《近思雜問》，永嘉陳埴所撰，其言純粹中正，近世學者罕有其比。惜未覩其全，與未悉其出處行事，當細訪之耳。即陳潛室。

王龍溪《南遊會紀》，句句是禪，字字是禪，昌言三教，絶無避忌。以至老子、莊子都打合作一家，四書、六經不知撇向何處？嗚呼！龍溪不足責矣，天泉證道而遂以龍溪爲回、賜以上人物，使之流弊至此，則陽明先生不得辭其責也。陽明嘗曰：「我在南京時，尚有箇鄉愿意思，在今則實實信得是箇聖門狂者。」以龍溪爲回、賜以上人，其猶有鄉愿之意耶？

予自十七八時，讀楊復所時文，便批評他是禪學。今讀《秣陵紀聞》，其所謂禪，固不待言而明也。至於紀録體式，亦語語抄襲禪門語録、公案。不意當時狂瀾之倒，至於如此！

《三山麗澤録》，王遵巖之所爲請正於王龍溪也。當時荆川、遵巖，亦好箇人物，卻被龍溪弄壞。

予聞之友人云：龍溪行不顧言，居鄉頗貪鄙，未審當時何以能信從如此？❶由今觀之，亦只是互相掉弄，和閧過日，彼此俱無實見也。

鄭善夫《經世要談》，亦雜釋、老，然其中亦頗有可取者。如「學問貴包荒」，及「防身若禦敵，一跌則全軍敗没」，皆名言也。

郁天民《辨傳習録疑義》，言言切當。天民與陽明同邑，而能不爲其所汨，是亦實學之士矣。

天泉宗旨四言，在陽明已自露出破綻，至龍溪四無之語，則是文人口頭聰明語，絶無意義，雖禪宗之有得者，亦不取也。其流弊之害，至萬曆時，凡諸老會講，專拈「四無」，掉弄機鋒，閒話過日，其禍蓋不止如王衍之清談矣。萬曆之末，人心委頓，馴至大亂，其明驗也。《九解》之作，出海門汝登周氏。時海門講天泉「無善無惡」之旨於南都，許敬庵聞而疑之，作《九諦》相難，海門又作《九解》以解之。夫《九解》之説，海門固非矣，敬庵《九諦》，初無卓見，又烏能相難乎？亦徒爲角口而已！

鄭端簡自言不知學，其所作古言，出入頗多。大約論史、論事處，便明白，至論理處，則貿貿，亦未及研精故也。

海昌王文禄作《求志編》，蓋忿嫉當世無留心民事者，故有見輒書，意欲見諸施行，亦可謂有心世道者矣。其言「閣輔欲治天下，必先諮訪。凡出差官，俱要所過地方人才風俗、官吏賢否揭帖。凡有入京士民，

❶「時」，原作「寺」，今據正誼堂本改。

必虛心諮訪，以合多者爲公。吏部以此法求御史，御史以此法周知三司、府縣」。誠爲良法，使得此等數十人，亦可以修政立事矣。

《陳幾亭集》有《汪登原理學經濟編序》，稱登原此編，語理學則以平實救虛無，語經濟則以墾荒救聚斂，此亦熹宗朝一人物也，惜乎未見其書。又云：「汪公嘗試屯於天津，初試收穀萬石，次冬遂得六萬石。後爲大司徒，欲大行屯政，以衆議不合，遂去位。」則汪公誠人物也，識之，當徐覓其書。

思辨録輯要卷之十二　後集

明太倉陸世儀道威著

史籍類

凡作史，志書須詳於紀傳，如天文、地理、輿服、兵制之類，不但志要詳，圖亦要詳，後人方有憑據也。今之作史，不惟於志書太略，如《南》《北史》之類，并其志而無之，使一時之典章事實俱無所考，又何以爲史乎？文中子曰：「史之失也，其於遷、固乎？記繁而志寡。」此言真千古確論，亦千古絶識。

吴白耳謂：「非經學爛熟、天理爛熟，未可與觀史。」予謂此語無人知道。蓋近世讀書人粗淺，每謂史粗於經，不知史與經何别。《春秋》綱目即史也，以其可與訓世故謂之經，然則非具《春秋》綱目之心胸，豈可與讀史乎？乃學者概以班、馬當之，陋矣。

史家，志與紀傳是兩項，志以紀一代之法，紀傳以紀一代之人物與事，此不可偏輕重者也。然志之一事，較紀傳爲更難。蓋紀傳不過即其人之行事，紀其善惡，志則如天文、地理、禮樂、兵刑之類，非學問淹博者不能。歷觀全史，大約皆詳於紀傳，而略於志。即如《史記》之八書、《前漢》之十志、《後漢》之八志，皆繁簡失倫，去取任意。莫大於兵政、賦役，而三史俱不載；莫無益於封禪，而《史記》獨載之。世之談史者，津津以《史》、《漢》之文筆爲言，彼文章家固無論，大儒如程、朱，亦僅譏其是非之謬而已。及乎後世，志之荒略也固宜。

作史之體，記宜簡，志宜備。記則惟取國家大政事、大征伐，及國家關係大臣與夫當世人才之善惡足以勸戒者，其餘則略之。志則如天文、地理、禮樂、兵刑、河渠、賦役、官職、藝文之類，每一志爲一部，擇專家之精於此者，撰輯成書。書不厭詳，其有辭不能通者，則益之以圖。蓋志中如天文、地理、禮樂、兵政、河渠之類，俱不可無圖，而志皆闕之，萬世而下何以考信？任史官之責者，其尚念諸！

史文失實最多，然褒貶失實，後世猶爲可辨，至於紀事失實，則不可考矣。甚矣，史官得人之難！

世人多愛《史記》，予亦素愛之，以其善入人情也。今復讀之，甚不喜，蓋其言憤懣不平，大非中和之旨。世人好之，亦只是情欲之私勝，悦《史記》之先得我心耳。能正其心，則乖戾之言，自不能入。

《綱目》雖稱朱子所作，然朱子止是作義例，其書則諸門人分任其間，恐尚多舛誤及未合義理處。即書法與提綱，互有不同，此汪克寬所以有《考異》之作。讀者須細細考閲，以義理自斟酌之，不可止據成説也。

周赧王五十八年，《綱目》書秦太子之子異人自趙逃歸，下分注吕不韋邯鄲姬事。按此爲以吕易嬴一大關係，提綱内未經標出，而書法發明俱未之及，豈以此事爲傳疑耶？果爾，則分注亦當有傳疑之説，不應鑿鑿如是。若果真，則當書曰：秦太子異人納吕不韋邯鄲姬，自趙逃歸。不應闕然也。

晉地，今之山西，表裏山河，爲東諸侯屏蔽，故力能制秦者，惟晉。自三家分晉，魏失河西，秦始得蠶食山東，卒併天下。尹起莘《綱目發明》謂：「王澤之斬，自秦併天下始；秦併天下，自三家分晉始。」其言可謂當矣。

凡民，誰不當恤？而尹鐸之於晉陽，乃以繭絲保障爲請，此如馮煖之於孟嘗，爲趙氏營三窟耳，非實心爲民也。

魏惠王，《史記·六國表》云三十六年薨，時周顯王三十五年也。子襄王十六年薨，哀王二十三年薨。汲冢《竹書紀年》，惠王三十六年，改元稱一年，後十六年薨。司馬氏以《世本》有襄王無哀王，且《竹書》魏史所記，必得其真，遂從魏書。《綱目》亦因之。按《孟子》「晉國天下」一章後即接襄王。今按「東敗于齊」，是顯王二十八年事，「西喪地于秦」，是二十九年事。惟「南辱楚」，若作昭陽戰敗事，則在顯王四十六年，爲魏王既薨十一年後事。然古史荒略，焉知顯王三十五年前，不尚有與楚戰敗之事乎？改元之說，戰國亦無，不應魏獨改元也。愚以爲，魏之紀年尚當從《史記》爲是。

秦敗三晉，撤東周之屏蔽矣，而周更賜以命服，自免之策，何其卑哉！

衛鞅未變法之前，秦亦未嘗有善政，雖不善，而無法以持之，則雖惡而不至于極。至變法一立，而秦政之惡毒流後世矣，此鞅所以爲千古罪人也歟！

刑名與黄老同學，足知申、韓出于黄老。

六國合從，當攻秦，不當待秦攻。蓋攻秦則氣鋭而勢聚，待秦攻則氣懈而勢散，成敗勝負，皆由于此。蘇秦非不知之，而其志止於富貴，相印得，而蘇秦之願畢矣，何暇圖秦？

魏伐韓，齊伐魏以救韓；魏伐趙，齊伐魏以救趙。看二「以」字，俱所以著齊孫臏用兵之法，以見用謀、用術，非仁義之師如文王「遏密」者，此所謂「春秋無義戰」也。

樂毅伐齊，獨莒、即墨未下，人讒于昭王，昭王置酒大會，讓言者而斬之，封樂毅爲齊王。此真將將之法，即使樂毅果叛，處之之法，亦不過如此。漢高帝之於韓信，必待張良躡足，然後封爲齊王，其不逮燕昭遠矣。

儀、秦皆縱横，而秦稍勝。然儀能强秦，而秦不能振六國者，秦有君，而六國無君也。

秦太后幸嫪毐，生二子，事敗而又爲亂。始皇夷嫪毐，遷母于雍，以茅焦之諫，王自駕往迎太后。予謂太后得罪宗祧，焦不必諫，王亦不必迎，《綱目》不書往迎，意可見矣。

策士成功，多通姬妾，如鄭袖、如姬及秦王幸姬之類，伎倆不過如此。

治兵之法，齊以技，魏以力，秦以功。技、力猶試於虚，而功則試之於實矣，安得不强？

安陵君、縮高辭令未嘗不善，然安陵受封於魏，則魏宗國也。況當是時，秦强魏弱，秦能併魏，魏不能併秦，安陵、縮高安得不佐秦而拒魏？❶ 以《春秋》誅心之法論之，安陵、縮高實以强弱爲向背，非真執守信義也。

「五德終始」之説最無謂，始於鄒衍，用於秦，而歷代多相沿取用，何其愚也！

戰國之末，天下鬭争吞併，習以成風，非大反其習，無以爲治。此時雖有聖人起，亦必將改封建爲郡縣，

---

❶ 「不」，正誼堂本無。

因時制宜，不得膠執古法也。秦之速亡，自由强暴，不由郡縣。

戰國末，處士横議已極，異端蠭起，非焚禁亦無以遏其勢；但不當併及三代《詩》、《書》耳，此李斯所以得罪萬世也。世云始皇坑儒，恐此時被坑者，亦無人可稱儒者。魯仲連一狂生耳，尚義不帝秦而欲赴東海，况爲真儒而尚甘處咸陽耶？□因坑儒而逐扶蘇，❶因逐扶蘇而失天下，天意昭然可見。

陳勝之起，天下無人而力又弱，故耳、餘欲立六國後，所以自樹黨，益秦敵也。項梁之興，天下自立者衆矣，而力又非不足，何藉於楚後而乃爲此楚懷王之舉？藉令羽竟成事，則此懷王者將何所置之耶？始謀不善，卒有弑殺之禍，反貽沛公以口實，世謂范增智，吾不知也。明太祖始起，欲設小明王御座，劉誠意不肯，曰：「此牧豎耳，奉之何爲？」其識見超於增萬萬矣。

漢高爲義帝發喪，然於太公則曰「幸分我一杯羹」，狙詐之人，其言前後不相蒙如此。使當時項羽竟烹太公，漢高事立敗矣，即幸而不敗，不知漢高復何顔立於天下？

商鞅徙木，冒頓射愛姬、名馬，趙高指鹿爲馬，總之同一術數，此皆所謂申、韓也。

前坑秦卒，後又屠咸陽，項羽即都關中，亦斷無久長之理，韓生徒饒舌耳。

觀韓信一人，人厭之、少年辱之、市人笑之，居項梁麾下無所知名，以策干羽，羽不用，亡楚歸漢未知名，坐斬，幸遇滕公與語而悦，似得遇知己矣，然未之奇。至與蕭何語，何奇之而後得爲大將。嗚呼！負天下

❶「□」，原爲空格，正誼堂本作「○」，疑當爲「秦」字。

才者，知己豈易得哉？

漢王約信、越擊楚，不至，張良勸王以土地封二人，此亦一時權宜之計。所以然者，緣當時君臣皆以功名相合，未嘗真以伐暴救民爲心也。

酈生下齊，亦韓信破趙之力也，漢王寧不知，而必與一豎儒爭功乎？蒯徹真隘人。

每讀史至漢高殺功臣，未嘗不深惡之，以爲漢高陰騺忌刻，同於越句踐。由今觀之，亦誠是不得已。蓋漢高君臣，本以智術合，非有道德仁義之素。又共逐秦鹿，高材捷足者先得之，非素定君臣之分，其氣各不相下，特屈於智耳。韓、彭既殺之後，猶有拔劍擊柱者，則其先可知也。故漢高之殺功臣，雖漢高之忍，然亦諸將有以致之，是以爲功臣者，貴早識天命。

漢朝只張子房能見幾明決，善全君臣之際，然亦是以智術用事，非能以誠格君也。君臣之間以誠感，乃以誠應。漢高雖英明，然天資刻薄，以嫚罵爲常，道德仁義之人，正其所深惡而痛絶也。使當世果有王者之佐，想望而卻走，亦烏能以誠格之哉？

漢家應做事尚多，參一遵何約束，日飲醇酒，非也。然參亦自料不如何，惠帝不如高帝，雖有所爲，終不出蕭何上耳。又當時吕后用事，非惟力不能爲，時亦不可爲也。

平、勃素以安劉氏自許，今必待陸賈言，然後交驩，則知兩人皆富貴之徒，實未嘗存心爲劉氏。且觀其交驩，必用金錢，則兩人之鄙可知。幸諸吕皆庸人，天祚劉氏，不然吾知其危矣。

鼂錯之術，純是管、商。且入粟拜爵，起後世賣官鬻爵之弊，不可爲訓。然其意欲損貧民賦，并赦農民租，則甚可嘉。

文帝除肉刑，苟充此心，可復三代。乃不聘禮儒臣，詳講教法，興修禮義，而止除肉刑，亦可謂不知本務者矣。

戾太子之事，司馬公歸咎武帝使太子自通賓客，其議論甚正。然是時太子得罪，非賓客之故，至江充急持之時，奸黨四布，即有佳賓客，亦無能爲矣。

七國僭侈無制，不能以禮格，以德感，而區區以削臨之，技亦窮矣。而削之無漸，同時開釁，徒爲天下藉口耳。讀此，益令人致慨於遜國、靖難之間。

矯制發粟，此非汲黯之能，實漢法寬大及武帝好賢之所致也。試問後世能復爲此否？

漢刺史行郡，以六條問事，其一爲强宗豪右，其五皆察二千石，故爲職要。今之行郡者，且下及負販矣，惟利是圖，何治之能爲？

霍光但謹慎耳，日磾則有識有斷，能處大事，故後能以功名終。

假衛太子，雋不疑引經斷義，送詔獄，昔人謂其斷獄是也，其引經非也。愚謂斷獄亦非。從容審辨，真僞自得，何必遽然送獄？設太子果真，不將重傷武帝之心耶？

霍光既廢長立少，則當慎擇賢良，昌邑無道，不在今日，乃貿貿立之，貿貿廢之，社稷無恙，亦云幸耳！

充國老謀深算，其用兵有王者氣象，非衛、霍輩所及也。余嘗言：充國頗似武侯，其《便宜十二事》，計慮深密，文章精妙，亦可與《出師》之表並傳。

順決流以觀水勢，此亦治河一法。但當徙居民之當水衝者，如止坐觀，則非策矣。

高祖豁達大度，然其中正自有權略，縯學高祖太過，焉得不爲賊所中？

光武近王，漢高純霸。

文吏爲害，人猶知之，清吏無益，人不能知，非見其大者未可與語。史言「文吏習欺謾，廉吏清在一己，無益百姓」，自是確論。

漢時儒者，原無大學識，特以高名要譽耳，故往往以不出爲高，出則遂喪其實。

處黨人之中而怨禄不及者，郭泰也，處黨人之外而免於評論者，申屠蟠也，二人殆未易優劣。

治流民及流寇，初起皆當用楊賜所言，宜敕刺史簡别流民，護歸本郡，孤弱其黨，然後誅其渠帥。

操誅孔融，史文諛操抑融，然融實昧保身之理。蓋此時勢已不可爲矣，潔身而去，其庶幾乎！

吴雖僻處一隅，然周瑜、魯肅、吕蒙、陸遜，人才輩出，權皆能撫而用之，安得不霸一方？

周瑜稱魯肅忠烈，可以代己。然瑜勸權拘備，肅勸權借備荆州，非兩人之計有得失，蓋瑜之才力足以并蜀而圖操，則備之雄才，瑜所忌也。瑜死，肅不過守成而已，非與備并力，則操且不可禦，故兩人之策不同。要之，各審己而量力也。

操既破張魯，蜀中乘勝可克，然操自鄴趨漢中，已二千餘里，陽平險峻，操心竊悔，幸而得之，兵衆已敝。又欲遠圖巴蜀，倘劉備死戰於内，重險隔絶，糧運不繼，張魯之衆反覆於漢中，孫權之兵猝臨於江上，奸雄立朝，人心側目，蕭牆之變，未可知也。論者以操不圖蜀爲失策，亦未知老瞞心事耳。

據温公之意，亦未嘗帝魏，特以紀年，故用其年號，遂因而帝之，書辭多用魏紀，未免失之過揚。如受禪一段，亦不必詳悉如此，且美多刺少。

觀司馬公論一統、列國之分，前一段議論亦得。然既有一統、列國之分，則紀年之法當一統時則用一統年號，當列國時則但書甲子，而諸國年號皆分注其下，便不失紀事之實。何至插入魏、宋、齊、梁，而啓後人紛紛議論乎？

曹丕篡漢，天下同嫉，而吴、蜀搆難，置之不問，雖先主之急於報私仇，然實自吕蒙襲荆州始。故吾謂丕之篡漢，權與有力焉。

祁山在長安之西幾七百里，而魏之應兵如期而至，攻猶不克，況於逕沖長安，徼倖棄城，邀功萬一，此必不得之數也。世乃以孔明爲不用延策，何其謬乎？

三年之喪，天下通喪，況貴爲天子，曾不得比庶人，於情安乎？晉武除服哀毁，可謂不世之主，而晉諸臣斷斷不欲，無非謂其不便於己耳。不知嗣君與臣民原自不同，是當以差等議爲定制，使萬世可遵而守，豈可以此而廢彼？惜乎！古今來無建此議者。

王彌卑言以誘石勒，輒爲勒所圖，石勒卑言以誘王浚，浚輒爲勒所併，在知與不知耳。英雄成事，只是細心。

桓温能襲成都而不能守，兵力不足，且畏北趙乘虛，急於歸故也。若再留成都一日，足以集事，不必再煩周撫之師矣。

中原降將，止一姚襄可用，若御之得其道，未必非恢復之機。乃殷浩以庸奴馭之，殊可惜也。

謝安、殷浩，俱虛名之士，相去無幾，其一成一敗，亦有幸、有不幸耳。淝水之捷，天也，非人也。

苻堅平生不喜殺人，雖反者亦皆宥之。今殺姜協，姚萇慮其及己矣，此其所以反也，可爲刑賞失中之戒。

檀道濟立功如此，而以威名疑而殺之，則當時才能之臣孰肯以功名自保哉？非臣弑君，則君殺臣，其篡相尋，宜也。

高允真理學經濟，終史册不可多得。

高允生平，人品、學問，無一事不合《中庸》，幾幾乎大賢以上矣！

魏行均田，其意甚善，然不得要領。其法頗繁，又桑田爲世業，使得買賣，則仍爲私田矣，故不久而遂弊。唐祖其法，制未盡改也。

文帝，魏之聖主，高允，魏之至人，視南朝君臣，蓋天壤矣。當時，天象亦應北魏，可見天亦眷之。

十二律管分寸難明，陳仲孺欲於準之中弦畫分寸以定十二聲，法最簡便。然必黄鍾既定，乃可爲中弦之則。此條當編入治平類論樂中。

蘇綽才德近於聖賢，惜乎未聞大道，使遇程、朱，其所成當未可量。

蘇綽才似管仲，而心術勝之，後人以其生於北國，每抑置勿道，真矮人之見。

世民雀鼠谷之戰，此之謂苦戰、死戰，非膽識、智力俱絶人者，斷斷不能。

世人總爲「禍福」二字所愚，傅奕疏請除佛法，推勘至此，無遁情矣。

唐太宗以治之隆替爲不由禮樂，固非；然杜淹以爲止由禮樂，亦非也。堯、舜率天下以《咸》、《英》、《韶》、《濩》而民皆樂，陳、齊率天下以《伴侶曲》、《玉樹後庭花》而民皆怨，其所令反其所好，而民不從矣。故議禮樂者，必以誠爲本。

太宗大徵天下名儒爲學官，此治天下第一要事，惜乎時無真儒！

「句駁省便」四字，太府妙訣，凡理財者宜知之，然非精敏之才不能也。

兵不解，便當有兵患，唐藩鎮之禍，皆兵不解所致也。

代宗時，抗命者容忍，入朝者誅戮，所以釀成藩鎮之禍。

李晟真大臣，較之郭、李，似更爲縝密。

李泌擊騾軍，步步伏隘，故能以少擊衆。觀其用兵之妙，幾不復遜孔明。

朝廷苟存心利民，何事不可爲？即如陸贄疏云「耗其九而存其一」，蓋以江淮之米，合運漕之僦直，率斗米爲錢三百五十，而京師米價，斗止三十七錢也。朝廷每循常例，漫不經心，民生、物力，耗於無謂者多矣。

李德裕爲西川節度使，作《籌邊圖》，日召老於軍旅、習邊事者，訪以山川城邑、道路險易、廣狹遠近，未逾月，皆若身嘗涉歷。予謂凡人臣有地方邊事之責者，皆當如是。

高仁厚出軍六日，五賊皆平。蓋平民爲盜，非賊能脅之，實官軍驅之耳。「負冤」二字，千古同病，惜乎明季無高仁厚，卒致喪國。

律管用竹，律準用絲，絲聲易定，竹聲難定故也。然必絲聲與竹聲相合，乃可。按此條當編入治平類論樂中。

周世宗者，不但聰明英武，而知人愛民，動得大體，又御世無幾，而所爲皆有經世之意，蓋仁、智、勇兼之者也。愚謂三代而下，人主中當以世宗爲第一。

宋興，先贈死節，後封功臣，得帝王大略。

太宗好讀書，而讀《太平御覽》，殊不得致治之要，徒負虛名耳。

知聲莫如歌工，知器莫如鑄工，知理莫如儒者。故愚謂王者作樂，莫如使歌工審音、鑄工鑄器、儒者察理，而揆以中正，庶或得之。如仁宗時，李照與胡瑗，强所不知，徒爲工人所笑。

荆公《萬言書》，一生學問盡見於此。其書幾萬餘言，大約以立法任人爲主，而歸重於陶冶人才，大意俱本《孟子》。若與正人君子和同斟酌而力行之，不惟不至於亂，兼可大治。後來弊病，在起手不講學校而講財利，舍衆君子而謀於衆小人，自悖其書之所言，非此書之言有不善也。

先王之法，先於教養，安石先以泉府爲言，亦此意也。但先王之世，人才衆多，生養之道未備，故當先富後教。今則利孔已悉，所患者人心不古，不可與復三代之舊耳，決當自學校做起。安石入手遂謬，安得不壞？

安石與明道之學，同本《周官》，但安石先理財，明道先學校，安石得其末，明道得其本，此爲天壤耳。明道有言：「有《關雎》、《麟趾》之意，然後可以行《周官》法度。」善哉斯言！安石心體未純，要之即知重學校，亦不能致治也。

方田法，即横渠經界之意，其法未嘗不善，自安石與衆小人行之，遂千古以爲詬厲矣。

按古法，方千步當得田萬畝，今以二百四十步爲畝，故得田四十一頃零。古法徑而寡失，今法繁而多弊，欲行方田，當先復古畝。按此條當編入治平類井田論中。

劉幾言律，主於人聲，不以尺度强合器數，最得制樂之大旨。但未知幾之所謂人聲者，何如耳？恐非州鳩、師曠未易言也。

宋最多君子，然君子多不和。安石在朝，則攻安石；司馬光在朝，又與司馬争論。至如哲宗時，群賢濟濟，可謂盛矣，而又各立黨，安得不積漸以至於亡？

程頤貶涪州，渡江遭風，而心存誠敬，亦孔子「迅雷風烈必變」之義。

宋之亡，非道學之罪；宋之後亡，則道學之功也。

救荒借粟於富人，亦不可虧富人之息，斯爲可繼之道。專務摧抑富人者，非也。王大中免徭爲息，庶幾近之。

虞伯生經濟之學，竟有三代氣象，惜乎生非其時耳！

思辨録輯要卷之十三　後集

明太倉陸世儀道威著

史籍類

《通書》向以爲未全之書，今讀其前二十卷，首尾辭意聯絡，其篇章次第俱有意，非未全之書也。二十一卷後，似稍未連貫，然意思亦俱一片。如所引諸卦，俱與《圖説》意連屬，蓋有得於圖而以諸卦證之，非泛説諸卦也。雖有散逸，似亦不多。

《西銘》文字，便有做作，不似《太極》、《通書》自然純粹，又精微，又易簡。

周子曰「文所以載道也」，蘇子瞻曰「文者，貫道之器」，只一「貫」字、「載」字，便相去天壤，此通與蔽之分。

周子曰「天下，勢而已矣」，一部廿一史，只如此看去。

讀二程子書，親切莫如《文集》，《文集》皆二程手筆，煌煌著作，平生盡見。次則《經解》，《經解》猶當日手筆也。《遺書》次《經解》，《外書》又次《遺書》，蓋《遺書》雜出門弟子手筆，《外書》則并出外人也。

問：伊川《語録》中，有「茂叔窮禪客」一語，不知何解？曰：此必茂叔與禪客語，曾窮詰之，而禪客不能對。故伊川述之，學者聞之，然不能悉記其語，故止記此一語也。當時周子之語，必煞有不同，惜乎風氣初開，時無學者，不能悉記。

朱子集中，如《大學》、《中庸》、《詩集傳序》、《資治通鑑序》，皆極大文字，不可不讀。

宋世有幾篇大文字，皆數萬言，非有才力人不能作，蘇氏父子、王荆公及朱子諸封事是也。東坡文字，頗爲朱子所貶。荆公遭際神宗，力行新法，卒至顛覆而不悟。朱子封事，皆切實易行，而竟不得行，可慨也夫！

只《皇極辨》一篇，便見朱子有功於《書經》不淺。諸儒議論，以「皇」訓大，以「極」訓中，是何等解？朱子《語録》中，冠、昏、喪、祭，皆淺近切實可行，所謂禮以時爲大也。伊川所論，便太泥古，如以尸爲必當立，影神爲必不可用，皆太拘。

馬一龍《農説》，不特析理之精，而文辭之妙亦幾與《靈樞》、《素問》同科矣。格物之功，至於如此，亦農家之聖也。

《吕覽・審時》《任地》《辨土》三篇，真精於農田之言，無一語非實用，而文字亦精絶，《考工》以後，僅見此矣。

讀海剛峰集，無一句閒言語，此真躬行君子，訥於言而敏於行者。今之聞人，一行不修而詩文累尺，見之豈不可愧？

劉誠意古文似勝宋景濂，能見大意，不詭隨時俗，爲浮屠文，皆有分寸，此大家正派也。景濂則多詭隨矣，文辭亦多潦倒拖沓處。然誠意古文不多，景濂則裒然成一大家。蓋誠意在元不得志，入明朝又以功烈見；景濂則居翰林，天下之文皆歸之，此所以不得不推景濂也。

宋景濂，一代儒宗，然其文大半爲浮屠氏作，自以爲淹貫釋典，然而學術爲不純矣。不特非孔、孟之門牆，抑亦倒韓、歐之門户。八大家一脈，宋景濂決其防矣。

《治要録》即《治譜》，又參以諸家雜説而成書者，向來亦頗喜此等書。今觀之，覺得零碎委瑣，絶無一頭腦處。三代而下，治天下多以條例，此亦條例之類也。纔落條例，便已舉一漏萬，不成模樣。

文章之失，其始於《左氏》乎？ 漓上古道德之真，開後世浮華之漸，辭達之旨，於斯漸遠矣！

涇陽《上王相國》一書，似乎太驟，曉人者似不當如此也。其文章亦似水晶，少温潤之氣。大抵此處須要至誠，至誠則能動物矣，不然，程伯子所謂「吾黨激成」，恐不免也。《寤言》、《寐言》，題目亦太奇，奇則便有客氣，此亦學問未純、未大也。然《寤言》中，亦儘有説得著處。

正、嘉時，講學家多憑筆舌，故昔人謂龍溪筆、近溪舌，今讀涇陽《劄記》，其瀾翻倜儻、明白透快，不特二溪，且直逼陽明矣。雖然，以視薛、胡，則就其瀾翻倜儻、明白透快處，覺元氣愈薄矣。

莊渠《周禮沿革》，極有好議論，惜未成書。

《本草綱目》真窮理盡性之書，直察到鳥獸、草木性情，無一不窮極其奥，非聖人其孰能與於斯？ 然有箇一貫道理，不過陰陽、五行而已，聲色臭味，不過就二五分别將去。

《素問》書雖未必果出軒、岐，然非聖人不能作，即其文字，亦周、秦以後人所未易及。

黄帝、岐伯，皆託名也。常怪古人有如此學問，而不自顯其名，必託名於古聖，何也？蓋世俗皆尋常人，不如此則書不傳，古人亦欲傳其書而已，名之顯不顯，非所計也。

友人郁儀臣，天性中和孝友，與予交二十年如一日。近更從事斯道，反身有得，則書之，名《省躬録》。予讀之，純然不雜，其間更多至言可味者。如曰：「文勝質者，德不進；名過實者，怨必及。」又曰：「福不可邀，謙而獲安；禍不可避，正始免辱。」又曰：「欲求此心之安，先須識理之是。」皆有道君子之言。世俗非無聰明文秀，然使之執筆學作道理語，則罅漏百出，反之躬而無諸己也，以此知學問非可剽竊。然亦有數十年從事學問，而不能道一語，下筆輒非者，豈天資固殊歟？抑學問原非實有諸己也，吾爲之慨然！

郁儀臣曰：「禍福無常，有時守正而得福，有時違正而得福，守正得福者自安，違正得福者自危。有時守正而得禍，有時違正而得禍，守正得禍者無悔，違正得禍者多悔。」此誠君子之言。今之人未嘗不云禍福無常，而往往借禍福之言，以文其鄙陋，只是好義之心不勝其欲利之心耳，如見肺肝，亦何益哉！

子曰：「《關雎》樂而不淫，哀而不傷。」哀、樂，情也，淫與傷則情之過者也。由此觀之，則《詩》以言情，喜怒哀樂無非詩，過中失正，則非「三百」之旨耳。漢、魏以下，❶而有不失於温柔敦厚之旨者，吾不敢以爲非詩。

雅與鄭之分，只是正與淫之別。其要處，只就志與辭觀之而已，有志、辭俱雅者，有志雅辭鄭者，有志鄭

❶ 「下」，正誼堂本作「後」。

辭雅者，有志、辭俱鄭者。志、辭俱雅，《關雎》、《鹿鳴》、《清廟》諸作是也。志雅辭鄭，鄭、衛諸風之類是也。若志鄭辭雅，及志、辭俱鄭，則三百篇無之，後世比比皆是矣。然亦有辭鄭而志雅者，唐、宋諸人諷刺諸作是也。有志、辭俱雅者，淵明《田園》諸什、子美《北征》諸篇是也。誰謂删後必無詩哉？

聖人以《詩》立經垂訓，教人繕性，以平其躁而宣其滯，故曰「《詩》以道性情」，又曰「温柔敦厚，《詩》教也」。子曰：「《詩》可以興，可以觀，可以群，可以怨。」故學《詩》即學道，惟知道者爲能知《詩》。此義不明，辭人墨客以風雲月露、嬉笑怒罵爲詩，則詩徒爲誨淫侮世之資耳，古人亦何取於詩而爲之？故不知三百篇之旨者，必不可以爲詩。

「《詩》三百，一言以蔽之，曰思無邪。」漢、唐以後，詩何啻千萬，然亦一言以蔽之，曰「思多邪」而已。

嚴滄浪以禪喻詩，以理爲詩障，然則三百篇之詩，禪乎？理乎？以爲禪，則非聖人删詩之本意，以爲理，則滄浪且以爲非詩矣。此等議論，而後人乃奉之以爲金科玉律，悲夫！

滄浪又謂「三百篇不可與詩等」。夫謂不可與詩等者，謂三百篇爲勝乎？謂三百篇爲非乎？謂三百篇爲非，滄浪恐無此膽。謂三百篇爲勝，則爲詩者，安可不追蹤三百篇，而岐而二之也？總之，自三百篇後，陶淵明、杜子美外，無知詩者。而滄浪又以聾瞽之夫，妄登壇坫，使後人胥爲聾瞽，可嘆也！

雅、頌登歌，音貴疏越，語尚肅雍。漢郊廟歌，如《練時日》、《天馬》、《華爗爗》之類，創爲三言，長短參差，則音節煩促，非所謂希聲矣。辭句幽僻險怪，則如梵唄、巫覡，非所謂肅雝大雅矣。乃後世反以爲高古，轉相倣傚，至今不改，辭人之無識如此。

正樂乃聖人之事。秦廢先王之禮、樂，漢高又不事《詩》、《書》。魯兩生不肯應召，而漢武乃以宦者李延年爲協律都尉，協律豈宦者之事乎？官匪其人，而以製樂，乃創爲新聲詭調，艱深隱語，雜以教坊方言，演爲樂府，聲辭相雜，殊無意義。且陰僻幽怪，竟如梵唄、楚些，❶豈特巴人下里？至今耳食者詫爲高奇，仿其音，借其目，謂爲古樂府體，真堪噴飯！

詩以聲爲主，而聲又倚於辭。辭簡則音希，然太簡則反促；辭舒則音緩，然太舒則又靡曼。《風》、《雅》諸什，皆四言，聲辭得中，不疾不徐，所以爲雅。三百篇後，惟五言古爲近，漢始爲三言，比於促矣。七言絶句，其亦辭之舒者乎？故唐樂府多取之，律則聲調爲複，歌行則已放。長短句詩餘，則入於靡曼，變而爲曲調，則靡曼之極矣。總由辭句之長短中來也，故聲辭之雅，當以四言、五言爲主。

三百篇中，亦有三言者。如《風》之「江有汜，之子歸」、《周頌》之「於緝熙，單厥心」、《魯頌》之「振振鷺，鷺于飛」是也。其五、七言句，亦偶一二見，然非其本然體格。其本然體格，只是四言。

《書》曰：「詩言志，歌永言，聲依永，律和聲。」此千古聖賢説詩、説樂之本也。詩所以言志，無志非詩也。此一箇「志」字，須合著「思無邪」三字爲妙，若有邪，便不是志。今之詩，俱無志，即有佳者，亦不過流連光景而已。根本已非，更説甚枝葉？

詩言志，何以曰「歌永言」？蓋詩者有韻之言，有韻便可詠歌，詠歌則其聲長，故曰「歌永言」。聲依永，

❶「唄」，正誼堂本作「呪」。

然人聲無一定之準，或高或下，或清或濁，無法以齊一之則不和。故聖人又制六律以爲之節，而被之金石，此詩、樂之原本也。凡有韻者，無不可歌；凡可歌者，無不可入樂。故聖人删《詩》、正樂，只是正其詩之辭，辭即所謂志也。《論語》「思無邪」是言其辭，「樂而不淫」亦是言其辭，「興、觀、群、怨」亦是言其辭，辭在則聲在矣。乃鄭康成謂三百篇皆得聲而得詩，其餘則得詩而不得聲，真是説夢。

朱晦庵嘗欲取史傳所載古歌謡韻語，彙爲一集，以續《詩》，而未果。元人劉坦之用其意，采漢、魏以下樂府辭上媵「三百」，謂爲《風雅翼》。愚謂采詩必拘樂府，固非；即概取辭意之近古者，以模仿「三百」，亦叔敖、優孟也。晦庵曰：「凡《詩》之言善者，可以感發人之善心；惡者，可以懲創人之逸志。」只胸中著「思無邪」三字，便無詩不可續，豈必拘拘然亦步亦趨，徒爲形似而已耶？

語云「見其禮而知其政，聞其樂而知其德」。禮者，身之所由也，故知其政；樂者，心之所好也，故知其德。今人所爲詩，亦是心聲，其所好在是，其德在是矣。誦其詩，豈不可知其人耶？

《詩》本性情，關風化，先王以《詩》觀成。古風敦朴，故温厚和平，後世詞人輕浮淺躁，故其詩謔浪笑傲。聞樂知德，居然可見風俗日壞、人心日薄，何以爲詩？

《記》曰：「粗厲猛起、奮末廣賁之音作，而民剛毅。流辟邪散、狄成滌濫之音作，而民淫亂。」剛毅則非温柔之旨，淫亂則非敦厚之義。漢、唐以後，詩其能免於二者之失者，誰乎？然剛毅之失，猶勝淫亂。

漢、魏人以情境爲詩，六朝人以辭彩爲詩，唐人以名利筌蹄爲詩，限聲偶、襲套格，如今之八股時文。時文不離經傳而無裨於名理，近體不離歌詠而無關於性情。

《古詩十九首》，不知誰氏之作。觀其辭氣，大約宦遊失意而有感於友朋之詩。其辭慷慨而藴藉，哀怨不迫，大有風人之意，蓋去古未遠也。

漢、魏詩，大抵非無因而作，故讀其詩，猶可藉以論其人、論其世。至六朝及唐詩，則無因而作者多矣，無可借以論人、論世。故後來選詩者，遂有氣格、聲調諸名色，亦不得不如是也。

嚴滄浪謂「詩有別趣，非關理也」，天下豈有理外之趣乎？若理外之趣，則淫佚流蕩而已矣，何以爲詩？總之，滄浪不識「理」字，以理爲呆板無趣之物，故云然。然則三百篇俱非俊物也，此等語言，何異毒藥？而至今學詩者，家弦户誦，豈惟滄浪不識「理」字，天下人皆不識「理」字。

四言，如漢韋孟諷諫詩，何減「三百」？❶論者以曹瞞《短歌行》方之，此「由之瑟」也，去《風》、《雅》隔一層。

左太沖曰：「詩者，詠其所志也；升高能賦者，頌其所志也。美物者，貴依其本；贊事者，宜本其實。玉卮無當，雖寶弗用。」此論卓不可易，漢、魏而下，僅聞此語。

「温柔敦厚」四字，詩家宗印，不可易也。今之爲詩者，風流嘲謔，專反此四字，此所謂輕薄也，烏足貴乎？

商、周《雅》、《頌》，朝廟之歌，象功昭德，光揚盛美，故能合洽神人，格于上下，垂典則爲經制。漢以後郊

❶ 「何」下，正誼堂本有「必」字。

廟之歌，但言鬼神祥瑞，奇怪幽渺之談，無關典要。至於朝享，多采里巷謳謡，如《江南可采蓮》、《烏生十五子》、《白頭吟》之類，奏之金石，被之管弦，甚無謂也。古樂干戚、羽籥之舞，後世易以魚龍、角觝之戲，恣淫巧，供歡笑，先王美善之意，於斯蕩然矣。

三百篇之《詩》，亦多取里巷謳謡，然古者公卿獻詩，耆艾修之，而後王斟酌焉，其敬且慎如此。而聲詩猶有濫者，孔子取而删之。如《衛風》諸淫詩，皆載衛爲狄所滅之因，故存之以爲鑒戒。《采蓮》、《白頭吟》之類，豈亦有鑒戒之意耶？至於《子夜》、《讀曲》等類，尤爲淫濫。後人不知古人作詩本意，但欲模仿音節，不知何取於詩？

漢《郊祀》等歌，大抵仿《楚辭・九歌》而變其體。然《九歌》清遠流麗，漢歌煩促結澀。《九歌》志在慕君而寓意於神，故纏緜悽楚，彌覺可誦。漢歌專媚鬼神，措辭恍忽，讀之意興索然。

詩文之道，惟取雅正，讀六經可見。《易》之旨遠辭文，箴辭也，《盤》、《誥》之佶屈告民之語，雜方言也，外此，無不平正者。三百篇《詩》，何等平正，而漢樂府乃爲此怪僻之語。辭賦家好奇弔詭、耳食附會，謂漢樂府《郊祀》等歌爲絶唱，轉相祖述，此不過不能解其辭，而又不敢斥其非，故反謬附爲知音耳。此與禪家不能爲平正之語，而故爲隱語，儒者不能解禪家之隱語，又不敢斥其非，而反贊嘆希有、謬附知音，同爲千古之蔽。

古登歌不雜鼓吹，示肅清也。《雅》、《頌》詩辭，惟鋪陳祖宗功德配天安民之意，故登歌之時，使人敬而聽之，不敢淆雜。後世歌吹雜奏，繁響急節，非「奏格無言」之義，實自漢樂府作之俑也。

漢樂府出於唐山夫人及李延年之流，故全不足法。晉樂府出於傅玄、曹毗、張華、王珣、荀勖諸人，多用四言，故其詩儘有典則可追《風》、《雅》者。然祖宗本無功德可述，更不如漢辭，雖典則亦何足云？詩、樂本非二，自漢制《鼓吹》、《鐃歌》等曲，而樂與詩遂分，豈知凡有韻之言可歌者，無不可入樂乎？唐李白《蜀道難》、杜甫《無家别》等作，歌行也，而謂之樂府。李白《清平調》、王昌齡《塞上吟》，七言絶也，而亦謂之樂府。則知凡詩皆可歌，凡可歌者，無不可入樂矣。後人分詩、樂爲二，作詩者又分樂府與詩爲二，不惟不知樂，又豈足爲知詩者乎？

嚴滄浪、高廷禮輩，分唐詩爲初、中、盛、晚，以爲晚不如中，中不如初、盛，此非篤論也。凡詩，只是隨其人爲盛衰耳，有其人則有其詩，無其人則無其詩。如初唐推沈、宋，沈、宋之爲人何如者？其詩亦殊無氣骨。中唐如韓愈、白居易、韋應物，詩皆有識而藴藉，得三百篇意旨，豈反出沈、宋下？盛唐之妙，全在李、杜。晚唐自是無人物稱雄，如李義山輩，皆風流浪子耳。趙嘏、韓偓稍勝，然憂讒畏譏，氣已先怯，何能爲詩？賢者如聶夷中、張道古，又困於下位，即有詩，何由傳？故不論人、論世而論詩，論詩又不論志而論辭，總之，不知詩者也。

程伊川曰：「『穿花蛺蝶深深見，點水蜻蜓款款飛』，如此閒言語，道他則甚？」此言使今之詩家聞之，未有不大笑者也。然《詩》三百篇，未有一句是閒言語，識得此意，方可讀詩，方可作詩。如今之作詩者，專以閒言語爲主，奈何笑伊川？

初唐之風，天下宗沈、宋，沈、宋宗徐、庾，而實宗上官昭容。有一陳子昂，頗知作詩之旨，而當時不知崇尚，悲夫！

一時浮華之盛，莫甚初唐，君臣宫府之間，幾無限制，所以終有禄山之禍。昔人稱《牆有茨》諸篇爲載衛爲狄所滅之因，此即是也。

選詩，必欲人與詩合、詩與事合，乃可入選；不然，詩雖佳，皆僞言也。

鄭樵論樂府曰：「得詩而得聲者，列之三百篇，謂之風、雅、頌；得詩而不得聲者，則置之，謂之逸詩。今之樂府，章句雖存，聲樂無用。」此欺人之論，不通之甚者也。夫聲、詩原自相合，如今之詞、曲皆然，未有曲淫而聲正，亦未有曲正而聲淫者。今以聲、詞判而爲二，而歸重於聲，此欺人於不可知，而謬爲要渺精微之説也。昔宋時陳體仁亦有此論，朱子非之，有云：「詩之作，本以言志而已。方其詩也，未有歌也，及其歌也，未有樂也，以聲依永，以律和聲，則樂乃爲詩而作，非詩爲樂而作。」其言最爲原本。凡聲皆可譜辭，凡辭皆可入曲，明於音律者皆知之，非有要渺之旨。其故爲玄微，皆儒者不知而妄言也。

明道説詩，只點綴地念過，便令人意解，此是明道善開發人處。今讀其解詩，益知親承之妙也。

今人論詩，多有以唐、宋分優劣者，見識抑何卑陋？詩何有唐、宋？亦互有得失耳。得三百篇之意者，即爲佳詩，失三百篇之意者，即爲謬詩，何論唐、宋也？但唐詩多寫景，宋詩多談理，所分者此耳。然唐詩未嘗不言理，宋詩未嘗不寫景。予意欲選唐人宋詩、宋人唐詩，以破當世之成見，病未得暇也。

邵堯夫《擊壤吟》，前無古，後無今，其意思直接三百篇，特辭句間有率意者耳。然其獨造處，直是不可及。

堯夫詩，胸次極妙，直與天地萬物上下同流，使讀之者，如遊羲皇以上。作堯夫詩固未易，讀堯夫詩亦未易也。

堯夫自序《擊壤》録云：「詩者，情之所發也。情有二，謂身也、時也，身則一身之休戚，時則一時之否泰。仲尼删《詩》，十去其九，蓋垂訓之道、善惡明著者存焉耳。近世詩人，窮慼則職於怨憝，榮達則專於淫佚，身之休戚發於喜怒，時之否泰出於愛惡，不以天下大義爲言，故大率溺於情好也。」可謂極得論詩根本，今之詩人，知此旨者寡矣，又焉得謂之詩乎？

堯夫序云：「所作不限聲律，不沿愛惡，不立固必，不希名譽，如鑑之應形，如鐘之應聲，其或經道之餘。因閒觀時，因静照物，因時起志，因物寓言，因志發詠，因言成詩，因詠成聲，因詩成音。是故哀而未嘗傷，樂而未嘗淫。」嗚呼！堯夫可謂善於自道者矣。

詩人自唐五百年至邵康節，康節至今又五百年，敢道無一人是豪傑，只爲箇箇被沈約詩韻縛定。沈約韻是吴韻，本不合中原之聲，一時作詩之家，崇尚唐詩，遂并其韻而崇尚之。至《洪武正韻》出，已經釐正，而猶不悟，則甚矣詩人之無識、無膽也！康節起，直任天機，縱横無礙，不但韻不得而拘，即從來詩體亦不得而拘，謂之風流人豪，豈不信然！

康節《詩畫吟》云：「詩者人之志，言者心之聲。不有風雅頌，何由知功名？不有賦比興，何由知廢興？」又曰：「既有虞舜歌，豈無皋陶賡？既有仲尼删，豈無季札聽？必欲樂天下，捨詩安足憑？得吾之緒餘，自可致昇平。」他直把詩作際天際地一事，豈止篇章辭句而已乎？ 觀此，則康節作詩本領可知。

唐人詩，康節做得；康節詩，唐人做不得。 康節詩，五言如「浪雪暑猶在，橋虹晴不收」、「柳隔高城遠，花藏舊院深」、「乾坤今歲月，唐漢舊山川」、「洗竹留新筍，翻書得舊編」，七言如「梅梢帶雪微微折，水脈連冰湱湱鳴」、「煙樹盡歸秋色裏，人家常在水聲中」、「園林葉盡鳥未散，道路風多人更稀」、「行人莫動憑闌興，無限英雄浪白頭」，此皆唐人佳詩也。 其他得意句，五言如「月到天心處，風來水面時」、「欲知花爛漫，須是葉離披」、「靜裏乾坤大，閒中日月長」、「若未通天地，焉能了死生」，七言如「事到悟來全偶爾，天教閒處豈徒然」、「天下有名難避世，胸中無物漫居山」、「美酒飲教微醉後，好花看到半開時」、「施爲欲似千鈞弩，磨礪當如百鍊金」，全由學問中出，唐人能道隻字否？ 至如《乾坤》、《觀物》、《先天》、《冬至》等吟，有益學問；《打乖》、《首尾》等吟，有益性情；《王公》、《金帛》、《一等》、《十分》等吟，有關人心世道，直舉之不能盡。

劉誠意詩，無一語風雲月露，但憂時憫世之言，極得古人「詩言志」之旨。 樂府辭尤妙，可謂杜陵以後一人也。

跋[1]

桴亭先生《思辨録》，前集二十二卷，後集二十二卷。前集爲當時毛如石天騏所刻，[2]此初刻本也。續有宋商丘中丞刻本，其板攜中州，未知其爲前、後集也。原書因年隨筆，未有倫次，同時江藥園先生士韶、盛寒溪先生敬編爲前集二十二卷、後集十三卷，名曰《輯要》。張清恪公正誼堂刻本前、後集通爲三十五卷。道光中，嘉興沈侍郎維鐈得太倉王學博寶仁藏本，刻於安徽學使署，一遵江、盛之舊。今所據者，惟張、沈二本，張本舛誤不一，據沈本校正者居多。其重出者，悉删去之，有錯雜可疑者，則注於其下，以仍其舊。先生著述不下五十餘種，當時已刻者，《論學酬答》四卷、《宗祭禮》四卷、《儒宗理要》六十卷、《格致編》一卷、《古文》一卷。《性善圖説》、《庚子東林講義》、《七政辨》、《雲漢升沈》《山河兩戒分野圖説》、《月行九道》等圖，兵燹之後，罕有傳本。今存者，《論學酬答》有常熟顧氏《小石山房叢書》刻本。《分野説》、《桑梓五防》、《支更説》、《婁江條議》有太倉邵氏《棣香齋叢書》刻本。《治鄉三約》、《制科議》近有蘇州刻本。《詩古文》有合肥蒯觀察德模刻本。其鈔本有《虚齋格致傳補注》、《甲申臆議》、《常平權法》、《蘇

[1] 此標題原無，爲校點者所補。

[2] 「騏」，據（崇禎）《太倉州志》等方志文獻，應作「麒」。

松浮糧考》、《雲漢升沈》《山河兩戒》二圖、《八陣發明》殘本。餘皆散佚不可攷。世之博雅君子，苟蒐訪舊本，校其異同，以成全書，則幸甚！同治十三年冬十月後學永康應寶時謹跋。

「《儒藏》精華編選刊」選目

經部

周易鄭注
漢魏二十一家易注
周易注
周易正義
周易口義（與《洪範口義》合册）*
温公易説（與《司馬氏書儀》《孝經注解》《家範》合册）
誠齋先生易傳
漢上易傳
易學啓蒙
周易本義
楊氏易傳
易學啓蒙通釋
周易本義附録纂注
周易啓蒙翼傳
易纂言
周易本義通釋
易經蒙引
周易述
周易述補（江藩）（與李林松《周易述補》合册）
周易述補（李林松）
易漢學
御纂周易折中
周易虞氏義
雕菰樓易學
周易集解纂疏
周易姚氏學
尚書正義
鄭氏古文尚書
洪範口義
書傳（與《書疑》《尚書表注》合册）
書疑
尚書表注
書纂言
尚書全解（全二册）
尚書要義

讀書叢説
書傳大全(全二册)
古文尚書攷(與《九經古義》合册)
尚書集注音疏(全二册)
尚書後案
毛詩注疏
詩本義
呂氏家塾讀詩記
慈湖詩傳
詩經世本古義(全四册)
毛詩稽古編
毛詩説
毛詩後箋(全二册)
詩毛氏傳疏(全三册)
詩三家義集疏(全三册)
儀禮注疏

儀禮集釋(全二册)
儀禮圖
儀禮鄭註句讀
儀禮章句
儀禮正義(全六册)
禮記正義
禮記集説(衛湜)
禮記集説(陳澔)(全二册)
禮記集解
禮書
五禮通考
禮經釋例
禮經學
司馬氏書儀
春秋左傳正義
左氏傳説

左氏傳續説
左傳杜解補正
春秋左氏傳賈服注輯述
春秋左氏傳舊注疏證(全四册)
春秋左傳讀(全二册)
公羊義疏
春秋穀梁傳注疏
春秋集傳纂例
春秋權衡(與《七經小傳》合册)
春秋集注
春秋經解
春秋胡氏傳
春秋尊王發微(與《孫明復先生小集》合册)
春秋本義
春秋集傳

春秋集傳大全（全三册）
孝經注解
孝經大全
白虎通德論
七經小傳
九經古義
經典釋文
群經平議（全二册）
新學僞經考
論語集解（正平版）
論語義疏
論語注疏
論語全解
論語學案
孟子注疏
孟子正義（全二册）

四書集編（全二册）
四書纂疏（全三册）
四書集註大全（全三册）
四書蒙引（全二册）
四書近指
四書訓義
四書賸言
四書改錯
四書説
爾雅義疏
廣雅疏證（全三册）
説文解字注

史部

逸周書
國語正義（全二册）

貞觀政要
歷代名臣奏議
御選明臣奏議（全二册）
孔子編年
孟子編年
陳文節公年譜
慈湖先生年譜
宋名臣言行録
伊洛淵源録
道命録
考亭淵源録
道南源委
聖學宗傳
元儒考略
理學宗傳
明儒學案

宋元學案
四先生年譜
洛學編
儒林宗派
程子年譜
學統
伊洛淵源續録
豫章先賢九家年譜
閩中理學淵源考（全三册）
清儒學案
經義考
文史通義

子部

孔子家語（與《曾子注释》合册）
曾子注釋
孔叢子
新書
鹽鐵論
新序
説苑
太玄經
論衡
昌言
傅子
大學衍義
大學衍義補
朱子語類
龜山先生語録
胡子知言（與《五峰集》合册）
木鐘集
西山先生真文忠公讀書記
性理大全書（全四册）
居業録
困知記
思辨録輯要
家範
小學集註
曾文正公家訓
勸學篇
仁學
習學記言序目
日知録集釋（全三册）

集部

蔡中郎集
李文公集
孫明復先生小集

直講李先生文集
歐陽脩全集
伊川擊壤集
元公周先生濂溪集
張載全集
温國文正公文集
公是集（全二册）
游定夫先生集
和靖尹先生文集
豫章羅先生文集
梁溪先生文集
斐然集（全二册）
五峰集
文定集
渭南文集
誠齋集（全四册）

晦庵先生朱文公文集
東萊吕太史集
止齋先生文集
攻媿先生文集
象山先生全集（全二册）
陳亮集（全二册）
絜齋集
文山先生文集
勉齋先生黄文肅公文集
北溪先生大全文集
西山先生真文忠公文集
鶴山先生大全文集
閑閑老人滏水文集
郝文忠公陵川文集
仁山金先生文集
静修劉先生文集

雲峰胡先生文集
許白雲先生文集
吴文正集（全三册）
道園學古録　道園遺稿
師山先生文集
曹月川先生遺書
康齋先生文集
敬齋集
涇野先生文集（全三册）
重鐫心齋王先生全集
雙江聶先生文集
歐陽南野先生文集
念菴羅先生文集（全二册）
正學堂稿
敬和堂集
涇皋藏稿

馮少墟集
高子遺書
劉蕺山先生集（全二册）
霜紅龕集
南雷文定
桴亭先生文集
西河文集（全六册）
曝書亭集
三魚堂文集外集
紀文達公遺集
考槃集文録
復初齋文集
述學
揅經室集（全三册）
劉禮部集
籀廎述林
左盦集

出土文獻

郭店楚墓竹簡十二種校釋
上海博物館藏楚竹書十九種校釋（全二册）
秦漢簡帛木牘十種校釋
武威漢簡儀禮校釋

*合册及分册信息僅限已出版文獻。